SCIENCE FICTION

·科幻小说·

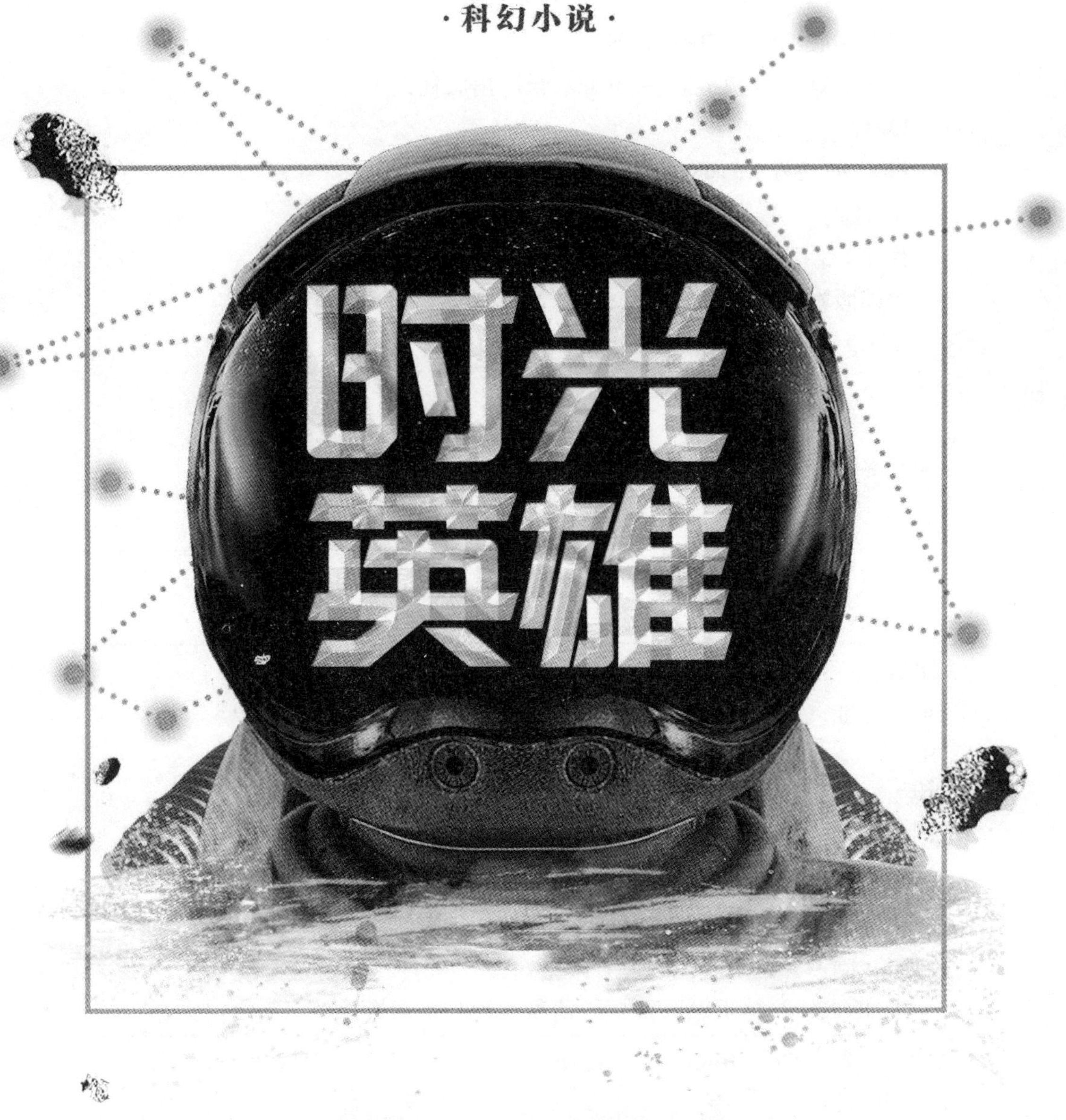

时光英雄

TIME HEROES

穿梭平行空间的冒险，寻找命定之人的爱恋

苏逸平 | 著

台海出版社

图书在版编目（CIP）数据

时光英雄／苏逸平著.—北京：台海出版社，2017.12

ISBN 978－7－5168－1627－1

Ⅰ.①时… Ⅱ.①苏… Ⅲ.①科学幻想小说－中国－当代 Ⅳ.①I247.5

中国版本图书馆 CIP 数据核字(2017)第 269656 号

时光英雄

著　　者：苏逸平

责任编辑：阴　鹏　曹文静　　装帧设计：天下书装

版式设计：天下书装　　责任印制：蔡　旭

出版发行：台海出版社

地　　址：北京市东城区景山东街 20 号　邮政编码：100009

电　　话：010－64041652(发行,邮购)

传　　真：010－84045799(总编室)

网　　址：www.taimeng.org.cn/thcbs/default.htm

E － mail：thcbs@126.com

经　　销：全国各地新华书店

印　　刷：三河市人民印务有限公司

本书如有破损、缺页、装订错误,请与本社联系调换

开　　本：710×1000　　1/16

字　　数：290 千字　　印　　张：24

版　　次：2018 年 4 月第 1 版　　印　　次：2018 年 4 月第 1 次印刷

书　　号：ISBN 978－7－5168－1627－1

定　　价：48.00 元

时·光·英·雄

TIME HEROES

目录

mu·lu

自　序

新本《时光英雄》终于完成了！

完成一本书，对我来说本来应该是稀松平常的事。打从我1997年开始出书以来，我至少已经正式出版了上百本书，对于完成一本书，本该是驾轻就熟的事……

然而，这部新本《时光英雄》的完成历程却完全不同，和我那上百本书的命运完全不一样，过程之中，发生了许多古怪、诡异的事，有的是干扰，有的是温暖的感动，有许多的经历都是从前不曾有过的。

我的小说作品从1997年第一部小说开始，在短短的六年间出版了七十九本著作。这是一个相当惊人的数字，在当时的年代中，似乎也找不到有类似字数的作家。但是在这六年的创作中，我也付出了代价，在持续的绷紧、挤压过程中，我在2003年终于“爆”掉了，当时像是一条紧绷的发条长久拉紧后，突然弹性疲乏断掉了，于是从2003年后，我再也没有写出来一本长篇小说；纵使在那之后我仍然写了不少东西，但已经不再是小说的创作，写的是别的类型作品，跟小说、创作已经全无关联。

这样的日子过了好几年，在这个过程中一直有读者、出版社领导鼓励我再写小说。当时我的感觉是，我人生中写小说的配额已经用完了，六年间写了近五百万字的作品，大概已经把我一辈子要写的素材全写完了，所以也没有答应过。这种情形，一直持续到了2012年，在我停止写小说后的近十年。

2012 年是个奇妙的年份，那一年是传说中世界要灭亡的时间点，在那一年的十二月二十一日前，整个世界沸沸扬扬地传说着，说玛雅文明预言整个世界会在十二月二十一日走到尽头。

当时的我，也不能说没有进行任何的创作，但是的确已经近十年没有写长篇的作品了。那时候，我在一个偶然的机会里，游戏似地在网络上写些短短的鬼故事，写着写着，居然还累积了不少读者。在这将近十年的岁月中，我还是一直以文字为业，只是和从前写小说不同的是，我做的是一种帮人做影子写手的工作，老实说收入很不错，工作也比写小说轻松；而且在这段过程中，还不知不觉地凝聚了另一种可以说是“练功”似的能力，但是当时我并没有发现。在这段过程中，我很微妙地接触了许多和科学方向相反的玄学领域，更幸运的是，我接触的这些领域中的人、事，都是有着现代知识的智慧者，他们把古代的玄学演绎成现代人能够接受的模式，而我帮他们把这些东西转化成我擅长的文字，在这个过程中，我不知不觉也得到了许多从前没有想过的知识和讯息。

然后，在 2013 年开始的时候，我突然觉得那种想要写长篇的感觉回来了，仿佛是被上帝把那支写作长篇的笔递回了手上，我有很多的新想法，想要重新地把它转化成文字，变成让人惊艳的精彩故事。有了这样的想法，我开始和许多朋友们聊起对于新作品的看法，也从这些年结识的许多奇异高人们那儿得到不少想法。在这里要谢谢我的文坛好友们，像是马来西亚的名作家张草兄、知名的剧作家夏佩尔、网络上知名的难攻先生、对于 IT 产业极为熟稔的陈皓朋兄……这些朋友们在当时的讨论中给了我许多不同时空概念的想法，也提供了我许多不同的视野。这部新本《时光英雄》的成型，个中有许多想法都得力于他们的分享。

于是，我决定把这次再出发的起始点，定位在我的科幻处女作《时光英雄》上头。这部小说是我当年出道时的第一部小说，一开始曾在报纸的专栏上连载了两个多月，出版后也得到许多读者们的肯定。日后，《时光英雄》在华文市场中有着相当重要的地位，它曾经在网络上广为流传，也启发了许多现在知名作家们的创作灵感。曾有一位年轻名家跟我见面时，很激动地告诉我，《时光英雄》启迪了他对于穿越小说的灵感，在他年少时期的寂寞心灵中有着极关键的地位。

后来，我也辗转听过许多人告诉我，说他们在创作时用的故事、笔法，或多或少都受了《时光英雄》的影响，故事中时光英雄雷葛新的冒险故事、时空战警的炫丽战斗、穿越时空的设定，对于许多年轻一代的创作者们，有着不可取代的“滥觞”位阶。

于是，在2013年，我决定把十年来的新智慧、新想法，从《时光英雄》作为起点，将它重新演绎一次。在谨慎的考量后，我决定在旧有的故事翻新之际，将它加入完全崭新的题材，我将本来想要写成独立作品的四部小说设定加入了新本《时光英雄》，它们分别是“绿火地球”“风水地球”“少林地球”和“G游记”，把故事的架构定好之后，就开始筹备完成小说。

当时，我也追上了时代的潮流，走了一个“集资”平台的计划。因为这部重新复出的小说和我从前的写作方式不同，它有着完整的企划和架构，也有缜密的取材构想，这一切都需要时间和金钱，于是我在2013年发动了一个“《时光英雄》小说写作集资计划”，让支持我的读者们以各种不同的金额，预先付出购买这本书及其相关周边产品的赞助，让我能在六个月的期间不用担心经济状况地完成这本小说。

在这里，要向在这个集资计划中赞助我的好朋友致以十二万分的谢意，因为这个计划后来很成功，也募集到了目标设定的金额。所以，看起来一切进行得相当顺利，因为以我从前的创作模式来说，我常常可以在一个月内完成两本书，现在要以六个月的期间完成一部作品，应该是很简单的任务。要在约定的2013年七月中旬完成新本《时光英雄》，似乎是很理所当然的事。

但是，老天爷是很调皮又叛逆的，日后发生的那么多事，让这部小说的完成之日严重地延后，直到2015年的现在，才总算将它完成。

2013年的六月，我敬爱的父亲在炎夏的一个清晨，在睡梦中与世长辞。父亲是我当年舍弃了美国微软工程师工作，成为作家的主要原因，除了他的健康因素之外，另一个重要的因素是父亲始终支持我朝向自己的梦想前进，也一直以我身为作家为荣。

父亲的过世，打乱了这部作品的进程。我在父亲过世的数月间，始终无法静下心来将它完成。这样浑浑噩噩地渡过了 2013 年，本想在 2014 年初振作起来，将这部和大家约定好的作品完成，万万料想不到的是，另一个更大的风暴又突然向我席卷而来。

2014 年初，过年前夕，我因为右小腿上一个指头大小的烫伤，由于不可知的原因，居然衍生成为比蜂窝性组织炎还要严重的“坏死性筋膜炎”，一种致死率很高的细菌感染疾病。那年年初，我在一个半夜被家人送到医院急诊，当下作了个医生表示“死亡率三成”的紧急手术，之后又开了三次刀，住了四十天的加护病房。

那年的新年，对我来说是相当悲惨的回忆，细菌吃掉了大半条小腿的肉。我在医院的加护病房过了年。因为植皮手术的需要，剃了光头。也在病床上躺了足足四十天。好不容易出了院，身体却因为这次的感染，大约休息了一年，最后才恢复了健康。

然后，终于我在 2015 年完成了新本《时光英雄》，时间比预定足足延迟了两年。但是非常高兴的是，它完成的格局和面貌是极度完整的，和我当时构思的面貌完全一致。而在两年后的现在，我更因祸得福地遇见了我的经纪人 Jack Lee。Jack 对于我的作品有着全面性的规划和格局，因此新时代的《时光英雄》，以及延伸下去的时空英豪系列，将会是一种跳脱小说文字格局的新时代面貌，它将会在 2016 年起，以漫画、电影、动画的模式多样化地出现。这是我对我的忠实读者们所能呈献的最好回报，在未来的时间内，大家将会看到立体化、全观化的我的作品模式，也请大家期待。

在新本《时光英雄》中，我呈现给大家的，是许多新时代的世界观，大家可以发现，我的作品风格与从前有着显著的不同，新作品的世界观是一种跳脱科学的宏观，我将大量的玄学元素，以大家能够理解的现代诠释法放入小说之中，在这样的风格里出现了神族、巫术、灵界、时空震荡等设定，它的趣味性变得更加多元。我一向是个大众型的作家，不专注于文以载道或是艰深的哲理。在十年后的今天，这样的创作观更加明显了，“写出大家都看得懂、爱看的小说”，是我目前唯一的最高指导原则，所以今后大家看得到的我的新作品，都会秉持的这样的风格，而且会更鲜明。

十年前，也许您的视野和人生曾经因为我的作品有所影响。十年后，我希望能以更成长、更进步的故事让您享受无比的阅读乐趣。

这，是我现在写小说唯一的期待。

苏逸平　2015 年 8 月

刘慈欣推荐序

科幻小说来自西方，是一种已经受欢迎日久的文体。

关于科幻小说的成色，有许多不同的说法，有的科幻评论者对于科幻小说的认定颇为严苛，只要不具备其中一个条件，就不被认定是正统的科幻小说。

另一种对于科幻小说的认定，认为科幻小说应该是“科”加“幻”加“小说”，三种组成的分量不同，就决定了它是什么样的科幻小说。

科幻小说，如果没有了“幻”的成分，那就是科学小说，将已知的科学加上故事的情节，但是并无幻想的成分，这是科学小说。所以，科幻小说要有“幻”这个必要成分，比方说，加入了“时光旅行”“外星人”这类元素的，就可以算是科幻小说。如卡尔萨根的《Contact》、麦可克莱顿的《侏罗纪公园》，艾西莫夫的《两百年人 Bicentarial Man》，一者的幻想元素是外星人接触，一者是基因复制出恐龙乐园，另一者则是机器人的生命历程，故事中除了科幻元素外所有的细节都有很严谨扎实的科学依据，这样的作品就是科幻小说，是“科”的部分很扎实，“幻”的部分扮演关键角色的小说。

另一种成分组成不同的“科幻小说”，就常常引起争议了。“科”的部分很少，大部分是“幻”或是“小说”的作品呢?

比方说，黄易老师的《寻秦记》，洋洋十数本的畅销名作，但是真正属于“科”的部分，只有一开始主角乘坐时光机跨越时空，从未来时代来到战国末年，其余的就都是“幻”和“小说”的部分了。这样的作品，可以算是科幻小说吗？在当代的一些小说分类中，据说是有人把《寻秦记》列为科幻小说的。对于这点，有不少铁杆的科幻迷并不认同，甚至觉得这样的分类对于科幻小说太不尊重。

作家朋友苏逸平显然也常常有这样的困扰。他的作品《时光英雄》纵使常被归类为科幻小说，但是据他说，这一点常常让他陷入论战当中，许多铁杆科幻迷对于《时光英雄》被归类为科幻小说极为不满，逼得他后来只好出来表示这部作品应该是“幻想小说”，或是“奇幻小说”。但是多年来，仍然动不动就会引起科幻迷和书迷们的论战。

好啦，现在苏逸平经过了十年的沉潜，又将《时光英雄》的故事重新开展，加上了几个新的时空世界，完成了新本《时光英雄》。想来，那股时时刻刻跟着他的争论又要出现了。

苏逸平的小说，算不算得上是科幻小说？大众化的小说（我想我这样说，他应该不会反对才是），能不能出现真正的科幻小说？

在我个人的原则之中，有一个和一般科幻迷比较起来，算是宽松一点的认定，那就是我认为，不管是什么样的小说，都一定要有其道理，对于任何设定或是架构，都要言之成理，绝不能出现戏剧理论中的“机器神”（deus ex machina）。

在古希腊的戏剧中，每当出现剧情无法收拾，或是没办法结尾的时候，总会安排一个天神从天而降，把事情一把解决（因为神明无所不能），这个神明在后世就被称为是“机器神”（deus ex machina），一个在小说戏剧情节中牵强扯入的解围角色。

所以，如果你要写一拳劈开地球的话，可以，但是你要解释他有什么样的力量能够劈开地球，而为什么反作用力不会让他的身体组织粉碎；而且还要解释地球被劈开后会产生什么样的天灾地变，或是整个地球的重力和磁场会产生什么样的变化，裂开的部分会不会形成黑洞；而地球裂成两半后，还要告诉读者会不会产生太阳系的变动，行星轨道会不会偏移……

身为读你作品的人，我会想要知道细节和合理性的部分，而不是只看到一个裂开的地球，或是用巨大创可贴贴起来的受伤地球……那不是小说，只是卡通，或是漫画。

同理，战斗间毁灭几个星系、伸出橡皮手臂可以在数十公尺外和人对打，甚至是魔法、妖术、鬼魂，只要是能够言之成理，就能为大家接受。不是搬出一个“机器神”，告诉人“你相信就是”就能够打发万千聪明读者的；要能够提出一个让我们可以接受的理由，而不是嘻嘻哈哈带过。

那么，苏逸平的《时光英雄》符合这样的要求吗？

我颇喜欢他在原来的《时光英雄》中的时空设定：“网状时空理论”，这是一种平行世界的概念，在世界上许多科幻作品中都有，不能说是苏逸平的首创，但是苏逸平把它解释得相当清楚：我们所知的，一条线下来的世界，其实只是众多平行世界之一，当一件事产生分歧点的时候，不同决定的世界就此分叉出去，形成别的事件发生线的平行世界。一般来说，平行世界之间是永不相交的，所以我们不知道这些分歧出去平行世界的存在。在《时光英雄》的故事中，未来时代的人发明了时光机，却永远没人能回来，就是因为回去的不是我们这条线的已知世界，是别的分叉出去的平行世界。所以就算我们把一个人送回清朝的时间点，就算他在那个世界把所有人都杀了，我们的历史还是看不到这件事，因为他杀掉的是别的平行世界的人，跟我们这条线无关。

我听苏逸平说过，这个设定不是从科学的合理性着眼的，是为了小说中编造舞台的方便，不被历史的既定事实限制。我相信这个平行时空的理论不只影响了很多年轻一辈的创作者，可能也激发了许多现在当红作家的穿越灵感，因为很好用，也可以自圆其说，导致了现在作品的穿越泛滥潮。

在新本《时光英雄》中，我看到了苏逸平对于新故事的努力，纵使在十数年前原版《时光英雄》问世后，常被科幻迷不以为然的几个设定：核酸工程（一种施打后就能让人得到知识的科技）、能在水火风组态间变换的生化警察，以及科幻作者的最爱也最怕的时光旅行等都依然留着，但是在这部重新展开的作品中，有几个故事和设定是我觉得有花心思去构想的，也加上了新世纪的元素。

在绿火地球中，苏逸平设定了一个出现世界末日的平行世界，人类本来要以数十艘宇宙飞船离开地球，但是其中一个国家（明显是中国）因为文明中的一些智慧启发决定留了下来。有趣的是，末日后幸存下来的人们，苟活了百年后，成了没有工业纯粹自然的民族，却突然遭逢了从天空下来，除了铁壳和炮火外什么都没有的种族发动攻击。绿色自然和铁火种族的对战，恰恰形成了百多年前，西方殖民者以船坚炮利入侵千百年来靠农业生存的大地之族的往事。自然与炮火、人性与机械、愚昧与残暴的对抗，是个很有趣的故事。

在少林这个时空中，苏逸平更发挥了想象力，把千年前的少林寺和微软的比尔盖茨连在一起。在这个故事中，苏逸平很大胆地把少林寺的创始者达摩禅师虚构成一个不是武林高手，而是数学家工程师的人物，整个少林寺的武学来自一部达摩东渡时带来的非硅晶式机械计算机，更把禅宗的“菩提本非树”公案转化成少林计算机争论是否要有荧幕显示器的战争，把木人巷和十八铜人解释成计算机创造武学时的误差。最后还把计算机巨子盖茨也卷进这场争斗之中。这样的设定，我觉得非常有趣味，在大众阅读的角度来说，是有趣的，而在科学的背景上，虽然不是很艰深的理论，却算得上是言之成理。

巫术世界，是一个本来就有的故事，在这个故事中，苏逸平假设了人类的文明发展历程并没有向科学的方向前进，而是因为某些因素，转成了以巫术为主要生存技巧的世界。这个故事虽然有点趣味，但是在现实世界其实是可能性极低的，并没有很深的科学精神。不过苏逸平也许是体会到这个故事原本设定的先天不足吧？于是他在这个故事中加入了一群在巫术世界中极不得志的年轻人，这几个年轻人的身份揭露后颇让人莞尔一笑，因为他们是我们这个世界上最伟大的科学家们，有男有女，在巫术世界中是清一色的年轻人，因为科学精神大于巫术能力，所以在巫术世界都是郁郁不得志的失败者。这群年轻的科学大师们在故事中得到了指点，各自得到了他们擅长的智慧，但是因为人性中的私心和贪念，接下来他们做的第一件大事，却是几乎毁掉了整个世界。

苏逸平的新本《时光英雄》，是部阅读起来颇有乐趣的作品，但他自己认为“如果你不觉得它是科幻小说，就当它是幻想小说”吧！作者既然这样说了，我就不再掠美，也就不再执着于探讨它是不是一本科幻小说了。欣见这位文学世界里的伙伴再次开始创作，也恰好有这个机缘以此序聊聊我的看法。那就顺祝这本著作的出版一切顺利吧！

[第01章]
时光英雄之歌

沉静遥远的涛声，宝蓝色的海洋在静夜里缓缓地拍着海浪。

雷葛新发现，自己再一次又来到了这个奇异的时空。

夜空辽阔静寂，泛着同样淡淡的珠玉色泽，与大海连成一线，分不清哪一边是海，那一边是天空。

空间中，幽幽地传来了轻柔的曼声之歌。

时光英雄雷葛新，为了所爱，穿梭三千年的时空

他逃离了凶残的追捕，只为了见到她浅浅一笑……

他踏入桃花源的无涯守候，踩过豪门的血海起落

他拾取重创的神明盔甲，俯瞰绿与火的恶战倾轧

巫术的壮美留不住他，菩提、计算机、少林，慧可的断臂鲜红飘雪

神界的永生留不住他，悟空、龙马、八戒，三藏的女身轻萝飞扬

星尘的泪水难使他回头，神界之谜因他崩坏显露

时光英雄雷葛新，为了一份失落的回忆，穿梭三千年的时空

只为了见到她的浅浅一笑……

歌声若有若无，但是因为歌中吟唱的内容人人都熟悉，所以不用细听，歌声便以非常清晰的形象，深深印在人的脑海里。

只为了见到……她的浅浅一笑吗?

远方的天空仿佛点亮了什么，像是有什么光源在夜空中“噗”的一声，遥远地炸了开来。

宽广的天空，这时候成了一个绝佳的显像屏幕，淡淡的光花从光点处晕开，展开成了色彩鲜明的巨大图形……

像是一幅幅巨大无比的走马灯一般，在天空中如轮如风一般掠过。

如无声的华丽游行，也像是缤纷五彩的电影，海平线远际的天空映像出来。

“唰”地一声轻响，有一道身影从巨幅影像中掠过，由远而近，冲向雷葛新的面前，气势惊人，仿佛就要直直地迎面而来。

但是那身影并没有扑向他，而是越过他的上空，向更远处奔去。而在那身影最接近他的那一瞬间，电光火石的一照面，看清楚了那个身影的脸，才发现那居然是他自己!

而在那身影的后面，则有无数看似火焰、水纹、旋风、闪电的身影，尾随着他，像是有着累世冤仇般地同样划过上空，向更远处拼命追去。

他逃离了凶残的追捕，只为了见到她浅浅一笑……

夜空再次恢复了静寂。

远方的巨大夜色之幕，这时候又开始出现了光影，一闪一闪的节奏下，由模糊变清晰。

那是一群穿着闪亮奇异金甲的战士，但是他们身上的装备已然残破，有的人脸上烧成焦炭，有的半边脸甚至已经成为白骨……

这群无声的金甲战士在夜空中显现，因为形影太过清晰，无声的空间里，却仿佛听得到痛苦者的哀号，以及盔甲碰撞的声音。

他们在夜空的巨大之幕里跳进一条河里，努力洗刷着身上的盔甲，动作既狂野又执着，仿佛这样才能把那上头的恶灵洗掉……

他拾取重创的神明盔甲，俯瞰绿与火的恶战倾轧……

洗刷盔甲的死灵战士形影渐渐消失，随之出现的，是几个古怪的身影。

带头的，是一个浑身充满精力的小个子，一身毛茸茸的金毛，手持亮晃晃的金属棒子，另一手持着缰绳；马上骑着的是一个比女子还要俊美的主教；跟在后头的，是一个消瘦的苍白男人，脸上戴着二十世纪大战时的飞行员猪鼻面罩；另一个挑着行李的，却是个一身皆是缝补痕迹的生化怪人。

神界的永生留不住他，悟空、龙马、八戒，三藏的女身轻萝飞扬……

奇怪的是，虽然这几个怪人只是巨大夜空中投射而出的光影，但是却仿佛看得见雷葛新似的，每个人虽然都是朝向远方走去，却一致回首凝视着他。

空间之中依然有人曼声而歌地唱着那首“时光英雄雷葛新”，但空气中却开始出现奇异的气息，这群人的形影虽然无声，却隐隐然可以感觉到，他们回首依依不舍的表情中，说的是重复的一句话。

“来吧……快来吧……我们等你……”

那群怪人的身影像是失焦的影像一样，再次消失。

但是，身影是什么时候消失的，雷葛新一点儿也没注意到。

因为，在这个时候，雷葛新的注意力已经完全转移了，再没有注意到空中的巨大光影，曼声而歌的幽幽女声，这时候逐渐地变得清晰起来。

歌声现在不再遥远空灵，传来的位置，仿佛是不远前的海边沙滩。

宝蓝的夜色中，白色的海滩晶莹如玉。

在那里，遥远的另一端，有个纤弱的身影站在那里。

于是，他开始狂奔，想要看到那个背景的绝美容颜。

空间中仍幽幽传来缥缈的歌声。

我穿越了三千年的时空，只为了见到你的浅浅一笑……

雷葛新像是要把肺炸裂了一般，在这个无垠的空间中死命奔跑，因为这是他生命中最重要的一件事。随着狂野的奔跑，远方的巨大夜空也随着他前进，光影不住地变幻。

但他完全没有心思看别的地方，一心只是死命地盯着前方那个纤弱的身影，似遥远，又逐渐接近，仿佛已经快要追到，却又有无尽的距离。

一定要看到！雷葛新在心中这样慌乱地想着。这是他生命中一直不停出现的影像，他知道自己毕生的唯一梦想，就是看到那浅浅的一笑……

纤弱的身影似乎又近了些，这一次……这一次很接近了，这一次一定要看到……

然后，整个宇宙就和过去千百次一样，在这一个最关键时间点轰然碎裂！

紧接着，雷葛新也在这个浩瀚的碎裂中，沉落到了时空的最深层。

公元2445年。

那个山猫公司出品的人工太阳此刻正在巨大的蓝天里闪烁着炽烈的光芒，空气中有炎热的味道。

遥望远方，地平线尽头的天际一片白云也没有。

根据山猫公司印发的人工太阳手册上说，这座最新科技人工太阳“猫耳736”能够模拟出古代世界的各种天气状态。包括那些只能在古书上出现的美丽词句：风和日丽的晴天、倾盆大雨的夏夜、秋风萧瑟的九月午后以及粉妆玉琢的雪地清晨，据说都巨细靡遗地存储在山猫公司总部的一具超大型量子生物型数据处理器里面。

换句话说，在一个奇妙的空间里，存在着二十五世纪地球人已经无缘亲见的各种天气；在那里，处理器昼夜不休地模拟着狂风、烈日、秋阳、骤雨以及三月阳春等错综复杂的天气，并且很微妙地共存在生物计算机中的小小空间里。

生活在这个时代的人大多颇能接受这样的设定及安排，经由人工方式在太阳下觉得热，在冬天里觉得冷，下雨天则被淋得一头濡湿。

不过话又说回来，不接受又能如何呢？经历过超人战争时期惨烈摧残的二十五世纪的地球，如今已成不适于活物生存的致命鬼域，如果没有人工太阳，生活在全地球十三座巨蛋型遮蔽幕内的所有生物将会在几天内死于绝对低温。

按照古代的说法，这一天是风和日丽的好天气……既然人家这么说，就算它是吧！一大早，全球电视台的连线气象预报站表示：经过各方面的数据综合（开场白总是如此），今后三天将持续相同的天气，想仿效古风在原野上风雅地野餐的人们可以开始准备了云云。

就在这个时候，位于城市西南区的公务员人工智能大厦里，雷葛新正在人工阳光映照着的床上酣睡。上班时间已经过了好一会儿，他的生物型闹钟却在关键时刻出错，理应在清晨七时三十分将清醒激素扩散在房间的设定却出了故障。

雷葛新在一个色泽宝蓝的梦境中突然从高空坠下，惊醒过来后，有一阵子还弄不清楚到底自己身在何方。

昨夜的梦境就像熔岩里的寒冰一样，总是在他睁开眼睛的瞬间消融不见。

他重重揉了几次眼睛，看见墙上的复古式荧光阿拉伯数字钟上的时间，才发现事情不妙。

09：11。

早晨九点十一分，上班时间已经过了十一分钟！

“我的妈呀！”他大声叫道，一下子跌下床铺。

雷葛新在早晨九点十三分匆忙跳进衣服重制仪里，让空气中的氮分子组成今天要穿的生物材质衣服，均匀地喷洒在他身上。不到两分钟，他便已经火速冲出大门，搭上第一座阳光能电梯。

从电梯略见斑驳的透明窗口望出去，公元二十五世纪的城市全景在俯瞰的视野中逐渐变大，是一幅算得上赏心悦目的景象。

容纳三百万人口的中型城市锡洛央，此刻正在山猫人工太阳的映照下，绽放着柔和的金属光泽，像一幅古代原始计算机芯片放大图。

雷葛新很清楚，如果此刻时光倒流回到五个世纪前的二十世纪第一工业时代，当时的世界大城的市容可不会这样赏心悦目。就如同昨晚那部害他今晨没爬得起来的古装电影《星际终结者 ID4》里看到的一样，古代名城纽约的脏乱市容比起被异星人炸掉后的惨状也没好上多少。

然而，与现今这个看似完美的天堂世界相较，雷葛新却奇异地对古代那个纷乱但带有无穷生机色彩的世界极度向往。

不过，今天雷葛新没有时间胡思乱想。阳光能电梯高速下落，抵达地面，雷葛新走出大楼大门，到了对街的一具银亮建筑物旁边，这种装置酷似古代的电话亭，他将手腕伸入建筑物的一个小孔，生化扫描光束扫过他腕骨上的DNA条形码，机器里传出柔和的女声。

“核酸局雇员雷葛新，地下天网传送带将在十七秒后传送，抵达核酸局时间，一分十四秒，请准备就位。”

雷葛新走进传送亭，他的身体在明亮的光线下沉入地底七米，坐在“天网”传送机的小室中时，总算能够轻松地喘了口气。

四周的投射壁上这时映照出计算机仿真的透明地下景象，仿佛是坐在一艘潜水艇里，悠游在城市地底一般。

这是雷葛新调到核酸局工作的第一个月，虽说工作有点乏味，然而他心想，其实也没有什么好抱怨的，毕竟这样的政府一级高薪机构的职位是很多人梦寐以求的肥缺。

比方说，他的前主管——市档案处主任就睁大眼睛，无法置信地签下他的转职证明，并且一改之前的倨傲态度，“请您务必到了核酸局后，有空帮在下张罗张罗”。

但是，事实上，自己为什么可以转到这种城市的一级重镇单位，雷葛新也完全搞不清楚。他自认为工作能力普通，也不擅长和人交际，缺乏积极的野心，唯一的优点是和同事们处得还不错，但也只是喝合成咖啡时可以聊聊的程度而已；和城市里最有竞争力的优秀人才相比，没有一点儿优势。

管他的，反正人家把好机会双手奉上来，难道还要说“不用了，谢谢”吗？

沉静的小型输送匣在地底前进，一路上城市地底的仿真景物在雷葛新的胡思乱想里不住倒退。

雷葛新挺喜欢在虚空间漫游的孤独之感，只可惜这种在地底悠游的时间总是不长，绕过市中心的分流道，拐个弯就已到了核酸总局。

传送机里这时候传来同样的女声甜美地说道：“雷葛新，核酸局已经到了，请你准备上陆。请努力工作，祝你一天愉快。”

投射壁上的陆面风光逐渐消失，雷葛新理了理头发，走出传送匣。放眼看过去，对街耸立入云霄的就是格局宏伟、号称太阳星系最坚固建筑的后创世纪核酸史料总局。

时间已是早晨九点二十一分，距离上班时间已经迟了二十一分钟，局里的考核规定明确地把上下班的时间列为重要考核指标。早在二十一世纪，科学家就已经发现，工作效率的优劣不在于时间，而在于质量，但是为什么在这样的一级星际机构里，还有这种陈腐的官僚式规定呢？雷葛新一边在脑里不着边际地抱怨，一边火速越过大街。

就在这一刹那，毫无预警地，整条本来尚称平静的大街突然就天翻地覆了起来。

雷葛新正通过了大街街心的一半，突然，左侧的地平线“砰”的一声巨响，一部米黄的核动力自用小货车带着浓烟冲天而起，飞过雷葛新的上方，重重地在他的右方街道上着地，随之起火燃烧。

轰然巨声响起之际，马路上的人车纷纷闪避，“砰砰”的交撞声，刹车声、撞击声此起彼落。

小货车上的车门打开，两名穿着同样黄颜色抗辐射装的人从车里翻滚出来。

雷葛新目瞪口呆地看着这一幕，身后这时又传来一长串刺耳的空气涡轮刹车声，他回头一看，几十部蓝白相间的市警陆空两用车闪烁着警灯在浓烟中出现。

“趴下！趴下！你们都趴下！”从车上逃出的两个人之一狂声大呼，朝远离小货车的方向一跃。雷葛新愣在当场，只听得一个尖锐的声响从耳际划过，市警方无视于夹在两方之中的雷葛新，立刻发射出一枚高爆弹；闪亮的银点越过雷葛新，击中黄色小货车，将它“轰隆”一声炸得支离破碎，灼亮的金属片四散飞扬。

这时候，雷葛新才意识到自己处境的危险，陡地身形一矮，伏在地上。逃过爆炸一劫的两名黄衣人同时解开外衣，取出类似手提箱的武器，闪亮出无声的艳蓝色光束向市警队还击。一时之间，趴在地上的雷葛新头顶上空交会着双方的重型火力，偶尔相互碰撞，落下烫人的火花。

市警队的高爆性火力以数量占优势，但是命中率不佳。而两名匪徒的量子武器则百发百中，物体被蓝光贯穿的那一瞬间总给人毫发无伤的错觉，然而那只是毁灭前几分之一秒的回光返照罢了，车体或人体一旦被蓝光穿过，立刻像失去支撑的建筑一般倾垮下来，冒出一阵白烟。

被量子光束击中的市警车这已经毁掉好几辆，每辆的下场都是一箭穿心、化为烟尘。

两名黄衣人丝毫无惧于市警队的火力网，且战且进，逐渐向核酸局的大门口接近。原来，他们的目标是攻进核酸局。

雷葛新伏在地上，仰头望着他们在灼热的火力网中向核酸局大门口逐渐逼近，那两个人的面罩这时已经扯下，其中一人是个面色冷傲的瘦高男人，另一个则出人意料地是个娇小的美女，在硝烟弥漫的空间中，两个人的脸上都是坚定沉静的神情。

眼看着市警队的火力已然无法阻止两个人攻向核酸局的大门。这个时候，空气之中突然泛出淡淡的水汽。在核酸局的大门之前，景物突地如水幕般开始模糊不清起来。

市警队的指挥官愣了一下，挥手让手下停止攻击。在十来部全毁的警车后边，几十名警察放下武器，专心地看接下来这一场极为罕见的交战景象。

这时候，核酸局前的水幕已经变得更为清晰具体，像是一幅巨大的蓝色波纹墙一般，挡住了来犯二人的去路。

那两名企图攻进核酸局的男女，在水幕般的空间阻挡之下依然奋力挺进，个头娇小的女人一反手，量子武器的光束变得更为炽亮，以十倍的威力向核酸局大门发射，只是，那光束却在水幕前只是亮了一亮，就全部被水分子般的力场吸收。

那男人“呼”地一下跑到女人的前头，从口袋中掏出两颗紫色的制式质子手榴弹。这是二十五世纪个人攻击武器中最强力的弹种，如果使用得宜，一个人足以毁掉一个师团。不过那是种玉石俱焚的做法，因为质子弹的涵盖范围之下连攻击者也会受波及。

两颗质子手榴弹如果真的爆炸，两名匪徒、雷葛新、路人，甚至更远处的市警队都将绝无幸理。

市警队中有人发出惊呼，还有人就地卧倒，也顾不得如果真的爆炸，卧倒和直立其实也没有太大差别。纷乱之中，只有雷葛新不知道这种终极武器的厉害，仍然愣愣地保持伏地的姿势，仰望那两名匪徒在光幕之前无计可施。

个头娇小的女匪徒再度向核酸局前的水幕发射质子光束，这时候，水幕突地精光大盛，原本柔和的水面激烈波动起来；水波怒起，将光束反射回两个人的脚前，击碎地面，激起一大阵烟尘，逼得他们倒退几步，女人还狼狈地跌倒。

那男人一咬牙，拇指一推，便向水幕方向丢出质子榴弹。

一刹那间，众人几乎心脏一致停跳。眼见得两枚泛紫金光泽的质子手榴弹划出一道弧形，所有人玉石俱焚的命运似乎已无可避免……

核酸局大门口前的水幕逐渐向中心凝聚，仿佛是慢动作一般，两颗威力无比质子手榴弹穿透水幕，水幕却像一张无比坚韧的橡皮网，两颗弹头堪堪穿透，又被水力场扯回。凝缩的水幕幻化出一个淡淡的人形，随着颤动的波纹开始清晰成形，出现在几近软瘫、目光惊恐的众人面前。

两名匪徒这时也仿佛忘了自己要做什么，愣愣地站在雷葛新前方不远处，仰视着人形波纹逐渐成形，从空中降下，双手各拎着一颗质子手榴弹。

“啵”的一声，质子手榴弹在水纹人形的手中炸开，紫红色的光芒只在水分子力场中略微亮了一亮，原先可以杀害数千人于一瞬的致命力量，如今却只像是在五米外吹爆一个牛皮纸袋。

水波在爆炸后更为凝聚，人形缓缓落地，着地之际，已经变化为一个壮硕如牛、脸上满是胡楂的大汉。

大汉身着核酸警队的制式服装，但是雷葛新从未在局里见过这种职阶的核酸警察，也没看过有人穿这种颜色如大海般湛蓝的制服。

在众人还是目瞪口呆之时，两名匪徒中的男人最先回过神来，他眼睛一眯，便对准壮硕男人身上射出一枪量子光束。

壮硕男人饶有兴味地看着量子光束从自己身上透体而过，又看了男匪徒一眼，陡地眼中精光大盛，身体却没有像一般物体那样崩垮碎裂。

“我是核酸警队‘水’支队队长阳风。”他叉着腰，俯视着两名匪徒说道，声音粗豪，震得人耳朵嗡嗡作响，“现在正式宣布将两位逮捕。”

那名男人不死心地又对阳风队长开了一枪，光束仍然对他毫发无伤。

阳风队长一招手，原先站在核酸局门口的警卫走过来，准备采取逮捕行动。

两名匪徒惊慌地四下张望，看见了狼狈趴在他们身后的雷葛新。

此刻的雷葛新并没注意到眼前急转直下的状况，只是盯着阳风队长高大的身躯发怔。他想起来，在还没到核酸局上班之前，曾有一次听某个自称在核酸警队退下来的老保安人员说过，核酸警队的成员大多是人工培养出来的转换态生化人，因为只有生化人才有绝对的忠诚度，足以承担保卫核酸局的枯燥艰难的任务。

转换态生化人是二十五世纪的生化人族群之一，但是他们的形成以及科技背景却始终是个谜。直到公元二十五世纪的现在，仍然有本格派的科学家坚决认为这种能在肉体和风、水、雷、火各种形态间转换的生化人种只是个骗局，因为他们想破了头，也想不出来什么样的科技能让有机分子在风、水、雷、火等形态间变换。

“三十年超人战争时期”之后，因为地球人口数量锐减，革命性的“平等条款”在后创世纪公元2391年颁布，条文中将生化人正式纳入人类族群之中。生化人科技脱胎于二十世纪末基因克隆工程，但是经过多年的科技演变，二十五世纪的生化人统一由联邦政府的“生化医疗研发处”生产，机构内有设备完善、生化人昵称“姆妈”的巨型人工子宫，由人工合成的基因开始（其时生化人基因已不再取自人类），到培育四个月后的机械式分娩，全程与真正的人类种族已毫无关联。在联邦条款的保护下，生化人享有和人类同等的所有权利，也可以和人类通婚、交友（纵使生化人和人类真正谈得来的为数极少）。一般来说，生化人个性沉默，逻辑性强，是以各军方、警察单位特别偏好招收生化人成员。

据说，核酸局除了这些台面上的核酸警察之外，还有一个神秘的单位独立于编制之外，专门执行不为人知的任务。这个单位的成员要求一定要是生化人，而且是生化人之中能力最强、来历也最神秘的“转化态生化人”。

据那名老保安人员说，他自己在核酸局工作了六十年，也只见过这个单位的成员一次，那一次他见到的是一个“火”支队的核酸警察，出现及消失时都有熊熊烈火相伴而行。

按照“后创世纪百科”上的记载，传说中的转化型生物人以雷、火、水、风四态最多。顾名思义，他们是一种能以人型或上列四态存在的奇异族类，但是这种族类因为是政府的最高科技产品，所以一般人对他们的了解程度也仅限于在他们偶尔出现时远远看上几眼，再加上丰富想象力的揣测而已。

显然，眼前这位阳风队长就是一个水态生化人。

两名走过来的核酸警察越过阳风队长，向两名匪徒逼近。男匪徒向女匪徒做了一个手势，后退几步，突然把尚在发呆的雷葛新一把拽起来，用枪押住。

“别动，兄弟，我不想伤你。”他低声说道，随即扬声对阳风队长大声叫道，“别过来，再接近一步，这个你们局里的人就没命！”

两名匪徒押着雷葛新且退且走。前来逮捕他们的核酸警察回头对阳风队长探了探眼色，阳风队长点点头，两个人便动作一致地迅速举起高爆枪向两名匪徒和雷葛新的方向开火。

“你们真的开枪？”雷葛新被男人冷不防狼狈拉倒，耳边听见男人大声吼骂，男人手中的量子枪“咔嚓”轻响一声，三个人很有默契地一起着地摔倒。落地前，雷葛新看见阳风队长张开了粗壮的手臂。

一阵寒意从男人扼住他脖子的手臂上传来，雷葛新的身体一碰到地面，便下意识地闭上眼睛等死，等着再次交火的灼亮火网送掉他的小命。

然而四周却是一片静寂，没有高爆枪声，也没有量子光束的“吱吱”声响，只是从身后传来的寒意越来越盛。

男匪徒的声音此刻变得有些模糊，雷葛新一转头，却看见他的身上、脸上覆满了白霜，仿佛是刚从冰雪世界来的雪族。

“走……”他的声音越来越是微弱，但是不知道为什么，雷葛新却意外地从他的眼神中感觉到了善意。“你们走……”

男匪徒用尽最后一丝力气，一脚踹在雷葛新的腰上，把他和女匪徒一起踹离了好几步，自己则被一股漫天落下、不知道是水是冰的光影紧紧罩住，再也无法动弹。

此刻女匪徒的手上再无劲力，本来拉住雷葛新的手也已经松开，这是个转身脱逃的大好良机，但是雷葛新微一侧脸，却发现她的面罩已经松脱，露出娟秀的脸。

“你……你走吧，这事本来就……与你无关……”女匪徒凄然地说道，“他既然已经逃不了，我也不想独自活下去。”

不知道为什么，雷葛新心里涌现出一种奇异的感觉，在这一刹那，他突然觉得自己经历过同样的场景，电光火石的一瞬间，任何理性思考都不存在了，此刻他心中唯一的念头，就是：“我要帮她！我要帮她逃出去！”

于是他假装一个踉跄，仿佛是被女子拉了一下，这却是一个假动作，实际上是他反手拉住了女子的手臂。

“快！假装你押着我！”雷葛新低声说道，拜他平常看的那些古代动作片所赐，他知道这种押住人质的做法常常可以让人在极度恶劣的形势下逆转局面，“只要到了路口，你就可以逃掉了！”

女子微微一怔，她已经失去了逃生的动力，完全不知道为什么眼前这个素昧平生的人会这么好心。两个人这样挣扎了一下，女子一个反手将手掌印上了雷葛新的脖子，只觉得身上微微一痛。

只听见“嗤嗤嗤嗤”几声轻响，女子的身上同样被似水似雪的物体团团包住，两个人分开向不同的方向跌倒。

而雷葛新看到她的最后一眼，便是她眼中感情复杂的目光，那是一种温柔、同情、全然没有恐惧的眼神。

原来，即使雷葛新愿意假装被挟持，想要帮她逃离现场，也是全然不可能的事。在阳风队长出手之际，全场的核酸警队就已经全面停火，因为他们知道，只要有生化警察出手，不管什么样的对手，一定会被当场制伏。

雷葛新仰躺在大马路上，眼中只见到一片蓝天。核酸警队中一个人的大脸这时出现在他的视野里，挡住了一大半天空。

“没事了。”他说道，一边搀起雷葛新，“起来吧。”

雷葛新这时候有点恍惚，冷不防有一个如破锣般的声音在身后响起。

“没事？才怪！”从警队队伍里冲出来的是一个穿着“风”队制服的警察，只是和阳风比起来，这位生化警察的长相就猥琐了许多，只见他身形中等，脸色淡黄，眉头一高一低，眼睛也是一大一小，下巴留着一撮鼠须胡子。

“先抓起来再说！你怎么知道他不是同党？”只见他睁着怪眼，瞪着那个将雷葛新搀扶起来的核酸警察，“这人平白无故会和他们搞在一起，难道不需要调查清楚？我萨都就第一个怀疑他是同党！”

说着，这个名叫萨都的生化警察掏出藤蔓生物型手铐，伸手过来准备逮捕雷葛新。

核酸警队“风”支队的警察出手时都有风的特性，此时空气中微微回荡着风鼓动的气息。但是这样的风之气息，却被哗啦啦的隐然水声打断。

“住手！萨都！”一个粗豪的声音响起，声音中还带着似水波动的声响，“不要找无辜者的麻烦！我知道你在动什么歪脑筋！”

“知道？我叫你知道！”萨都怪眼一睁，他的脾气相当暴躁，回手就是一记风掌，鼓荡的风将周遭的气流改变，让人觉得呼吸困难。

但是他遇上的却是生化警队中身手数一数二的“水”支队队长阳风，只见阳风面对暗藏凶险的空气旋涡并不畏惧，只是双臂一架，跟着两只手的腕部一个优雅的交错，挥出双掌，便从萨都的风掌下方反击了回去。

这股水力场的力道说强也不算太强，但来势极快，等到萨都察觉的时候，已经扫到了他的跟前。

“噗”一声轻响，阳风队长的水力场猛然击在萨都的胸腹上，将他击飞了出去。

这一掌的力道很巧妙，虽然把萨都打飞了，却没有让他受到太大伤害。

水为至柔，也为至刚，在场的核酸警队成员中也有几位“水”支队的生化战警，但是看到了阳风的身手，还是自叹远远不如。

要是力道大一些，当然可以将对手击飞，却无法这样巧妙优雅；而如果要顾到力量的柔和，却又无法将对手打飞。

难怪阳风的“星际至尊”名号会传到太阳系各殖民地的角落。许多人只是耳闻这位有“核酸警队第一技击高手”的名号，今天才第一次看到他的身手。

阳风的身手是真正的高手才能看得出的巧妙，在普通人眼里，根本看不出刚刚的数秒钟里，阳风和萨都已经交上了手。人们只看见，萨都对雷葛新吼了几句，阳风走了过来，跟着萨都整个人就倒飞出去，在地上滚了几滚，神情是又愤怒又惊慌，却不敢回击。

阳风也不再理萨都，只是像天神般站在道路中间。这时，马路上满满的人、车、残骸仿佛都不存在了，每个人的眼中只看得见这位一身水蓝制服的核酸警队“水”支队队长。

两名匪徒这时以方才落地的原姿势倒在地上，身上覆满白森森的冰霜，只有眼睛还能骨碌碌地转动。

如果没有什么差错的话，大家都知道他们接下来的命运，就是静待有法官裁判权的阳风队长宣判。

果然，阳风队长立刻朗声说出判决。

“以星际死难英雄的英名为证，”他粗豪的嗓音声传数里，震得人耳朵轰轰作响，“被告二人扰乱公共秩序，监禁三十年。破坏政府设施，无声刑两年。杀害公职人员未遂，心理辅导十年。”

“最后，”这时候，他一改先前的漠然神情，脸色凝重地取出一顶与星战时期英雄姚德同款的蓝扁帽，戴在头上，严肃地说："意图盗取核酸科技，本席宣判被告六百年古代低爆式枪刑，不得上诉。收押后立刻执行。愿星战英雄的英灵保佑你们。"

在人工灵魂轮回科技已然发展成熟的二十五世纪，古代文学家、宗教家最向往的"永生不死"，已成了这一代人生命的标准形式，如果不要出太大差错，将衰老的肉体替换成新、灵魂不用重新再来的累积式生命技术易如反掌。

在这种情况下，二十五世纪的最重刑罚就不是死刑了，而是将死亡方式在刑期内不断重复执行的刑罚"无间"，也叫"薛西佛斯式极刑"。

比如一百年的断头刑，就是让犯罪者感受在一百年光阴里重复无数次利刃断颈的痛苦。而六百年的低爆式枪刑，就是在主观感受六百年的岁月里，每天都要重复被子弹射穿身体的痛楚。

这时，两名匪徒身上的冰霜已被核酸警察融化。方才他们被阳风队长的"水态力场"无声无息击中，身体百分之六十的水分在瞬间低温下冻住，以至于动弹不得，束手就擒。

听完阳风的判决后，男匪徒仍然神情冷漠，娇小的女匪徒的俏脸却一下子变得煞白。

"人渣！你这半人半鬼的怪物！"她在核酸警察的强力押解下，仍拼命挣扎，回身对阳风队长声嘶力竭地大叫，"你们不会永远掌权的，我们的同仁还会再来。总有一天，雷葛新会来，我们会在自由的天空下相见！"

她转向那群目送她被押走的市警队警察，大声地叫喊着，声音凄厉，但是又无比坚定。"自主无罪，追求知识无罪！"

阳风队长充耳不闻，还是像天神一般站在核酸局大门口，头上戴着姚德中尉当年血战狂人莫里多时戴的火徽蓝扁帽。

一阵微风吹来，雷葛新打了个寒战。因为那个女匪徒临上警车时，开口高声唱着那首《雷葛新之歌》。而表情高傲的男匪徒在被捕后始终没有开口说过一个字。

在女人渐去渐远的"……为了所爱，穿梭三千年的时空……只为了见到她浅浅一笑……”的凄厉歌声中，市警队的警察无言地撤退，只留下一堆废车的残骸。马路上逐渐恢复正常的样子，行人和车辆绕过警车的残骸，像是一个新愈合的伤疤。

阳风的身形逐渐转淡，临走前，他向雷葛新投来饶有深意的一眼，转身迈向核酸局，就此消失不见。

一场如古代动作电影般惊心动魄的风波就此结束了。雷葛新想，只怪当年沉迷古装电影的父亲走火入魔，给他取了这个英雄的名字，同样是叫雷葛新，自己的命运和方才女人口中唱出的时光英雄实在差得太多了。核酸警队居然不顾他的安危直接向押他做人质的歹徒开枪，让他在火网中差点儿送掉小命，而现在他衣服残破、一脸尘土不说，核酸警队和市警队也没有人来过问一声。

这时候，媒体的转播机器艇烦人的声音已经隐隐出现，如果一个不幸被转播记者抓到，上了星际通讯网，那可就是倒霉中的超级倒霉了。雷葛新今天早上真是流年不利，此时他已经迟到五十三分钟了。

今天他的工作已然排定，要在早晨十点整，给新进警队的菜鸟放映核酸简史的影片。想到这件事，雷葛新一声低呼，便向核酸局大门口拼命跑去。

在核酸局的大楼中，处处都投映出时间，让所有员工都能确实知道精准的时刻。但是在一个迟到的家伙眼中，每一幅映照出的时间数字，都像是在张开大嘴嘲笑他。

冲进电梯时，是九点五十四分十六秒。雷葛新不住地按着电梯的按钮，仿佛这样就可以加快速度。

他的办公室在第二百七十七层，乘高速电梯大概要四十秒。

快点……快点……

但是，就在这一瞬间，雷葛新很清晰地看到，电梯里的时间数字突然减缓了跳动，整个空间似乎变得寂静了……不，那不是寂静，而是仿佛有什么东西被抽离掉了的奇怪感觉。

这时，雷葛新的脖子有点隐隐的刺痛，他这才想起来，刚才在核酸局前的混战中，那个女匪徒曾经碰过他的脖子，当时也有微微的刺痛感。

那个女人……

突然，整个空间唰的一下变了颜色，电梯里的空间猛然无限扩大，像是一个无比辽阔的空旷平原。

静寂之中，却又隐隐有海浪的声音传来……

这种场景，好熟悉啊……

雷葛新的脖子上，这时候又像过着弱电流一般，规律地传来刺痛感。他忍不住想，刚刚那个女人到底在他脖子上做了什么手脚？有毒吗？会不会造成什么身体的伤害？

正当他惊疑未定地思虑着这些问题的时候，空间中传来一个柔和的女声。

“我不是‘那个女人’喔，我有名字的，”柔和的女声说道，“我叫阙亚莎。”

“噗”一声轻响，雷葛新的脑海中就像喷洒了万千种颜色一般，突然出现了许多影像，还有声音。

所有的影像声音，都在述说这个叫作阙亚莎的女人的故事。

阙亚莎是个殖民地小官员的女儿，从小在富裕的环境长大。她从小接受最完善的星际教育，培养出了一个出色人才的全盘智慧。

直到她高中时期的一个下午，有个留着胡子的流浪汉翻过围墙，走进她家的花园，也走进了她的心里……

男人给她讲了许多她从来不曾听过的故事。

原来，现在地球的美好和幸福，是建立在许多人苦难上的结果，在十三遮蔽幕的愉快生活之外，还有许多人过着饥饿、战争、匮乏的悲惨生活。

原来，真相一直被掩盖起来，人们所知道的，是政府当局选择给出的信息。在古代的生活中，人们曾经拥有完全的学习自由，想吸收什么知识就吸收什么知识；人们也拥有完整的空间自由，想去太阳系的任何一个角落，就可以自由来去任何一个角落。

实际上，地球的生命已然在超人战争中的残破中复苏，在十三遮蔽幕外，已经有很多地方恢复了生机，人们其实已经可以在那里生活了。

于是，阙亚莎受这个男人的思想熏陶，决定加入反抗军的行列，为了绝对自由而奋战……

大量的信息不停地在雷葛新的脑海中放映出来，他仿佛经历了一段漫长的岁月。在这段岁月中，阙亚莎生命中发生的事情一幕幕地清晰出现，雷葛新仿佛扮演着她的角色，把她的生命重新经历了一次。

也不知道过了多久，辽阔的异空间逐渐淡出，电梯内的各种装置逐渐恢复清晰。雷葛新陡然从梦境中醒了过来，醒过来的第一件事，就是想起自己不知道又迟到了多久。

今天看来多灾多难，不知道能不能活到下班……

9：55：23。

令雷葛新惊讶的是，眼前映入的时间，居然只是上午九点五十五分。从他进入阙亚莎的故事幻觉中开始到现在，仅仅过了一分多钟。电梯灯的闪烁从两百七十层楼开始减缓，到了两百七十七楼的时候，“叮”地一声轻响，空间中传来悦耳的女声。

“核酸局信息处雷葛新先生，您要去往的楼层已经到达，祝您有美好的一天。”

电梯门“唰”地一声打开。雷葛新惊疑未定地挠挠头，又摸摸脖子，此刻那种刺痛感已经消失，但刚才的记忆还是非常清晰。走出电梯时，他还不住地回头观望，完全无法想象刚刚那场奇异的漫长幻梦实际上只发生在那么短的时间内。

雷葛新的办公室距离电梯只有不到十步距离，这一早上经历众多阻碍困难，撑到现在，居然还可能赶得上十点钟的新晋警察课程，想起来也真是神奇得不得了。

雷葛新还没奔到办公室前，一个大嗓门的声音就从里面传来。

办公室里传来的这个声音辨识度极高，除了雷葛新的同事米帕罗之外，再没别的人有这种刺耳的大嗓门了。

雷葛新正要走进去，听到说话的内容却停下了脚步。

“是是是！我知道！我知道！是的，知道，我不应该拿这种小事来烦您老人家。但是，我觉得身为一个核酸局的忠诚雇员，我应该向您报告这件事！”米帕罗似乎忘记了自己的嗓音可以传遍三层楼，更大声地说道，“我知道，您说得对，这是小事。但是他今天居然迟到了整整一小时，已经要延误新生课程的播映了，所以，我想我应该跟您报告一下……是，是是是，我闭嘴，我闭嘴，我不准再打给您了，我闭嘴……”

通话器中这时传来极大的“砰”的一声，显然是另一头的长官挂掉了。米帕罗有点愣住地望着通话器发呆，一转头却看见雷葛新站在门口，正瞪着他，脸上的表情似笑非笑，却又咬着牙。

米帕罗一怔，脸上的表情迅速地转换，从打小报告的嘴脸硬挤出笑容来，还是一样的大嗓门。

“你小子干什么去啦？知不知道你迟到啦？长官都翻脸啦！要不是我拼命帮你求情，你早就倒霉啦！”

[第02章]

不可能的任务

时间是上午九点五十九分，雷葛新在核酸简史放映前最后一刻火速冲进放映室，他的搭档米帕罗正以疑惑的眼神看他，还想再说些什么。

“闭嘴，学长。”雷葛新打开控制座，让机器扫描手上的DNA条形码，“现在请您闭嘴，先开始工作再说。”

放映台前坐满了这一期的核酸警校学生，准确地说是六十七人。与往常不太一样的是，这期学生有一半以上是人类，只有不到三十个生化人。

雷葛新的搭档米帕罗将放映内容放进VR模拟幻境机里，他已经在这个机构中待了超过十年，对于这部即将放映的《核酸简史》已经能倒背如流，显然没有什么兴趣。

雷葛新将放映力场打开，舞台前开始洒下柔和的灯光，音效升起。他和放映台前那六十七名警校新生不一样，新生们像是古代的孩子第一次上电影院一般，亢奋而满心期待，而雷葛新的心里却对即将播放的“核酸简史”嗤之以鼻。

米帕罗看着他不屑的神情，心中觉得好笑，忍不住又瞪了他一眼。

“人类的文明发展史，”雷葛新促狭地学着影片里雄浑的男声背诵着开场白，“简言之，就是一部信息的发展史……”

大舞台的灯光陡地一暗，模拟幻境机将所有人带进一片辽阔的大草原。古生代的植物，纯净的蓝天，地平线有火山冒出熊熊烈火，茹毛饮血的石器时代人类在大草原上悠闲地行走。模拟幻境机将这个空间的气息和声音传入放映厅，让人产生置身其中的错觉。

“人类的文明发展史，”果然，有个浑厚的男声开始讲述“核酸简史”的开场白，“简言之，就是一部信息的发展史……”

空间中浮现出立体的生物发展简图，沉稳的男声继续说下去。

“当人类开始有了信息的传递行为，人类与其他动物就有了真正的分野，走上了‘万物之灵’的不同道路。从最早的肢体语言、口耳相传、结绳、文字乃至后来的电子信息、声光媒体，都是人类信息文明的伟大发明。

“然而，无论这些发明如何先进，声光效果多么花哨，从有记载以来，人类的信息吸收管道比起信息的进展程度永远无法同日而语。从人类对未知的知识领域有需求以来，吸收知识的方式从未超出间接途径的范畴。简言之，吸收知识的管道一直局限于经由视触听嗅味觉产生大脑皮层刺激，再经由不断的冲击产生记忆，这种接收方式，在古代统称为‘学习’。”

投映幕上这时映出了古中国书生凿壁借光的影像，以及十九世纪欧罗巴洲女扮男装求学的“杨朵”的故事影像。

“这种求学的过程其实是人类史上的一个大讽刺。求取知识的过程万分痛苦，奇慢无比。穷其一生，等到获取知识而小有成就时，生命通常已到尽头。如果能压缩低效率的学习过程，让时间充分用在得到知识后的融会贯通上，人类的文明发展，会不会跨越一个鸿沟，进入一个崭新的境界？这就是当年激发核酸科技之父——二十二世纪著名生物科技学家罗世列博士研究灵感的想法。”

此时屏幕上出现了罗世列的肖像，显然是一张已经被破坏、重新修补过的照片。

“罗世列博士在公元2169年首度成功分离出在人脑内形成知识的罗氏核酸激素，证实了拥有六十年物理知识的人脑和寻常人脑的差异，只在于两亿分之一毫克的罗氏激素。罗世列博士在有生之年并没有看见他的核酸知识理论转化应用。后来，随着生物型超级计算机、基因工程科技的日趋成熟，第一剂人工合成的五十年音韵知识型罗氏激素在古美利坚盟邦的得克萨斯共和国问世。接受实验的志愿者在实验前对音韵学一无所知，接受注射后却立刻成为精通音韵研究的音乐大师。从此，人类的文明史翻开了崭新的一页。自古以来，每当有革命性发明问世，睿智灼见者总要质疑会不会将人类带向灭亡。从十九世纪的炸药、工业革命，二十世纪的资本主义、核子科技、计算机、公害，乃至于二十世纪末的基因工程、克隆生物科技，都没能使顽强的人类种族灭绝。然而，绝没有人料想得到，最后反而是这个人人称颂的核酸知识科技，几乎让人类走上了万劫不复的灭绝之路。

“核酸知识科技在二十四世纪初正式普及后，短短十年时间，地球的文明科技呈几何级数跃进，与外星智慧生物交流、灵魂分离转移术、移民金星水星、臭氧层修补工程、克隆绝种生物等科技都在这个时期臻于完善。时光机器也在这个时期研制完成，纵使它送出去的时光探险人员从未生还，但是时光发展局的科学家仍坚信时光旅行是可行的。”

时光机器原型“韦尔斯”在屏幕上停留了片刻，影像逐渐模糊，寂静中，慢慢响起沉郁的二十二世纪著名的古典乐章：《时光英雄雷葛新》。

米帕罗促狭地拍拍雷葛新的肩，雷葛新瞪了他一眼，不再理他。

“水能载舟，亦能覆舟。核酸科技的激情逐渐消退后，人类才发现这门神妙科技有着极为可怕的副作用。人类个体对知识大量涌入的不同感受、体质差异、不同的核酸剂量组合，都会产生许多未知的副作用，猝死、瘫痪、失去知觉、性格大变的人数与日俱增；人类知识大增，心性、道德的提升却追不上科技进步的步伐，野心家、狂人、独裁者因使用核酸科技打开智慧之门，为害人间更甚。一时之间，地球上战乱层出不穷，史称‘核酸潘多拉黑暗时期’。

“后创世纪公元2222年，异想天开的东亚独裁者波修因为战争失利，向星际送出讯息，志愿与任何外星势力‘共享’地球。于是，引来了半人马星座的野心外星兵团兵临城下，以高科技战力侵略地球，准备接收地球的所有资源。从此展开为期三年的星系战役，史称‘星战英雄时期’。

“经过三年大大小小战役后，公元2225年，地球临时联邦政府在全球挑选精英，选出三千名最出色人选接受重剂量“超人核酸”注射实验，准备反攻人马星座侵略者。实验开始后，绝大多数精英死于高剂量核酸的副作用，最后幸存的四十个战士成了智慧、能力都足以毁灭地球的超级人种。同年七月，四十名勇士突袭半人马星人位于小行星带的大本营‘龙城’，史称‘四十勇士围龙城’战役。

“这场‘四十勇士围龙城’战役的过程及结果始终是个谜。战役后发生了出人意料的可怕事件。半人马星人的陨星级战斗基地‘龙城’于四十勇士攻入后第十天偏离轨道，直径988公里的巨舰切入大气层，笔直撞上人口稠密的古欧罗巴洲。猛烈的撞击力使得上千万人在一瞬间死于非命，天地为之变色。从此之后，再也没人见过半人马星系生物。驾驶‘龙城’巨舰回来的，是四十勇士之一的古法兰西名将‘狂人莫里多’。

“‘狂人莫里多’率领几名一起进攻‘龙城’的手下，自封为地球之王，错愕的地球联军立刻反击。为了来个下马威，莫里多选择不肯臣服的古美利坚国，将其国土东岸全部汽化，近两千万条人命瞬间化为烟尘。而在星战战役中生还的四十勇士之一姚德中尉，则率领不愿屈服的人们对抗‘狂人莫里多’，战事惨烈，为期三十年，史称‘三十年超人战争时期’。

“三十年超人战争使得地球满目疮痍，也因为交战双方实力极强，最后演变成一场玉石俱焚的毁灭之战。战争末期，‘狂人莫里多’改变地球水分子键结角，在大气层中放置质子力场，最后对太阳发射热辐射中和武器阻绝阳光，让地球上所有生物在一周内全部消灭，无一幸免，从此地球一片死寂。

“直到十年后，金星殖民区才派遣探险队前往地球一查究竟，发现历史绵延数十亿年的地球生命基本已在超人战争肆虐下被全部消灭，只在南极发现极少数地衣类苔藓植物。当年移居至金星、水星的移民成了地球文明仅存的孑遗。在座的诸位，以及现在所有在地球上居住的人，全是当年移民外星者的后代。

“顽强坚韧的地球生命，数十亿年以来各种灾变、损害都无法令其屈服，却在一场超人战争中遭到全体灭绝的命运。追根究底，核酸知识科技必须负绝大部分责任。虽然知识的获取太有诱惑力，虽然因为核酸科技研发的技术已使人类得到古诗歌中讴歌的永生，但衡量利弊，重建后的新联邦政府仍然决定将这只潘多拉的盒子再度封缄。如今，核酸工程已成核酸总局地底陈列的历史遗迹，解析出罗氏激素的方法也由地球十三处圆顶区首长联手锁进辐射污染海域——古印度洋的海底。”

屏幕上这时出现了当年做出将核酸科技沉入大海决策的联邦主席的影像。

“核酸科技为我们带来的好处已远远超过我们应得的。”当年的联邦主席佛飞感性地说道，“愿上天保佑我们，永远都不要有再用到它的一天。”

这一部供警校教学用的《核酸简史》的上半部，到此放映结束，屏幕上映出标语“盗用核酸，万劫不复”后，逐渐由暗转亮。警校新生们络绎走出放映室。

“盗用核酸，万劫不复。”雷葛新关上放映力场，将所有机件检查了一遍，喃喃自语道，“不知所谓。鬼才知道在说什么。”

“阁下好像对我们核酸局的心血结晶，旷世名作‘核酸简史’有点不满，是吗?”米帕罗戳了戳雷葛新的肩膀，笑道，“迟到的时光英雄雷葛新先生。”

雷葛新答道：“应该说，我对核酸科技这种玩意儿是否存在过就非常怀疑。”

米帕罗狐疑地看着他。

“二十世纪末，古美利坚的登月行动就是一个很好的例子。”雷葛新将 VR 放映碟取出，换了下一场的《核酸简史》下半部，然后和米帕罗并肩走出放映室。

“登月的航天员登上荒凉的月球表面，‘我的一小步，是人类的一大步’，场面非常动人。可是，在二十世纪末，甚至到了二十一世纪，都仍有人认为，那只是古美利坚政府导演的一场闹剧，只是找了一片地球上的沙漠，欺骗世人说已经到达了月球。”

“可是事实证明，登月行动是个事实啊！”米帕罗说道。

“重点不在这里。重点在于，当时的疑问，从逻辑来说是完全站得住脚的。”

这时候，他们已经走到了两个人的小办公室。米帕罗打算将手伸向门口的扫描仪，雷葛新笑着阻止了他，然后从口袋里拿出一把梳子。米帕罗皱着眉，他已经看过太多次这个新同事的鬼把戏，这次倒要看看，他如何不用扫描 DNA 条形码就打开星系一级机构核酸总局的安全系统。

雷葛新又从口袋里取出一个示波仪，趴在地上，将门口扫描仪的红外线映照在示波仪的镜面上，十六条红外线扫描光束在镜面上闪闪发亮。

“你看好了，”雷葛新调皮地说，“变魔术的来了。”

他将梳子在十六条红光上一刷，办公室的门“呼”地一下应声而开。雷葛新优哉游哉地走进门口，留下米帕罗在门外张大了嘴，目瞪口呆。

“你是怎么做到的?”整个早上，米帕罗一直不死心地问。直到吃午饭时，还在喃喃地自语，“到底是怎样打开安全系统的?”

雷葛新在排队吃午饭的队伍里笑了。

“请我吃饭，我就告诉你。”

吃完米帕罗请客的丰盛午饭后，雷葛新在餐厅对着米帕罗侃侃而谈。

“你还记得，我们放完《核酸简史》后，我说我对核酸科技存疑的事吗?”

米帕罗点点头：“你还说，二十世纪有人坚信登月是一场骗局。”

“是这样没错。”雷葛新说道，“无论是当时，还是现在，我们对事实的认知大部分都来自媒体信息，除非事情发生在自己身上，否则没办法查证。有时候，连亲眼见到的事，也未必是事实。”

米帕罗仔细地聆听他的观点。

“另一个古美利坚国的事件，就是利用媒体隐瞒事实的好例子——二十二世纪古美利坚国的星际生物最高机密档案。”

“蛇夫座史赫可星人，昆虫世纪事件。”米帕罗说道。

“按照后来史赫可星人的说法，早在二十世纪初，他们便和古美利坚政府有所接触。然而，‘外星智慧并不存在’的说法却蒙骗了世人近百年。”雷葛新悠闲地把双手枕在头后，盯着米帕罗陷入思考的神情，“而现在的情形，比二十世纪还要糟糕。二十世纪的媒体形式脱离不开平面，只要闭上眼睛、捂住耳朵，理论上可以不被影响。可是现在，我们除了平面媒体外，又多了植入式虚拟现实，是幻是真，真的是很难区分。”

“别说得这么可怕。”米帕罗有点呼吸困难地说。

“理论上，虽然我们两个在这儿闲扯淡，但很有可能，我并不存在这个世界上，只是一个模拟出来的幻觉。也可能我并没有调职到核酸局，要不是因为那个我之前的老头子……那个老头子叫什么来着？”

“杰克森先生。”米帕罗低声说道。

“对，也许并不是因为杰克森先生突然想‘从新再来’（注：由婴儿形式再度开始，抹掉累积记忆的灵魂转移方式），我才补了这个缺。”

“看看，这是什么？”

雷葛新摊开手掌，上面是一枚指环，如 DNA 模型般回旋扭曲，有一头是尖的，上面以小小的烫金字体镌着“泰大鹏 2371”几个字。米帕罗仔细看了一下，摇摇头。

“这是我在办公桌里找到的。杰克森没有别名叫泰大鹏吧？也许这个杰克森只是个 VR 仿真记忆，真正做了你十年同事的，是这个叫泰大鹏的人。”

“不可能吧？”米帕罗争辩道，“我可是记得清清楚楚的，从我进核酸局到杰克森先生退休，我记得许多他的事情，还记得他的家人、他的猫，这些总不会都是幻想吧？”

“为什么不会？”雷葛新笑道，“如果是植入式 VR 虚拟记忆，基本上什么样的回忆都能改变。”

“你这是恐怖乌托邦理论吧？和你这种家伙讲话，总是会心情沉重得要死。”米帕罗抱怨地说，“那核酸科技呢？照你的说法，也可能是虚拟出来的高明骗局吗？”

“恰恰相反，如果核酸科技是个骗局的话，会是一个不用费太大心思的骗局。”看看米帕罗又不明白了，雷葛新笑着说，“想想现在的人，有谁真正见过或用过核酸？四十勇士围龙城？真的有这四十个人吗？当年从金星回到地球的探险队，只看到了被彻底毁灭的地球，金星、水星殖民地的人从所谓的‘星战英雄时期’开始就闭关自保，不敢和地球有任何联系。我们所知道的一切信息都来自地球上残留的不完整史料，就连罗世列的照片也只能找到一张。你想想看，这些证据都无从考据，现代又找不到实物，真要争辩起来的话，谁辩得赢我？”

“你小子口才这么好，辩得赢你的肯定不会是我。”米帕罗翻了翻白眼。

“媒体提供的信息本身就不可信，许多小道消息和谣言不知从何而来，也不知道会祸害到哪里去。像那首《雷葛新之歌》，就没人知道是怎么回事。什么‘时光英雄雷葛新，为了所爱，穿梭三千年的时空，只为了见到她浅浅一笑……’”

米帕罗当然也会唱这首《雷葛新之歌》，忍不住跟着哼唱下去。“……他俯拾桃源的甘甜流水，看遍豪门的沧桑，坐看星尘坠落，只为见她的浅浅一笑……”

米帕罗的嗓音挺不错，雷葛新没打断他的兴头，耐心等待他把歌唱完。

在米帕罗渐低的歌声中，雷葛新接着说道：“歌当然很好听，唱唱也没什么关系。只害惨了那些相信真有核酸可盗的天才分子，为了这个虚无的理想而奋斗，有些人就因为这首歌，相信时光之谜就在核酸里面，结果……”

“结果就成了一场时光旅行。”米帕罗叹了一口气，“一场关在联邦监狱中的时光旅行。”

在二十五世纪的词汇中，“一场时光旅行”的意思就等于古代的“不可能的任务——mission impossible”。

号称“人类史上最大谜题”的时光旅行科技，是迄二十五世纪止人类未能完成的极少数壮举之一。时光机器的硬件发展早在罗世列博士的核酸理论问世前便稍具雏型，到了核酸时代发展更为完善。然而，唯一的问题，也是最致命之处，就是时光旅行送出的探险人员没有一个人回来过。

“理论，实践，设备都毫无问题。”一位知名时光学者曾在病床上声嘶力竭地哭喊道，“只要能告诉我问题出在哪儿，我愿用任何东西来换。”

但是，如同另一位也在英年郁闷而逝的时光学者所说：“就像是扣在玻璃碗下的鲜美蛋糕，那么近，却还是碰不到。”

史料上记载的正式时光旅行有六十七次，人员超过百人，却从来没有人回来过。

“一场时光旅行……”雷葛新沉吟道。

“不过，还是有希望的。”米帕罗开玩笑说，“我们的眼前就有个时光英雄雷葛新。”

雷葛新没好气地瞪着他。

“这个雷葛新也真够英雄的了，上班迟到，三年没调过薪水，存了大半年的点数还没存够买一套生物植入型百科全书。时光英雄雷葛新，果真是‘一场时光旅行’哪！”自嘲了一番之后，他的眼中又闪出光芒，“不过，时光旅行永远不可能完成，我倒是有非常有力的证明。”

“说吧。”米帕罗有气没力地说道，反正下午也没什么事，而且雷葛新的话题其实挺有趣的，“为什么？”

雷葛新将旁边一张磁性椅拉过来，在上面抽出一支螺丝钉。

“还是用逻辑推论就可以知道。”他在磁性椅的椅背上刻下几个字。米帕罗凑过头来，看见雷葛新刻下的是以下几个字。

“请至公元2445，3，7，锡洛央市核酸总局，证明时光之旅可行。”

“不懂。”米帕罗很诚实地说。

“如果有时光机，如果时光旅行真的成立，现在我们的身边就该出现一个来自未来的人，因为他看见了我刻下的这个讯息。”雷葛新说道，“不仅如此，理论上，当我开始动念要刻下这句话时，他就该出现了。因为在未来，这张椅子早已刻上请他们来的内容。但是，你看见了吧？我们身边并没有任何来自未来的人出现。”

“也许他们有事不能来，也可能这张椅子后来坏掉了，没有人看见过。”米帕罗强辩道。

“我从小就开始玩这种游戏，做过千百次了，有时做了合金牌匾，写明地点、时间，请他们来找我，可是从来没有人在我面前出现过。”雷葛新越说越起劲，声音越说越大，“古代科幻电影里，总喜欢演能回到过去、改变未来的桥段。可是，又何必回到过去呢？如果真的可以时光旅行，念头一起，你的现在如果会变，早就变了，因为你将会回到过去，改变现在的事，在你动念时就已经决定了。”

“等等，我脑子一下子转不过来。”米帕罗急忙叫停，煞有介事地掰着手指，“在未来回到过去，改变现在……”

雷葛新将他的手指拨开，笑着说道：“谁叫你去算那些东西的？你只要知道，时光旅行并不存在，就够了。其实，我只要问一个问题，时光发展局就可以关门大吉了，你信不信？”

米帕罗有点迟疑，听起来不太可能，但是雷葛新的鬼主意实在很多，难保不会真的有让时光发展局关门大吉的妙法出现。他摇摇头，不置可否。

“你想想，”雷葛新大笑道，“比方说，今天有一支前往 1997 年的时光探险队要出发了，根本不用派他们前去，只要翻翻 1997 年的史料，有没有未来人类出现的事件记载就好了嘛！因为当这个探险队一组成，如果 1997 年的探险成功，1997 的史料上就一定会有记录。如果 1997 年没有任何特别的事件发生，就表示探险失败了，也不用让探险队去白白送命了嘛！”

突然，两个人的背后响起了鼓掌声。正说得痛快的雷葛新吓了一跳，连忙回过头去。

只见一个身材高大的老人坐在不远处的餐桌旁，厚实的双手“啪啪”地缓缓鼓掌。这时两个人才注意到，餐厅里已经空荡荡的，没几个人了。

老人的头顶全秃，脸上留着雪白的络腮胡，厚镜片后面的蓝眼珠炯炯有神。雷葛新不认识这个老人，但是在核酸局已经超过十年的米帕罗则一眼就认出了老人，心里觉得有点好笑。如果说这世上有班门弄斧、关公门前耍大刀，最后还踢到铁板的事，眼前就是个最好的例子。

老人慢慢起身，将磁性椅推回桌旁，走向餐厅大门。临出餐厅时，他回头向两个人颔首，又鼓了一次掌，才走出门口。

“什么意思啊！那个老先生是谁?”

米帕罗不怀好意地嘿嘿笑着。

“他就是你几句话就想要他关门的时光发展局副局长——鲁敬德博士。”

直到走回办公室时，雷葛新依然觉得核酸局今天的室温调得太高，浑身极度燥热。

“为什么时光发展局的大头头会跑到小职员的餐厅吃午饭呢?”雷葛新忍不住拉着米帕罗的胳膊埋怨道，却被米帕罗不耐烦地推开，“真没面子。”

在办公室门前，雷葛新抬起手准备让扫描仪扫手腕条形码，米帕罗忙挡住他的动作。

“慢着。”米帕罗说，“说了那么多废话，我请你吃的中饭还没付现呢！用梳子再开一次门给我看看。”

“其实，这和中午的话题很有关系的。”雷葛新拿出梳子和示波仪，“很多事不能看表相，看起来很难的事，有时换一个角度就变得十分简单。”

米帕罗学雷葛新的样子趴在地上，让扫描仪的光束映照在示波仪的镜面上。

“我们局里的扫描仪有十六道光束，设定成一定要符合特定DNA条形码才会打开门。在生物计算机的主机中，十六道光束内建十六道长短不一的缺口，扫描过你的腕骨，腕骨上的条形码补足缺口，十六条长度都相符，门才会打开。基本上，要猜出这十六条条形码的长度是不可能的。”

“可是，”雷葛新把梳子递给米帕罗，“如果是反射出来的光束，只要填满缺口，计算机就会认定长度是符合的。你试试。”

米帕罗将梳子刷过光束。果然，门“唰”一下打开了。

“重点在于，”雷葛新说道，“许多似乎不可能解答的谜题，只要方法得当，简单得出乎意料。轻易放弃，下场就是被人骗了一顿午饭。”

“一场时光旅行。”米帕罗不甘心地再次取笑他，“最后还是败给你这个时光英雄雷葛新。”

今天是雷葛新开始新工作以来的第一个发薪日，他整个下午心不在焉，等到联机屏幕上出现了期待的数字，才傻傻地笑了。

下班前，米帕罗叫住雷葛新。

“时光英雄，站住！”他问道，“你晚上做什么？”

雷葛新向他扬扬手上的月薪点数收据。

“时光英雄领到薪水了，决定去把生物植入型百科全书买回家！”

在下班的人潮中，雷葛新在“天网”地下交通网前等了一会儿。在上下班高峰时段，通常得等上一小时才轮得到一班。

他留意到，核酸局大门前，早上那场警匪交战的现场早已清理完毕，连炸裂的马路都已修补好了。雷葛新下午时看过在天空二十四小时放送的“苍穹”新闻网，新闻报道对这个事件低调处理，只说是一场“纠纷”，警方当场立即处理完毕。嫌犯的身份没提，只是那名娇小美女被捕前的凄厉歌声仍在雷葛新脑海里久久挥之不去。

数据处理能力据说强大到“整个太阳系无与伦比”的交通计算机主机，到了二十五世纪仍然无法处理交通网误点的问题。

雷葛新等了好久，最后还是决定步行去“鲁肉”信息超级商场。

深入地底六十层的“鲁肉”信息超级商场，是二十五世纪平民购买各种科技产品的所在，亮黄色的灯光下永远人潮汹涌，人群中散杂着生化人、机械人，以及数量最多的人类。

雷葛新像往常一样，从商场的最上层开始逛起。二十五世纪的信息商场外貌和古工业时代的同类型商场大异其趣。雷葛新在图书馆见过二十世纪的计算机大卖场，人声嘈杂，店家有的站在门口热情地招呼客人，有的坐在店面里面色沉郁，身后堆满了金属型计算机的各种机件。

但雷葛新现在所在的这个“鲁肉”信息超级商场却没有任何商品，六十层的展示场中完全看不到机械或器材，只有络绎的顾客人潮或走或站地来来去去。站定的顾客喃喃自语，走动的人们则眼神空白，望向远处。

雷葛新举目四望，向飘浮在空中的投影机械虫点点头。在空中来回穿梭的投影机械虫感应到了客户的要求，就从空中飞下，眼睛部位散发出黄绿色光芒，扩散开的投影幕逐渐将雷葛新包围。现在他也像方才那些人一样，眼神空洞地望向远处。

“欢迎光临‘鲁肉’信息超级商场。”女声响起后，雷葛新已经置身VR虚拟空间。眼前出现最新型的各种信息商品，他在琳琅满目的虚拟商品城中前进，逛到一家软件商店前才停下脚步。

虚拟的售货员带着热情的笑容出现，在虚拟世界中，男人全都是高大英俊的，女人也都是苗条美丽的，而且，纵使客户聊了三小时却没有买任何商品，他们也绝不会露出一丁点儿不耐烦的表情。

“请问您需要什么，先生。”说话的是美丽的售货员，名字叫作花子。

“我只是随便看看。”从求学时代开始，雷葛新就已经在这里逛到不能再熟，他知道只要一开口，销售型VR就会报出一大堆型号，让人眼花缭乱。

“请问您是需要游戏、休闲、交友、理财或是历史人文类的呢？”花子甜甜地问，“或者，您想要看看美丽的女孩？或是俊雅的男孩？如果您已经满十八岁，要不要试试各类情色产品？”

雷葛新想了一下，简短地说：“游戏。”

“好的。”花子简短地应道，然后在她的身边像是孔雀开屏一般，展开了一大堆让人目不暇接的游戏产品目录。

《星空大迷航》《生化幻兽的饲养》《回到星战时期扮演将军》《历史人物聊天室》《冥王星殖民地开发冒险》《时光英雄传之三国》……

没啥新意啊……雷葛新有点无聊地看着目录，这些游戏他大多玩过了，就算有新的产品推出，也没有什么创意。

“那就……试试《山海经星际大战第四百六十二代》吧。”雷葛新随意指了一项，这套游戏他玩过一阵子旧版，互动性还算不错。

“好的……您这次的冒险由我陪伴。”花子甜甜地说道，然后身上的古代和服发出耀眼的光芒，转眼间就变化成了性感的星际战斗盔甲。

山海经星际大战的故事一开始，就是在大地冒着烟、天空晦暗的古代时空与不同的神兽遭遇，有的神兽友善，有的神兽不可理喻，要用各种不同的方式让神兽投降，才能到达目的地。

“抓好喽……”在VR虚拟映像中，花子骑着一头可以飞翔的神兽“应龙”，要雷葛新与她一起跨坐在应龙的背上。

二十四世纪的VR虚拟空间已经可以做出在视觉、听觉、嗅觉等感觉上几乎和现实情况一模一样的场景，不过，虽说这种模拟科技“如真似幻，绝对真实”，但仔细体验下来，还是可以分辨出真假的。

比如现在雷葛新坐在花子的身后，搂着她的腰，在空中急速飞翔，但那种感觉就是假假的，虽然可以确实地感受到花子丰腴的腰，鼻中隐隐闻到她发际的甜香，空中的风也猎猎作响，但就是没有真正冒险的感觉。

两个人乘着飞天神兽应龙在山海经时空里飞翔，映入眼帘的是地面上一个个进入游戏后要攻破的关卡。有些神兽沉郁地仰头看着雷葛新和花子，有的神兽暴躁不安，不时发出烈焰和热光打算攻击空中的目标。

大地上，一个浑身烧灼的巨人不停奔跑，嘴里一直喃喃地说着“水……水……”那是逐日的夸父，雷葛新在旧版和他交手过，非常难缠而且不可理喻，花了好长时间才破了他这一关。

更远处的大地上，有另一个巨人，头颅已经被斫去，却仍然以双乳作眼，肚脐作嘴，挥舞着长矛和盾牌不住怒吼。

这个关卡雷葛新也知道，这个巨人叫刑天，是被黄帝公孙轩辕砍掉了头，才变成这等模样。

有一部黄金马车正从东方升起，一个仪容尊贵的女王坐在马车上，身边飞着十来只闪着金光的巨型乌鸦。

这个关卡的女王叫羲和，是太阳神之母，据说在新版里加入了后羿射日的战斗关卡。雷葛新远望西方，果然有个英雄站在小山丘上拉开弓箭，身边是一群已被太阳烤得半死的巫师。

大海上，则有五座神山，神山上住了无数小小仙人，撑着五座神山的是几只巨大的神龟。而从大海彼端走过来的，是一个龙伯国的巨人，手上拿着钓竿，接下来，他会把神龟钓走，把神山搞塌……

雷葛新知道，在花子带领的游戏展示版里不会有任何战斗场景，只是让客户浏览游戏里会有什么内容，让人心痒难搔，最后花钱买下。

不知道为什么，今天雷葛新对这些新一代的游戏场景毫无兴趣，他隐隐觉得，自己已经有些变化了，他现在想探索的是更宽广、更强大的领域。

这时候，脖子上又传来微微一痛，雷葛新一怔。但微妙的是，他居然没有任何害怕的感觉，反而很期待，不知道接下来会不会又发生什么奇妙的事情。

果然，眼前的光影和空间开始出现微弱的噪声，在几秒钟之内，所有事物开始变得模糊起来。但是，与此同时，所有的感官反而变得更清晰敏锐起来，而且来的速度之快，简直就像迎面扑来的巨大海浪！

在这一刹那，雷葛新觉得自己被巨大的真实感整个包裹住，空间中的声音变得很清晰，视野里非常清楚，而嗅觉的丰富感受更是排山倒海而来，那种带着烟尘辛辣的灼热感很真实地吸入肺中，让他呛咳不已。刮在脸上的强风冷似钢刀，简直让人无法呼吸。

他跨坐的飞天神兽应龙，此刻变得真实了。雷葛新摸着它的背，感觉到坚硬的麟甲上有刺刺的钢毫，还隐隐闻到了水生动物的腥臭味。

而他的另一只手臂，挽住的是驾驭应龙的花子，本来就有的女性触感，此时更加明确清晰起来，简直就是一个活色生香的真实女体。

花子虽然穿着甲胄，但是这些游戏软件里女主角的甲胄只是点缀，身体的曼妙曲线暴露无遗。雷葛新搂住了花子的腰，这种带着体温的触感，和片刻之前完全不同了。

鼻际传来的，是女性头发散发的独特甜香，就算处于这种快速移动的场景中，雷葛新还是感到脑子一阵晕眩，被花子散发出的魅力完全吸引了。

“啊……”雷葛新忍不住闭上眼睛，低低地呻吟了一声。

“你们男人都是这样吧？”坐在雷葛新前方的花子回过头来，斜看他的眼神有点像是生气，但又带着无比诱惑，“你还有正事要办！”

此时映入雷葛新眼中的花子的容颜，半嗔半笑，甜美中带着几分戾气凶狠——这个被雷葛新抱住的盔甲美女，居然变成了白天那个女匪徒阙亚莎！

雷葛新又惊讶又疑惑，张着嘴看着她，只见阙亚莎“扑哧”一笑，将雷葛新搂着她的手微微上挪，便移到了她柔软的胸部。

雷葛新下意识地挣扎，但是阙亚莎的手却不放开，硬是将雷葛新的双掌按在自己的胸部上。

“没关系的。”她的声音低沉，带着挑逗的口吻，“我不怕，你怕什么?”

雷葛新惊疑不定，整个人僵住了，就以这样暧昧的方式搂着阙亚莎，一时间还真不知道该怎么应对。

不过，阙亚莎并没让他迟疑太久，她轻轻地叹了一口气。

“去吧！”

她驾着应龙在空中一个转弯急停，重重地把雷葛新一甩，然后把他踢了下去。

呼呼的疾风这时从正面转为往上，雷葛新完全没有心理准备，就被阙亚莎从高空踢下神兽。在急速坠落的慌乱中，雷葛新连叫都叫不出来，只是在风中隐隐约约听到阙亚莎尖利的呼喊声。

“总有一天，我们会等到你的归来……”

突然，整个空间一下子寂静下来，没有了风声，那些真实到令人心惊的感觉也消失了。

空间里的亮度陡然变暗，急速下落的感觉也消失了。

雷葛新觉得整个人失去了重力，轻轻地飘浮在无尽黑暗中。

然后，雷葛新仿佛置身在一个全像的播映空间之中，蒙蒙的光线逐渐亮起，空间中传来一个雄浑的男性声音。

“脱逃者，在山崖的最顶端颓然跪倒，沉郁的无力感涌上心头。他已经奔逃了许多个世代，赌上自己的生命，期盼找到一块梦想的净土。然而，最后却到达了这片绝望的死亡大地。”

雷葛新愣愣地看着眼前的场景。这是一片如有世界末日般景象的荒芜大地，一个小小的身影在荒凉的平原上奔跑着。

空间中没有空气流动的感觉，只感到死气沉沉的凝重。脱逃者在平原上狂奔，举目望去，看不到其他活物。

光彩夺目的地平线，随着脱逃者快速奔跑而不断向前挪移，脱逃者身边的景物快速倒退。远方的天边，几条鲜蓝色的质子风暴像垂柳般无声挂下，如巨虫般缓慢地扭动，那形状和古籍中记载的龙卷风极为相似。

雷葛新曾经在历史书上读到过这样的场景，知道这是超人战争后，地球生命全部毁灭后的地貌。而且他很清楚，和远方的质子风暴相比，古代的龙卷风只能算是巨龙喷焰下的婴孩呼吸。

质子风暴是地球异变后形成的奇特气候，超人战争的终极毁灭武器将地球的环境完全破坏了，之后多年是一颗无人行星。质子风暴是地球磁场异变后形成的大气现象，在质子风暴百里之内，所有生物都无法幸存。

[第03章]
脱逃者

脱逃者是一个长发男人，他拼命奔跑着，最后登上了一座山丘。汗水模糊了他的视线，竭力奔跑几乎撕裂了他的心脏。他在山丘巨崖的末端停下了脚步。

脱逃者的身影在这片死寂的大地上显得那么渺小，然而他是这个空间中唯一有生命的存在。

放眼望去，天空湛蓝，只在近地平线处泛着紫色和橘红。大地是深褐色的，这是肥沃土壤的色泽，横亘其中的湖泊清澈透亮，脱逃者干渴的喉咙仿佛已经感受到了湖水的甘甜。

"然而，这一片看似乐土的大地，只是一个虚幻的假象。"

在雷葛新的脑海中，此刻像流畅的乐曲般响起这样的旁白说明。这是他以前根本不知道的信息，此时却清晰地出现在他的脑子里，有时是一个雄浑的男声担任解说，有时就直接知晓了这些讯息。

"无论从空间或时间的角度来说，这里都是世界的尽头。"雷葛新心中出现这样的讯息，"这一片大地是真正的死神之乡。视野所及的深褐色土壤看似肥沃充满生机，然而经过三十年超人战争的摧残，土壤已经被致命的辐射污染，赤足踩上去的话，任何活物的心脏都会立刻停止跳动。

"那些看似清澈的湖泊更是可怕的死亡陷阱。'狂人莫里多'一役之后，这种和普通水极其相似的量子水充满了世界。量子水虽然同样无色无味，同样有三态特性，却能让所有接近的生物在刹那间送命。”

这时，远处天边的艳蓝色质子风暴仿佛靠近了一些，缓缓向脱逃者逼近。

脱逃者在山崖的顶端颓然跪倒，一种沉郁的无力之感涌上心头。雷葛新此时感受到了逃脱者的状态，知道他已经奔逃了许多个世代，赌上了自己的性命，期盼找到一块梦想中的净土。然而，最后却来到了这片令人绝望的死亡之地。

而且，雷葛新从脑海中的讯息知道，脱逃者并不是第一个抵达这个绝境的人，在他之前，已经有好几个怀抱着同样梦想的先行者，但是每一个人的下场都凄惨无比。

第一代脱逃者的名字叫拉森，他在蒸汽时空的大街上被核酸警队围捕，在宁死不屈的抵抗中，被生化警察当场拉断肋部而死！

接下来的脱逃者名叫易天云，下场是丧生在重工业时代的打桩机下，虽然他有机械外壳护身，但在生化警队的重重包围下，仍然挡不住巨桩的连续猛击。

此后陆续出现的脱逃者的命运都很凄惨，有人血肉模糊地被架走；有人被生化战警的重拳击得下巴牙齿全部碎裂；有一个最惨的脱逃者，被“风”系的战警以致命强风刮碎了全身血肉，只剩下一颗头颅，身上的皮张开变成透明的帘幕，脸上的肌肉却仍在抽搐……

这些恐怖的影像在雷葛新的脑海中不断闪现，每一个影像都让他震惊到呼吸困难。

但眼前最清晰的，是这个脱逃者在荒芜大地上跪倒的颓然身影。

脑海中的讯息告诉雷葛新，“泰大鹏”是这位脱逃者的名字。

这时，脱逃者泰大鹏的身后忽然起了一阵微风。在这个无风的世界里，这是一件绝不可能发生的事情。脱逃者也感受到了这阵微风，可是他的身体一点儿也没有动，仿佛对接下来会发生什么事已经了然于胸。

微风开始在山顶上旋转，形成小小的涡流。在气流中，几个人影逐渐出现，由模糊逐渐变得清晰。脱逃者依然保持着跪倒的姿势，没有任何动作。

“你好。”说话的是出现的四个人中为首的消瘦男人，其他三个人的身材都相当健壮，一言不发地站在消瘦男人的身后，“借一步说话，好吗?”

泰大鹏缓缓转过身，打量着开口说话的消瘦男人。他们已在时空中多次交手，但泰大鹏每次都在最后关头逃走了。

因为每次交手时都很匆忙，泰大鹏从来没有机会好好打量过这个对手。消瘦男人看似斯文羸弱，和后面那三名古代巨人战士般的大个子比起来仿佛人微言轻。

然而，泰大鹏知道，就因为这样的样貌会让人轻敌，有许多前人的颈血就因此溅在消瘦男人苍白纤细的手上。他以放肆的眼神打量着消瘦男人的全身上下：闪闪发亮的七分紧身裤，白长袜，尖头亮皮鞋，上衣薄如蝉翼，镶着金边，两排纯金圆纽扣。

泰大鹏体内的历史核酸渐渐扩散，发挥作用。消瘦男人有点不安地移动了一下身体。

“古欧洲，西班牙古国斗牛士盛装，流行于旧机械文明时期，没错吧?”泰大鹏脸上露出嘲讽的表情，“俗不可耐。”

看看消瘦男人没什么反应，泰大鹏突然站起身来。消瘦男人像磐石一样无动于衷，倒是身后三名大汉“唰”地迈前一步，剑拔弩张，看消瘦男人没什么表示，才讪讪地退了回去。

“久仰大名，没想到，冷血队长居然好这种古欧洲文明的打扮。”泰大鹏刻薄地说道，企图激怒核酸警队首席“风”冷血队长。

冷血队长一扬眉，身后三名大汉身形如鬼魅、如轻风般掠出，将泰大鹏团团围住。

泰大鹏似乎完全没有逃跑的企图。冷血队长取出一个仪器，仪器发出柔和的微风声响，一幅扇状的乳白色光幕出现，将泰大鹏全身笼罩住了。三名大汉之一将泰大鹏的双手反手扣住，铐上生物型藤蔓手铐。

直到这个时候，四个人才松了一口气，连冷血队长冷峻的脸上也微微泛起笑意。

“泰大鹏先生，男性，涉嫌身犯核酸一级重罪。”他清晰地以绝无感情的语气说道，“核酸警队‘风’支队正式宣布将您逮捕。”顿了顿，他低声问道，“只是我不明白，为什么这次你不逃了呢?”

泰大鹏再度露出嘲讽的表情。

“冷血，这是你私人的好奇，还是正当的逮捕程序？我又该从哪一个角度回答你?”

冷血队长用他的蓝眼珠森冷地凝视着泰大鹏。他一招手，站在他左侧的黑皮肤大汉走了过来。

“是，知道了。”大汉利落地行了个军礼，旋即低声说道，“队长，仪表显示，质子风暴会在237秒时分交会本坐标。请您留意。”

冷血队长点点头，往后退了几步，三名大汉从他身后走上前来，以整齐的平板腔调宣布脱逃者泰大鹏的逮捕程序。

“根据后创世纪联盟条例第九十七条，核酸警队宣布将阁下逮捕……”

三名大汉都诧异地看着泰大鹏，只见被藤蔓手铐层层缚住的他，此刻正以悠闲的神情复诵他们的例行逮捕词，仿佛在十六世纪的古意大利水都威尼斯吟咏诗词般轻松。

三名大汉有点迟疑地继续将逮捕词念下去。

“您有以星际英雄之名保护的缄默权……”他们朗声念道。

“您有以星际英雄之名保护的缄默权……”泰大鹏还是一脸嘲弄的神情，喃喃念着与他们一模一样的词句。奇异的是，他的表情虽然颇为悠闲，太阳穴近额处却有青筋暴起，开始流下汗水。

冷血队长也察觉到了泰大鹏的异常，他屏息凝神，双拳不露痕迹地紧握起来。

这时候，泰大鹏的眼里开始出现红丝，他逐渐缩短跟着大汉们念逮捕词的时间差，双方念的内容几乎是同时念出的。

“……逮捕期间任何行止、思想都足以反控您在法庭上的判决……”

四个人一致的语声在逐渐接近的质子风声中显得很诡异。这时候，冷血队长突然想起一则久远以前的古代传说，一念及此，他立刻飞身向前，在泰大鹏和他的三名手下念到最后一句时大声呼喝出来。

“停住！”他长声叫道，“别跟他念完！”

只可惜他发现得太迟了，在那一瞬间，四个人已经将后创世纪的联邦例行逮捕词念完。

“……保有对您的追诉权。”

在这一瞬间，泰大鹏的眼白可怕地充着血，脸上露出阴冷的笑容。三名大汉的声音尚未在风中散尽，眼前的可怕情状，冷血队长也不禁为之颤抖。

连在一旁观看的雷葛新，也不禁脑中一片空白，觉得自己快要晕倒了。

只见那三名大汉的头颅很突然的，就像被高爆子弹打中的蛋壳一般，“啵”一声碎裂开来，三大团细小的红色水雾映在远方的质子云上，显现出妖艳的色彩。

三名大汉的头颅爆裂得如此迅速而彻底，其中一人的身体居然还来得及往已经不复存在的头部一掠，仿佛是为了潇洒地一掠头发似的。而后，三个人没有头的尸身才直挺挺地往不同角度倒下。

“音波共振弹。”冷血队长脸上溅满了三名手下炸散开的血滴，眼中露出杀机，“泰大鹏，想不到你连这种核酸剂都弄到手了，你够狠。”

泰大鹏颤巍巍地站立着，在高崖上缓缓转身，背对着冷血队长，对着质子风暴逐渐接近的死寂大地里遥遥远望。

“你不是问过我，为什么这次不逃了吗？”他忍受着脑中的剧痛，勉强笑道，“因为，我要在这儿，让你们这些怪物，一个都逃不了！”

冷血队长嘿嘿冷笑着，那笑声极为刺耳，在空间中远远地传了出去。

“逃不了？泰大鹏，你可知道，为什么像音波共振弹这样无形无相、威力强大的武器，却在人间失传，几乎连痕迹都不曾留下吗？”

泰大鹏回头，视野里却陡地暗了一半，好像古代电影科技对焦没对准似的只剩下一半的影像。

他双脚一软，坐倒在地，脑中仿佛有千军万马踩踏过去一般难受。只是在那烦人欲呕的足音之中，冷血队长的声音依然清晰地传来。

“你刚才使出的音波共振弹，威力的确和典籍中描述的一样惊人，只要对手的声纹与你的声纹同步，共振作用便可以杀人于百步之外，只是……”冷血队长呵呵地笑道，“你的核酸剂信息没有告诉你，使用音波共振弹的人，有高达百分之八十九的概率会伤及自己。高频度的杀人音波会由对手身上反扑施术者，情形很像脑血管瘤爆裂。”

泰大鹏心里明白，冷血队长的说法并不是虚言恫吓，他只觉得左半身虚软无力，而脑部的剧痛也正是血管破裂的征兆之一。

“你可不要乱动。”冷血队长嘲讽地说，“我还要尽可能把你活着带回去受审。”

冷血队长走到泰大鹏身旁，将他已经软垂的身体搀扶起来，除去他手上的藤蔓手铐。泰大鹏冷静地看着他从怀中掏出一颗紫红色的橄榄型金属丸，握在手中，略一凝神之后，反手便将那颗金属丸拍进自己的颈部大动脉。泰大鹏狂声惨呼，本已软垂的身体又恢复了精力，在地上不住翻滚。

冷血队长站在一旁，面无表情地看着泰大鹏痛苦挣扎。

“我只说不让你送掉小命。”他在泰大鹏重浊的呼吸声中说道，“你杀了我的三名队员，我可不会让你轻松好过。”

这时候，质子风暴已经非常接近两个人所在之地。冷血队长查了一下坐标，发现交会的时刻会比方才手下估算的 237 秒延后一些。

泰大鹏这时已经气若游丝，脸上满是冷汗，然而充血的眼睛却是一片清明。

“走吧！”冷血队长站在他的身旁，以征服者的角度俯视他，“一片雄图，转眼间灰飞烟灭。泰大鹏，你的春秋大梦也该醒了。”

“醒了？我的春秋大梦？”泰大鹏虚弱地笑笑，“你们都不懂。核酸局的老家伙看不透，更别说你们这些半人半鬼的怪物了。”

“盗取核酸，万劫不复，这是前贤留下的古训。可笑的是，你们这些野心勃勃的人从来没放弃再度让这个世界万劫不复的念头。”冷血说道，“而我们的责任就是，将你们这些人间祸害正法，过去也好，未来也罢，绝不会有人逃得出我的手掌心。”

泰大鹏在这一瞬间突然觉得心中变得无比清明，像是古宗教禅宗里说的顿悟。只是不知道，这是他心中真正的感觉，亦或只是体内残存的宗教核酸激发的作用。

就在这一刹那，他只觉得冷血队长的指控已经不再重要，也没有什么事值得挂怀。身体上的苦痛依旧，然而精神上却觉得无比自在。

冷血见他沉默不语，更尖锐地乘胜追击，说道："没话说了吧？只是你后悔得太晚，如今再要回头，已是百年身了。"

泰大鹏以非常平静祥和的表情凝视着远方的天空。"冷血队长，"他沉静地说，"你不了解我，也不了解我们这种人。我可以告诉你，在我之后，还是会有许许多多人走上这条路。今天我没能走成，但是总有一天，一定会有人成功的。"

"而我也可以告诉你，"冷血说道，"永远不会有人成功的。现在没有，未来也不会有。我走遍了过去、未来的时空，从来没有任何人逃得过核酸警队的缉捕。正邪对立，邪永远胜不了正，这是不变的至理。"

质子风暴交会的时刻已然非常接近。冷血队长把泰大鹏扶起来。

"走吧，再不走，你我的身体就会被质子风暴挫骨扬灰了。"他冷冷地说。

然而泰大鹏只是垂着头，口中又开始喃喃地念着什么，一如方才他弹指间狙杀三名大汉的情景。

冷血队长警觉地松手，脚步一踮便后退了三步。失去支撑的泰大鹏陡地跌在地上，"砰"的一声下巴着地，口中流出血来。

"你还想打什么鬼主意？"冷血队长疾指着跌坐地上的泰大鹏，"如果你再使用音波共振弹，脑血管会全部爆裂的。"

泰大鹏在方才跌倒的时候咬着了舌头，口中流出一道血痕，讲话的语声也因此含混不清，但是他脸上的表情仍是安详淡然。

"我只是在想你刚才说的话。"他口齿不清地说，"真的没有人完成过这趟盗取核酸、全身而退的旅程吗？"

"没有。"冷血队长咬着牙说道，心中隐隐知道泰大鹏想说什么了。

"雷葛新……"果然，泰大鹏说出了那个核酸警队故意避而不谈的名字。他喃喃地念着那首如谜般的传说歌谣："……为了所爱，穿梭三千年的时空……只为了见到她浅浅一笑……”

虽然明知道眼前出现的只是虚拟图像的场景，但是听到自己的名字，雷葛新还是不禁心中一凛。

冷血队长咬着牙，双手拳头紧握。质子风暴这时已经到达危险的距离了，四周开始响起呜咽的风声，山崖上较小的石头被卷起，刮到两个人的脸上。

然而泰大鹏却宛若身处于阳春三月的江南，依然从容地吟唱那首《雷葛新之歌》。

时光英雄雷葛新，为了所爱，穿梭三千年的时空
他逃离了凶残的追捕，只为了见到她浅浅一笑……
他踏入桃花源的无涯守候，踩过豪门的血海起落
他拾取重创的神明盔甲，俯瞰绿与火的恶战倾轧
巫术的壮美留不住他，菩提、计算机、少林，慧可的断臂鲜红飘血
神界的永生留不住他，悟空、龙马、八戒，三藏的女身轻萝飞扬
星尘的泪水难使他回头，神界之谜因他崩坏显露
时光英雄雷葛新，为了一份失落的回忆，穿梭三千年的时空
只为了见到她的浅浅一笑……

“住口！”冷血队长终于忍不住了，暴躁地欺身上去，抓住泰大鹏的双臂。泰大鹏面露微笑，开口想再说些什么。

“住口！”冷血队长一反手给了他一个巴掌，不让他说下去，“你给我听清楚，所谓的雷葛新传奇，只是一个杜撰出来的鬼话，只是你们这些坏分子意淫的想象。我找遍所有时空，从来没有过这样一号人物存在！”

泰大鹏的脸颊高高肿起，脸上出现清晰的指痕。质子风暴刮起的砂石迷住了他充血的眼睛，有点睁不开了。

“如果没有，”他有点怜悯地笑笑，“为什么他的传说会流传两个世纪之久？为什么公元1997年和2012年的空间里有这首歌的记载？而高高在上的冷血队长为什么这么生气？”

冷血队长的情绪失控了，他咆哮道：“我查过历史上所有叫过雷葛新的人，连数目都确定了。三千年以来，一共有六十九个，其中还有十七个是因为这首莫名其妙的歌纪念命名的，可是没有一个是你们的救世主。没有！绝对不会有！”

泰大鹏不去搭理他，兀自喃喃地说着些什么。冷血队长再一次搀住他的手臂。

“走吧！”

泰大鹏陡地抬起头来，几近失明的眼中有种奇特的光芒。

“走？”他安详地闭上眼睛，脖子上再度暴起青筋，“如果有一天，你有机会见到他，请告诉他，有过这样一个叫泰大鹏的人，曾经因为他的名字……”

他的声音变得更加微弱，冷血队长得俯下身去才听得清楚他在说什么。

“如我有幸身为施洗者约翰……”泰大鹏喃喃地低声说道，“请备办我身，为那将来的弥赛亚铺路而行……”

泰大鹏的脸上开始流下冷汗，脖子上浮现更多血管。他伸出双手，紧紧抓住冷血队长的双臂。

“……请你告诉他，我泰大鹏，曾经因为他带来的信念，在临死之前，要拉一位专门残害我们的冷血队长一起下地狱！”

然后他的头一歪，就停止了呼吸。

这时，质子风暴带着万千怒马的狂野气势向山崖席卷而来。

冷血队长一甩双臂，身上弥漫出微风，打算脱离此刻的时空，却发现泰大鹏的双手仍紧抓着他的手臂，而且，被抓的部位以下都变得麻痹无力。

“畜生！”他在狂风中号叫着，因为泰大鹏临死之前，用仅剩的气力又使出一次音波共振术，趁他不自觉一再说出“雷葛新”三字时产生共振高频，令他的双手麻痹了。

质子风暴向他们所在的方位席卷而来，这种因为地表磁场混乱产生的终极破坏力量，对石头、金属之类的无机物不会产生太大损害，却会将所有有机物挫骨扬灰，消灭殆尽。

冷血队长在狂风中慌乱地企图甩开泰大鹏的尸身牵绊。不远处，他的三名手下的无头尸身在质子风暴的吹拂之下逐渐由皮见肉，由肉见骨，最后骨殖化为尘烟。

核酸警队的冷血队长面对着自然界最可怕的力量，这时也像小孩一般无助。而在万物化为乌有的一刹那，他的脑海中却很奇异地浮现出那个传说中的字眼。

“雷葛新！”他在踏入虚无的永恒死寂前的一刹那，这样高声喊叫着。

他的声音是如此绝望和惨烈，就算雷葛新明知道这个惊人的情景只是一段影像讯息，也不禁从心底升起毛骨悚然之感。

根据后创世纪科学家估计，破坏力等于一场小型中子爆的质子风暴终于在短暂的肆虐后向另一个地点卷去。山崖上已无任何活物的踪影，泰大鹏、冷血队长，还有三名断头核酸警察仿佛不曾存在过似的随风逝去。远方的山峦，隐隐还传来冷血队长撕心扯肺的惨呼，那一长串“雷葛新”在东方的回音山谷回荡了好一阵子。

而后，一切再度归于沉寂。

绝对的黑暗，绝对的宁静……

有一刻，雷葛新觉得不知道自己在什么地方，但是方才看到的情景，每一个细节、每一句话都记得清清楚楚。

泰大鹏。

核酸警队“风”支队冷血队长。

等到雷葛新终于回过神来的时候，发现自己正倒卧在“鲁肉”信息超级商场光滑的地面上。来来去去的人们大多有自己专注的购买接口，所以没有什么人注意到这里躺了一个人。

人群中，一团蒙蒙的光晕里站着一个美丽的穿和服的女孩，露出甜甜的单调笑容。

花子。是虚拟售货员花子，而不是那个甜美中带着狠劲的阙亚莎。

明知道不太可能有回答，雷葛新还是有点茫然地抬头问花子："刚刚……刚刚到底发生了什么事？"雷葛新挠着头，一时间忘了站起来，保持席地而坐的姿势，仰着头和花子说话。

"您刚刚体验了几款游戏的冒险体验。"花子甜甜地笑道，"请问还有什么可以为您效劳的？"

"刚刚……"雷葛新摇了摇脑袋，这才想起来和花子这种低内存的虚拟人问复杂的问题根本就是自讨没趣，"算了，没什么。"

"请问您要再看新款游戏，还是找寻其他商品？"花子不厌其烦地问道。

"我想看看生物植入型百科全书。"雷葛新说道。这才是他今天来这里最主要的目的。

花子优雅地颔首，双手一合，再张开，整个空间又转换成一间巨大无比的书房，各式各样的植入型百科全书书目在空中飘浮着。

"以下是可供您挑选的选择：内载资料最多的米开朗琪罗 5400 型，交互式赏心悦目的知性美人型'冰冰志玲'，只读式的经济型'乡民 Z'……"

雷葛新望着各式商品，有些眼花缭乱。他已经来逛了好几次，对这些生物植入式百科全书有初步了解。米开朗琪罗型的资料上至天文地理，下至人文艺术，几乎无所不包，而互动型的好处在于可以与用户做常态性的讨论。

"互动型和米开朗琪罗型两种一起买，要多少？"他问道。

花子迷人的朱唇说出了一个可怕的数字，远远超过雷葛新的预算。

"有没有类似的产品，"他不死心地问，"但是不用花那么多点数的？"

花子的表情凝固半晌，雷葛新知道这是掌管 VR 的生物型计算机在搜寻非正式数据的迹象。

雷葛新脖子上的那个刺痛点又开始隐隐然作痛，像是静夜里亮了盏小小的灯。

大概又有事情要发生了吧？

对于这种刺痛感已经开始熟悉的雷葛新，此刻的心情有些雀跃，像是个小孩子一样屏住气息，想知道接下来又会有什么奇异的事情发生。

果然，花子展颜对他一笑。

“有的，请稍候。”她说，影像逐渐消退。

四周的环境随着花子的消失而逐渐转换，变成了阴暗的潮湿石洞地道，有的地方还滴着水，发出单调的滴水声。

“请跟我来。”一个呆板的声音说道。

足音在空旷的地道中响起，尽头是一个坐在地上的中年男人。

“坐。”他说。雷葛新从来没有见过“鲁肉”里有这种 VR 售货环境，但还是照他所说的坐了下来。

“我不是虚拟的影像，我是一个真人，叫我派洛特·加龙省就可以。基本上，我是个卖盗版商品的走私者。”派洛特·加龙省的神色阴沉，面无表情地说道，“我知道你想要博学和互动型的，但又不想多花钱，是吗?”

对于这类型的口气，雷葛新觉得非常不舒服，但还是点点头。

“介意二手货吗? 介意没有版权的货吗?”他每问一句，雷葛新便摇摇头，但也没有任何想买的意愿。最后，派洛特·加龙省拿出一个小小的密封试管。

原先，雷葛新已经准备离去了，却被中年人派洛特·加龙省接下来的说法吸引。

“这是核酸禁绝时期之前的产品，低成本，因为含有核酸成分，互动性极佳，可以和你做学术性对谈，数据库的容纳是米开朗琪罗型的十九点八一倍。缺点是，数据一旦植入便无法取出。”

雷葛新忍不住深吸一口气，有股挑战的勇气在心中升起。这种梦幻般的性能，就连市面上最先进的产品也望尘莫及，一种拥有的渴望占据了他的脑海。

“要不要? 你考虑一下。”派洛特·加龙省说了一个价格，那是个远低于雷葛新估计的低价。

“要。”雷葛新回答，心脏不禁“砰砰”加速跳动。

“通常，我不会随便卖东西给你们这种空白傻蛋，我只和行家做生意。”派洛特·加龙省冷冷地说，“但是你已经有核酸感应体质了，所以我就破例做你的生意。”

雷葛新微微一愣，想要说些什么，却被派洛特·加龙省打断了。

“关于你发生了什么事，为什么拥有核酸体质，那完全不关我的事。”他冷冷地说道，“我只是和你做生意，只是要赚你的钱，懂吗？其他事一律不用跟我说。”

派洛特·加龙省打开试管，将开口顶在雷葛新的脑门上，里面的溶液“唰”一下就进入他的表皮组织，没留下任何痕迹。内藏大约两亿九千万位信息的生物型百科全书，只花了不十秒钟就安装完毕。

“你现在装进体内的百科全书，他的名字，”派洛特·加龙省最后说道，“叫作牛顿。”

雷葛新走出“鲁肉”信息超级商场大门的时候，天空已经转换成柔美的夜色。一轮洁白的下弦月挂在空中，四周有扬声器放出人工模拟的蝉鸣声。

雷葛新在二十五世纪大城市锡洛央的街灯下，捧着刚买的的百科全书三大册说明书，缓步走向附近的“天网”交通运输站。

在“天网”系统的地下小车中，雷葛新根本无心欣赏夜色下的地底模拟景观。就算现在身边有虚拟空间中最美的少女，他也无暇去看。

雷葛新胡乱撕开第一册说明书的封套，迫不及待地开始读第一章的“启动须知”。

说明书上说，核酸禁绝时期之前的百科全书用法和现世代的规格形态极为不同。现世代的植入式百科全书，因为不含核酸成分，要完成读档及互动必须透过机械装置。等于回到了三百年前的原始做法。

而雷葛新刚买的这套“牛顿”，却是核酸盛行时期的产品，从某个角度来说，算是违禁品。因为它用的接口方式是生物式植入，当它进入人体时，便和使用者的基因合为一体。所以，卖这套软件的派洛特·加龙省才会说，如果使用了就无法再取出。

因为核酸成分已经与身体合而为一，要使用它就得用极度集中精神力来启动。

“冥想远方有一个白色光点……”雷葛新照着说明书上的指示闭上眼睛努力去想。

白点……白点……恍惚之中，眼前的视野出现一片清明。

就在这时，“喀”的一下轻震，“天网”已经到了雷葛新住的公务员大厦门口。甜美的女声打断了他的冥想。

“核酸局雷葛新，您的目的地已经到了。祝您有一个美好的夜晚，明天见。”

雷葛新以最快速度冲进大门，登上光能电梯，回到自己的宿舍。房间里光线逐渐转成阅读亮度，雷葛新急急忙忙将公事记忆组往桌上一丢，拿着百科全书的说明书就往卧室跑。他坐定在床上，迫不及待地再度闭上眼睛，像方才一样，专心冥想那个“远方的白点”。

在黑暗中，清明之感来得非常快。冥想的地平线上，果真远远地出现了一个白色光点。

接下来呢?

雷葛新不禁哑然失笑，方才自己太过性急，只在说明书上看到“冥想远方白色光点”就等不及要试试。等到白色光点真的出现了，还不知道下一步要做什么。

突然，一个清晰的语声在他的耳边响起。

“我是牛顿。”那声音说道，“请输入使用者名称。”

雷葛新心想，如果要凭借集中精神力才能启动，输入的方式大概和意念有关。因为急着想试，他还是没有打开手上的说明书。

“雷，葛，新。”他在心里很用力地想着。

牛顿没有任何回答。过了良久，语声再度响起。

“请输入使用者名称。”

雷葛新将手边的说明书翻开，从目录上找到“互动须知”。原来，因为使用顾客的精神集中力程度不同，用意念沟通的方式并不稳定，所以这套百科全书采用的是语音的互动方式。

“雷葛新。”他清清楚楚地将名字念了一次，果然，这一次牛顿有了回应。

“雷葛新，您是本程序的新使用人。只要输入‘选项’指令，牛顿将显示出本程序功能供您选择，如有任何疑问，请输入‘查询’指令，牛顿将竭力为您解答。”

“牛顿，”雷葛新向着空无一人的四周饶有兴味地问，“你有形象吗?”

“牛顿的程序中有四十八万种形象及语调可供选择。”“牛顿”说道，“您可以自由挑选。”

雷葛新思索了一下。

“那么，”他兴高采烈地说，“给我紫红诗玲!”

紫红诗玲是二十五世纪著名的虚拟美女歌手。果然，身形娇小可爱的著名美女歌手紫红诗玲的投影缓缓出现，在雷葛新的斗室中载歌载舞。

“紫红诗玲载入成功。”牛顿说道。

“我不是要看紫红诗玲唱歌跳舞。”雷葛新说道，“我是问你有没有任何形象，能不能像个真人一样在我面前出现，和我说话。”

有好一会儿，牛顿没有出声。紫红诗玲的影像逐渐黯淡下去，房间里又恢复了原来的样子。

“搜寻失败，雷葛新。”牛顿以冷静的声音说，“牛顿没有形象互动功能，也没必要出现。但你仍然可以选择你想要的影像，只是无法互动。”

雷葛新看了一会儿闪过的各种形象，良久，才叹了口气。

“好吧!”雷葛新说，“那么，给我选项。”

一片柔和的蓝光出现，空间中投射出几团飘浮的云朵，颜色鲜明，每团云气上有选项的名称。

“睿智者。”雷葛新说出指令。

“请说出题目。”牛顿说。

雷葛新想了一下。

“核酸工程。”他说。

“核酸工程理论在二十二世纪由罗世列首创，于二十三世纪普及。”牛顿流畅地报告着，“其主要组成物是配合生物型超级计算机组成的人工合成化学剂配方，统称‘罗氏激素’。接受注射后的人体脱氧核糖核酸链轻度扭曲。”牛顿在雷葛新的脑海中投射出脱氧核糖核酸的影像，并在一旁加上DNA的英文批注。字母的背景有巨大的DNA螺旋链的放大图像，以绿色箭头显示螺旋链的人工扭曲度。“经过改变的DNA在大脑皮层放射微细生物电，使接受注射者产生接受知识的仿真感觉。此科技因有重大缺陷及副作用，已于后创世纪公元2389年全面禁绝。”

空间中再度出现云气般的两个选项：跳出和深入。

“深入。”雷葛新说道，“说说它的原理，为什么它可以‘仿真’知识?”

牛顿停顿了一会儿，空间中突然变为空白。

“无相关信息。”

“无相关信息?”雷葛新奇道，“是你不知道，还是没有人知道?”

不知不觉间，他已经把这部生物型百科全书当成一个人，聊起来像是在和朋友交谈。而他之所以会在这个问题上继续追问，是因为他知道，核酸科技有一个非常神秘的现象，但以前他只是听别人提起过，并没有认真搜寻过这个讯息。

“我不知道。”牛顿简洁地回答说道，“而且在我的搜寻能力中，也没有别的搜寻组知道。”

“所以，这是一个没有解开的谜，对不对?”

“以2425年颁布的大百科全书法来说，是的。”牛顿回答道，“核酸科技是一种人们只知道如何操作，却还不了解原理的技术。”

“这倒是很有趣。”雷葛新露出不屑的笑容，“只知其然，不知其所以然?都公元二十五世纪了，这种话还说得出口?”

牛顿又停顿了一下，雷葛新仿佛听到空间中有轻轻地“哼”的一声。

雷葛新眼睛一瞪，露出惊讶的表情。他从前和牛顿这类人工智能互动过挺多次，知道它们大多没有加入情感参数，说起话来既客气又平和。加入情感参数的人工智能是层级很高的高价品，只有富人才买得起。

“那是你发出的声音吗?”雷葛新又惊又喜地问道，“你有情感参数吗?”

没有声音。良久，牛顿的回答才幽幽响起。

“在科技史上，核酸科技并不是唯一有这种情形发生的个案。”牛顿很清晰地说道。这时，空间中出现了缤纷的场景。“知道如何操作，但还不知道运作的机制。二十世纪，克隆科技‘多莉羊’就是一个例子。”

空间中出现了一只古代绵羊的影像。

“二十世纪时，科学家声称破解了遗传密码，以无性方式人工培育出出第一只克隆羊‘多莉’，让当世认为克隆科技已经为人类所掌握。但真相是，多莉羊的克隆过程完全是碰运气，以高压电击刺激乳泡细胞，活化后形成胚胎，植入母羊子宫而育成。成功概率与过程完全无法掌控，只能在许多次失败中偶然成功。但那时的人们误以为人类已经掌握造物主的能力，能够克隆任意生物。”

雷葛新的眼中发出兴奋的光芒，连忙追问道：“那核酸科技也是这样吗？就算我们做得到，却不知道它的原理为何吗？”

牛顿又停顿了一会儿，声音坚定地答道：“正确。”

“完全没有人知道？”雷葛新不死心地追问道。

“在人类所知的范围内，没有。”牛顿简短地回答。

“所以，那些生化战警，也不知道他们是怎么来到这个世上的？”

“核酸科技和生化警察的相关讯息，因为太过隐秘，有为数不少的主流科学家、宗教人士认为，核酸科技并不存在，只是一个骗局。而这一派理论的支持者，甚至否定生化警队的存在，认为他们只是一个幽灵单位，每年都要在联邦会议上提案删除预算。”

雷葛新不由得哈哈大笑，本来想说哪有这么笨的人，但仔细一想后，心中一凛。

就在今天之前，他也是个常说“核酸科技，不知所谓”的怀疑论者。

要不是在核酸局前亲眼目睹那场大战，他这辈子也从来没有见过风、水、火、雷生化战警。但是很神奇的，他头脑中的这些观念在短短一天之内，已经全部改变了。

牛顿显现出来的影像，此刻显现出一朵朵云彩的选项。

跳出，或是深入。

“深入。”雷葛新毫不犹疑地说，“说说核酸科技的副作用。”

巨大的DNA模型中央出现旋涡，将所有影像打碎。雷葛新仿佛置身其中，在一条隧道中急速前进。

“二十四世纪的病理专家曾经指出，”牛顿说道，“核酸科技和人体的交互作用在某种定义上来说，可视为一种中毒。中毒产生的症状就是，未经学习便可得到知识。医学上的中毒症状常因体质不同而有所差异，核酸注射也是如此。不同类型知识核酸如果混合不当，也常产生变异的副作用。副作用发生的概率为百分之十一。”

影像再度出现选项云朵。

“退出，或深入。”牛顿问道。

“深入。”雷葛新发现自己已经沉迷其中，虽然夜色已深，明天还要上班，可是他一点儿倦意也没有。

“我想知道副作用的详细情况。”

“核酸科技产生副作用病例为数极多。”这时空间中出现了统计图表，并且随着牛顿的叙述，出现了各个病例的纪录影片，详细列出了地点和时间。

“2323 年，智能消失症病例。患者为满怀理想的青年政治家，注射古政治史、古岛国政府典章制度核酸后突然失去智能，成为无药可救的智障者。”

“跳过。”雷葛新说道。

“2323 年，沉思者病例。一名乐理家注射民谣研究核酸后，突然陷入沉思，终其一生没有再清醒过来。”

“跳过。”

“2325 年，口哨症病例。注射过战争通史核酸的患者，在观赏完二十世纪古代电影《桂河大桥》后突然狂吹口哨，连续七日后因肺血管破裂不治身亡。”

“查询。”雷葛新说道。

吹口哨者的影像暂时冻结在空间之中。牛顿的声音没有任何情绪起伏，只在半空中闪烁“查询”两个字。

“请说出查询事项，雷葛新。”

“我想知道，有没有人知道为什么会有这种副作用?”

“根据未经证实的说法，产生核酸副作用的原因可能是排斥作用，也有可能是潜意识的觉醒，或称为良知的觉醒，真正原因还未得到证实。”

“为什么?”

这一次，牛顿许久没有回答，只有那个涨红了脸吹口哨的影像依然停滞在空间中。

“数据不足，请跳出本栏，回到总选项目录。”最后，牛顿这样说道。

使用了几次之后，雷葛新发现，如果牛顿这样说，就表示这套强大的百科全书的确没有相关数据，但有时候却可能从别的信息选项中找到多一点儿的蛛丝马迹。

和许多刚买了新搜寻程序的人一样，雷葛新搜寻完了想知道的各类信息后，还是舍不得离开，于是便开始随意搜寻一些天马行空的疑问。

“搜寻。”雷葛新对牛顿说道，“武技对决。”

牛顿在空间中映出几个选项，有古中国武术、空手道、柔术、兵器等常见选项。

“不不不。”雷葛新摇头，“我想知道普通人和生化警队成员交手的记录。”

牛顿搜寻了一会儿，说道：“无信息。”顿了一下，又说道，“两方实力过于悬殊，无任何对战记录。”

“深入。”没等牛顿询问，雷葛新就抢先说道，“麻烦您老人家说得更清楚一点儿。”

“核酸警队的生化警察成员因为体质异于常人，担任的是最危险艰巨的任务。”牛顿有条不紊地说，“警队成员有的可以在人类无法负荷的极端环境下工作，有的可以到无重力的星际环境出任务，能力远远超越常人。二十四世纪职能数据显示：风系生化战队可产生一个小型飓风的风能，水系成员可以自如运用方圆十公里内的所有水分子，火系成员可催动焚毁整条大街，雷系成员可催动大约十分之一个闪电的能量。也就是说，人类的体能完全无法与生化警察成员对抗。”

“好厉害……”雷葛新咋舌道，“那就是完全没得商量了。”

“但是……”

“但是?”雷葛新不禁“扑哧”一声笑出来。印象中，他从来没有听过智能程序会说出这么人性化的词汇来，“但是怎样?”

“有六段记录于‘城市异闻’的个人记述中，有人声称曾经和生化警队的人打过架，但当事人大多喝过酒，也无核酸警队成员的证词，因此被归在‘传闻’一类，没有任何公信力。”

“哦？那些记录都是怎么说的?”

牛顿将文件直接投影在空间中。雷葛新读了几段，发现都是很短的记录，内容大多是喝醉了酒发生冲突，而且大部分都是当事人打不过生化警察。

只有一件发生在奎木狼市的事情比较特别，叙述者声称，当时他和生化警队的人言明，双方只用肉体力量较量，不可使用别的能力，打完架后虽然还是打输了，但对方也被他打青了一只眼睛。

“有趣有趣，所以他们还是会受伤的……”雷葛新还想再问下去，却被牛顿冷冷的声音打断。“信息到此为止，请搜寻下一个问题。”

这时，雷葛新突然想起了一个名字，心中“轰”地动了一下，激起了一阵莫名其妙的悸动。

在“鲁肉”信息超级商场见到的那一段古怪惨烈的影像又重新出现在脑海之中。

“泰大鹏。”

在牛顿惯有的停顿中，雷葛新忍不住又想起那几幕令人震慑的场景。

爆裂成血雾的头颅。

扭曲而七孔流血的脸庞。

还有冷血队长在荒凉大地上撕心裂肺的惨呼。

牛顿机械的声音打断了雷葛新的回忆。

“无相关信息。”牛顿回答，“无该人员资料。”

雷葛新皱了皱眉，顺手便探入了裤袋，碰了碰那个镌有“泰大鹏2371”字样的小装置。

也许，是因为受这个小装置的影响，才会让你想到这个名字，引发相关的想象。

如果他把这段经历说给心理重建师听，大概对方会抛出来一箩筐这种“预知既视”（dejavu）的结论了吧。

“那么……”雷葛新仍然不想放弃，“我想搜寻冷血队长。”

牛顿这次花了比刚才更久的时间。

“冷血，核酸警队‘风’支队副队长，本信息属联邦二级机密，读取已属违法。”牛顿呆板的声音说道，“深入，或是跳出。”

雷葛新翻了翻白眼，露出调皮的笑容，他接触这类信息已经有很长一段时间了，对于机密档案更是不放在眼里。二十五世纪的各种禁令多如牛毛，但真的要执行起来，还是有很多漏洞可钻。在这个领域里，雷葛新已经可以算是职业级高手，像今天在核酸局里破解条形码的扫描，就是这种功夫的展现。

他随手抓过来一片“加密神经元干扰片”，贴在头上，这样，他读取这个机密档案的动作就会被噪声覆盖。

“这样你就没事了吧?”雷葛新笑道，“深入。”

果然，空间中又投射了一层淡淡的光影，映出“已加密”的字样。

“加密成功，可继续搜寻。”牛顿说道，跟着投影出冷血的档案影像。冷血的影像和雷葛新在“鲁肉”看到的样子没有太大差别，消瘦、金发，穿着夸张华丽的古欧洲斗牛士礼服，他脸上那种阴冷无情的表情，更是让人印象深刻。

“冷血，本名冷自扬，生化战警风系成员，是能在人形与风组态间变换的生化人。在核酸警队中的战斗力排行前十，为警队中少数得到赤金勋章之成员。”

牛顿将冷血的相关信息选项全部列出，但因为生化警队的信息是联邦中最机密的区块，即使以非法方式搜寻，数据也是少得可怜，而且没有什么引人入胜之处。

在冷血的履历中，有一段叙述有点不寻常。在资料上显示，他曾经被正常人类家庭收养过，却在十六岁时再次申请回到生化人族群。

一般来说，生化人族群沉静、固执，脑子像水泥一般固执，和人类相处格格不入，很少有相处得来的情况。像冷血这样能在人类家庭里生活十多年，说明他在情绪上接近人类，不像一般生化人那样与人类保持一定距离。

但是从冷血担任生化战警的履历来看，他似乎又极度痛恨人类。在他执行任务的过程中，对于人类罪犯下手极为残忍，违规私刑的次数远远超过其他生化战警。就算“风”支队队长一职空缺已久，即使他战功彪炳，却因为对付犯罪者的手法过于凶残，一直无法升为队长。

但关于冷血的信息也只有这么多了，牛顿再也无法找出其他讯息。连雷葛新想要知道他是否还活着，是否真的在泰大鹏之役中身亡，也无法得知。

“联邦警队有一句流传的话。”牛顿最后这样说道，“只有他们来找你，如果你想要找他们，那是完全不可能的事。”

“这句话我也听过啊。”雷葛新苦笑道，“‘只有他们来找你，但找上你你就玩儿完’。所以，逻辑上，只要遇上生化战警，就一定不会有好事，对不对?”

牛顿不再回答，只是让几朵搜寻选项的云朵静静地飘浮在空中。

几年前，雷葛新曾经在一份调查文献上读到过，二十五世纪男性最容易上瘾的嗜好有十种，而现在他正在玩的生物型植入百科全书排行第七。

但在此刻，雷葛新觉得就算是将它列在第一也不为过。在深夜里，雷葛新根本没有休息的意思，不停地向牛顿发问，像是古中世纪最用功的隐士学者一般渴求知识，一点儿也没有倦意。雷葛新提问的内容五花八门，从后金属工业时期神秘的“精密工业敲击术”、能使让人类重复延长生命的灵魂转移科技、从来不曾有生还者的时光旅行、两百年前的“三十年超人战争时期”，到最引人入胜的“风雷水火”转化型生化人。雷葛新不停发问，牛顿则知无不言，言无不尽。

买这套百科全书是这辈子最明智的一项决定，雷葛新在心里很满足地想着。牛顿就好像一个浩如大海的宝库，打开了大门，里面的新世界令人悠然神往。

不知不觉间，外面的天空已经蒙蒙亮了，月光亮度正逐渐降低，过一会儿，阳光就会从东方映照出来。雷葛新这才发觉，自己已经和新买的百科全书“牛顿”玩了一个通宵。

[第04章]
侵入核酸库

一连两天，雷葛新一下班就把心思全放在牛顿身上，孜孜不倦地查询了许多信息。

雷葛新做学生的时候不是很用功，是那种一拿起书本就要睡着的懒学生，因此才会被安排到市档案部，拿了三年的最低薪资。

然而，现在他连睡觉都觉得多余，漫漫长夜里，他跨越不同时空，深深地被那个无边的浩瀚知识宝库吸引，完全没有办法停下来。

只不过，这样持续严重缺乏睡眠，在第三天就露出马脚了，上班的时候，雷葛新勉强张着睡眼，眼睛有红丝。然而，如果不是局里严格规定，不准在上班时间使用包括游乐器、计算器或百科全书在内的生物植入式产品，他甚至会在办公室把牛顿叫出来。

同事米帕罗把这一切都冷冷地看在眼里。

看着雷葛新打瞌睡的模样，他忍不住问道：“你那天不是说去买百科全书了吗？怎么一脸没精打采的样子？”

“买了。”雷葛新简短地答道，“而且很棒。整个晚上一直玩，结果就忘了睡觉。”

“这种事，千万要小心！”米帕罗皱了皱眉，“根据市调局发布的报告，二十五世纪十大最容易上瘾的嗜好里……”

“植入式百科全书排行第七。这我知道，可是我觉得没那么严重，只是好玩而已。”

“我倒不觉得有什么好玩的。”米帕罗双掌朝内，在太阳穴上由内往外揉两圈，这个动作在二十世纪和“耸耸肩”的意义相同，“几年前我也买过一部，用了几次觉得没意思，就没再用了。”

“那是因为你本就是个俗人。”雷葛新打了个大呵欠，“无穷无尽的知识之海，我不过是个海边捡拾贝壳的小童……是谁说的话，俗人？”

“艾萨克·牛顿，古英吉利科学家。”米帕罗瞪了他一眼，但也并不是很在意雷葛新的取笑。

“好吧！算我不对，你不是个俗人。但是真的，想到有那么多的知识信息就在这个地方，”雷葛新指指自己的脑门，“真想一下子全部把它们吸收进去。”

米帕罗饶有深意地望了他一眼，那个眼神里居然有着担忧。

“雷葛新，我知道我的话也许你听不进去。面对浩瀚的知识之海，也许我连一个捡贝壳的小孩也不如，充其量只是一只寄居蟹。”他一字一顿地说道，“但是，就算是寄居蟹，好歹我也比你多看过十年的风风雨雨。我告诉你，真的要小心。我在核酸局已经待了十年，‘追求知识之海’，常常就是核酸犯罪者的动机所在。”

雷葛新仔细观察米帕罗的表情，想确定他这样说的真正用意。

“没有的事。”雷葛新勉强笑笑，“你想得太多了。”

“你不要以为我在关心你，我才不管你的死活。”米帕罗有点不高兴地说道，“只是因为我和你在同一个办公室工作。如果你出了什么事，我会很麻烦的，我可不想帮你擦屁股哦！”

雷葛新翻翻白眼，回瞪了米帕罗一眼。“你不会的。”其实他的意思是说，就算出了什么事，米帕罗哪里会帮自己扛下来？能不出卖自己就已经很好了。

“你还是想太多啦！”

“但愿我是。”米帕罗眼神谨慎地环视四周，确定办公室中只有他们两个人，这才悄悄地说，“你以为那些核酸犯真的都有再度称霸世界的野心吗？虽然他们的判决词中都会提到野心、阴谋，可是，有很多人真的就只是像你一样，‘追求知识之海’而已啊！”

雷葛新心里很明白，米帕罗说的没有错。他想起几天前目睹的那场核酸局前的大战，耳际仿佛又响起那个女人凄厉的声音。

“自主无罪，追求知识无罪！”

当时，她被阳风队长判了重刑，却仍坚定地在天空下大声嘶喊。

“总之，最重要的就是要小心。”米帕罗说着，又摇摇头，“不，最重要的，就是不能连累你爸爸我。”

虽然心里知道米帕罗说的没错，雷葛新还是忍不住嘴硬。“不可能的，这种事绝不会发生在我身上。如果你认为我会变成和那些核酸犯一样，那你就是有毛病。”

虽然嘴上这样说，那天晚上，雷葛新把牛顿叫出来之前，还是有点犹豫，思索了好一会儿，才闭上眼睛。

黑暗的天际出现一个纯白的光点。

“我是牛顿。”牛顿以一贯的平静口吻说道，“雷葛新，您好。”

“我想知道，”雷葛新问道，“这几天我读取的信息有多少？不，这样说好了，我这几天读取的，和你储存的所有信息比起来，占多少比例？”

“万分之二点零八。”牛顿简洁地回答。

雷葛新陡地泄了气。他觉得自己就像走进童话糕饼世界的小孩，眼前的美味点心令他垂涎欲滴，但自己的嘴巴、自己的胃却那么小。

“真的有核酸工程这种技术吗？”雷葛新问道。

“请定义‘真的’二字。”牛顿说道。

“我是说，”雷葛新深吸了一口气，“核酸工程是一种实体，而不是传说？”

“核酸工程是实体，于二十四世纪普及于世，于公元2389年全面禁绝。”

“如果有百科全书的话，”雷葛新喃喃自语道，“还要核酸工程做什么？像我现在脑海中有了你——牛顿，基本上我就是无所不知了，对不对？那我还要核酸做什么？”

牛顿很罕见地有了短暂的沉默。

“无法归纳。”牛顿说道，“请重新整合问题。”

“核酸真的有那么神奇吗?”雷葛新问道，“像你，你这样的百科全书和核酸相比，有什么不同?”

雷葛新眼前慢慢升起一个老人的影像。旁白的备注写着，英千格博士，核酸工程学著名学者，为“超人计划”核酸研发委员会召集人。不过，据说他的下场非常惨，后来在“三十年超人战争时期”被“狂人莫里多”亲手处死。投影出来的英千格博士必须借由喉部扬声器来说话，牛顿忠实地模拟出他沙哑的声音。

“核酸工程和生物植入式百科全书相差绝不可以道里计。一部百科全书，无论它的数据多么丰富，声光、互动设定多么真实，终究是个间接接口。仍旧要经由‘学习’的过程才能进入人脑。而核酸是有史以来唯一能够直接传播知识的伟大科技。举例来说，一部二十世纪的原始光盘百科全书‘因卡塔尔’……”

这时出现了二十世纪末独裁大企业集团的产品“因卡塔尔”的影像。

“其数据虽然极度贫乏，采用间接学习方式仍需要超过一年的时光才能学习完毕。而一剂‘骨颅’百科全书核酸，信息容量为‘因卡塔尔’的三千五百倍，却能使人在二十分钟内吸收全部信息。”

英千格博士的资料数据很少，一下子就播完了。

雷葛新沉默良久，几乎忘了呼吸，最后，终于长长吐了一口气。

“那么……”他停顿了一下，一时间忘了牛顿并不是真人，问他这一个问题时还得考虑措辞，“在什么地方可以找到核酸?”

霎时间，空间中响起此起彼落的警报声，各种警报在眼前急速划过;雷葛新被眼前的突发状况吓得愣住，场面之乱，仿佛下一刻就可以看见大队警力破门而入，要将他逮捕。

“什么事? 牛顿!”雷葛新惊慌地叫道，“发生了什么事?”

一阵不属于牛顿的合成机械语声响起，背景仍是纷乱嘈杂的警报声，许多杂乱的视讯在眼前掠过。

“信息提取方式触犯联邦法规，信息提取方式触犯联邦法规。程序自发停机，程序自发停机。”

雷葛新像个酒醉患者般慌乱起站起身来，他碰倒了椅子，整个人跌坐在地上。一股刺痛之感从大腿部位传来。

“啊噢！”他痛得大叫一声。

然后，仿佛是被他的叫声驱走一般。所有警报声、影像突然全部消失了，像是被什么强力的东西一下全部抽离。

房间里一片寂静，椅子翻倒在地，窗外偶尔传来远方警车出勤时的警报声。

雷葛新还是坐在地上，他被方才的混乱讯息弄得头脑有点昏沉沉的，但心脏跳动非常快。

过了一会儿，他才定下神来，低头看看大腿外侧，裤子上渗出一点儿血。他苦笑地伸手进口袋，掏出来他在办公室找到的戒指状东西。

方才在慌乱中，这枚东西的尖状尾端刺破了他的大腿，也是因为那阵刺痛，所有混乱的讯息才陡然消失。

雷葛新在昏暗的房间里仔细端详那一枚戒指状的东西，上头镌的“泰大鹏 2371”闪着比反光还要强的光芒，尾端的尖锐处还沾着一点儿血。

回想着刚才发生的状况，一切似乎归咎于最后雷葛新问的那一句话。

“在什么地方可以找到核酸？”

看来，这个二十五世纪的最大禁忌，连在小小斗室中也无法触及。雷葛新从第一天进核酸局上班开始，那句核酸禁语就天天萦绕在耳边，挥之不去，像一只讨人厌的苍蝇。

“盗用核酸，万劫不复。”

这句话，雷葛新在受训时便喊过数十次。不只要记在心里，训练员还煞有介事地要每一个学员大声念出来，“这样才会记忆深刻”。

不知道牛顿会不会因此而程序受损，花大钱买的百科全书一下子就付诸流水？

所幸，稍稍凝神之后，牛顿那熟悉的平静语声再次出现。

“刚才发生了什么事？”雷葛新小心翼翼地问道。

“信息提取方式触犯联邦法规，程序自发停机。”牛顿立刻说道，

“建议停止询问该类问题，以免程序永久停机。”

“好好好。”雷葛新连忙应道。

“请输入选项。”牛顿说。

一阵沉默。

雷葛新对刚才的状况实在心有余悸，生怕再问到什么触及禁忌的问题，可是他又舍不得叫牛顿回去。他的目光向四下一看，瞥见了那枚戒指状的尖锐东西。

“你看得到这是什么东西吗?”雷葛新把那个戒指状的物件拿在手上，凑近鼻梁。

“视觉互动程序启动中……”牛顿说道，“雷葛新，牛顿已经可以看见该物品。”

“这是什么东西?”

这时，空间中投影出一个和这个物品样子相似、颜色却不一样的东西。雷葛新手上的是浅绿色的，投影上的是淡红色的。

“这是袖珍型微处理机，星际调查人员专用，可存储文字、声音、影像等各类数据。”牛顿回答道。

“用法呢?”雷葛新问道。

“拨动密码键盘，输入正确密码即可。”投影上用箭头指出密码键盘的位置，原来，像DNA般扭曲的两根细臂上的突起，就是密码键盘。

“密码是什么?”雷葛新心不在焉地问，话一出口才知道问了个笨问题。

果然，牛顿回答道:“数据不足，请再次选项。”

雷葛新想不到任何参考数字，只好就地取材，输入在戒指上镌刻的号码。

“2371。”

没有任何反应。

“1732。”

也没有用。对于猜数字密码，雷葛新向来不擅长。也许米帕罗可以，因为听说米帕罗业余还兼了个联邦黑客师的工作，别看他平日少一根筋的样子，据说，他还拥有二级数字猜测师的执照。

正打算放弃的时候，突然，一道灵光在脑海闪过。雷葛新想起来核酸局的员工私底下常自嘲是典型的“6666”，因为传说中，地球下一次的大劫难会在公元9999年出现，而6666的意思就是，核酸局的员工即使到了世界末日，还是得头上脚下地拼命到局里来上班。

这是核酸局员工才知道的笑话。用6666减去戒指上的2371，得到的数字就是4295。

雷葛新将4295输入戒指，立刻就肯定这是个正确数字，因为戒面上的透明部分开始发亮，逐渐发光。发出的光线呈扇形扩散，雷葛新让它投影在墙上。影像在墙上由模糊转为清晰，有一个人的影像在墙上出现，戒指上也传出清晰的人声。

影像中的人看起来年纪不大，一头叛逆的长发，眼睛炯炯有神。

这张脸，对雷葛新来说绝对不陌生，因为他就是当天在“鲁肉”信息超级商场的虚拟影像中看到的“脱逃者”泰大鹏。

“亲爱的朋友，我是泰大鹏。当你看见这段我在人间的最后留言时，就表示此刻我已经不在这个世界上了……”泰大鹏想起什么似的停顿了一下，才再次开口，“如果你是米帕罗的话，米帕罗，请你立刻把影像关掉，丢掉这枚微处理机，永远忘记这一件事。米帕罗，你是好人，但是我接下来要说的内容，你这种连蟑螂都怕的人是承受不了的。”

泰大鹏哈哈大笑，声音清晰真实得让人觉得他就在身边。

“但是，朋友，就算你不是米帕罗，我也请你再三考虑。在你看着我说话的这个时刻，我已经在一个完全未知的时空，你的抉择，将会影响你今后的命运；从此之后，你的生命会走向另一个完全不同的方向。所以，你现在关掉还来得及。”

影像中的泰大鹏这时低头屈指默数，数完五之后，他抬头凝视前方。连雷葛新都可以感觉到他目光中的凌厉。

“我是泰大鹏，我是核酸局档案部雇员，与同事米帕罗管理人事档案有十年了。”泰大鹏说道，“但是，我也是这个时代最大的罪犯，因为我盗取了核酸局的核酸。”

“砰”的一声，雷葛新心头狂震，手一下没拿稳，把那枚微处理机掉在地上。

微处理器中的声光因为震动出现纷乱的噪声。投影出的泰大鹏影像随着仪器的滚动而扭曲，光线映照在雷葛新脸上时，他阴晴不定的表情被强烈的投射光吓了一跳。

扭曲的光影、变速了的声音逐渐减弱，最后房间里重新归于沉寂。

又是核酸！雷葛新心想。这已经是同一个晚上的第二次。这个“二十四世纪之谜”的科技一出场，果然非同凡响。方才影像中的泰大鹏说话的口气很轻松，可是说出来的内容却震撼人心。

“我也是这个时代最大的罪犯，”泰大鹏在投影上是这样说的，“因为我盗取了核酸局的核酸。”

雷葛新呆坐在卧室之中，一直没再去动那个微处理机。他想把牛顿叫出来，询问心中升起的种种疑问，可是又怕再触碰到核酸禁忌。整个晚上，他终究也没再把牛顿叫出来。

天亮了，又是新的一天开始。

雷葛新枯坐在核酸局人事档案办公室里发呆，久久没有开口。

“你还好吧?”米帕罗看见这个平日意气风发的小伙子一整天心事重重，忍不住问道，“你果然出事了，对不对?”

“我没事。”雷葛新勉强地笑笑。过了一会儿，他忽然抬头问了米帕罗一个没头没脑的问题。

“米帕罗，”他问道，“我之前的那个档案员，你说……他叫什么名字来着?”

“杰克森先生，你这家伙总是记不住。”米帕罗微笑道。

“他是一个什么样的人?”

米帕罗仰望着天花板，努力回想着。“老头儿嘛，人挺好的，爱留长头发，有点骄傲，口气挺大。头脑还不错，家里养了只生化猫叫‘莫里多’。”他不禁笑道，“每次我问他，他就会说：‘没错，我家的猫就是超人战争里那个‘狂人莫里多’。”

“他现在人呢?”雷葛新故意问道。因为米帕罗告诉过他，这位杰克森先生后来申请了灵魂转世局的“重新开始”计划。

“我不是告诉过你了吗？他去‘重新开始’了啊！”果然，米帕罗说道，“这个人很不满现实，许多事情都看不顺眼，所以才会去‘重新开始’。现在应该已经是个初生婴儿了。这老头儿人不错，就是嘴巴损了点儿，有事没事总要板起脸来训人，这样说着……”

“米帕罗，你是个好人。”米帕罗学着老人沙哑的声音，“但是像你这种连蟑螂都怕的人，是成不了什么大事的。”

雷葛新愣愣地看着他。昨天晚上，那个泰大鹏也说过类似的话。

“你怎么了？”米帕罗说，“那个老家伙真的就是常这样对我说的嘛。”

“泰大鹏……”雷葛新喃喃地说，“米帕罗，你知不知道谁是泰大鹏？”

“泰大鹏？”米帕罗疑惑地摇摇头，“没听说过，是新出道的模拟偶像歌手吗？”

雷葛新摇摇头。

“明星？”米帕罗想了一下，又问道。

雷葛新举起双手。“不是。我只是随便问问。”

这时，人事处有人来要米帕罗过去一下。直到出门前，雷葛新还听见米帕罗摇头晃脑地自言自语道：“泰大鹏，是谁？”

雷葛新一整天都心不在焉。有一刻，他很想告诉米帕罗那个微处理机的事情，也想问问那个自称和米帕罗共事过十年的泰大鹏的事，但是话到嘴边又忍住了。

这整个事件都很诡异。虽然泰大鹏说米帕罗是个好人，但是事关二十五世纪最严重的盗取核酸罪行，雷葛新决定还是除了自己之外，不要相信任何人。更何况还是这个胆子小、成天只想顾好自己，而且有时还会打小报告的米帕罗。

现在雷葛新几乎已经可以确定，这件事情的背景绝不简单。米帕罗和所有认识这个泰大鹏的人要不都在说谎，要不就是经过了精心的 VR 洗脑处理，把泰大鹏的记忆置换成老头子杰克森的记忆。但是，干这件事的人一定不是老手，在情节的安排上出了破绽。

一个老头子是不可能养生化猫的，因为生化猫的新陈代谢率极高，需要的运动量很大，只有精力同样充沛的年轻人才会养生化猫。

下班后，雷葛新没有耐心等一小时一班的“天网”，拦了一部“吉普赛”计程水陆两用艇，用最快速度冲回家去。

那枚微处理机仍然静静躺在地上，没有像古装谍报剧“007 吉米庞德”一样在翻箱倒柜的房间里消失。

雷葛新将密码再次输入。泰大鹏的影像又出现了，昨晚的开场白又重复了一次。听到“因为我盗取了核酸局的核酸”那一句话，雷葛新的心仍然“砰砰”地急速跳动起来，拳头握紧，背脊一阵冰凉。

“亲爱的朋友，我先假设你是核酸局的工作人员。因为，能够解出6666的，大概也不会是其他人。”泰大鹏说道，“古中国人喜欢说，凡事都在一个‘缘’字，今天你能看到我留下的讯息，相信冥冥中一定有着巧妙的安排和意义。但是，”他的语气转为凝重，“我带着你走上的，会是探索永恒的快乐之路，还是万劫不复的不归之路，谁都不知道。就像我，现在也许已经陈尸在时空的某一处，也可能正在天际自由翱翔。我在一个偶然的机会里，破解了核酸局存放核酸的机密，得以进入浩瀚无穷的知识之海。核酸工程在近百年前为人类带来的浩劫当然是个悲剧，但是因而就将探寻知识的这条捷径完全切断阻绝了，也是因噎废食的愚蠢做法。知识无罪，有罪的是人心。”

“我知道，从联邦法律的角度来看，我已是罪无可赦的重犯。然而，我追求知识的初心，像白纸一样纯洁无罪。我也坚信，那些不幸被禁锢的兄弟姊妹们，终有一天，真理会给他们支持。但是，种种迹象显示，像我这样单纯渴求知识的努力也即将化为泡影，我已经可以嗅到核酸局走狗们身上的恶臭，它们很快就会追上来了。感谢上苍，在探索核酸科技的过程中，我摸索到一条似乎可以打开时光之门的道路，纵使时光之旅从未有人生还，我仍坚信时光之谜的答案就在核酸知识里。我也相信《雷葛新之歌》中所说，有一天，雷葛新将会从时空中回来，到那时，时空之谜就能完全解开。而我，也许会在他之前以自己的躯体铺出他行走的道路。亲爱的朋友，虽然我们也许永远无缘见面，我还是要告诉你，我，绝不后悔！”

雷葛新深吸一口气，激动得浑身发抖，尤其是从泰大鹏这样的人物口中听到自己的名字。虽然自己的名字只是对动作电影人物的致敬，然而，泰大鹏的语声中带有令人激动的催眠般的力量。

“时光之谜，是一个错综复杂的神秘谜题，就像这首《雷葛新之歌》……”

投影中的泰大鹏闭起双眼，用雄浑的声音唱了一遍《雷葛新之歌》。

“……他踏入桃花源的无涯守候，踩过豪门的血海起落，他拾取重创的神明盔甲，俯瞰绿与火的恶战倾轧……星尘的泪水难使他回头……时光英雄雷葛新，为了一份失落的回忆，穿梭三千年的时空，只为了见到她的浅浅一笑……”

歌声在雷葛新的房间中缭绕不已，歌声中颇有悲凉的感觉。霎时间，雷葛新恍惚见到了泰大鹏身着一件古中国长袍白衣，衣袂飘飘，风声猎猎，在水边悲怆高歌。

“这首歌，其中也有着难解的时光之谜。”泰大鹏唱完了歌，说道，“它流传很广，什么地方都有人会唱，但我遍寻了古往今来的乐曲，却找不到它的出处。它应该是二十五世纪才出现的歌曲，却在公元 1997 年和 2012 年的东亚古国也有记载。”

“总而言之，我的朋友，过一会儿，我在人间的牵绊就要结束，核酸走狗们的臭气越来越近。如果你愿意追寻我的时空之路，也愿意‘盗取核酸，万劫不复’，以下就是我如何获取核酸的详细说明。但是，我要再强调一次，你一定要明白，如果你踏出了这一步，就不可能再回头了。”

接下来的内容，真的是攻破核酸局防线的七个步骤的详细说明。

“好了，我的朋友。”最后，泰大鹏很感慨地说，“也许有一天，我们会在时空的一隅相见，也可能在地狱里擦肩而过，至于天堂，我们有没有资格进去，只有上苍知道。祝你好运。得失随缘，心无增减。我即将行过死荫的幽谷，我也会为你祝福。”

前核酸局档案员泰大鹏的讯息在此中断，墙上只有视讯中断后的亮点。在这个世界上，永远不会有人知道有过这样一个人，也永远不会有人知道他发生了什么事。

雷葛新又把视讯重新放了一次，把泰大鹏的攻破核酸局的步骤牢牢记在心里。

雷葛新走到阳台，看着锡洛央市的夜色。入夜的城市景色依旧，但是，在雷葛新看来，眼前的世界已经完全改变了。远远的天际，高耸入云的星际核酸总局比其他建筑都高，有几朵云飘在核酸总局顶楼的旁边。

雷葛新在二十五世纪的人工月色下闭上双眼。

晦暗的空间中，一片清明扩散开来，纯白的光点在天空中闪亮。

“牛顿，”雷葛新沉静地说，“给我‘天网’交通系统在核酸总局附近地段的结构图。”

几天后的一个夜晚，二十四小时不停播放的“苍穹”新闻网放送着小夜曲《绿乡》。马路上的人车逐渐减少，二十五世纪的一级大城锡洛央市经过一天的繁忙之后，渐渐进入睡乡。

此刻，在核酸总局后方的一条小巷子里，有个人耐心地躲在“天网”交通系统候车亭的阴影下。

悠扬动听的《绿乡》已经响起最后一段旋律，天空中传来午夜十二点的整点钟声。

在钟声中，躲在候车亭阴影下的雷葛新陡地站起，将手腕贴上扫描孔。

“天网”交通系统半夜的班次是随传随到的。雷葛新向四周张望了几次，确定无异常状况，这才走进候车亭。他随着搭乘的小室沉落地底，四周的墙壁开始模拟地底景观。

小室轻轻颤动，准备前进。

“中！”雷葛新低声一喊，将一个低周波放射器接入“天网”小室中的启动装置，按下开关。

“噌”的一声，整个小室中的光线暗淡下来，模拟地下景观凝结在墙上不动，本来行将启动的小室停止了前进。

这是泰大鹏留下的影像讯息中，攻入核酸总局的第一步。

“在每个午夜十二点的时候，”泰大鹏说明道，“‘天网’中央计算机系统因为必须修改次日日期，在十二整点时的监控系统会短暂停摆。所以，在这一瞬间把一部小车停下来，系统会假设它仍在行进，而中央监控系统要等到天亮时才会发现。只要在这个时间点之前，把整个程序重新覆盖即可。”

泰大鹏在核酸总局后面的这个候车亭下方建造了一个深入地底、长达六十九米的信道，在信道中安装了简易牵引装置。雷葛新按照他的说明，到附近的“始祖熊猫”零件旧货场找了几件电子时代的古旧仪器，像刚才那个让“天网”停摆的发射器就是一件电子时代的便宜古董。

雷葛新站在牵引装置里，慢慢沉入地底。地表上的锡洛央市看似是一个有花有草、有蓝天有白云的美丽城市，可是深入地底，就可以见到许多巨大机械装置和外形丑陋湿黏的有机物机件组绵延至地心深处。

地球上的十三座巨蛋型遮蔽幕，本身都是一部巨大的有机生物体，在地底有着许许多多不为人知的秘密。雷葛新听人说过，在地底有一个叫作“麦柯尼森”的生化种族，他们穿梭在地底的巨大机械装置之间，以有机物机件组的生命组织和分泌的黏液为生。传说中的核酸革命组织，也有部分成员躲入了地底。

二十五世纪的地球之所以会如此残破，究其原因，是因为发生了“三十年超人战争”；而超人战争的诱发关键，是更早时发生的“半人马星人侵略地球”事件。

但后来人类之所以能够在残破的地球上建立起十三个遮蔽幕，让人类能在地球继续生存，却要感谢半人马星人带来的“巨大化生物型星舰”的科技。

当年，半人马星人横跨数千光年的长途星际旅程来到地球，仰赖的便是他们的巨大化生物型星舰。这种星舰和地球人的科技概念完全不同，并不是以金属或是无机物制造而成的。每部半人马星的巨大星舰除了能载送数以十万计的半人马星人之外，星舰本身就是个类生物体，等于是一个身长可达近千公里、大小可比地球上一座城市的巨大生物。

当年地球联军击败半人马星入侵者后，除了将半人马星人全部歼灭之外，也针对他们的科技进行了深入彻底的研究。研究的最大收获，就是破解了他们建造巨大化生物型星舰的技术，并且运用这种技术建造外星殖民地。

现在地球上的十三个遮蔽幕，运用的技术就来自半人马星人的生物科技。换言之，地球所有人口赖以为生的十三遮蔽幕，本质就是位于地球残破表面的十三个巨大生物，而人们就是生活在它们体内的寄生生物。

寄生生物啊……随着沉降机缓缓下降的雷葛新忍不住想到这个名词，觉得有点反胃。这时候，有一滴有机物机件组的黏液滴在雷葛新的脸颊上，居然散放出糖味一样的甜香。虽然如此，他还是觉得非常恶心。

六十九米的旅程仿佛永远不会结束似的，雷葛新直到着地，依然有种持续下坠的错觉。

着地后的所在处，是一个空无一物的小空间。

“星际核酸总局的防卫系统号称太阳系第一。”泰大鹏说过，“这样的说法基本上没错。但是，就好像一扇加了二十道锁的防盗门一样，如果你只执着于要把所有锁都破解，把全部注意力放在门锁上，当然很难打开。但是，如果换个思路，从门的另一边铰链处攻破，你就只需要对付一道锁。”

“所以，我不去和核酸总局的入口防卫系统硬碰硬，我要攻入的是它的内壁。”

泰大鹏在通往内壁处挖了仅供一人通过的地道。雷葛新的身材比泰大鹏要壮实一些，挤过地道时有些费劲。

地道的尽头出口处，有一个药品柜。

“进入核酸总局地底后，第一个进入的是外围的医疗室，从这儿开始要提高警惕，因为你已经进入重度警备区。”

“核酸总局的生物感官式电眼号称连病毒都无所遁形。这句话基本上也没错，但是，现世代高科技最大的缺点是，检测得到毫厘的细微差异，对大问题却有可能视而不见。核酸总局内部的感官式电眼的确可以监控小至病毒的微生物，然而我发现了一个破绽，只要你在身上及室内喷洒某种药品，它会对你视而不见。”

雷葛新从手袋中拿出在“始祖熊猫”买的密封药品。泰大鹏在讯息中只给了一个药品编号，他在旧货场购买的时候，老板还迟疑了一下，才从货架的最底端拿出来给他。

当打开药品的密封封套，看清瓶子上面的标签时，雷葛新简直是哭笑不得，他怀疑泰大鹏是不是和他开了一个大玩笑。

雷葛新手里拿着的是一瓶喷剂，标签上印着一个金发的古代泳装美女，上面写着："古法精制，妇女圣品，使用时往患部均匀喷洒，长保干爽清洁，健康卫生。"这种喷剂的名称，叫作"妇洁"。

虽然百般不情愿，雷葛新还是不得不往身上喷满了这种有浓浓茉莉香味的"妇女圣品"，心里胡思乱想着，时光英雄和妇女用品到底如何扯得上关系。

然而，泰大鹏的方法果真奏效。雷葛新在核酸总局地底深处的长廊一路走过去，外观像昆虫复眼的生物感官式电眼在四周不停扫视，偶尔"啪"的一声将细小落尘击落，信息也巨细靡遗传送到监控中枢。而雷葛新这么大一个人走过去，所有警戒系统居然对他视若无睹。

但是，走到第二个长廊的时候出了问题。泰大鹏没提到在这里有一台 DNA 扫描仪。这种扫描仪的型号和雷葛新用梳子就能打开的那一种很相似。雷葛新照泰大鹏的指示带了许多装置，可是他翻遍了全身，就是没有带梳子。

核酸局的制式扫描仪只要扫描光束被折射过一次，用类似梳子的排状物品刷过就可以蒙骗中央警卫系统，但是，没有梳子该怎么办呢?

所幸，雷葛新是很机灵的人，不会束手无策，他环视一下四周，眼珠子一转，就想到了代用品。

"难看，真难看。"他喃喃自语道，俯下身，趴在地上，"希望没人看到。"

他困难地将身体尽量贴近地面，抬起头，做出龇牙咧嘴的可笑神情。

一整排的物品不只有梳子，牙齿也是，所以也能代替使用。扫描仪折射出的光束在雷葛新的牙齿表面来回划过，通道门"轰隆"一声缓缓打开。

打开的门后却有一大群人的身影静静地矗立着，眼睛在稍暗的环境中闪出诡异的光芒。

几乎是仰躺着的雷葛新吓了一大跳，想当然地以为是中了埋伏，下意识就想一翻身落荒而逃。

可是，门后的人群却没有任何动静。

雷葛新爬起身来，深吸了一口气。他仔细观察阴影中的那一群人。他缓步走进通道门，发现门后是一个类似展示广场的地方，那一群人都静止不动，空间中，只听得到自己的呼吸声。他注意到，所有人的目光都是往上看的，看着空间的上方。于是，他也忍不住抬头往上看去。

在半空中，投影出一艘传说中的半人马星座超级陨星级巨舰，飘浮在无垠太空中。

雷葛新知道那就是星战英雄时期的传说中描述的半人马星人的大本营“龙城”。眼前这些人也不是真人，而是逼真的三度空间立体投影。此刻，他们正神色沉郁地盯着日后让他们名留青史的敌方堡垒。整个展示室就是个“四十勇士围龙城”的立体影像。

雷葛新穿行在四十勇士之间，每个人身上都有名牌。他看到了身材精瘦的独眼狂人莫里多，也看见了发长及肩、左耳戴着十字架耳环的姚德中尉，还有牺牲自己生命、拦下莫里多毁灭金星殖民地导弹的“吉他手任杰夫”。

虽然只是立体投影，但是两百多年前那场大战前的肃杀之气仍逼真地透现出来。

穿过展示广场，再通过一条小走廊，就到核酸收藏库了。雷葛新在收藏库前闭上眼睛，深深吸了一口气，才压下激动的心情把门打开。

“啊！就是这里了！”

巨大的库房，看不到尽头，天花板离地面至少有三十米高。核酸收藏库的排列方式和古代的图书馆很相似，一排排高大的架子，里面排满了规格不一的盒状物。人类有史以来近万年岁月，所有的知识累积都囊括在这个核酸收藏库里面。

关于这里，泰大鹏曾经简单地解释过：“其实我一开始也很困惑，既然已经决定放弃核酸科技了，为什么还要收藏这么多核酸知识剂？但是从统治者的角度去想，也就很好理解了。古代中国的统治者曾经有过焚书的行为，被后世骂了几千年，因为这种做法让许多知识失传。但统治者焚的书只是民间的，自己却把所有书都收藏了。如果他们是以这种心态保留这些核酸知识剂的话，那么我用它们就用得一点儿也不心虚。因为那本就是属于全人类的知识宝藏，不使用它们，让它们在人类的历史上消失，才是人类的罪人。”

雷葛新走到最近的一个架子旁边，抽出一个盒子，上头的标签是“上古亚述帝国文字研究”。他把盒子打开，里面有亚述帝国文字的简介，在盒子的最里层，有一个透明的容器，里面装的就是令多少人梦寐以求的核酸化学剂——罗氏激素。

“很难想象，这样一滴液体会在你的脑中造成如此天翻地覆的蜕变，但是，那却是事实。”泰大鹏在投影上这样说道，“当年的核酸使用者们必须搭缓冲剂使用，但是缓冲剂的制法已经随罗氏激素的制法沉入大海。不过，我发现藉由鼻黏膜吸收的方式也可以将核酸吸收。但是，产生副作用和变异作用的概率也将因此而增加，如果运气不好，一滴错误的核酸就会让你丧命。亲爱的朋友，泰大鹏只能帮你到这里了，今后是福是祸，就各安天命，祝你好运。”

雷葛新将那盒“上古亚述帝国文字研究”放回去，又有了好一会儿的迟疑。毕竟，做与不做的抉择，都很难下定决心。他无目标地绕行放置核酸的架子，手指抵着一排排的盒子边缘，迅速划过不同的标签。

如果真要使用的话，也要挑自己喜欢的，他想。

突然，其中一个标签吸引了他的目光。他回过身，把那个盒子抽了出来。盒子上端端正正写着“精密工业敲击术”。

精密工业敲击术是在二十二世纪第二工业时期流行过一阵后失传的工业生产技术。雷葛新一直对这项技术很有兴趣，但是相关的参考资料非常少，连牛顿的解说也只有短短几句。

也就是因为这个“精密工业敲击术”，雷葛新决定走上泰大鹏所说的“可能让你万劫不复”的核酸之路。

他从袋子里拿出在“始祖熊猫”买的塑料制古代哮喘喷器，哮喘症在二十五世纪已然绝迹，这种喷器成了“掌上花圃”消费者们爱用的浇花工具。雷葛新将喷器打开，注入了少量“精密工业敲击术”核酸。

“一、二、三！”他默数了三声，闭上眼睛，将核酸喷入鼻腔。

核酸刚刚吸入鼻腔时没什么特别的感觉，只觉得一阵清凉。过了没多久，他只觉得仿佛在远方有什么东西，本来结成一块，而且庞大遥远，但是一下子突然变得松动，并且开始溶解。

“滴！滴！滴！”那种水滴声感觉很遥远，过了一会儿，一种脑内过滤干净的感觉突然像大浪一般排山倒海拥了过来。大浪过后，雷葛新就清晰地知道了“精密工业敲击术”的所有内容。

“精密工业敲击术的精髓在于撞击力度。”流畅的图文数据在雷葛新脑海中出现，“调整了配比的合金，在大力敲击下，内部形成纹路，能发挥和传统组装机件同样的作用。敲击强度、合金成分、敲击部位都需经过误差率不超过千亿分之一的计算。在生物型超级计算机科技问世后，精密敲击术才得以付诸实现，后期工业生产误差率降至千分之零点四三。因为成本降低，人事费用几乎为零，该项技术在二十二世纪一度极为普及，后因产销过剩，工人团体抵制而遭政府立法禁绝。”

在这剂核酸进入脑部的一刹那，雷葛新便意识到了核酸科技的可叹可畏之处。

这种东西和牛顿一类的百科全书的差距果然是云泥之别，无论牛顿存储的信息多么丰富，但查询过后许多信息后，很多小细节几乎立刻就忘了。而此刻进入脑海中的这一剂“精密工业敲击术”却巨细靡遗，所有信息在不到三分钟的时间里就完全铭记在脑海中。

三分钟前，雷葛新还是一个对“精密工业敲击术”一知半解的人，现在却已经成了精通该项技术的专家。所有关于这个领域的大大小小讯息，鲜活地在他脑海中闪现，就算现在要他写出十篇论文探讨“精密工业敲击术”，也是信手拈来的简单小事。

“真可怕……”雷葛新喃喃地念叨着，却已经开始挑选下一剂核酸了。

接近凌晨四点时，雷葛新从“天网”的候车亭中走出来。天色仍暗，长长的大街两旁的街灯，随着偶尔行驶过的车辆一盏一盏点亮，车行过后，又一盏一盏熄灭。一阵清风吹来，雷葛新的发丝扬起，脸上露出神清气爽的神情。

此刻他眼中看到的世界已经完全不同了，与不到四小时前相比，同样的街景中，蕴藏的讯息却丰富了成百上千倍。

[第05章]

地球的真相

在核酸总局的收藏库中，雷葛新狼吞虎咽地吸收了六十三剂核酸。从“锡洛央都市结构”核酸中，他知道随车行驶过亮起的街灯，其感应讯号来自天空的“银色云”高空卫星，目的不是为了驾驶者的安全，而是为了全面监控每一部车的行踪。

而从他现在的角度望过去，“现代建筑概论”核酸告诉他，眼前高耸入云的核酸总局其实在第一百七十七层以上仍未完工。

不到四小时，雷葛新眼中的世界完全变了样。

此后的几天里，雷葛新在白天的时间里，继续不动声色地正常工作。从“古世纪养生学”核酸中，雷葛新学会了一种称为“吐纳”的呼吸方法，可以取代睡眠，以至于米帕罗还称赞他“不玩百科全书之后，气色看起来好多了”。

可是天知道，没错，雷葛新是没有再把牛顿叫出来，但那只是因为，此刻的他就像一个走进大型糖果商场的小孩，看着满坑满谷琳琅满目的各类糖果，手上的那一包糖已经无法吸引他的注意力了。

现在雷葛新晚上需要的睡眠时间很少，真的累了也只需要采用“吐纳”的方法小憩一下。

每天午夜十二点整，雷葛新就会下到六七十米深的地底，贪婪地掬饮核酸世界的知识之泉，直到“天网”的监控系统即将扫描到停摆的小车了，他才依依不舍地等待下一个夜晚的到来。

雷葛新觉得现在自己身处在一个最美妙的梦中，而这个梦居然是在现实世界里展开的。

只可惜，第六天夜里的一场意外，把这场美梦变成了一个梦魇。

第六天的深夜，雷葛新准时出现在核酸总局后的“天网”候车亭旁。这几天，他的行动已经十分熟练，几乎闭着眼睛也能完成侵入核酸总局的步骤。

在垂直通道中下降时，他突然觉得耳际有点温热，以为又是有机物机件组滴下的黏液，伸手抹了一把，也没有多加注意。又下降了一会儿，那股湿润的温润之感出现在鼻孔下方。

“感冒了?”他用手揩了揩，感到满手湿滑，他就着地道中昏暗的灯光一看，发现居然满手都是鲜血。

此刻他的鼻子冒出了大量鲜血，而且耳朵里也流出血来。

雷葛新虽然流了鼻血，但是身体没有其他不舒服的感觉。他清理了血迹之后，血也不再流了，所以他没当回事，照样像前几天那样，直奔核酸收藏库而去。

靠着几个鼻部喷器，雷葛新一下子就吸收了“灵魂转移科技专业手册”“兵器研革史”“古世代商业传奇：海上霸王”。吸收了几剂核酸后，雷葛新不舍得停下来，可是，那股温热之感又在鼻孔下方出现了。他皱皱眉，一仰头，一股血雾陡地从鼻子里喷出来，将前方的几个核酸盒子溅得血迹斑斑。

“搞什么鬼?”雷葛新喃喃地低声骂道，手里也没闲着，抽出了一盒“2444 年当代百科”，盒子上面有一个很醒目的红色骷髅警告标志。

雷葛新知道，那个警告的意思是内含信息量极大，产生副作用的概率也较大。但是前几天他已经用过几剂有这种警告标志的核酸，并没有出现任何异常状况；而且，有这种警告标志的核酸内含资料特别丰富，特别精彩，诱惑力太大了。

他把鼻血胡乱揩净，迫不及待地把“2444 年当代百科”注入喷器。

“不行，不可以!”

突然，一个非常清晰的语声在雷葛新的耳边响起。

刚听到那个声音时，雷葛新陡地一震，以为是被核酸局的警卫逮到了，手脚顿时一阵冰凉。

可是，过了良久，还是没有其他动静。他转头四下张望，偌大的收藏库中还是只有他一个人。

“牛顿?”雷葛新试着唤了一声。方才的声音的确很像牛顿，但那是不可能的，因为此时他并没有把牛顿叫出来。牛顿只是一部生物型百科全书，不会有这种自主性。

雷葛新又等了一会儿，空荡荡的巨大空间中还是只听得见自己的呼吸声。

“你是谁?”雷葛新又低低地问了一声。

没有回答。

雷葛新思考了一下，心里的直觉告诉他，有些什么地方不太对劲。于是他有点迟疑地把手上那一剂“2444 年当代百科”先放在一旁，看鼻子里又流出了一点儿血，便先把血迹清理了一下，坐在地上喘了喘气。

几天来的持续兴奋加上失血，这时雷葛新有点昏昏沉沉的感觉，有一刻他居然闪了神，醒来时发现自己的脸紧贴着地板，竟是失去了知觉昏倒在地上。

他赶紧看了看时间，幸好自己失去知觉的时间并不长。雷葛新仍然保持倒地的姿势，深吸一口气，正要慢慢起身的时候，却在放置核酸知识剂的巨大架子底下，看到了一个东西。

那是一盒很小的核酸剂，只有三个指头宽，很端正地放在架子的下方。如果不是以这种趴在地上的姿势，是绝不可能看得到这盒核酸剂的。

雷葛新强烈的好奇心再次被勾起，于是他把手伸到架子底下，把这一小盒核酸剂拿了出来。

小盒子的上面，只写了一个数字——25000，除此之外，再也没有其他信息。盒子的颜色是浅浅的天蓝色，代表它的信息量不大，所以产生副作用的概率也比较小。

有过这几天的经验，雷葛新知道这种天蓝色盒子的核酸剂性质温和，有时候还会加有一些镇静舒缓作用的简单缓冲成分。所以，他毫不犹豫地把这盒写着“25000”的核酸剂打开，用另一个喷器装进去，喷入鼻腔。

这时，在非常静寂的空间里，突然有一个极轻极轻的声音在雷葛新的脑子里响起。

“嗤……”

那个声音实在太小了，所以雷葛新分辨识不出来是什么声音，直觉像是有人倒抽了一口凉气似的。

不过雷葛新并没有太关注和介意这个微小的声音，因为他紧接着了解到的这份核酸剂的内容，居然是一份星际最高机密等级的档案！

这份核酸里的信息并不长，而且只是很简单的事件叙述，但是，这是一个非常重要的机密档案，而且和二十五世纪深远影响人类生活的几种科技都有直接的关联。

档案中记载的事件，发生在公元2054年，在当时古法国一个极为机密的国防实验室中，曾经发生过一次神秘的大爆炸。

这次的大爆炸之所以神秘，是因为那是一个生化实验室，并没有任何爆裂品，但是那一次大爆炸的强度却令人无法置信，几近一次核爆的等级。然而在日后的调查中，这次规模等同于一个核爆的爆炸事件现场，却没有检测到任何辐射污染和爆炸物反应。

如果只是发生了一场爆炸，那么这个事件并没有什么特殊之处。但是最神秘的部分，是在爆炸现场，一个最高科技的冷藏库里，发现了一段带有血肉的骨骼，至于是什么部位的，以当时的鉴证技术手段无法辨识。

因为发生事故的现场是古法国的国防部实验区，于是这段带肉的骨骼很受重视，被送到一级生化单位去化验。化验结果出来后，让科学家们目瞪口呆。

因为那段带有血肉的骨骼有着异常的基因组，人类只有二十三对基因，就已经可以排列组合出如此复杂的人体，而那段血肉骨骼中，居然含有两万五千组基因！这个惊人的异常基因组，让当时参与研究的科学家眼界大开，就好像在一座只开了两三道门的仓库中，突然多开了成千上万扇门，开启了更多种类生物结构的无限想象!

几年后，第一剂核酸组成剂便研发制造完成，而核酸学之父罗世列博士，正是古法国籍的科学家；在神秘大爆炸事件发生时，他就在那个实验室里工作。

二十三世纪发展成熟的转化态生化人科技，也是从这个事件中得到了启发和技术支持，才发展出能在人类形态和风、雷、水、火间转换的生化人种。

更离奇的是，这段拥有两万五千组基因的骨骼，在出现三小时后，便从警戒最严密的国防部实验室直接消失了，让研究人员措手不及，他们只来得及记录下其中的三千组讯息。但只凭这三千组基因，就足以开创出后来发展迅速的核酸科技。

这盒标记“25000”的核酸讯息就到此为止了。很有趣，但这只是一个短小的故事，和那些信息量庞大、精彩绝伦的知识完全无法相比。

此刻的雷葛新已经是一个胃口被养叼了的小孩，寻常的糕饼点心已经无法满足他的欲望了。

于是，他转过身，有点踉跄地再次走到那剂“2444 年当代百科”核酸喷剂面前，放在一旁的外装盒上，那个的骷髅警告标志依旧醒目，但是雷葛新却视而不见。

“不行!”突然，那个声音再次响起，“这个不行!”

但是，雷葛新心中狂热的渴求已经压过了理智，就算现在有人在他的耳旁大喊大叫，他也会充耳不闻、不管不顾了。

这一次，雷葛新毫不犹豫地把喷嘴对准鼻腔，按下了喷钮。

“不行!”方才出现过的那个声音再度响起，惶急地大叫。

可是，太迟了，雷葛新已经把这一剂核酸喷入了鼻腔。

有什么东西在雷葛新脑海深处突然“啵”一声炸开，他的鼻血猛然像决堤的河流一般一泻千里，然后，一阵像冰冷的尖钻刺入头顶般的剧痛立刻将他击倒在地。

雷葛新陡地扑倒在地，脸颊再一次碰到了冰冷的地板，但这次可就没有那么轻松了。此刻他的脑袋里像是心脏跳动一样剧痛起来，那股痛楚的剧烈程度居然使得他的四肢都不听使唤了。

四周仿佛响起了千军万马的杂沓脚步声，而每一步都在他的脑神经上踩过。

雷葛新在痛楚的半昏迷状态中试图看清四周的状况，却发现自己的视野里已经大部分都变暗了，只剩下左眼底部窄窄一线光明。

听觉神经也好不到哪儿去，“轰隆轰隆”的巨响在耳际不停炸响，雷葛新仿佛身陷在一个惨烈的战场上，眼睛几乎看不见，而致命的火力正向他所在之处猛攻过来。

突然，先前出现过的那个声音在千军万马的混战中再度出现，音量不高，却很清楚地传进耳朵里。

“镇定下来，镇定下来。”那声音说道，“现在，试着把你的注意力提高到头顶上方一米处！”

“我做不到，我做不到啊！”雷葛新痛苦地大喊着，却觉得自己的声音被四面八方袭来的巨响淹没了。

“现在，跟着我的指示走。我知道你看不见，可是，现在你的处境非常危险，一定要先离开这里。”那个声音说道，“还有，不要停止，把你的注意力放到头顶上去！”

雷葛新在极度的痛楚中，几乎没有视觉，只能随着那个声音的指示前进。那个声音似乎对核酸总局的地下结构和路线极度熟悉。在慌乱中，雷葛新居然顺利地撤回地道，顺着牵引机上升，回到深夜宁静的街道上。

一回到地面，雷葛新就整个人瘫软下来，“砰”的一声直接躺下。

仰躺在空旷的大街旁，夜晚的人工微风拂在脸上，雷葛新身上全是冷汗，微风吹过时忍不住打了个冷战。

这时，他脑内的剧痛已经缓和，只有像脉搏一样的阵阵轻微抽痛，脑内千军万马的巨响已经消失了。可是，他的视觉依然没有恢复，只能看到左眼窄窄一线。

“还看不到吧？我说过，把注意力提到头顶！”那个声音又出现了，语气有点不耐烦。

雷葛新艰难地环视四周。寂静的大街，寂静的夜，马路上连个鬼影子也没有。

“你是谁?”他虚弱地问。突然，他了解了那个声音说的“把注意力提到头顶”的意思。虽然眼睛看不清楚，将意念集中在头顶，脑海中居然出现了从上空俯瞰自己的影像。

“这是什么情况?”雷葛新惊慌地叫道，脑海中的影像随着意念四下张望，而四周的确一个人都没有，“你是谁?”

“我是谁?”那个声音依然清晰如在耳旁，声音中有着不耐烦，“我是牛顿。”

雷葛新回到家中时，天还没亮。方才的重大变故产生的后遗症，除了视觉之外已经逐渐恢复，每当需要看东西时，他就用牛顿教的那种“把注意力提到头顶”的方法。

此刻雷葛新虚弱地躺在床上，回想着刚才在地底发生的事情的整个过程，忍不住打了寒战。

还有，为什么牛顿的口气、出现的方式变化这么大？巨大的变故之后，惊疑的思绪在雷葛新脑子里不住翻腾，心里有太多疑问。

仿佛是要回答雷葛新的疑问似的，这时，牛顿又幽幽地自动出现了。

“你一定要好好休息，绝对不可以乱动。”牛顿的声音更清晰了，仿佛就在雷葛新耳边说话一样，而且辨识度也比原来更高，不像原先的生物型百科全书那样制式且呆板，“这一次真的太严重了，你真的太乱来了。”

“乱来?”雷葛新的声音很虚弱，但还是像平常一样喜欢抬杠，“我现在做的事，早就比乱来还要严重几百倍了吧。不过话说回来，你到底怎么了？为什么会变成现在这个样子?”

“我知道你在疑惑什么，这一点等一会儿再说。”牛顿说道，“算你的命大，刚才的状况，是一次非常严重的变异作用，也就是‘核酸反扑作用’。发生这种状况的人，十个有九个会送命，而你居然就是那第十个。”

“核酸反扑作用?”雷葛新茫然地问，“那是什么意思?”

“‘四十勇士围龙城’前的超人计划实验，志愿者们接受注射‘超人核酸’，产生的就是这样的变异反扑作用。虽然那时有最优秀的科学家全程监控，三千个志愿者也都是最出色强壮的人，但最后还是死了两千九百多人。”牛顿说道，“所以，你的运气真的很好。”

“为什么你会变成这样?”雷葛新还是疑惑地问道，“你真的是牛顿吗?”

“狭义来讲，我是牛顿。但是从另一个角度来说，我也是‘核酸反扑作用’的一部分；我是你狼吞虎咽地吸收那么多核酸后，变异作用产生的一个怪物。我的百科全书本来就有核酸，而经过变异后，我和你新吸收的核酸、你的个性混杂在一起，变成现在了这样莫名其妙的一堆东西。我是牛顿，但也可以说我是雷葛新，还可以说我是你偷到的836种核酸剂组成的一个怪物。”

“说到怪物，你好像还蛮开心的……”雷葛新虚弱地笑道，这一笑不知道牵动到哪条神经，让右边的鬓角剧烈地痛了起来，“那么，你还有以前的搜寻功能吗?”

“有，而且更进化了。”牛顿的声音中带着得意，“你可以直接和我讨论任何问题，而且不用再调出选项界面。你有什么想知道的，直接问就行，而我就直接把图像或是声音输入你的脑中。”

“不对。”雷葛新虽然在巨变后身体虚弱了，但头脑并没有变弱，“你说你是经由变异产生的，但是为什么我在用最后那剂核酸前，也就是还没出事前，就听到过你的声音了?”

“我叫你别用那一剂玩意儿，你为什么不听?”牛顿气冲冲地说道，“其实，在你使用核酸之后，就已经产生过几场小变异，只是你自己没发觉而已。”

“我有什么变异作用?”雷葛新问道，“除了现在看不太清楚之外，我没觉得有什么不同。”

“你的变异之处我还没有全部找出来。”牛顿说，“但是，你现在已经有了移魂术的能力。”

雷葛新觉得现在的牛顿真的和从前是两回事，连说话都变得夸张了。

“移魂术?”他没好气地说，“你是电影看太多了吗?”

牛顿发出笑声。突然，雷葛新意识到自己眼下处境的诡异之处：他发觉自己已经下意识地把牛顿当成了一个人，而此刻，这个本应该是一部生物型百科全书的程序却发出了有人性的笑声。

牛顿在爽朗的笑声中回答了他的问题。

“别小看你们人类的潜能。灵魂转世局的移魂程序机械还得动用极大的动力，而如果运用得当，人体可以动用的能量绝非人造机械可比。”牛顿笑道，“否则，我教你的‘注意力提高至头顶’又该如何解释?”

雷葛新默然，因为刚才他的确不用眼睛就看见了身边的景象。

“你要不要试试看?”牛顿问道。

雷葛新深吸一口气，从他带着牛顿走出“鲁肉”信息超级商场那一刻起，他的生命轨迹便已经彻底脱轨了。面对这样既危险又很有诱惑力的情况已经有好几次了，而他也很清楚，自己每次都会给出同样的回答。

“好。”他说。

“首先，闭上眼睛，在心中默想‘出去’两个字。”牛顿说道。

“这么简单?”雷葛新半开玩笑地说，闭上本就看不太清楚的眼睛，“出去，出去，出去…”

牛顿骂道：“不是叫你念！是在心里专心想！”

“然后，随着我念……这次就要念出声了。”

“晴空。”牛顿说道。

“晴空。”雷葛新重复道。

“雨云。”牛顿的声音逐渐降低。

“雨云。”雷葛新又跟着他说道，突然觉得自己很像一个傻瓜。

一阵沉默。

雷葛新耐心等了一会儿，终于按捺不住了。

“喂！牛顿……”他低声叫道。

这时，牛顿的声音响起了。

“睁开眼睛。”他说。

雷葛新依言睁开眼睛，眼前豁然开朗。本来不清楚的视觉如今清晰得很不真实。

放眼望过去，一片美丽的蓝天，天上有几朵白云。而他自己正在跑步，身上冒出运动后的热气。他伸出双手，一边跑一边端详着这一双手，不禁目瞪口呆。

“回来！”牛顿又沉静地说道。

一阵恍惚，有点像是被什么东西抽离似的。雷葛新定睛一看，眼前又恢复了原先不清晰的视野，他还是在自己的卧室里。

“这就是移魂术。”牛顿简洁地说，“在核酸研究记载中，这种变异的例子不多。施术者以意念将灵魂析出，找到宿主，完成转移。”

“什么是宿主?”雷葛新问道。

“刚才你看到的不是幻觉，而是实实在在的经历。刚才你的灵魂进入的，就是宿主。”停了停，牛顿突然说出令人目瞪口呆的话，“他现在当然已经死了。”

雷葛新吓了一大跳。

“死了? 他死了是什么意思?”他结结巴巴地问，“是我弄死的? 是因为我的灵魂侵入了，就把他弄死了?”

“当然不是。”牛顿说，“移魂术是一种非自主的转移，你的灵魂能量在空中游离，遇到自身灵魂刚刚离去的肉体才能进入。方才那个人可能是在阳光下运动过度中暑而死的，而你只是凑巧经过。这是科技掌握了灵魂组态后，参考古代灵异现象研发出来的功能；在古代的灵异学中，称这种现象为附身或是夺舍。当然，这和真正发生的超自然灵异现象大不相同。这本来是一项能量转移的研究，后来发现无法在实验中做到，反倒在核酸的变异作用中发生了。”

“要不要再试一试?”牛顿接着又问道。

“不不不！”雷葛新忙不迭道，“我不想再进入哪个死掉的人身体里了，我想休息一下。”

“也好，我认为，刚刚的变异作用已经使你的视觉神经受损，鼻黏膜可能出现病变。你先休息吧。”

牛顿的声音逐渐远去。

天色开始发白了。

雷葛新因为身体受创太过严重，经过核酸局送过来的医疗评估仪审核，获准在家休息两天。这两天的大部分时间里，他都只能躺在床上，接受医疗仪的分子重组治疗；到了第二天中午，总算将身体的受创部位基本治疗完毕。

牛顿仍像幽灵一般，有时没有叫他也会突然出现。雷葛新喜欢和牛顿谈天说地的畅快感觉，他与牛顿讨论核酸知识，总能得到更深一层的领悟。

“我的评估结果是，”牛顿最大的变化，就是言语间常有“我”这个第一人称出现，这是普通的生物型百科全书不会出现的词汇，“核酸收藏库是一个完全信任和依赖警戒装备的机构，而且那本就不是人类应该去的地方。所以，你在那儿出事留下的痕迹不会被马上察觉。因为不信任任何进去清理的机械或人员，所以核酸总局的贮存系统每五年更新一次时，才会有人前去整理。所以，你只要在这五年内去清理干净就可以了，而你现在的生理状况并不稳定，不用急于一时。”这是雷葛新提出要去清理出事现场的要求后，牛顿给的回答。

“可是我在那里搞出那么大的破坏，不说别的，光是血就喷了一地。”雷葛新皱眉道，“难道不会被人查出来吗?”

“这就是顶尖科技的盲点了。”牛顿说道，“因为核酸总局收藏库是一个极度机密的地点，所以当局用了最先进的科技将它保护起来，他们认为这样的重重保护下，理论上连微生物都进不去。为了让核酸剂保存在最理想的环境中，不让机件组的能量影响核酸剂，所以贮藏库中反倒没有加装重量级的警戒装备……等一下!”

牛顿突然停顿下来，过了几秒钟，才沉声说道：“有人来找你。”

雷葛新微微一愣，果然立刻听到门口的知客仪“咯”一声轻响，发出了女性悦耳的声音。

“雷葛新，有客来访。”

投影仪上这时出现了访客的影像。看清他的长相后，雷葛新更是惊讶。

“雷葛新，开门呀。”来客站在门前，瞪着监视器的镜头，“我是米帕罗。”

虽然心里有着百般疑惑，为什么这个平常和自己并不算很熟的同事会突然来访，而且是在上班时间来找他，雷葛新还是选择了知客仪开门的选项。

房门打开，走进来的果然是核酸局的同事米帕罗。

只是，此刻米帕罗的表情森然，没有平常的那种搞笑神情。他一走进来便环视四周，看见雷葛新虚弱地躺在床上，也看见了局里送过来的那台医疗仪。看着医疗仪上的数据，米帕罗的表情更是阴森。

“脑细胞受损？鼻腔黏膜受损？”他的声音低沉，带着一种莫名的凶狠，一走进屋里就大剌剌地踞坐在沙发上，“你骗得了这些笨机器，就以为可以骗得过所有人吗？这是什么时代了，你没有去作战，也没有和人动手，哪来这么严重的伤？”

这时已经快到黄昏了，雷葛新房间内的光线有些暗。不知道为什么，他觉得眼前的米帕罗的神情、举止和平常有些不同，而且在昏暗的室内看过去，米帕罗的眼睛里似乎发出微微的光，神光湛然。

“你……”雷葛新一方面受伤后很虚弱，一方面也有点被米帕罗的神情吓到了，于是勉强地答道，“你在说什么啊？我完全听不懂。”

“听不懂？”米帕罗狞声笑道，“你以为我不知道吗？你盗取了核酸！就是搞了这种万恶不赦的事，才会受这么重的伤，不是吗？”

一时间，雷葛新的脑中一片空白，仿佛有什么东西“轰”的一声炸响，整个人呆住了。

对于自己这阵子以来做的事情后果有多严重，他虽然已经有了心理准备，但是像现在这样当面被人劈头说破，还是吓了一大跳。雷葛新脑海中迅速闪过许多不同的应对方法，有一刻甚至想要破门而逃。

这时，牛顿的声音在雷葛新耳边响起，声音明显很惊慌。

“糟糕！这个人已经知道你的事了，非常危险。”牛顿的声音居然有些颤抖，“如果有机会的话，制服他，也许还可以争取一点儿时间！”

雷葛新有些发抖地看着米帕罗，心中升起了暴力的念头，于是手悄悄握住了身旁的一把水壶，打算照着牛顿的建议，找机会制服米帕罗。但是他又想了一下，还是摇摇头，放下了手上握住的水壶——以他的个性，是不愿做这种事的，就算能够做到，也不想以这种方式做。

米帕罗把他的动作看在眼里，冷冷地哼了一声。

“想制住我，争取一点儿时间吗？你干脆把我打死好了，这样你可以有三天时间。如果我消失了，局里会在三天后才开始找我。不过我倒要看看，整个地球上不过十三个遮蔽幕，你能逃到哪里去。”米帕罗冷笑道，“不过你还真是神通广大，连变异的智能信息组也弄出来了，留你这种家伙在，可真是世界的一大祸害！”

到了这个地步，雷葛新反倒平静下来了。他想了一下，沉声问道：“那你想怎样？”雷葛新摇摇头，“我看，你也不是真的想把我这件事通报当局吧？如果你想这样做，根本不用特地跑这一趟。”

米帕罗冷冷地瞪着他，过了一会儿，才摇摇头。

“好吧，也许你没有错，这个小子也许不是真的混蛋。”他咕咕哝哝地说着。

本来雷葛新以为他是在和自己说话，但是越听越觉得不太对劲。

“反正出了什么事，你就自己扛着去吧，我可是不奉陪的……”

看着米帕罗在那里喃喃自语，连牛顿也搞不清楚他在做什么。

“这个米帕罗身上的能量有点不太对劲，我不太能够锁定他的形体了……不对！这样不对……”牛顿的声音变得模糊了，声音越来越远，“……我不知道……所以……”

“牛顿？”雷葛新低声地呼唤着，但是现在房间里安静下来了，连米帕罗的喃喃自语也不知道什么时候已经停止，他只是静静地坐在阴影中，一动也不动，像是一具没有生命的雕像。

两个人在黄昏暮光中，陷入了短暂的、仿佛时光冻结的片刻。

这时，雷葛新忽然很微妙地有种“米帕罗已经不在这里了”的奇异感觉。

“喂！”雷葛新试着叫了米帕罗一声，“你在做什么？你还好吧？”

米帕罗“呼”的一下站了起来，在阴影中，他身上仍然带着那种没有生命气息的僵硬感觉。

然后，他的头慢慢往后仰，整个人就像是从腰部折断一样，从站立的姿势硬生生“折”成了两半！

从米帕罗弯折的腰部，泛出了淡蓝色的光。那种光就像是温润的低温光源一样，刚开始只有蒙蒙的微光，像是从裂缝中透出来的，后来越来越亮，形成了一个人形大小的光柱，并且逐渐升高。

而且，从光柱中，开始形成一个人形的光影，隐隐的流光中，有个人的脸凝聚在淡蓝色的光里。

那张脸，从模糊到清晰，从透明的淡蓝色逐渐变浓，浓缩成一个人的上半身，逐渐成形，仍然发出蓝蓝的光。

雷葛新愣愣地看着眼前发生的这一幕，脑子里却是一片空白，完全无法做出任何反应。

从米帕罗折成两半的身体中变化出来的“人”，身量比雷葛新还高，此刻“他”的眼睛发出湛然的光芒，俯看着雷葛新。

“嗯，是你，好久不见。”那个泛着蓝光的“人”，样子和米帕罗很相像，但是神情和气质却完全不同，“你……还记得我吗？”

雷葛新感觉喉咙非常干渴，他面对着这个蓝光“人”说不出话来，也不知道该如何回答。

“哦，也对，你是不会知道我们过去那些事的，我到底在想什么呀。”那“人”呵呵一笑，笑声很浑厚，还带有一种温暖的感觉，“我是米帕罗。或者说，我是深层的米帕罗。”

“你……是米帕罗？”雷葛新愣愣地看着头部点着地的那一个“米帕罗”，忍不住问道，“那他又是谁？”

米帕罗哈哈大笑，房间里的诡异气氛逐渐消散。

“他是米帕罗，我也是，我们是同时存在于不同的层次。”米帕罗笑道，“这样说，你懂了吗？”

雷葛新摇摇头，很诚实地说：“不懂。”

“简单来说，我们都是米帕罗，只是以不同层次存在着。就像是俄罗斯套娃，叠起来是一个，但也可以分成好几层，好几个。这样你懂了吗?”

“这是什么原理?”雷葛新挠了挠头，脑海中油然涌出这阵子吸收的各类核酸信息，却没有任何讯息和这个“俄罗斯套娃”的状况符合，“怎么会有这种事?”

米帕罗的眼睛再次闪出异样的光芒，上下打量了雷葛新几眼，仿佛是在扫描着他的身体。

“嗯，还可以，这次你吸收的核酸质量还可以，就是数量少了点，你是转性了吗? 像你这么贪心的人，这一次倒是挺节制的。不过你这次居然弄来了一个生物型百科全书跟班，我嫌他烦，所以把他关掉了。”

雷葛新疑惑地看着米帕罗，总觉得他说话的内容有什么地方不太对劲，但一时间又理不清思路。

只听见米帕罗又哈哈一笑。

“现在，你的心里一定有千百个问题要问吧?”米帕罗爽朗地说道，“每次都是这样，我总要花很多时间再说一遍给你听。早知道我就把这些话录下来，能省了我不少工夫。”

“什么叫‘每次都是这样’?”雷葛新皱着眉问道，“难道我们以前见过面吗?”他想了想，又觉得这样说不够准确：“不，我的意思是说，我和那个什么‘不同层’的米帕罗是同事，但我和你应该没有见过面吧?”

米帕罗又哈哈大笑起来，这个“不同层”的米帕罗似乎是个很开朗的人物，随便什么话都能让他大笑起来。

“不! 正相反!”米帕罗笑了一会儿，沉声说道，“你和那个‘外层’认识得并不久，但我和你，却已经在时光中认识了千百回!”

雷葛新凝视着米帕罗微蓝而闪耀着光芒的眼睛，不知道为什么，觉得他接下来说的话，自己都会完全接受。

“这些话，我已经告诉过你千百回了，但是每一次，我还是要从头跟你说明。”米帕罗沉静地说道，“我是米帕罗，是时空中的藏匿者，我已经在无尽的时光之海里躲藏了无穷的时间。”

这时，雷葛新突然想起了泰大鹏的称号——脱逃者，他失声说道："你和泰大鹏一样？你们都是脱逃者？"

米帕罗摇摇头。

"不是，泰大鹏和我不同，他只是我在这一个时空里带出来的一个弟子。虽然他突破了一些障碍，但最后还是失败了，愿他的灵魂得到永生的安息。"

"但他明明说过，你是个没有胆子的人。"雷葛新好辩的个性再次流露出来，"我完全听不出来他对你有什么尊敬的感觉。"

"那是因为，我始终没让他看到内层的我，只是以巧妙的方式点拨和引导他。"米帕罗摇摇头说，"你的个性在这千百次经历中都没变，还是这么爱斗嘴。但是今天我们没有太多时间，我每次出现的能量无法维持太久，你到底要不要听我把话说完？"

雷葛新点点头。

"我是米帕罗，是时空中的藏匿者，我的存在，是为了迎接你的到来。"米帕罗沉静地说道，"就连泰大鹏所做的一切，也是为了迎接你的到来。"

雷葛新突然想起，在泰大鹏的影像片段中，的确听他说过这样的话。

"如我有幸身为施洗者约翰……"当时，泰大鹏喃喃地低声说道，"请备办我身，为那将来的弥赛亚铺路而行……"

这是古代基督教《圣经》中的典故，引用的是"施洗者约翰"的遗言。当时，古代中东的人曾一度以为施洗者约翰就是将要到来的弥赛亚耶稣；但是在约翰临刑前，却说他只是先来清理道路的人，真正的弥赛亚还没到来。

米帕罗饶有深意地看了他一眼，雷葛新想要说些什么，却又忍住了。但就算是忍住了，还是"扑哧"一声笑了出来。

米帕罗深深地看着他。"那么好笑吗？你是想说，你的名字根本是你父亲沉迷时光英雄传说才取的名字，关你什么事，对不对？"

雷葛新眼睛有些发直，惊讶地看着泛着蓝光的米帕罗。

"我走遍了无数时空，看过了万千世界，天下之大，万物都在我的眼里，又怎么会看不透你的心理?”米帕罗笑道，“而且，这千百次相遇，你总是这样说，说你的名字是爱看科幻片的老爸随便取的，我又怎么会不知道?”

“但是我总会告诉你，万千时空的运转，永远脱离不开一个‘业’字，业力之强，就连位居顶层的化生神族也逃不过。因此，我跟你说的这些事，不会没有意义。而你之所以会叫作雷葛新，也是早就安排好的事。现在，就算是我拜托你，请你闭嘴，仔细听好我接下来要告诉你的事，因为时间已经很紧迫，随时都可能来不及……”

雷葛新再次点点头，这次还在嘴上加了个拉上拉链的手势。

“我想要告诉你的是，你所知道的这个世界，并不是真相，而是一个个的谎言和无耻的骗局。”米帕罗淡淡地说道，“就连你所知的关于你自己的事情，也有很多不是真的。”

霎时间，雷葛新脑中的核酸信息再次发挥作用，有关“阴谋论”“政府隐瞒”等内容一下子流泻而出。

“你现在想的，有的是对的，但有的只是想象，有的更是连真相的外围都碰不到。”米帕罗说道，“但是，这个世界的真相一点儿也不重要，不值得花时间去讨论。”

虽然刚刚才答应不要顶嘴，但是雷葛新脑中的信息流过越多，越想要在这个题目上趁此机会问问米帕罗。

“怎会不重要呢? 我们只有一个地球啊，我住在这个星球上，这个星球就是我的一切，而且所有外星殖民地都已经关闭了，我当然得知道地球的真相，怎么会一点儿也不重要?”雷葛新理直气壮地说，“如果我不搞清楚我住的这个地球发生了什么事，难道还有另外一个地球吗?”

米帕罗沉静地看着他，眼睛里的光彩突然开始波动起来，雷葛新不由自主地盯着他的眼睛看，完全无法移开视线。

只听见不知哪里的远方传来轻微“啵”的一声；雷葛新的脑海中突然涌来更汹涌的浪潮，清晰地出现了明确的讯息。

每一个讯息迅速闪过，就好像已经在他脑海里烙印许久一般，清晰无比。

真相。

此刻在雷葛新脑海中迸现的，就是绝大多数二十五世纪地球人不知道的真相。

原来，在地球上的十三遮蔽幕外，地表的生机已经逐渐恢复。但是有关当局害怕人们一旦回到自然，能自主生存，就会脱离传统者的控制，变得无法掌控，所以一直封锁消息，持续误导人们，让所有人都以为生物必须要在遮蔽幕内才能生存。

原来，人工太阳的能量发动装置大部分已经损坏了，现在大家赖以为生的阳光、水、空气其实九成都已经是在利用地球复苏后的自然资源。

而所谓的转世、重新再来、灵魂重组机制，早就因为机械的大量故障和动力不足而全部停摆了；现在的转世、灵魂重组机制，已经沦为当局控制人口数量的邪恶手段。当局声称参加了转世计划、灵魂重组方案的人，他们其实并没有重生，而是被当局秘密结束生命，尸体则充作城市有机组织的肥料。

而地球上所有人在早晨睡醒前的半小时，都会吸入当局精心调配的轻微剂量麻醉性气体，在陷入半昏迷的状态中，聆听人耳无法辨识的低波语音催眠，让大家相信自己是居住在一个幸福、安全，什么都不需要思考太多的美好世界里。但是实际上，整个地球的十三个遮蔽幕都已经面临能量极度匮乏的窘境。而当局的应对方式，却是加重麻醉暗示药物的剂量，让人愈发无法做太多的思考。

还有……

“够了！”雷葛新忍不住叫出声来，“不要再说了，我不想再听了！”

米帕罗微微一笑，眼中的光芒逐渐暗了下来。雷葛新脑海中的信息这才逐渐地从清晰转为模糊，知道它们还存在着，却不再窥见这些信息的清晰内容。

[第06章]

时空逃亡

“你的反应真是有趣，重复千百次都是这样，一开始总是兴致勃勃地想要全盘皆收，但是刚给你说一点儿，你就受不了了。”米帕罗说道，“但是就像我刚刚说的，这个世界的这些事，对你来说，真的完全不重要。当你进入一个广阔的宇宙，一颗石头上有什么样的花纹，对你来说一点儿也不重要。”

虽然还是听不懂米帕罗的意思，但是雷葛新这次真的学乖了，再也不开口，只是专注地听他说下去。

“刚刚我用的，是‘远距核酸传送法’，是一种能够不靠任何试剂就能转移想法的能力。”米帕罗说道，“这个能力你还没有学会，因为你没有使用这种配方。但是接下来我要告诉你的事，希望你是靠自己的能力去理解的，而不是靠核酸。日后你就会知道，靠自己的努力得来的知识，和靠核酸剂吸收来的信息，是有很大不同的。所以，我要用叙述的方式告诉你接下来的事情，因为只有靠自己努力得来的，才是真正的宝物。我现在要告诉你的，是你所存在的这个世界的真正面貌。”

房间里“唰”地一声轻响，雷葛新的斗室突然消失，变成了一片看不到尽头的辽阔天地。

这种场景，雷葛新这阵子也看得不少了，而在这之前，许多电动游戏里也常用这种虚拟的巨大场景来呈现。但雷葛新很微妙地知道，现在他眼前出现的这个空间，和一般电玩软件是不同的，比较接近在“鲁肉”信息超级商场里看到的、和阙亚莎一起坐在神兽背上飞翔的那种空间，有气味，有触觉，有实际的空间之感。

在米帕罗变化出的这个空间里，辽阔得看不着边际，但是在空中有两座一正一反的大山悬浮着，山尖对着山尖，仿佛是处在无重力空间一般悬空地浮浮荡荡。

“这才是我们存在的世界真正的面貌，这是一个多重世界交叠在一起的时空。”米帕罗悠然地说道，“在这之前你所知道的世界，只是这无穷无尽多重世界里的其中一个空间，就好像恒河里的一粒细沙。”

雷葛新定睛远远望去，发现那两座山果然不是真正的高山，没有泥石草木，只是两个圆锥形的巨大物体，而这两个巨大物体则由无数的小小粒子组成。

而在两座巨“山”的锥顶交会处，则有一个微弱的、小小的红色点状光芒。

“你可以这样想象，就好像是接受影音讯息的频道，你始终只知道其中一个频道，而且很开心地生活在里面。但真相是，在这个巨大的时空里，不止有一个频道，而是有无限可能性的、无穷无尽个频道，只是绝大部分的人都无法接触，也无法想象别的频道里到底有什么东西。”米帕罗说道，“就算有人机缘巧合，拥有了一点超乎常人的能力，能够瞥见自己所在频道以外的世界，也常常无法理解，只能用头脑已知的知识去解释和叙述出来。所以历史上宗教和神话里的神、佛、仙、鬼、灵、外星人、飞碟、天使、恶魔的各种描述，其实常常是真的，他们是看到了其他频道里的事物，只是无法很准确地描述出来而已。”

雷葛新愣愣地听着米帕罗的叙说，心中自然涌现出更多的疑惑，但是他听着米帕罗的话，脑海中又不住地对照着新近加入脑海的核酸知识。不知道为什么，他在心里隐隐觉得，不管米帕罗说的事情有多么荒谬难解，但是他所说的都是无可辩驳的真相。

“在这之前你所理解的世界，是一个点，所有事物都从这个点的思考方式出发。你看，你生存的地方，就是这个小小的红点。”米帕罗指着空中两座大山之间的红色光点笑道，“你以为这就是全部的世界，但是整个时空里不只存在这一个点，还同时存在着由点组成的线、由线组成的面，甚至还能够把面抬起来，从没有高度的平面变成立体的。这样的世界，是生活在一个点里的人无法想象的，但这才是事实真相。”

米帕罗仰望着天空，长长地叹了口气。

“但是，这样的时空观念，就已经是全部了吗？看起来还不是。因为在我们认知的最大空间范围之外，也可能存在更广阔的世界，我花费了千百世时间，也只弄懂了其中的一小部分，至于其他世界的真相，就不是我这种人能够理解的了。”说到这里，米帕罗回头望着雷葛新，那庄重的神情让雷葛新也不禁肃然，“但我还是在我能理解的范围内，跟你解释一下我们目前认知的时空特性。”

雷葛新困惑地挠了挠头，说道：“我……我有疑问。”

“你说。”

“不管你说的这些事情是真是假，但是那和我有什么关系呢？如果你说像我们这种活在一个点里的生物无法知道点以外的世界，那么我知道这些又有什么意义呢？”

“对于别人或许没有意义，但是对你来说，是你一定要知道的事。”米帕罗露出耐人寻味的表情，“而且，你很快就会用到这些知识了。”说着，他突然露出不耐的神情，“我不是对你说过了吗？我能和你说这些事的时间不多了，所以你就给我仔细听着。反正有很多事情，你日后就会懂了，就算还是不懂，也可以和你那个人工智能体讨论，它的信息量很足，反正他什么都可以和你讨论。”

雷葛新点点头。

“我所知道的时空组成，可以分成三个层。”米帕罗说道，“第一层，就是你们所知道的现实世界，只有一道历史的轨迹，你们所认知的历史，从地球的组成开始，到人类出现，到二十世纪，到超人战争，都只是一条线，只有一种历史。”

雷葛新心里想着“废话”，却没敢说出来。

“但是，却没有什么人知道，时空中的世界不止一个，而是有无数个，从不同的可能性分出去的世界，而这些世界互相平行，除非有极大的变量，否则完全不相干扰，彼此完全不知道对方的存在。”

“这不是科幻小说里的假设吗?”雷葛新在心里咕哝着，但是仍然装出一副专注聆听的样子，“不就是平行世界吗?”

米帕罗看了他一眼，似乎听到了他的腹诽。但是米帕罗很急着要把所有话讲出来，所以没有理会雷葛新在心里咕哝着什么。

“但是，这些平行世界却只是我们所知时空世界的第二层。在它的外层，还有更高层次的世界存在。这个世界的存在完全找不到证据，也没有人很切实地看过，但是这个更外层的第三个世界，却是整个时空中比我们重要得多的世界。我把它称为‘神明的世界’。”

雷葛新一愣，一时之间不知道该怎么反应，本来他们谈的是时空真相，现在却冒出来了神明。他本来以为自己听错了，但是听米帕罗继续说下去，才发现米帕罗真的是在说“神明的世界”这回事。

“我知道你在想什么。”米帕罗哈哈一笑，“但是你也很清楚，现在在你面前说这件事的我，本来就是一种你从来没有听过的存在模式，而我也不是那种随便和你鬼扯怪力乱神的人，所以还是听我仔细说下去吧。我的时间不多了，只希望你能够听懂我告诉你的事，这样对你以后行事会比较有利。”

“超越平行时空世界的第三层‘神明的世界’，是一个和我们一样，有人、有兽、有花、有草、有天、有地的世界，只是那是一个以我们的头脑认知无法理解的世界。但他们的存在并不隐晦，在历史上，有许多人曾经和这个神明世界有过接触，还记录了下来，只是一向被我们当成是神话或者幻想。”

雷葛新皱了皱眉，正在想着该如何说几句话取笑米帕罗的说法，脑海中却像闪电一样掠过几段记载，不禁让他目瞪口呆起来。

“上古，有神的儿子和凡间女人交合，生下英武的伟人们。”这是基督教《圣经》里的记载。

“天地间有昆仑，建木联结天地，是人和神之间的桥梁。”这是山海经中的记录，而且在这本古代奇书中，还记录了许多完全不存在于这个世界的奇异种族和生物。

“天龙八部，为‘非人’，有天众、龙众、夜叉、阿修罗、金鹏鸟、干闼婆、紧那罗、蛇首人身地龙八众。”这是佛教阿含经中的记载。

雷葛新正在惊疑地想着这些上古记载时，眼前的米帕罗的光芒却开始暗淡下来，发着蓝色光芒的形象慢慢地缩小了，空间的景象也回到了雷葛新的斗室里。

虽然刚才米帕罗的确说他的时间不多了，却没有想到他说走就走，速度快到让雷葛新反应不过来。

“喂！你别走！我还有很多事要问你！”雷葛新大声喊道，但是米帕罗的光影却没有停留，很快就消失在阴暗的空间里。

这时，实体的米帕罗将上身“折”了回来，如泥塑木雕的面部表情逐渐松懈下来，恢复了正常的样子。

“说完了？”米帕罗哼了一声，“每次都这样，每次都搞得我痛苦得要死。”说着，他“呼”一下站起身来，便往门外走去。

“喂喂喂！”雷葛新失声将他叫住，“你等一下。”

米帕罗站在门前，头也不回，只是沉声说道：“今天的事情，我希望你忘掉。别问我任何事，因为我什么都不知道，所有知道的内情，都让内层那家伙收起来了。要不然，你以为我是怎样安然地躲过泰大鹏那档子事的？就是因为我把所有记忆都消掉了，所以他们才以为我是局外人，我什么都不知道。”

“总之，你就好自为之吧。”这是米帕罗走前说的最后一句话。

第三天，核酸局通知雷葛新去上班。而雷葛新除了视觉仍有点模糊外，身体基本已无大碍。所以，这一天他就像往常一样搭了“天网”去上班。而他在办公室遇见的米帕罗，是比造访雷葛新家中的那个米帕罗更茫然无知的“版本”。雷葛新试着跟他谈起前天的事，但是这个米帕罗却仿佛对所有事情忘得一干二净，坚称自己怎么可能浪费时间去看望雷葛新这个小王八蛋？

临近中午，米帕罗带着不解的神情从上司的办公室里回来。

“头儿说要你过去。”米帕罗说道，“头儿”指是米帕罗和雷葛新的直属上司，核酸总局人事队队长卓乙丙，“好像是说，时光发展局的人想见你。”

一路上，雷葛新狐疑地猜测着，为什么时光发展局的人会找上他这个小职员。虽然违反了工作规定，他还是忍不住偷偷把牛顿叫出来。

而牛顿的回答是：“不清楚”。如今牛顿已有脱离雷葛新到远处察看资料的能力，他已经先到人事队长的办公室看过，但仍然猜不出他把雷葛新叫去有什么用意。

“在人事室里的那个人你见过，就是时光局的副头头鲁敬德。”牛顿说道。

果然，进了人事队长的大办公室，坐在“头儿”身旁的，就是那天在餐厅见过一次面、临走前还对雷葛新鼓掌的时光专家鲁敬德博士。

鲁敬德乍见到雷葛新进来，神情有点讶异。“头儿”没有表情地点点头，示意雷葛新坐下。

“我和你的长官聊到，那天你说的推论挺有见地。”鲁敬德的年纪虽大，说话声却洪亮有力，“想不到他会把你叫过来。”

雷葛新笑笑。他正要答话的时候，牛顿的声音在耳际幽幽出现。当然，牛顿的声音只有雷葛新听得到，旁边的两个人是听不见的。

“和他聊，你现在的见识已经不在他之下了。”

鲁敬德的眼神中有着鼓励的意味。

“你的论点令人敬服。不知道你对时光机器的运作原理了解吗?”

雷葛新笑笑。“我只是略知一二。”他答道，“经过修正的广义相对论，物体运动速度超越光速时，就会使时光前进方式逆行，理论上，可以回到过去的时空，这就是时光机器的基本原理。”

雷葛新在时光局的专家面前毫不怯场地侃侃而谈。不知情的人会很难想象，几天前他见到鲁敬德这种大人物时，还会有坐立不安的感觉。

“第二工业时代，公元2137年，第一部近光速时空加速器研发完成，全速发动后，在欧罗巴洲上空以近光速的速度消失，假设已经进入时光洪流。”

“不是假设。”鲁敬德固执地说道，“那是事实。”

“二十二世纪，生物型超级计算机科技趋于完善，时光科学家研制出‘毫厘光速时光器’，从此假设载人时光之旅可行。”

鲁敬德的脸色转为潮红，不悦的神情丝毫没有掩饰。

“我说过，那不是假设，是绝对可行的计划！”

“什么是‘毫厘光速时光器’?”人事队长看看气氛不对，连忙出来打圆场，转换话题。

雷葛新礼貌性地看看鲁敬德，博士做个手势，示意他说下去。

“因为精密仪器工业的发展日新月异，时光研究学者研制出能瞬间加速的超转速引擎，而这种‘毫厘光速时光器’能在一厘米的距离内加速到光速，达到广义相对论中的时光倒流程序。而这样的加速也的确让时光器消失了，可以进行时光之旅。”这次，雷葛新刻意不加上“假设”二字，“只是……”

“只是……”这次反而是鲁敬德自己先开口了，“送出去的探险队员没有一次回来过。因此，就让一直让人引为笑柄。”

“鲁博士……”雷葛新说道，“有时候，单凭时光器消失，并不能断定它已经进入时空。早在古典量子理论时代，就已经把质能不灭的神话推翻，消失也有可能意味着就是灰飞烟灭了啊！”

“并没有完全消失。”鲁敬德低声道。

“啊?”雷葛新和“头儿”都诧异地睁大眼睛。

“送出去的队员，有些人的生物电仍然可以测得到。”鲁敬德说出不为外界知悉的大秘密，“后期的时光探险队员身上都装有生物电测定装置。虽然非常微弱，可是有些人的生物电讯号依然可以接收得到。”

“不对。”雷葛新摇摇头，“以现在的科技，只要有生物电的迹象可寻，就一定可以找到所在的方位。没理由找不到的。”

“如果不是这样，怎么会叫作二十五世纪最大的谜题呢?”博士苦笑地摇摇头，“我们接收到的生物电讯号有十六组，有些连属于哪一个队员都分辨得出来。可是，到了出现的方位，却就是没有，就好像……”

博士在自己、雷葛新和“头儿”的中间虚画了个圆。“你甚至可以锁定他的生物电就在这里，连他在做什么事都可以分析出来。可是，这里明明就是空无一物。三度空间的三个坐标都符合了，可是又不见人影。说他不在，但是又能检测到生物电，唯一的差异只可能是第四度的坐标，那就是……”

“时间！”雷葛新忍不住脱口而出。这时他想到了那个有名的四度空间比喻。

这个比喻，说的是一个身处十二层楼的人，如果陷入四度空间，时间坐标的改变就可能让这个人摔死。因为在过去或未来的时空里，大楼可能不存在，所以如果时间坐标改变，空间坐标仍维持原状时，人就可能从十二层高处跌下致死。

到了这个时候，雷葛新才知道自己对时光之旅还是犯下了妄下论断的错误。

他正打算对博士道歉，却看见博士的后方墙上仿佛有一团炽烈的火闪了一下。

在那一瞬间雷葛新以为自己眼花了，定睛一看，那团火又消失了踪影。

鲁敬德博士没留意他的神色，自顾自地讲下去。

“可是，你的推论也没有错。我们后期派出的探险队的任务之一，就是到了过去时代就一定要在那个时代留下他们已经成功到达的讯息，而如同你所说的，在我们的历史上，从未出现过这样的记载。”

这时，窗外传来闷闷的雷声，把鲁敬德博士的叙述衬托得有点神秘。

“头儿”走到窗前，推开窗户。

“看样子，要下雨了。”他神色有点紧张地说道，“我有事失陪一下，雷葛新，你陪鲁博士聊聊。”说完他就快步走向门口。

“头儿。”雷葛新还想问他几句话，可是“头儿”仿佛没听到似的，径自走了出去。

雷葛新回过头来，对鲁博士耸耸肩。这时，在博士的肩头，突然又闪起了一团炽亮的火光。而这一次，鲁博士还是没有察觉到。

窗外又响起了阵阵雷声，这次的声音更大了，仿佛打雷的位置已经越来越靠近。

空气中散发着明显的水气，仿佛身处室外，大雨就要来临的前夕。

这时，连鲁博士也感觉到气氛的诡异了。他看见雷葛新表情古怪地望定他的身后，于是也随着雷葛新的眼光转头回望。

“什么事……”他一边回头，一边询问道，“出了……这是什么……啊哇！！！”

在他的身后，不知什么时候开始燃起了许多团无声的熊熊烈火。

眼见鲁博士即将被烈火吞没，连叫喊都来不及，空中突然出现一道颤动的透明水幕，落在鲁博士头上，在烈火即将吞没他之前把他重重包住。闪亮的火花洒在水幕上，“嘶……”地冒出白色的热气。

火舌在雷葛新的面前吞吐不已，热浪扑面而来，热气使他呼吸困难。

这时，窗外响起一声炸雷，一道闪光打进火花四溅、水气氤腾的办公室里。

雷葛新想转身冲出室外，却感到脚上一紧。他低头一看，发现是围住鲁博士的水幕延伸过来一道水流，变化成一只透明的手紧紧地抓住他的脚踝不放。

这时，牛顿惶急的声音陡然传入雷葛新的耳中。

“快！快冥想‘出去’，‘出去’！”

雷葛新在慌乱中根本无暇细想，只是拼命地猛拍脚踝上的水态手，想挣脱它。随着他的拍击，水花四溅，可是飞溅起的水滴又会绕回来融入那只水态手里。

打进室内的闪电逐渐形成一个人形，先是蹲姿，然后慢慢站起。

“雷！”牛顿大叫起来。

“雷！”雷葛新也用尽全身力气大吼出来。

“暴风！”牛顿再次大叫。

“暴风！”雷葛新跟着大声复述。那只水态手已经攀到他的腰部，逐渐束紧，并向他的头部伸来。

“野火！”

“野……”这时雷葛新的嘴巴已经被水流蒙住，无法开口说话了。

从闪电幻化成形的，是一个脸色白净、面貌清秀的高瘦男子，耳际别着一朵紫色玫瑰。他看了一眼被水流制住的雷葛新，又优雅地向鲁敬德博士行了一个古欧罗巴洲礼。

“我是核酸总局‘雷’支队队长桑德伯宁，奉命逮捕核酸重犯。鲁博士，多有冒犯，恕罪恕罪。”

火光逐渐熄灭了，从灰烬中走出一个红发美貌女子，左额上却有一道长长的疤痕。如果被她的容貌所惑，任何男人对她口出轻薄之言，下场一定非常凄惨，因为她就是核酸警队中公认最难惹的“火”支队队长丹波朱红。

“水”支队队长阳风这时已经放开紧捉住核酸重犯雷葛新的手，后退了两步，脸上露出沉吟的表情。而雷葛新只是直直地看着前方，阳风刚一放手，他的身子就软软地坐到了椅子上。

“火”支队队长丹波朱红抢前一步，便抢先开始念逮捕程序。站在她身后的“雷”支队队长桑德伯宁捻起耳际的鲜花，很悠闲地闻了一下，微微冷笑着。

“以星战死难英雄之名……”丹波朱红得意地大声说道。阳风一伸手，阻止她再念下去，丹波朱红杏眼一睁，正待发作。

“逃了。”阳风瞪了她一眼，“他会‘移魂术’。”

瘫坐在椅子上的雷葛新依然直直望着天空，没有任何反应。

在一旁目瞪口呆、半晌说不出话来的时光发展局副局长鲁敬德博士是第一次看见核酸总局的三个特种支队队长同时出现。

火光再度迸现，水气充满四周，雷声已经逐渐远去。核酸警队三名特种支队队长从出现到离去，全程不到三分钟，然而，已经在鲁敬德博士的脑海中留下了多年后依旧难以忘怀的记忆。办公室里一片狼藉，还有只剩下躯壳的雷葛新。

方才阳风队长离去前，说的那句话仿佛还有雄浑的回音，久久不去。

“他逃不远的。”

一身湿淋淋的鲁博士在办公室里待了半晌，良久，身体才簌簌发抖起来。

急速地前进冲击中，有极速却又失重之感。像是在用尽全力奔跑，可是，却没有现实世界中那种劲风扑面、加重呼吸的痛快感觉。

无尽的黑暗，远方的尽头出现了一道光明。

“唰”地一声，像是高速穿过瀑布的水帘，令人不由得下意识往后一仰。

四周模糊地传来嘈杂的人声，像巨浪一样从远方席卷而来。视觉逐渐在恢复，焦点逐渐清晰，奔跑的脚步却没有停下来。

一开始，雷葛新还弄不清楚自己身处何处。在核酸总局里，他本以为自己已经逃脱不了了，紧抓住他的那只水态手，熊熊的烈火，耀眼欲盲的闪电，而后，突然一下全部沉寂下来。

“牛顿！”他着急地呼唤道。

可是，他的声音被四周排山倒海的声浪陡地淹没。雷葛新的脚步放慢下来。他放眼四顾，像是从牢笼往外窥视的感觉，视野里有栅栏，可是，自己为什么还能自由地奔跑呢？

他焦急地环顾四方，发现身处之地像是一个巨大山谷的谷底，四周的山壁上挤满了万头攒动的人群，发出震耳欲聋的声响。

身后传来杂沓的脚步声。他猛然一转头，十多名大汉像野兽一般快速向他冲过来。

“等……”雷葛新大叫道，可是，带头的大汉已经将他抓住了。这个大块头快速冲过来的冲击力将雷葛新一下撞倒在地，紧接着，十几名体重超过一百公斤的大汉前仆后继地把他压在地上动弹不得。

全场观众发出如暴雷一般的欢呼声，连地面都为之震动。

雷葛新被十几名大汉压在地上，虽然有极好的防护盔戴在头上，仍然感觉像一座山压在头上，让他呼吸困难。这时，他听到了牛顿轻松的声音。

“这里是云梦市的市立体育场。”牛顿说，“今天举行的是职业钢球赛季后半准决赛。你现在是云梦市的敌队铁线草队的跑锋，刚刚被云梦市球队阻攻下来。”

二十五世纪里最受民众欢迎的球类运动，就是现在这个场上的职业钢球。职业钢球的规则和二十世纪美利坚国的美式足球类似，只是二十五世纪的比赛用钢球有四百公斤重，所有球员都要穿上重力强化衣；场上发生的碰撞，甚至一个简单的失球落地，大地都会为之震动，声势非常惊人。而现在雷葛新身处的赛事就是季后赛的单淘汰准决赛，剩下的比赛时间已经不多，地主云梦队的比分稍微落后，雷葛新此刻担任的铁线草队跑锋本来已经拿到一个必中球，如果得分，地主队必败无疑。可是，现在雷葛新被阻攻，地主队又燃起一线希望。

压住雷葛新的队员们纷纷起身。雷葛新身上的重压一下减轻了，他在四周的嘘声中站起身来。这场球赛是否可以逆转，就看双方接下来的表现。

然而，现场七万名观众接下来看到的，却是比任何大逆转比赛更毕生难忘的情景。

雷葛新仍愣愣地站在球场中央，空中却陡地“轰隆”一声炸开了响雷。正滔滔不绝的解说员张大了嘴巴，望着空中的奇景目瞪口呆。

“火！火！”解说员在扩音器中大叫起来。

然而，不需要他的说明，全场观众都已经看见在跑锋的上空出现了一大团火云，夹杂在闪电之中。紧接着，一张巨大的水幕出现在空中，像毯子一样卷成筒状急速旋转，罩在火和闪电之上。

在水力场空间中，阳风队长沉声向“雷”桑德伯宁、“火”丹波朱红交代道：“他的移魂术一定会受我们的转化态力场限制，只要包抄堵住他的去路，他就跑不了。”

雷葛新站在大钢球场上，看见天空突然被火、雷、水占满，一时之间不知如何是好，那一朵形状奇特的三态云当头就把他罩住了。

全场观众愣愣地注视烈火、闪电逐渐熄灭，其中出现了一个瘦高男人和一个红发女子。水纹在波动荡漾中逐渐缩小，变成一个身材壮硕的大个子。

三个人如临大敌般往跑锋的位置靠拢过来。本来愣愣地站定的跑锋突然跪倒，垂下头，又保持了一下跪姿，才慢慢瘫软仆倒在地。

阳风队长铁青着脸，走过去将跑锋的身体移开。在他的身下，一个下水道的合金圆盖子已经打开。

雷葛新在牛顿的帮忙之下，在最后一刻揭开下水道盖子逃离。晦暗的下水道突然变得极度黑暗，那种在隧道中奔跑的奇异感觉再度出现。

迎向隧道口的光明后，雷葛新发现自己的身体处于高空，正直线往下坠落。自由落体的速度极快，冷风直贯入耳鼻，令他非常难受。

“噗”地一声，雷葛新背上展开一张大伞，下坠速度减慢了，他在空中随着降落伞飘荡。

“你附体的这家伙大概是一出高空艇就已经吓死了。”牛顿说，“你怕不怕高?”

“为什么他们可以立刻追上来?”雷葛新惶急地问道，“云梦市和锡洛央又不在同一个遮蔽幕里，难道他们可以随时掌握我的行踪?”

“我还不知道他们的追踪模式，但是移魂术的追踪绝没有这么容易，他们一定有秘诀，只要知道这个秘诀，就可以躲得久一点儿了。”牛顿说，“但是，在这种开放式空间，他们是拿你没办法的。一定要将你的灵魂波围住才能逮到你。”

降落伞缓缓向地面接近。雷葛新往地面上一看，忍不住叫苦连天。

因为他看见，核酸警队的三名队长已经在地面上等着，身边还多了好几个人。

“准备再逃！”牛顿说，“这次他们找来了帮手，力场的范围会更大。被他们靠近的话，可能就跑不掉了。”

在地面的“雷”桑德伯宁以眼力好而闻名，他凝望着从天而降的跳伞者，回头看看阳风。

“又逃了?”

“嗯！”阳风冷笑道，“又跑了。但是，我要看看，他在这十三个遮蔽幕里可以逃多久！”

跳伞者“砰”地一声着地，躺在地上一动不动。在他落地之前，烈火、微风、闪电，以及千变万化的水早就不见踪影了。

雷葛新和牛顿在不同空间里不停奔逃，牛顿后来揣摩出了核酸警队的追踪方式。他推测核酸警队用的是时光局的最新科技，新一代的生物电探测装置。在人体的各种生物电之中，以灵魂组的强度最大，因此，他们才能如此迅速追踪到雷葛新的行踪。由此，牛顿想出了一个应对方式，那就是，在转换后不做停留，立刻跳出，如此重复几次，可以争取一些时间。

“但是，这样逃不了一世啊!”雷葛新很担忧地说。

这时，他们正在东半球的白羊市地底深处。雷葛新侵入的身体是一名卡在有机物机件组里窒息的核酸革命分子，因为这个人死前已经饿了许久，所以那种饥饿感雷葛新也感受到了，并且感到极度虚弱。

“我能感觉到，他们定位我们转移对象位置的能力越来越精准了，真是一筹莫展哪!”牛顿颓丧地说道，“除非……”

“他们又来了!”牛顿突然说道。在几次的追踪中，他已经出现了感应转化态力场的能力。

于是他们还得继续逃亡。

二十五世纪西半球大陨星市的上班族樊戎楚，一生都忘不了那天深夜在市郊小巷中见到的奇异景象。

那一天，樊戎楚下班后和同事喝了酒之后，浑身燥热、醉眼迷蒙地走进小巷。

小巷中一地垃圾零乱，巷底角落里瑟缩地坐了一个流浪汉，一动也不动。

樊戎楚酒喝多了，思维非常不清楚。他一闪神，眼前像快速放映着电影一样掠过许多影像。

小巷子的路面在他的醉眼里看起来摇摇晃晃的。耳朵的感觉也很怪异，因为他听见了脑海深处传来有人交谈的声音。

“怎么会这样呢?”一个声音问道。

“不知道。”另一个声音回答，“他并没有死。原来，连意识模糊的人你也可以侵入。”

樊戎楚觉得自己一定是醉得断片了，因为除了听见怪异的交谈声之外，他还看见眼前的流浪汉眼睛露出精光，站起身来，然后……

流浪汉的身上冒出火花，整个人陡地溶化，化为一片汪洋。在空旷的夜间小巷中，樊戎楚居然被一阵大浪泼得浑身湿透了。

他的脑海中又传来一声愤怒的长呼，呼喊的人声音洪亮，却很快远去，声音转弱，最后终于消失。

地上盈尺的积水波涛汹涌，还闪着一阵阵紫蓝色电流。火光一闪，积水和电流也渐渐消失了踪影。

樊戎楚此刻酒意全消，他张大了嘴巴，久久合不起来。他后来不停地对人叙述这一段奇遇，但是人们只当他是酒醉后看到了幻觉。

在奔逃的过程中，雷葛新和牛顿扮演了许多匪夷所思的角色。

七色星市市立医院中，雷葛新成为一名产妇，亲身体验“生”下了一名男婴。

在黑深森林中，雷葛新成了惨遭生化蟒吞食下半身的遇难探险家。

在不同空间中，他们不停奔逃。牛顿想出一个个方法，但很快被一个个破解。

核酸警队的追捕越来越精准，逃亡的俩人已经黔驴技穷。终究还是踏入了精心设计的陷阱。

雷葛新和牛顿在遮蔽幕内的地球最高峰——姚德山的顶峰终于中了核酸警队的埋伏。

核酸警队在此处安排了一个虚拟人，在其中模拟灵魂行将离体的场景，然后在埋伏现场架设了天罗地网的力场，不再让他们有脱逃的机会。核酸警队兵分二路，从两个方向包围雷葛新和牛顿，中心点就是姚德山，再将包围圈逐渐聚拢，就是这样，雷葛新和牛顿终于落网。

陷在虚拟人中的雷葛新此刻却感到无比平静，反而松了一口气。他已经厌倦了没完没了，而且对方一定会赢的捉迷藏游戏。从虚拟人的视野中望出去，核酸警队破天荒地动用了三十名转换态生化人战警。阳风队长正准备开始念逮捕程序。

牛顿的声音再度出现。

“牛顿。”雷葛新喃喃地说，“就这样结束了，是吗?”

牛顿沉默不语。

阳风知道，雷葛新此刻正在和生物型百科全书一类的人工智能交谈，但是他并不在意，因为待会儿宣判后，人工智能便会被拔除，让他们最后再多聊一会儿不符合规定，但也不算什么大事。

“还有一个方法，但是……”牛顿迟疑地说道。

雷葛新苦笑道：“没关系，我想，没有什么处境比现在更糟了。”

于是，牛顿在雷葛新的耳际说出了他的办法。

阳风冷傲地看着雷葛新自言自语，虚拟人生硬的脸上露出僵硬的笑容。

阳风从口袋中拿出与星战英雄姚德同款的扁帽。这是阳风队长通常行将判决重刑的仪式。

“奉星际死难英雄之英名……”山风刺骨的姚德山山顶，阳风对陷在虚拟人中的雷葛新宣读着逮捕程序。突然，一名生化战警低呼了一声，他拿着手上的生物电探测仪快步走向阳风。

阳风怒目瞪了他一眼，把生物电探测仪接过去，一眼看过去，却也为之变色。

生物电探测仪上显示，雷葛新的生物电指数急速下降，最后归零了。

“这不可能！”阳风喃喃说道。时光发展局的生物电探测仪是目前对未知世界进行探测的最精密仪器，连游离在空中的灵魂组都可以探测到。人体不论是生是死，都会有生物电的反应，除非是死亡超过千年、并且没经过任何转世处理的死灵才会有零指数的生物电数据。

三十名一流的核酸战警在峰顶面面相觑，不知如何是好。他们面对最危险的处境时永远面不改色，而此刻却像一群迷路的孩子。

呼呼作响的山风中，突然飘来几片带着甜香的花瓣。

“雷”队队长桑德伯宁嫌恶地拨开一片吹到脸上的花瓣，将耳上别着的玫瑰拿到手上，一副如临大敌的样子。

飘落的花瓣数量越来越多。阳风在花瓣雨中皱起眉头。

“这花痴……怎么来了？难道是泰大鹏……”他在心中猜测着。

随着飞舞的花瓣，出现的是核酸警队中唯一的“花”形态生化人队员岸本绿，她是一位精神失常的科学家的失败作品。当年，那名科学家异想天开地想做出各类植物转化态的生化人，在被逮捕前已经做出了好几个，现在出现的“花”岸本绿就是其中之一。因为受到“平等条款”保障生化人权条例的保护，“花”岸本绿存活了下来，并且顺利进入核酸警队。虽然植物态生化人的能力并不强，她在核酸警队中的职阶不高，但是因为她与核酸警队四大队长之首“风”支队冷血队长的关系非比寻常，所以在核酸警队中倒也颇有地位。冷血队长在追捕“脱逃者”泰大鹏一役后不再露面，有传闻说，他已在那一场战役中阵亡。

岸本绿是一名身材娇小而丰满的女子，此刻她正娇笑着向阳风队长走过来。

“谁让你来的?”阳风冷然道，“你不知道，这次的逮捕行动不是你的职级可以参加的吗?”

“阳风。”岸本绿的笑容依然娇媚动人，“就是知道你搞不定，才派我来的嘛!”

“大胆!”阳风怒斥道。突然，有一股金黄色的微风出现在众人面前。虽然山顶的风大，可是那一阵微风拂过每一个人的脸后，让人隐隐生疼。

“是我叫她来的。”随着微风出现的是“风”支队队长冷血。众人之中有的见过他，此刻却被冷血队长的形貌惊得倒吸了一口凉气。

身材消瘦苍白的冷血队长依然喜欢做古西班牙斗牛士打扮，只是现在他的左脸完全变形了，一只眼球挂在眼窝，双臂装上了机械臂，左脚则装上了古代海盗的木质义肢。

阳风掩饰不住极度惊讶的神情看着他。冷血走过来，从他手上接过生物电探测仪。

“什么情况?”冷血问道。

“核酸重犯，有‘移魂术’能力，我们用虚拟人做陷阱抓住了他，可是，生物电读数却变成了零，整个人和灵魂无端消失了。”

冷血用森冷的独眼看着阳风，将生物电探测仪由数字显示调为指针显示，灵敏度调至最高。

“没有消失。”冷血将生物电探测仪丢回到阳风手上，一跛一拐地走到悬崖边缘。

阳风仔细观察着，果然，在最高的灵敏度探测下，指针以肉眼都不容易察觉的幅度微微颤动着。

在姚德山的山顶，核酸警队一行人伫立在山风中默默无言。良久，冷血队长才开口。

“他不是消失了。”冷血一字一顿地咬着牙说道，“又是一个，又是一个核酸犯进入了其他时空。”他转过头，目光凌厉地问道，“犯人叫什么名字?”

阳风嘴唇一动，整个人却陡地呆住。连脾气火爆的丹波朱红，漫不经心的桑德伯宁，以及其余的警队成员一念及这个问题的答案，全都愣住了。

“到底叫什么名字?”冷血不耐烦地高声再问了一次。

有个“水”支队的队员这时喃喃地说了一句话，声音很低，却让山顶的所有人心头狂震。

“他叫雷葛新。”队员说道，“时光英雄雷葛新。”

[第07章]

桃　源

晋太元中，武陵人……缘溪行，忘路之远近……

雷葛新觉得身处于一种颇为温暖的休眠状态。那种感觉有点像是午后小憩，将睡将醒的迷糊状态中。脑海中一片混沌，却很奇特地在其中浮现出这一篇古中国的文章。

迷蒙之中，他觉得自己似乎翻了个身，瞌睡之感依然强烈。可是，一阵清晰的歌声再度出现。

晋太元中，武陵人……

歌声稚嫩，仿佛来自不远处，只是偶尔会被微微拂过的轻风吹散，变得有些模糊。

忽逢桃花林，夹岸数百步……芳草鲜美，落英缤纷……

一阵清凉之感从脸上传来，像是在脸上洒了冷冽的水花。雷葛新在清凉的触感中慢慢睁开眼睛，看到眼前景象的一瞬间，整个人陡地愣住了。

此刻他的眼前只看见一大片清朗的浅蓝，似乎整个人悬空于一片虚无之中。

“哇啊!”雷葛新大叫一声，想坐起身，却根本使不上力气，那一大片浅蓝随着他的动作略微挪移开来。原来，他本来是平躺仰望天空的姿势，方才那一大片浅蓝就是迷蒙中仰望的蓝天。雷葛新正打算再次试着坐起来，却听见耳边响起牛顿的声音。

“别动！”牛顿急切地大叫道，“千万不要动！”

“牛顿?”雷葛新说道，身子却不听话地又稍稍挪动了一下，“你……”

这一句话还没有说完，雷葛新便张口结舌，吓得说不出话来。

原来，此刻他正身处在一个极高的山壁上，在一个突出的小小平台上，以一种很不稳定的姿势半躺半跨坐在上面，只要身子稍微移动，就有很多落石“哔啵”地落下。眼角的余光鸟瞰平台的下方，深邃的悬崖底部隐隐约约看得见一条翠绿蜿蜒的河流穿过深谷。

“牛顿……”雷葛新很困难地从喉咙挤出颤抖的声音。

“别动。”牛顿说道，“现在，慢慢地探手到你的身后，看看有没有什么东西。”

雷葛新尽量让动作保持缓慢，可是岩层土质似乎非常松动，身体一有动作就有许多小石子滚落。左侧仍然传来清凉的水溅过来的感觉，雷葛新偷眼一看，有一道细细的山泉在不远处直落深谷。

可是，此时绝对不是咏叹造物的好时机。那一阵吟唱古文《桃花源记》的童音再度响起，雷葛新困难地继续伸手到身后。童音的歌声突然停下了，雷葛新也突然手一滑，身体失去平衡，只听得一声惊叫响起，整个人就往深不见底的谷底翻落。

在空中坠落之际，雷葛新只觉得谷底那条蜿蜒的河流在眼前翻转。他还来不及做任何反应，只觉得胸口一紧，下落之势骤然停止，整个人腾空而起，在悬崖前的蓝天下画一个大大的弧圈，“砰”的一声，他背脊着地，跌在一堆软软的东西里。

虽然跌下来的劲道不小，可是他身下的软物吸收了大部分冲力，虽然有点头晕脑涨，然而并没有什么痛楚之感。

雷葛新张目四望，发现自己已经上了悬崖。林荫幽暗，阳光从枝叶间洒下，映照出一缕缕光路，树干上像云朵般怒放着洁白的蕈类。四周很幽静，此刻他所在之处，竟然是一座只在古籍记载上看过的幽深松林。

牛顿的声音里也带着困惑和迷惘不已的感觉。

“松，木本植物，自然品种已于超人战争时期绝种。”牛顿喃喃地说。这段记载雷葛新的核酸知识中也有，只听见牛顿的声音像是梦呓一般说下去：“二十五世纪的地球上，只有七座植物园有人工再造松科植物，可是，最大的一座松园里也只有六十七株。”

雷葛新艰难地吞着口水。牛顿说的和他所知的相符，可是，眼前这片松林，大大小小，至少有好几千株松树。

雷葛新坠落之处是一大堆已经干枯的松枝松叶，而在枝叶堆左方不远处，却站着两个雷葛新和牛顿这辈子见过装束最奇怪的人：

两个人和善地看着雷葛新，脸上露出关心的神情。其中一人身材高大，宽衣大袖，长发简单地拢在脑后，脸上有些脏，却带着几分秀稚之气，看年纪不过十六七岁；另外一个则是一个小童，嘻嘻笑着，头皮剃得青青光光，只在两端卷起两个髫儿。身材高大的少年手上还拎一根花索，连在雷葛新身上。原来，刚刚就是这个少年救了雷葛新一命。

“我们正巧走过松林。”那个少年说道，“见到你有危险，就出手救了你。”

那个小童这时也嘻嘻哈哈在一旁插口说道：“我家阿南向来力气很大，你的运气不错。”

那名少年走过来搀他走下松枝堆。雷葛新想问问牛顿一些事情，可是却发现他已经没有了声息，不知道去了什么地方。

雷葛新和少年并肩走到一片松林间的空地，小童在他们身后玩耍嬉笑。空地上有一架小小的驴车，少年示意让雷葛新到车上坐好。小童也爬入车内。

“坐好，我带你回我们家休息。”少年说道。

驴车在松林中缓缓而行。雷葛新深吸一口气，觉得有如梦似幻的感觉。空气中有草木混着松油的芳香，仰头看去，松林间隙中露出湛蓝的天空。那种蓝色和遮蔽幕内看到的天空的蓝色并不相同，而空气中的清新之感也是雷葛新没有体验过的。虽然他从出生至今只见过人工太阳，只呼吸过仿真光合作用的人造空气，但是此刻他深深呼吸到的清凉爽利的空气流入肺腔，却立刻可以确定，这便是只在典籍中读到过的自然空气。

但是这应该是不可能的。二十五世纪的地球上，绝对没有这样的所在，连金星和水星殖民地上也没有。在姚德山山顶的那场围捕中，核酸警队的限制力场只设定在地球的范围内，而牛顿教给雷葛新的脱逃方法就是意念集中于地球之外，将灵魂转移到外星球。以前从没有过异星际转移灵魂成功的记录，但是雷葛新和牛顿孤注一掷，希望能脱离地球到金星或水星上再做打算。

按照目前的情况来看，转移是成功了，可是却到了这样一个在两个人的知识范畴中不应该存在的奇特地方。

清幽的松林中，偶尔有松鼠在林间跳跃。小童这时又用清嫩的嗓音唱起了歌。

“怡然自游兮，乐安然。松木卓卓兮，无以为家。桃源流水，避秦忧国之殇兮。”

在小童清亮的歌声中，牛顿的声音悄悄响起。

“雷葛新。”牛顿说，“你的核酸知识里，有没有古中国《桃花源记》的原文?”

“牛顿。”雷葛新有点不快地说道，“你到哪里去了? 为什么刚刚一下子就不吭声了? 这里是什么地方?”

“这个待会儿再说，你有没有《桃花源记》的原文?”

雷葛新正想回答，小童的歌声一转，刚巧就回答了牛顿的问题。因为，他接下来咏唱的，就是牛顿想知道的《桃花源记》:

“晋太原中，武陵人……缘溪行，忘路之远近……”小童越唱越开心，拉着雷葛新的手示意要他一起唱和，“忽逢桃花林，夹岸数百步……芳草鲜美，落英缤纷……”

雷葛新悄然问牛顿:“你问这篇古文干什么?”

牛顿的声音有点苦涩地说:“你自己看好了。”

驴车在颠簸中出了松林。眼前豁然开朗，是一片平野，驴车顺着一条清澈的小河前行，上了一座小坡，眼前居然真的出现了一片桃花遍地的桃花林。

“忽逢桃花林，夹岸数百步……芳草鲜美，落英缤纷……”

雷葛新在落英缤纷的桃花林中瞪大双眼，无数桃花瓣飘然落下，一片花瓣还落到了他的脸上。驴车的木轮碾过地上的枯枝落叶，发出“哔啵”的好听声响。此刻他的眼前有两名做古代人打扮的孩子，所在之处又是一个历史上并不存在的空间。雷葛新在这一瞬间，自以为想通了个中原委，不禁放声大笑。

小童诧异地看看这个装束与他截然不同的人突然放声狂笑，不由得睁大眼睛，不知道发生了什么事情。

“你笑什么?”牛顿没好气地说。

“我在笑，”雷葛新依然止不住自嘲的笑容，“我以为我们逃掉了，怎么核酸警队又出了这种 VR 虚拟现实的把戏? 我们又被他们抓到了吗? 还搞这种游戏做什么?”

“如果是 VR 虚拟现实，我会不知道吗?”牛顿冷冷地说，“我自己就是一个 VR，难道会有两个 VR 虚拟现实能重叠在一起吗?”

“那我们现在在哪里?”雷葛新又悄声问道。

驴车这时已经出了桃花林，绕入一条夹在山缝中的小径。小径旁的河水平静无波，如镜面一样。雷葛新探头一看，看见了自己在水面上的倒影。浮着桃花瓣的倒影中，自己成了一个面目瘦削、两眼炯炯有神的男子，身上的装束却和两个孩子的宽袍大袖不同，应该是二十世纪的土黄色探险装。

“我又是谁?”雷葛新问道。

牛顿沉吟了一会儿。

“有可能，我们是踏进了时空之流。”牛顿说道，“原先我们计算要往外星转移，可在那一瞬间，也许你我的思想波超越了时光原理的临界速度，无形中达到了穿梭时光的条件，来到这个可能是古中国的地方。”

“所以，我们是来到了古中国的某个时空?”雷葛新不以为然地说，

“可是，这个桃花源并不是历史上真实存在的，而是古中国文人的幻想。”

“这正是我一直想不通的地方。”牛顿说道，“我们再看看好了。”

车行不久，一转过山壁，出现在他们眼前的，是一个古意盎然的小村落。

村落里的人古雅悠闲，几只黄狗追着驴车吠叫，远处传来悠长的鸡鸣。村中人都是同样的宽袍大袖打扮，村口的一大片空地上，几名须发如霜的老人在松荫下下棋。

“其景如画，其景如画啊。”牛顿喃喃地说。

“可是，这样的场面也太做作了吧！”雷葛新四下张望着村景，并将眼前的景象和《桃花源记》的原文对照，发现简直就是一模一样。而且，村口还有一个大大的石制牌楼，两个远古篆字刻在上头。

“那两个字的意思是‘避秦’。”牛顿知道雷葛新看不懂那两个字，赶紧解释道。

“这种地方，倒像是二十世纪颇为流行的‘主题游乐园’。”雷葛新最后的结论便是如此。

两个带雷葛新入村的孩子似乎是兄弟，高大的少年名叫公冶南，那名小童叫公冶襄。公冶家杀鸡烹酒，雷葛新便在他们家里畅快地吃了一顿热乎乎的饭。

新鲜的鸡肉、青菜，糙米粗饭，佐茶温酒，这是雷葛新平生没有尝过的口味；菜色未必丰盛，但是粒米青菜入喉，却似乎充满了生机，这是在二十五世纪合成食物中尝不到的奇妙滋味。

酒足饭饱之际，雷葛新和小童公冶襄信步走出村口。满眼的自然景致，雷葛新好奇地拔起地上一株青草，放进嘴里咀嚼，草香透颊，他的心里却更加迷糊。

“牛顿。”他低声说道，“也许这真的是古中国，因为我看不到任何人工雕琢的痕迹，这里真的是自然的生活。”

牛顿却声音苦涩地反驳他道：“未必见得。”

雷葛新一愣，随即知道了牛顿反驳他的理由。

因为，就在这个时候，空中传来一阵机械的声响。一架雷葛新从未见过的飞行器飞到他的头顶上空，丢下一个包裹后就扬长而去。小童公冶襄远远地避开那个包裹，脸上露出嫌恶的神情，不愿接近。

“我过去看看，回来再和你讨论。”牛顿简洁地说道，然后就没有了声息。

雷葛新心中充满了无数疑团，而夜幕在这时悄悄地降临了，天黑了下来。小童公冶襄这时已经不知道跑到什么地方去了，不见了踪影。

避秦村是一个宛若古代乡下村庄的所在，雷葛新在二十五世纪的古装剧里见过。但是没有亲身体验过的人，不知道这样的村庄最大的特点，就是在夜晚，整个村落几乎全无光亮，伸手不见五指，只有几户人家的屋里透出微弱的烛光；走在村庄的小路上，周围是一片黑暗与沉寂。但是，最令人屏息的风景，却来自天空。

在二十五世纪的锡洛央城里，就算到了深夜还是灯火通明，城市最热闹的角落里，挤满了喜欢过夜生活的人。在这样的环境中长大，对于黑夜真正的面貌，二十五世纪的人是无法理解的。雷葛新只在一些典籍中读过，即使是在遥远的二十世纪，因为电灯的发明，人们也早已很少能看见真正的夜空的样子。

此时，整个天空清朗如镜，仿佛是最澄透的镜头，完全没有受地面光害的影响；在满天的黑幕之中，繁星像是无数撒落的珠宝似的闪烁着，那些光芒似乎可以直透地面，把整个大地都照得蒙蒙发亮。

这个夜晚的月亮是新月，像指甲一般透现在夜空之上。即使只是一片薄薄的月牙，那月亮的光芒也亮得似乎映照到了身上。

雷葛新看着这一片浩瀚的星空，觉得有点呼吸困难起来。星空的正中央是银河；他知道在古代英文中称呼银河为“牛奶大道”（Milky Way），而到了现在，他才发现，那道横在夜空的星河，果然就像是在大道中央泼洒了一地的牛奶。

在村中走了一会儿，大多数人家已经熄灯灭火，早早就寝了。他走着走着，眼前出现了一片原野，但在夜色里，不太看得出那是一片草原还是光瘠的土地。在原野的不远处，隐隐亮着一点灯光，雷葛新好奇地走了过去。

在星光和月光的映照下，他看到那点淡淡的灯光是一盏样式很古老的油灯，放在一个小湖泊的边上。那个湖泊非常小，在核酸信息中这时冒出一个已经很久没人使用的字眼——池塘。但是在这个小池塘的上方，却隐隐冒着水汽，或是类似白烟的东西。

池塘里的水发出了轻轻的声响。其时已近秋天，夜晚虽然不算寒冷，却也有些凉意，那个小小的池塘却似乎冒出微微的热气。看起来，这个小池塘便是上古时代很常见的一种景观——温泉。

雷葛新好奇地走得更近些，想要伸手去探一探这汪温泉水的温度，却看见那盏油灯旁坐着一个人影。在星光和月光下，那个人的面目还是看不清楚，只见他转过身来，也看见了雷葛新。

“对不起……”雷葛新挠了挠头，微微一笑，既而想起自己这时候笑，对方也未必看得见。

只听见那个人的声音低沉，却并不苍老，听起来是少年的嗓音。

“先生，您好。”

这个声音听起来并不陌生，雷葛新心念一动，这才想起来，这人就是白天见到的那位高大少年公冶南。

“你在这里做什么啊?”雷葛新笑着随口问道，一边探手往温泉里碰了碰，发现那是比体温略高一些的泉水，触手感觉温暖舒适。雷葛新在公冶南的身边坐下，这才发现，他此刻只穿着一件宽大上衣，光着两条腿，小腿以下都泡在水中。

“你很懂得享受哦……”雷葛新拍了一下公冶南的肩膀。这是二十五世纪人承袭了二十世纪前人们的动作，表示善意，彼此亲近的意思。但是这轻轻一拍，雷葛新却觉得有什么地方不太对劲，感觉有点怪怪的。

公冶南轻轻一笑道：“什么叫作‘享受’啊? 我听不懂。南儿是奉了爷爷之命，来这里取暖泉之水回家做腌水枣的。”他转头指着身后不远处，果然有几个桶放在那儿，“我平常喜欢来这里就顺便泡个脚，小襄如果跟来，也会一起下来泡的。”

公冶南随意地说着，但是不知道为什么，雷葛新心里的迷惑却越来越重，有一种不太合理的感觉。

白天他与这个少年没有说过几句话，大多是和那个小童公冶襄交谈。少年的身材虽然高大，但是说话的声音却颇为稚嫩。另一个不太对劲的感觉，就是刚刚雷葛新拍了他的肩膀，却没有预料中那种健壮结实的肌肉感，而是有点瘦弱柔软的感觉。

就着月光，雷葛新仔细看着公冶南的脸。白天时他戴了一方头巾，脸上脏兮兮的，这时他把头发披下来了，长度在肩膀以下。蒙蒙的月光洒在他的侧脸上，雷葛新看得有些发傻了。

公冶南侧着脸，闪亮如星星般的眼睛与雷葛新的目光相对，露出了甜甜的笑容。这一笑，居然让雷葛新的心脏不知道为什么，“砰砰砰”地狂跳起来。

然后，雷葛新只觉得眼前一花，却是公冶南站起身来，将身上的衣服轻轻拂下，他身上穿的是一件宽大的袍子，本来以为在袍子下面应该是一条裤子，但是这一脱，才知道他除了这件袍子之外，身无寸缕。在月光和星光的映照下，他静静地，如女神一般，毫无亵玩情色之感地，裸身站在雷葛新的面前！

最重要的是，眼前这个公冶南并不是一个“他”，而是一个“她”！

一时之间，雷葛新在想自己是不是翻了白眼。方才他是坐着的，公冶南站起身后，便和他只有十几厘米的距离。而她的身材高大，俏生生的美丽胴体站在雷葛新的眼前，从雷葛新的角度望上去，便是她那圆润丰腴的身体。

这个原本以为是个高大少年的公冶南，居然是一个已经发育、身体完美如古代希腊雕塑的美丽少女！

雷葛新目瞪口呆地，以绝对不礼貌的仰视角度，一边呆呆地望着公冶南的美丽胴体，一边心中肯定自己绝对是在做梦。

美丽的少女公冶南完全没有介意雷葛新的惊愕反应，她的脸上带着淡淡的笑，对于自己赤裸着美丽的身体毫无羞涩之意，像是天底下最稀松平常的事情一样。她轻轻地踮脚绕了一个小小的圈，来到雷葛新身后，动作轻柔地，两三下就褪去了雷葛新身上的衣物。

雷葛新觉得自己应该抗拒一下，但是不知道为什么，他根本动不了，只是僵硬着身体站着，任由她把自己的衣服剥光。

然后，公冶南也不说话，轻轻柔柔地把雷葛新牵到水里。

在避秦村外的大地，此时有如梦中的奇异景象。万籁俱寂的星空中，浩瀚群星闪着迷蒙的光，四周很静，只有附近传来似有若无的虫鸣唧唧。雷葛新置身在那一汪温暖的泉水之中，水深仅仅到腰，他这时已经全身赤裸，与同样全身不着一丝一缕的美丽少女公冶南面对面相望。

此时雷葛新的视神经已经适应了黑暗，公冶南在岸边点亮了盏油灯，天上又有淡淡的星光月光，于是少女那美丽的身体便清晰地呈现在雷葛新面前。

公冶南身上的水花在月光下闪动着万千流转的光芒，给人一种就算现在立刻死去也绝不后悔的惊叹之感。

“你……”雷葛新的喉咙突然干燥起来，连声音也有些发不出来，“这是……”

公冶南“扑哧”一笑，乌黑的大眼睛里就像有星光在闪动，她说：“先生，我们都是这样做的啊，怎么您好像一点儿也不知道似的？”

雷葛新这次穿梭时空所占据的身体是一个年轻的男人，此刻他只觉得脑袋有点晕晕的，身体也开始起了反应。

公冶南眯着眼睛，往雷葛新身上一看，又忍不住“扑哧”一声笑了，她脚踩着水发出悦耳的水声，向雷葛新靠了一步。然后，她伸出嫩白的手掌，很轻柔地握住了雷葛新。

男女之间的吸引力是很强大的，太难以抗拒了。此时雷葛新虽然还有几分理智，但是脸上感到公冶南温热的呼吸，身体又和美丽的少女接触着，理智和克制很快就抛到九霄云外了。

男女身体的接触，会有某种类似电流交会的微妙之感。但是公冶南的触碰威力也太强大了，雷葛新只觉眼前一黑，整个人就像陷入了深邃的宇宙的彼端似的，仿佛看到了整个宇宙最远处的星云、彗星、红矮星……

晕了……昏倒了……

那种眼前一黑的感觉很真实，甚至很可能是真的有那么一段短暂的时间，雷葛新是真的失去了知觉。这种感觉和穿梭时空不同的是，现下这种丧失知觉之感是很愉悦的，简直有点那种“就算没命也值了”的拜服之感。

雷葛新恢复知觉的时候，那种位于宇宙最远端的轰烈震荡之感已经消失，耳边仍然是避秦村郊的虫鸣声。他微微地翻了一下白眼，这才发现自己是躺着的，躺在温泉旁地上，但是身体传来的那种微弱电流的舒畅感觉却仍然存在。

“呃……”雷葛新长长吐了口气，以仰躺的姿势微一抬头，却看见了公冶南，她的一头秀发此时梳拢在脑后，轻轻上下晃动着。公冶南侧身俯视着雷葛新，她可爱的嘴唇对着他吻了过来。

当她看清雷葛新的眼睛时，面露惊讶，仿佛看到了什么难以置信的事。“您……您醒了?”

雷葛新眼神放空，一时之间不明白她这么说是什么意思。

公冶南嫣然一笑，“啵”地亲了一下雷葛新，说道:“先生，您真的和别人不太一样呢……从前来过的先生们，总是我摸了他们几下就晕倒了，而且一直都不会醒过来，都要等老爹来救了，他们才能醒来。”

“你……你在说什么啊?”雷葛新还是听不懂她的话，但是其实她说什么也不重要了。只见公冶南露出促狭的笑容，再次凑到雷葛新的面前，伸出娇红的舌，探进了他的嘴里。

“我……我听村里的大娘们说过这件事，但是……从来没试过……”她的唇、舌与雷葛新相交纠缠，说起话来模糊不清。两个人便这样绞缠在一起。“我……我想试试……”

这个少女其实只是十几岁的年纪，但是此刻全身却充满了情欲的气息，与雷葛新紧紧拥抱在一起。

就这样，雷葛新在穿梭时空的第一个夜晚，便享受了人世间最美好的一场亲密接触。

夜更深了，雷葛新和公冶南在一阵激情之后，结束了两个人之间的缠绵。奇怪的是，结束后，公冶南只是对着雷葛新微微一笑，什么话也没有说，就穿好衣物离开了。雷葛新有很多问题想问她，她却头也没有回，健壮美丽的身影便在夜色中逐渐远去，消失。

雷葛新独自走在村外的原野上，觉得身体有些乏力，便坐在星空下休息片刻。又过了一会儿，牛顿回来了，他的声音在静夜的虫声唧唧中响起。

“你回来了?”雷葛新猛地坐起身，“有没有搞清楚这是什么地方?”

“雷葛新……”牛顿的声音居然有些颤抖，“事情严重了……”

突然，雷葛新上方的星空逐渐转成亮灰色，这是牛顿的 VR 解说功能，不过自从他变异之后，便很少出现了。

此刻空中出现的景象是一个偌大的实验室。

“这是公元 1968 年，古美利坚合众国太空总署的模拟场景，它具有历史性的象征意义。”牛顿解说道，“我在此郑重宣布，人类的时空之谜已因你而破解。”

“你疯了!”这是雷葛新唯一能想到的回答。

“你所在的这个村落，叫作‘避秦村’，是一个理想国，却是一个刻意打造出来的理想国。在二十世纪的美利坚合众国，有过一个族类，叫作阿米须人，你知道吗?”

雷葛新略为思索了一下，点点头。阿米须人是一个在二十世纪时还坚持过着落后于社会文明两百年生活的族群，他们拒绝当时的文明，穿戴古代服饰，绝不使用电力和科技。

“这个避秦村也是，大约在数百年前，一群嫌弃现代文明的人在此以古中国《桃花源记》为蓝本，世代居住，久而久之，就形成了这个理想国度。你的身份，则是来自文明社会的一个人类学家，在这里做研究。发生事故时，他可能失足跌下山崖，在那一刹那间灵魂和肉体分离。”

“那我们还是在二十五世纪吗?”雷葛新问道，“我们真的进入了时空之流吗?”

“我们现在的确已经不在二十五世纪了，在姚德山山顶那次灵魂转移的确让我们进入了时空之流。但是，却不是回到过去或进入未来那么简单。”

“什么叫不是那么简单?”雷葛新没好气地说，“现在、过去，要不就是未来，难道还有第四种可能吗?”

“有。”牛顿简短地回答。雷葛新愕然了。

“在这个避秦村外，是一个文明和科技超越这里很多的城市，叫作古秦晋市。我在那个城市里翻阅历史典籍，发现了一件很有趣的事。”

“说。”雷葛新简短急切地说道。

“在古秦晋市的历史典籍中，公元十六世纪之前的记载和我们的世界的历史相同；但是，在公元十六世纪之后，简直就是胡扯一通，就像是编史书的人突然神经错乱一样。”

“为什么会这样?”雷葛新疑问道。

“这也是我当时心中的疑问，可是，我翻了其他许多书，也是一样的，公元十六世纪后的历史便和我们的世界的历史严重脱节了。而且，我在那儿确定了现在的年份。”

“哦?”雷葛新扬扬眉，“现在是哪一年?”

“今年是公元 2261 年。”牛顿说道。

“不可能的！”雷葛新大叫道，他在心中推算着时间，“公元 2261 年，地球上的超人战争已经结束了，地球上的生物灭绝了，而且那时候的大气层已经被破坏，不可能有这样澄净的天空。你一定是看错日期了。”

“这也是我的疑问，但是，你看看天上的星辰。”雷葛新随着牛顿的指引抬头仰望。入夜的澄净天空布满星斗，充满神秘雾气的银河横亘在天空中央。

“你的核酸知识中有星辰纪年推算表吧? 历史记载不是唯一记录时间的方式，星辰的位置会因时间流逝而改变。你算一算，现在应该是什么年份?”

雷葛新的脑中闪现出盘状的星辰纪年推算表，随着天空的星座位置挪移。“武仙……昴宿……北极……”

而最后出现的答案证明，牛顿查到的年份日期没错，雷葛新根据推算表算出，今天是公元2261年4月18日。

“为什么会这样……”他喃喃自语道。

“我们现在所在的地方，在我们知道的历史上不存在。我们所熟知的历史，包括那一场超人战争，在这个地方没有发生过。”牛顿一字一顿地说，“但是，我们明明就在这里，这个地方明明就存在着！”

雷葛新久久说不出话来，心里觉得自己有点像古典笑话中那个提出“按照翅膀强度和体重推算，理论上，黄蜂不可能飞翔”的科学家，可以想象得到他的四周飞满黄蜂的出糗模样。

“你有没有觉得，这个情况和谁说过的话有点类似？”牛顿问道。

当然有。雷葛新在很容易就联想到，那一天在“头儿”的办公室里，时光发展局的鲁敬德博士就说过同样的话。

“……你甚至可以锁定他的生物电就在这里……可是，明明就是空无一物。三度空间的三个坐标都符合了，可是又不见人影；说他不在，但是又能检测到生物电……”

“所以我才会说，千百年的时空之谜因你而解开了。我已经找到了这个谜题的答案。”

太空总署的场景逐渐淡化，夜空中依然是满天的美丽星斗。不远处的湖畔，这时飞过一群晶亮闪烁的流萤。

“你有没有听过鲁一朴这个人的名字？”牛顿问道。

“没有。”

“这个人是一个天才时光研究者，但是性格上有极大的缺陷，十七岁那年就和人发生冲突，被仇人汽化了，连转移灵魂都来不及。但是，他在十六岁时，就提出过许多大胆的时空假想。虽然后来因为主流科学家的刻意淡化，他的理论并不受重视，然而，现在已经有许多时空学者相信，如果这个人能活长久一些，也许时空之谜早就解开了。

“鲁一朴在世的时候，曾经提出过一个大胆的假设，那个时候，时空旅行尚在萌芽阶段，第一支探险队也还没有成行。而他当时就预言说，时空旅行无法生还的可能性极大。”

“他的理论依据是什么?”雷葛新问道。

“他的理论依据来自于哲学心理学上的一些超自然现象，因此，很多主流学者对他的论点嗤之以鼻。”牛顿说道，“鲁一朴相信，梦境、预知现象（Dejavu）、庄周梦蝶式的感应，很可能就是时空旅行的形式之一。在某种未知的状况下，有人借由上述形式穿透时空，但是，有时候那个时空和你所熟悉的时空可能完全脱节。”

“就像现在一样。”雷葛新深吸了一口气。

“他据此推论出一个理论，称之为‘网状分叉时间理论’。”牛顿说道，并且在雷葛新的眼前又投影出图解，“他的理论的重点在于，我们的世界可能并不是一个单一的世界，在同一个空间中，可能共存着许多不同的世界，他称之为‘或然率平行世界’。”

“这许许多多个世界彼此平行，几乎永不相交，却彼此息息相关。比方说，今天你走到一个三岔路口前，命运的安排中，走右边你会被车撞死，走中间没事发生，而走左边的话，会遇见一个与你厮守一生的女人。也许你最后选了中间那条路，没有事发生，然而，另外两个或然率世界中可能你已经走上了不同的发展路线——在那两个世界中，一个会没有雷葛新的后代，另一个则出现不同的未来。”

雷葛新眼前出现第二个分支图。

“鲁一朴的理论中，时空的真相是比这张图更多分支的无数个平行世界，而我们却永远只知道其中一个世界的线性历史，因为我们的生命就只是无数分支中的一条线。按照这个理论，时光旅行会突破这个线性规律，将人丢到空间因素相同、其他一切却截然不同的平行世界中，也因为这样，时光之旅才没有人回来过，因为转移到哪一个世界是随机的，要从无数平行世界回到自己原来的世界，概率几乎等于零。

“事实证明，这个鲁一朴真是个天才，他的推论完全正确。我分析了我们现在的处境，再回想那些时光旅行者的命运，只有这个理论才能完全解释得通。而时光局的生物电探测仪之所以还能接收到探险队员的讯号，是因为他们的确仍然存在，只是存在于另一个世界。我们现在所在之处，就是一个在十六世纪产生走上了不同道路的世界，所以，十六世纪前的历史相同，之后便截然不同。”

“所以，”牛顿最后说道，“因为你，雷葛新，这个时空之谜才得以解开。我这么说，一点儿也没有夸大之处。”

雷葛新长长吐了一口气，仰望星空，神情落寞。

“可是，”他静静地说道，“我再也不能回锡洛央了，对不对？”

“对。”牛顿答道，“而且，只要你再做一次时空转移，同样的，你再也回不来这个避秦村了。这是一条不归路。”

雷葛新还想说些什么，却冷不防地，从他身后幽幽传来一个苍老的声音。

“您并不是常人，是吧？”那声音又干咳了一声，“先生。”

雷葛新猛然一回头，身子后纵了一步，神情紧张。只见夜色中走出一个老者，雷葛新认出，老者便是日间曾经招待过自己好肉好酒的公冶老头儿。

“您好。”公冶老头微一拱手，那是古中国的问候手势，“或者我应该说，您们好？”

雷葛新略带疑惑地上下看了他一眼，白天吃饭时没有仔细打量他，这时候才发现，这瘦老头儿身量中等，腰杆笔直，身体看起来相当健康，没有老人们驼背虚弱的样子。

“什么您们好？您在说什么？”

“恕我不敬，刚刚我已经在旁边待了好一阵，仔细观察了您的行止。本来以为您是喃喃自语，但是听了一会儿之后，才发现您对话的对象另有其人。所以我大胆推测，除了您之外，还有一位您谈话的对象。”公冶老者说着，眼神中露出了锐利精明的神采，“您似乎没有任何通信器材，所以，交谈的对象是植入型人工智能吗？”

雷葛新微微一愣，想起这个避秦村是个反对科技的所在，村人应该对科技毫无概念，怎么这个老人却对科技极为熟悉？

这时，牛顿沉声说道：“跟他聊聊，这个人好像知道这个世界更多的真正面貌。”

“他又说话了，是不是?” 公冶老人从手上拿出一个闪亮的小型仪器，上面正闪着微微的红光，“可叹我这科技只能测知是否存在，对于细节却无法得知啊!”

“您到底是谁?” 雷葛新皱了皱眉，他是个性爽朗之人，不喜欢在话锋里猜来猜去，“这又是什么地方?”

“我听你们的对话，您大概已经知道了我们这个避秦村虽然是个化外桃源仙境，但是在这仙境之外，另有先进的城市文明，是吗?”

“没错。”

“实际上，我们所在的避秦村其实只是一个谎言，这您知道吗?”

雷葛新微微一怔，直觉地就想问牛顿，却听见牛顿“嘘”了一声，说道：“听他讲下去。”

公冶老人看着雷葛新，似乎是想知道他是不是要回答。雷葛新微微一笑，摆摆手示意他说下去。

“这个避秦村，是几百年前一群刻意抛弃文明生存模式的人建立的，大家也一直以为这个地方是依照他们的愿景维持下来的。但是这群人其实没能撑太久，只聚在一起生活了四十年就起了纷争，开始动刀动枪地内讧，不到三年，就几乎要互相残杀光了。

“当时的政府动用了警力将这群人抓了起来，并且判了刑。但是这几十年经营下来，他们的下一代是完全没有接触过外界事物的，可以说是真正很单纯的人，完全没有被现代文明污染过的纯洁人类。

“于是，当时的政府便开启了一个‘桃源计划’，让这些人的后代在这个村里继续住下来，并且不让外面的人进来，保持他们的原始生活方式。村里的居民之中，有一成不是真正桃源村的原始住民，而是政府派来这里维持村子生活面貌的政府官员。”

“比方说，你?” 雷葛新恍然大悟道，“你不是公冶家的爷爷，你是政府派在这里工作的人?”

“没错，我的确不是公冶家的爷爷，我是他们小时候置换过的人。”公冶老人无奈地笑道，“我很希望自己是这个避秦村的人，有这里人的血统。但很不幸的，我不是。”

“置换?”雷葛新奇道，“那是什么意思?”

“不要以为几百年前的政府之所以愿意将这里划为世外之地，是存着什么爱护文明、保存文化的好心啊……”公冶老人摇摇头说，“他们之所以会把这个避秦村划为保护区，是因为，这个村里的人们有着一种特殊的基因，那是一种无比强大的奇特基因，隐藏着无穷的秘密。”

“什么乱七八糟的?”雷葛新笑道，“什么基因这么厉害?”他还想说几句笑话，但耳边却传来牛顿沉沉的声音：“别开玩笑，认真听他讲!”仿佛是迟疑了一下，牛顿又说道：“别忘了，米帕罗也说过这种基因的事!”

“更多的细节，以我的层级根本没有办法全面知道。”公冶老人说道，“我现在知道的这些，也是我经过千辛万苦的秘密调查才得到的讯息：在这个避秦村里的人们，有一些人拥有所谓的‘神族’基因。这个基因的来源是什么，没有人知道。有人说，是来自于太平洋一个小岛的‘昆虫世纪事件’，在那场灾变中，有数千人的基因被改变，转变成带有昆虫基因的体质。”

雷葛新心里不禁暗自惊讶，这个发生在公元二十二世纪的事件是个隐藏了几百年的秘密，据说和日后的四十勇士战争有着非常密切的关系。曾经有小道消息说，当年带领地球人打败半人马星人的超人族类，就是身上拥有虫族基因的战士。

公冶老人继续说道：“但是，我曾经在一个高层人员酒后的叙述中，听到过另一种不同的来源说法。当时那个人说，他们在偶然的机会下，得到某种来自天外‘神族’的基因，据说，这种基因有两万五千对，科学家们把这两万五千对基因的数据记录了下来，然后去做这些基因的研究，试图要制造出远远超越人类能力的种族。”

雷葛新轻轻地吐了口气，耳里听见牛顿喃喃地说道：“听过，听过……”他想起，的确听过这样的说法，就在不久之前。而公冶老人口中的“超越人类能力的种族”，雷葛新早就见过了，而且现在还正在被他们追捕着——时光战警，风、雷、水、火生化警察。

雷葛新好奇地问道：“你是这个时代政府派来这里监视他们的人?”

“是的。”公冶老人点点头，“这个村子里有几个人跟我一样，都是以村人的身份住在这里，除了管理村中事务外，有时也执行政府派给的任务。”

“那么，你的两个孙女都是这个村里的人？她们都有着神族的基因?”

“小南有部分神族的基本特征，她算是神族。但小襄就不是，她是个很聪慧的孩子，但她是纯种人类，不属于神族。”

原来如此……雷葛新想起方才和美少女小南的奇异接触，心中仍有不少疑团，但是不知道该如何开口问公冶老人，只好尴尬地沉默着。

天际闪耀着一颗炽亮的流星。雷葛新呆呆地望着那颗流星在地平线失去了踪影。虽说已经破解了时空之谜，他却没有一点儿欣喜的感觉。过了良久，他仍然觉得无法言语。

第二天一大早，避秦村的小童公冶襄就拉着雷葛新到野外采野蕈去了。一大片青绿的芒草在原野上缓缓起伏，有几茎早春的芒草花随风一吹，飘扬在空中。雷葛新平躺在空旷的大地上，仰望着二十五世纪的人们绝无可能亲见的湛蓝天空。他侧头一看，平贴地面的角度，在露水和草茎的间隙中，小女孩公冶襄四处寻找采集着草蕈，开朗地笑着，间或唱着悠悠的儿歌。

日月芳华兮，遍布满地，华美味浓兮，休藏匿，于我见兮，丰饶鱼米。

在这一瞬间，雷葛新感觉神清气爽，他长长舒一口气，突然大声叫道：“我想通了！”

声音远远传出去，小女孩公冶襄只是好奇地望了他一眼，又蹦蹦跳跳找草蕈去了。

“你想通了什么?”牛顿的声音响起。

“我在想，既然踏上了这条不归路，就得好好过下去，对不对?”雷葛新精神饱满地说道，“这个世外桃源避秦村是个好地方，也许，我们可以在这儿长住下来。”他看了看公冶襄在翠绿原野里嬉戏的身影，“这儿，也许就是时光旅行者们梦寐以求的天堂吧?”

“你想住在这里?”

“有何不可?”雷葛新轻松地仰望天际，那一望无际的蓝让人心情舒畅，“说不定，我可以在这里结婚生子，把我所有的知识都教给这里的孩子，让他们生命变得不同。”

牛顿沉默了。

“只可惜，”牛顿过了一会儿才说道，“我们在这个地方也待不长了。”

雷葛新愕然。“什么?”他疑惑地问，“为什么?”

“你把身上带来的水倒一杯出来。”牛顿说道。

雷葛新反手将背上背着的紫竹水筒拿下来，倒出来一杯水。

“你仔细看水的表面。”牛顿又说道。

竹杯里的水清澈透明，看起来平凡无奇。可是，雷葛新再凝神细看，却见到极细微极缓慢波动的水纹。

“那就是水力场共振现象。”牛顿说道，“这表示阳风已经来到了我们这个世界。水态生化人出现时，附近的水都会出现这种共振现象。他也许还没找到我们的位置，但是已经很接近了。”

雷葛新惊慌地四下张望，感觉平静的大地仿佛已经布满肃杀之气。

“应该还来得及。”牛顿说道，“我们要随时做好转移的准备。但是，当然越快越好。”

雷葛新眷恋地看了一眼这一片平和的自然大地。微风轻拂，远方的青山这时还有一些雾气氤腾。小女孩公冶襄欢畅地大呼一声，手上举着一朵蒲扇大小的草蕈。微风再次吹起，“呼”地从雷葛新身旁掠过，却将他的声音吹散了。

“来了!”牛顿急切地大喊道，“脱离！雷葛新，脱离!”

雷葛新没有做任何动作。远方的小女孩公冶襄只觉得身旁柔柔地鼓满轻盈的微风，整个人不自主地踮起脚尖，离开了地面。

雷葛新陡地向公冶襄的方位奔去，把牛顿气急败坏的大叫声丢在脑后。微风将公冶襄小小的身形越抬越高，公冶襄在风中挣扎着。在微风中，隐隐可以看见一个如恶鬼般丑陋的细瘦男人。如果公冶襄此时从高空中跌下，必然非死即伤。

“你回来!”牛顿大叫道，“你斗不过他的!”

“住手!”雷葛新仍然脚下不停，他从来没和核酸警队“风”支队冷血队长交过手，对冷血的无情手段毫无概念。

突然，包围住公冶襄的微风陡地消失，失去支撑的小小身体从高空中猛然坠落。冷血队长在这一刻发现找错了目标，就放开公冶襄，向雷葛新冲来。

雷葛新狂奔的身形突然一个踉跄，步履歪斜如同酒醉一般。在这一刹那，公冶襄已经跌落下来，跌到了雷葛新的怀里。因为下落之势太过猛烈，两个人抱个满怀后，“嘭”一声双双着地。公冶襄身形较小，滚落一旁后并没有受伤，而雷葛新却以极度扭曲的姿势倒卧在地。

公冶襄惊魂未定，嘴巴一扁正待大哭，却看见一个丑陋似鬼的男人凭空出现，冷眼瞄了倒卧在地的雷葛新一眼，再定睛看向自己。那眼光森冷似剑，硬生生让公冶襄的哭声咽了回去。

然后那个男人身形转淡，化作一阵微风消失了。

良久，公冶襄看看身旁显然已经死透的男人尸身，流了满脸眼泪，一泡尿这时也终于湿了裤裆。

[第08章]

豪　门

在漫长的急速后退时空穿越过程中，牛顿在呼呼的时空风声中大声说道：“雷葛新，我知道你是个好人。但是，我只能劝你，不要和任何世界的人有任何牵绊。因为你本就不属于他们的世界，而且，只要你一离开，他们的生命就和你永无关联了。刚才我们侥幸逃过，可是好运不见得会一直有。”

雷葛新只是沉默。他何尝不知道牛顿说得没错，可是，他又怎能让一个无辜的小孩子平白送命？

难挨的死寂。他们在这样的时光之旅中，再次穿梭到另一个时空。

穿梭于不同时空世界并不是一件轻松愉快的事情，第一次从姚德山山顶转移至避秦村时，雷葛新曾经陷入昏迷。这一次逃离冷血队长的追捕，再度进入时空之流时，雷葛新全程都是清醒着的。在转移的过程中像是在高速风洞中逆流而行，有口鼻灌满冷风的不适之感。

“这个过程，有点像是古代的航行术。”牛顿在时光的飓风中和雷葛新讨论道，“起飞和飞行过程都没什么大问题，最大的问题是要安全降落。”

雷葛新在快速掠过的光点中依稀仿佛见到一张张面孔，一幅幅影像。那种影像类似古代电视电影的残像，只看得出来的确有影像流过，但要仔细端详却毫无着力之感。

“那就是时光之流的片断痕迹，我们现在不止掠过纵时间坐标，连横空间坐标也一个个经过身边。”牛顿的声音听得出来相当兴奋，“真是奇特的经验，什么时候会抵达下一个世界，一定有线索可以掌握的，只是我还找不出来。”

“你好像还挺兴奋的，是吗?”雷葛新没好气地说，“有时候我真怀疑，你的核酸里难道有时光局那些家伙的信息吗? 时光之谜有什么了不起的? 这有什么值得高兴的?”

“如果掌握投身到下一个世界的秘诀。”牛顿冷静地说道，“你就成了真正的时光英雄了。因为，如果你能自由来去不同时空世界，在狭义上，你就已经是个神了。”

雷葛新默然。牛顿的说法并没有错，但是和前夜牛顿说他已经破解了时光之谜一样，他丝毫没有感到任何欣喜。雷葛新心想，如果可以选择的话，他宁可回到核酸总局做个小小雇员，偶尔吸收几剂有趣的核酸。至于能否破解时空之谜，或是成为时光英雄，对他来说，并不具有任何意义。

牛顿的声音缓缓地响起。

“别忘了，再怎么说，这也是你自己选的不归路。”他说道，“泰大鹏不也这样告诉过你吗?”

空间感开始扭曲，远方出现了一道模糊的白光。雷葛新屏住气息，等待进入下一个时空世界的入口。

“来了!”牛顿在猛烈的风声中大声叫喊道。

穿梭时空的最大冲动，是抵达目的地世界的那一瞬间，仿佛是四面八方的无形空气突然变成有形的，要把人挤压成碎片，再把碎片拼凑起来。存在之感在逐渐沉寂下来的风声中碎裂开来，流散，幻化成一道巨大的涡流，向涡流的中心流下。

一阵类似古弦乐器低音大提琴的嗡嗡声柔和地响起，雷葛新在想象中闭起双眼，仿佛是暮春小憩一般，有点昏沉。四周开始出现一点点声响，然后，肉体的痛、痒、冷、热之感逐渐回来了，小腹部位有一阵绞痛升起。空间中远远传来模糊的女声，雷葛新静静地倾听着，想听清楚女人在说些什么。

雷葛新睁开双眼，这才发现自己正侧着头，趴在一张大桌子上。

说话的是一名个子高瘦的女人，大眼睛，薄薄双唇，穿着浅绿色的礼服，露出光洁的肩头。她坐在雷葛新的对面，她的身后站满了身形高大的壮汉，手上一式举着二十世纪的高爆式枪械。此刻雷葛新置身之地是一个很宽敞的会议室，桌上铺上绿绒，散落着许多古代纸牌。

“想不到，林家前代个个都是豪杰，都是人物，到了诸位这里，却成了卑劣的下三滥小人。”女人悠然说道，一转眼看见趴在桌上的雷葛新已经睁开双眼，眼神中微露诧异之色。

雷葛新的身后，陡地冒出一声暴喝。

“姓阎的！你到底想怎样?”出声叫骂的是雷葛新身后的一个麻脸男人，双手已被人架住，甫一出声，就被人狠狠一记枪托敲正脑门，登时晕了过去。几名同样在雷葛新身后被架住的男人这时不安地骚动起来。

高瘦女人微一冷笑，眼神盯住坐在雷葛新身旁不远处的另一个男人。那人的面目颇为英俊，眉目间却有一股凶狠阴郁的神情。此刻他的脸色惨白，从额际流下冷汗。

“也不怎么样。”女人优雅地拿起桌上盘子里一柄晶亮的精致小手枪，伸出舌头，斜了雷葛新一眼，舔了枪管一下，在晶亮的枪身留下水汽。

然后她举起枪，就往雷葛新身旁的英俊男人脸上开了一枪。英俊男人连人带椅应声倒地，额头上开了一个洞，登时流出浓稠的鲜血。

雷葛新身后的男人们狂声惨呼，有几个还簌簌地发起抖来。

女人“呼”地一下站起来，脸上漾出杀气。她鼓起脸颊，一侧头，吐出一口清澈的液体。

“别以为找个你们的人做替死鬼，就可以毒死我。”女人说道，“旁门左道！只可惜，今天林家的人没有一个可以活着走出这道门。是诸位对我不仁在先，虽然有点心狠手辣，但是也只好对不住了。”

她冷眼环视了眼前几名被挟持住的男人，再看了看已经坐起，却仍双眼茫然的雷葛新。光裸的臂膀正待举起，却有一个苦涩的声音响起。

“赌局是远竹和你订的，在酒里下毒也是他的主意。”开口的是林家的男人中一名细瘦的小个子，“现在你已经把他杀了。但是，别忘了你们赌的是命，桌上的牌还在，这一局可还没结束。”

女人悠然地看着说话的男人。“人都说林家的脑袋有一半都长在琴哥儿的脖子上，看来传闻果然没错。但是，林远竹耍奸在先，光凭这一点，我就是把你们全杀了，也不会有人说话。”她顿了顿，又说道，“再说，今天我杀了你们的兄弟，如果让你们活着回去，我阎家岂不是平白给自己找麻烦?”

林远琴铁青着脸，咬着牙说道：“今天的赌局都录下来了，远竹已经还了你一条命，如果你硬要干掉我们兄弟，就坏了规矩。你阎家虽然势力大，想来也抵不住我们和城南的杜家、姚家连手。再说，你也得顾一顾你和远笙的情分，无论如何，你们总算是定过亲的未婚夫妇。”

“琴哥，别说了！”身形高大的林远笙怒道，“都是过去的事了，说那个干什么?”

女人的神情更为森冷。“那你想怎样?”

“还是这一把牌。我们兄弟的命，赌你阎静敏一个人的。愿赌服输，绝不抵赖。”林远琴沉声道，“只怕你没这个胆。”

“有！怎么会没有?”阎静敏娇声笑道，“但是我还是要和这个人赌。”

她的纤纤手指所指的人，就是刚刚回过神来的雷葛新。雷葛新突然感到腹部、胸口一阵狂痛，呕出一口鲜血来。身后的林家子弟脸色一变，林远琴正待开口，却被阎静敏打断了。

“这个小兄弟居然没被林远竹毒死，也算是个人物。”阎静敏悠然道，“而且，我本就是和他赌这一局的，如果你们不肯，那就别怪我翻脸了。”

林远琴又说了些什么，但是雷葛新没能听得清楚，因为牛顿的声音这时已在他的耳边响起。

“你还好吧?”牛顿问道，“你的这个宿主刚刚服下了剧毒，所以你才会吐血。”

“我没事。”雷葛新低声道，“这是什么地方？是什么时代？这些又是什么人?”

“我还不清楚，我们静观其变。你后面这一群被押住的人好像是另一个家族的人，听起来，像是被打死的那个在酒里下了毒，而且为了取信对面那个姓阎的女人，拿你当了替死鬼。”

这时候，林家子弟正在争辩着什么。方才被打晕的麻脸男人叫林远兰，此刻已经醒转过来，正气急败坏地大叫。

“不行！再怎么样，我也不愿意把命交在苏远天那狗小子的手上！”

林远琴不动声色地凝视着雷葛新，良久，才深吸一口气。

“三叔已经正式宣布他入了林氏的籍，无论从前怎样，现在，他也是林氏子弟。”林远琴走过来，拍拍雷葛新的肩头，“远天，就全靠你了。”

个子高大的林远笙仍是面色铁青地看看阎静敏，却不愿走过来和雷葛新说话。阎静敏一扬手，身后的大汉纷纷收起高爆枪，垂手走到墙边。大圆桌旁的发牌荷官战战兢兢地洗了牌。

“发。”阎静敏简短地命令道。荷官熟练地发出第一张牌。两个人身后的众人都紧张地屏住呼吸，阎静敏将手上的牌翻起，看了一眼，露出莫测高深的笑容。

而雷葛新却无视眼前的紧张气氛，只让第一张牌盖在桌上，完全没去动它。半晌，却问了一句所有人都目瞪口呆的话。

“我们玩什么牌?”

一言既出，每个人脸上都露出古怪神情，林家子弟有人忍不住要喝骂出来。林远琴略一思索，抬手示意其他人安静下来。

阎静敏愣了愣，冷笑道:“听说，林家的安爷爷前阵子让一个在外的私生子弟认祖归宗，想必就是阁下您了。果然，深藏不露，佩服佩服。”她随手点了一根烟，徐徐吐出烟雾，“只是，我阎静敏也不是刚出道的小丫头了，别跟我来心理战术这一套。今天咱们玩的是梭哈，但是因为赌的是命，如果两方都同意的话，可以盖牌，再玩下一把，直到定出胜负为止。我这样说，够清楚了吗?”

“可以。我知道了。”牛顿在雷葛新的耳旁说道，“拿牌。”

雷葛新的第一张牌是红心 K。牛顿立刻找出了数据库中的古代牌戏规则，从头开始教雷葛新看牌。坐在对面的阎静敏看着雷葛新低头喃喃自语，近似痴傻的表情，将它解读为对手的莫测高深。她的第一手虽然拿到一副两对，几经考虑，还是叹了口气。

“不跟。”她将手上的牌一推，又点了一根烟。

“刚才你那副牌只有一个对子，赢的机会不大，还好她不玩了。”牛顿不厌其烦地解说道，“现在我再说一次规则，依大小顺序，最大是同花顺，依次下来是四条、顺子……”

第二副牌阎静敏的手气更差，也只拿了个对子。

“不跟。”

第三副牌，雷葛新一张一张地翻，开在牌桌上的是黑桃4、6、7。最后一张牌发出来，雷葛新不禁面露微笑，旋即又止住笑容。他将所有牌面朝下放在桌面上，等待阎静敏的动作。一时间，林家子弟都紧张得呼吸困难。

阎静敏将雷葛新的表情全都看在眼里，闭上眼睛思索良久，才将眼睛睁开。

“机关算尽太聪明，虽然你的演技非常出色，但是，我可以告诉你，有时人太聪明了，自己反而会尝到苦果。”阎静敏眼中突然精光大盛，“当一个人露出最有自信的表情时，也就是最心虚的时候！”说到此处，她厉声将纸牌往牌桌上一甩，“我开牌！四张七！”

雷葛新身后有人“啊”的惨叫一声，不知道是林家的哪个子弟。阎静敏森冷地环视着所有人，最后目光才回到雷葛新的身上。阎家的手下再度举起高爆枪支，发出“咔咔”的枪机声响。足智多谋的林远琴此时也颓然坐倒在地，已经无法说出任何话语。

阎静敏正要扬手下令，却见雷葛新喃喃地说了一句话，再看了看自己的牌。

“等等，我知道我赢了，我来跟她说……”雷葛新低着头咕哝了一句，盯着阎静敏，翻开手上的牌，“我这样子的牌，算是赢你了，对不对?”

翻出来的牌面一字排开，是黑桃4、5、6、7、8，一副漂亮的同花顺。

“我赢了。”在林家子弟突然爆发出的欢呼声中，雷葛新向错愕的阎静敏简洁地说道。

“你赢了。”阎静敏侧着头，冷冷地说道。她将盘上的手枪一推，滑到雷葛新的手上，“愿赌服输。我任你处置。”

她又转头向身后手持武器的大汉们交代道：“无论发生什么事，都不要难为林家的人。要报我的仇，等他们回去了再说。”

鼻血依然挂在脸上的林远兰快步走过来，伸手就要去抄桌上的手枪。雷葛新下意识地扬臂想拦他。林远兰一声怒吼，顺势一拳便往雷葛新的脸上招呼，雷葛新体内的“古代武术学”核酸立刻发挥了作用，左肩一沉，一记“肘锤”正撞到林远兰的胸口上，将他打倒在地。

“远天，住手！”林远琴大叫道，也大声呼喝着在地上挣扎的林远兰，“还有你，老九，别在这儿出丑！”

阎静敏盘着双手走过来，站在雷葛新眼前。她的身量高挑，站起来几乎和雷葛新一样高。这时，雷葛新才注意到，她的右颊有一道浅浅的伤疤。

“我不知道你们之间有什么不对头，也不打算知道。我只知道我输了，而且我还杀了你们的兄弟，现在……”她从桌上拾起手枪，像是拎一瓶香水般地递到雷葛新面前，“只要你出手，就可以报仇了。”

林远琴沉声道：“远天，动不动手在你。别忘了，躺在地上的远竹是死在谁手上的。虽然远竹得罪过你，但再怎么说，他也是你的亲兄弟。”

雷葛新摇摇头。

“我不杀人，也不懂你们在说些什么。”他把手枪放在桌上，“只要你让我们走，就没事了，好不好?”

阎静敏眉头微蹙，凝视了雷葛新半晌，才点点头。

手持武器的大汉把会议室的大门打开，门口林氏的保镖们不知道着了什么道，全都躺倒在地上，圆睁双眼，动弹不得。

林远琴扶起地上的林远兰。林远兰的嘴里咒骂着，林远琴则面无表情，一行人小心翼翼地且退且走。

阎静敏一直凝视着雷葛新，并没注意到林氏子弟中的林远笙也在怔怔地看她。会议室的大门缓缓关上，雷葛新和林氏子弟的身影在关上的门缝中消失了。

阎静敏将桌上的小手枪拿起，晶莹光亮的枪面上还留着雷葛新的指纹。她有点迟疑地想把指纹抹去，又忍住不去动它，一个漂亮的回手，退出了小手枪的弹夹。

在弹夹里，一颗子弹也没有。刚才如果雷葛新对她开枪，林家子弟就会全部死在乱枪之下。

另一名阎家子弟这时走了过来。

“我知道你放走他们，有你的用意。”他说道，“但是，林家的老头子可不像这些败家子们那么好对付，你以后可得小心一些。”

“我和你们一样，也不想放过他们，但是我的确输了赌局。”阎静敏喃喃地说道，“那个叫作远天的，到底是什么样的人？为什么我完全看不透他？”

“六大家族到了我们这一代，你是最出色的，如果连你也看不透，那他就是一个很难对付的人。”

阎静敏不再说话，仿佛她的心绪已经飘到了不知什么地方。

和雷葛新在会议室中狼狈而退的男子，都是这个时代中一个林氏企业集团的二代。林氏企业的总部是一座两百六十层的高楼，一行人回到总部时已近黄昏。在林氏总部的顶层，此刻企业的总裁正在聆听林远琴的汇报。听到阎静敏将枪滑至雷葛新面前时，老人黯然的眼神突然锐利起来，瞳孔收缩。

“我不知道远天为什么不下手。”林远琴面无表情地说道，“我也提醒他，躺在地上的远竹是那个女人杀的，要他自己打定主意。结果，他居然就乖乖地把枪还给了她。”

脾气暴躁的林远兰是林远竹的亲弟弟，此刻他红了眼，恨不得一口将雷葛新附身的远天吞下。

“那是因为苏远天这个孬种本就是来路不明的杂种！”林远兰大声地说道，“没有卵蛋，不配站在林家的屋檐下！”

“够了！”林氏集团总裁林子安沉声说道。林远兰闭了嘴，却仍是一脸愤愤不平。

“老九，那天我已经正式让远天入了林家，这世上已经没有苏远天这个名字了。难道我的话是放屁吗?”林子安缓缓地环视这群侄儿们，觉得自己真的老了。

“从你们小时候开始，每一年，我都会在过年时发给你们一副金锁片，保的是你们长命百岁，身体安康。”他缓缓地咳了两声，“但是，你们长大之后，一年一年人就越来越少。今天又折损了远竹，如果你们再不能一条心，那么林家又能靠谁来撑呢?”

他招招手示意雷葛新过来，紧紧握住他的手。

“远天虽然一直流落在外，从小没有和你们一起长大，却真的是你们二伯的骨肉。我知道你们有人对他有误会，但是，为了这个家族，我希望大家可以胳膊肘朝外，先应付了外面的问题再说。远兰，你过来。”

林远兰倔强地站定不动。林远琴瞪了他一眼，他才不情愿地走了过去。林子安用另一只手握住他的手。

“我知道远竹在世的时候烧过远天的家，也曾经把远天打成重伤。但是，再怎么说，你们也是亲兄弟。而且，远天没杀阎家的小静，其实不是对远竹挟怨，事实上，他是救了你们所有人的命。我和阎家小静的爷爷从小到大不知打过多少架，他们阎家那一套，我还不清楚吗?那柄枪里一定没有子弹，只要远天扣了扳机，你们就没命回来了。”

林远琴几人回想了一下当时的情景，知道老人家所言非虚。除了林远兰之外，其余几人脸上的愤愤神情逐渐松弛下来。

“我老了，九月的家族会议里就要把林家的担子交给你们之中的一个人。所以，我希望你们要好好拼一拼，谁能扳倒阎家，谁就是我的继承人。如果远天有这个能耐的话，我也一样让他当家。”林子安疲倦地挥挥手，“好了，你们出去吧。我有事要交代远天。”

林远琴缓缓地走在人群的最后，他饶有深意地看着林子安。

“三伯祖，”他同样面无表情地说道，“直到目前为止，我都当您是长辈，也希望您别让我失望。”

林子安只是冷笑着，目送他细瘦的背影离开。偌大的办公室中只剩下他和现在身份是“远天”的雷葛新。牛顿早在来到总部前便游离出去，查寻这个世界的各项信息，不到深夜是不会回来的。从二百六十层的巨大落地窗望出去，城市已经被夜幕逐渐笼罩，闪烁的霓虹灯中，有泰半是大大的篆书体“林”字。看来，这个城市里的大多数产业都是归这个集团所有。

老人站在窗边，凝视着这座城市的夜景，良久，才长叹了一口气。

“你表现得非常出色，远天。”他说道，“原先我还在担心你没有办法镇得住他们，现在连远琴也不敢小看你了。”他招招手，示意雷葛新再走近些，“看看，如果你加把劲，这个城市也许有一天就会是你的，每一栋建筑、每一家商店，都写上你的名字。”

从两百六十层的高楼窗口望下去，整座城市的夜景映入眼帘，宽阔的街道，金碧辉煌的建筑。这应该是一座中型城市，比雷葛新的家乡锡洛央市小一些，而如果和第一工业时代的名城纽约、东京相比，更要小上许多。雷葛新到了这个世界之后，一直没有机会和牛顿讨论所在的时空地点，他在脑海中搜索着核酸数据库，但是完全找不到和眼前这个世界匹配的信息。在历史上，从来没有出现过一个有这么多篆字“林”氏标记的城市。但是，这似乎是一件合理的事，如果牛顿在避秦村说过的时间理论成立，那么雷葛新的知识范畴就不见得能解释所有世界的现象了。

“这个城市，自从你高祖引先公创城以来，经历过无数战乱。”老人幽幽地说道，“他从一个连名字都没有的拾荒小童开始奋斗，从街道上起家，最后创立了这个林氏企业帝国。百年前，林家上代因为被亲信赵氏家族出卖，争战失败，失掉了所有地盘，整个家族被灭，只有七个半大孩子逃入荒原。他们在荒原经营了四十五年，直到第二、三代成年之后，才再度攻进城市，斩下赵氏所有男丁的头颅，重新夺回了先祖所建的城邦。”

他携着雷葛新的手，走进一个小小的雅致厅房里。“克”地一声低响，小厅房落地窗外的夜景逐渐上升，原来，这个小厅竟然是一座偌大的电梯。

老人和雷葛新站在窗边，室内的光线映出两个人的倒影。

直到这一刻，雷葛新才看见了自己的长相。倒影中的苏远天是个瘦而精壮的高个子，左脸颊上有一道明显的刀疤。雷葛新觉得自己附身的这个家伙长得还挺不错的。

“将林氏的江山夺回当然付出了惨痛的代价。当年逃入荒原的七个曾叔伯祖们全部在战斗中阵亡，第二代也只剩下我、你的爷爷子文、二叔公子镌和几个堂叔伯公们。而你父亲那一辈人，在与阎家的一场战斗中，一个也没能活下来，才变成了现在仍然要我这个老头子来撑场面的情况。”这时候，电梯已经到了最底层，打开电梯门，是一个巨大无比的电子原料制造厂。

“这个，就是祖辈千辛万苦打下来的基业。”老人拾起最近一堆零件中的一块小小的集成电路，眷恋地看着，好像是个珍贵的宝贝，“林氏王国就是由这些小小零件一件一件组成的，为了这个王国，我们失去了很多子孙。但是，为了捍卫祖辈留下来的疆土，就是付出再大的代价，我也不会皱眉头。要想接下这付承担整个家族的重担，也一定要是个能够扛得起这个姓氏的人。”

“那……”雷葛新问道，“你们……不，我们和那个阎家，又有什么样的过节呢?”

林子安说道：“阎家原先是我们的同盟家族，当年攻破赵氏，他们和城南的杜家、姚家出了大力，所以在这个城市中也划分出了他们的势力。杜家、姚家人丁不旺，从来不曾居过城内的势力主流。倒是阎家三十年前出了个雄才大略的子弟，就是小静的爸爸阎猛。他大力整顿阎家企业，在城内的实力逐渐有凌驾于我们之上的趋势。原先我们和阎家的关系还算可以，两家子弟也有联姻，像你今天见过的阎家静敏就差点儿和远笙结婚；如果不是在订婚典礼上出了事，他们可能已经是夫妻了……”

雷葛新问道：“出了什么事?”

“阎家的大家长阎敬阳和我同辈，是阎家小静的叔祖，长我一岁，今年算来也有七十六了……”老人林子安无限唏嘘地说道，“如果不是那场订婚礼出了事的话，我们两个老头又何必这样拼了老命继续当家呢?”他顿了顿，茫然地问道，“我说到哪儿了?”

雷葛新耐心地说：“说到那场订婚出了事。”

“对对，我真是老了，如果待会儿没记着的话，你可得提醒我。”林子安苍老的脸庞上露出歉意，“那件事到现在还是一个求解之谜。当时，阎家的势力在城内逐步扩张，你父亲和他的兄弟们早就不满了，只是没和阎家正面闹起来罢了。远笙和小静订婚当天，两家的长辈都到了，就在典礼开始之前，不知道为什么，你父亲和林氏的堂兄弟，连同阎猛在内的阎家子弟，一共十九人一齐进到礼堂的会议室里商讨事情。可是，一小时过去了，两小时过去了，一直没有人出来，也没人敢去打扰。订婚仪式一直耽搁下去也不是办法，于是我做主，让手下开了门，却发现了难以置信的事情……”

“什么事?”雷葛新好奇地问道。

“好大的一间会议室里空荡荡的，一个人也没有。没有撬开窗的痕迹，而门口也一直有人守着，断无可能从门口出来。两家一共十九名壮年精英，居然就这样没声没息地消失了。”

“难道没有人知道，为什么这十九个人要聚在一起吗?”雷葛新问道，“在订婚典礼前突然搞这样一个会谈，不是很奇怪吗?”

“这就是整件事的关键所在。”老人以赞许的眼光看着他，“阎家人坚称，是林家人出面邀他们进行会谈的。可是，在我们这边，却有确凿的证据说明提出邀请的是阎家。两边各说各话，当场就在订婚会场弄僵，起了冲突；混乱中，远兰还弄伤了小静的脸，从此，阎林两家就结下了梁子。”

雷葛新仔细回想，阎静敏的颊上的确有一道淡淡的伤疤。

“从此之后，双方大大小小的冲突不断，陆续有子弟在冲突中伤亡。今天远竹的死，只是一个开端。”林子安长叹道：“我真的老了，而且总裁这个位子本不应该是我坐的。当年，我二哥子镌的能力、气度绝不在阎猛之下，只是他去世得太早。虽然我在任时终于也为他报了仇，但我总觉得，如果是二哥坐这个位子的话，也许林家可以恢复先祖的独霸局面。”

两个人陷入了沉默。工厂里寂静无声。

“和阎家的事，总要有一个了断。杜、姚两家虽然有既定的势力范围，但是只能自保。真正的霸主，还是在阎林两家之中。除非双方能够取得永久性的平衡，否则，一场大战势所难免。谁能决定这个大局，就是我们下一任的总裁。”林子安说道，“每个人现在都认为这个人选就是远琴，连他自己也这样想。刚才他对我的态度，你也看见了。但是，我仍然对你有信心。远琴虽然足智多谋，却没有霸主的气度。我相信我的眼光，你，远天，会是比远琴更适合的总裁人选。”

“别让我失望。”这是老人对雷葛新附体的苏远天讲的最后一句话。

夜已深，雷葛新愣愣地坐在安排给他的房间中。近天明时分，牛顿的声音才在他的耳边响起。

“如何?”牛顿问道，“你对这个新世界的看法怎么样?”

“不怎么样。”雷葛新没好气地说道，“这是一个疯子世界。”

“这样的说法，也许没有冤枉了他们。我查过了这个世界的资料，这个世界和我们的时光分叉点是在公元二十世纪末，距离那个时间点已经过了三百多年。”

“怎么可能?”雷葛新奇道，“这么说来，他们的时代应该和我们原来的世界差不多了，但是从城市面貌和他们使用的武器来看，完全跟不上我们的科技发展水平。”

“没错，这的确是一个科技落后的世界。而且，我遍查了这个世界，发现了一个非常有趣的现象：基本上，这是一个没有国家的世界。”

“没有国家?”雷葛新惊讶地问道。

“应该说，他们没有我们所熟知的那种国家结构。我推测，这是二十世纪末资本主义社会变形发展导致的后果。在我们的世界中，也曾经一度发生过资本家实力凌驾政治家的现象，我们渡过了那一关，但是这个‘豪门’世界却没有渡过，政治人物轮替太过频繁，没有时间扎下足够根基，被资本家取代了统治地位。所以，我们所在的这个世界没有国家，只有一个一个的企业帝国。”

“那科技落后的主因是什么呢?”

“其实，二十世纪的社会学者就曾经预言过会有这样的世界，只是在我们的历史上没有实现了。资本主义极度发展的结果，导致出色人才都将精力花在看似复杂，却无甚建设性的商业行为上。这样的社会忽略了基本的人文、科技素养。而且，在这种以资本、金钱为主的世界里，主宰权非常不稳定，花在巩固势力上的精力极大，也阻碍了科技文明的进步。”略事沉吟，牛顿又说道，“还有最重要的一点，我带你去看一个地方，你就会明白了。”

天际已经微露鱼肚白，雷葛新顺着牛顿的指引，走到林氏大楼的一层大厅。门口的警卫只是冷冷望了他一眼，连话也懒得和他说。

“看来，你扮的这个人在这个地方不是很吃得开。”牛顿促狭地说道。

雷葛新走出大门，仍然金碧辉煌的街道，此刻在晨曦下显得有些冷清。街上的商店橱窗里摆满了耀眼的商品，闪着俗艳的光芒。

“好像过的日子还不错。”雷葛新由衷地说道。

“这只是表象，等到了我要带你去的地方，你的看法就会不同了。”

走过两条大街，在一条小巷子的前方，牛顿要雷葛新走进去，穿过墙边的一座竹篱笆。在微曦晨光下，看见的却是和大街上截然不同的景象。

破败的街道，裂开的人行道路面上长出一丛丛长草，有些地方横陈着布满锈斑的汽车残骸，放眼所及之处堆满了垃圾。雷葛新往更远处望去，有栋残败小屋前坐着一名乞丐，看似熟睡了，可是走近时却发现，他的鼻孔和耳朵里都有巨大的红蚁爬进爬出，竟然是一个已经死去多时的人。

“牛顿!”雷葛新惊叫道，“这个人……是一个死人!”

“这就是我要让你看的东西。”牛顿平静地说道，“只有一墙之隔，这条街上却是地狱。”

雷葛新站在废墟街道上，心底升起一股绝望之感。这个地方有点像是古籍记载的二十世纪美利坚的贫民区，却多了几分死亡的气息。

“怎么会有这样的地方?”雷葛新喃喃自语道。

牛顿幽幽地说道：“这就是这个世界的资本主义发展造成的另一个恶果。掌权的大家族除了和其他家族倾轧之外，也占尽了所有资源，贫富差距变得越来越悬殊。像这种街道都是发生过战祸、死亡的不祥地点，林家企业将其废置，再重新建设繁华街道；隔一条街买一份报纸的钱，在这儿却可以让人生活上半个月。而且，不只是这个城市如此，在这个世界中，每一个地方都是这样的情形。但是，这种贫富阶层也不是绝对不变化的。像现在掌权的林家，他们的先祖就来自这样的贫民区，推翻了原先的统治者。而这个世界就在这种永远动荡的状况下一直持续着。”

“所以，这其实就像是公元前古中国的战国时代，是吗?”雷葛新随口问道。

牛顿悄无声息。

“牛顿，”雷葛新再一次问道，“对不对?”

“嘘!”牛顿低声道，“不太对劲。”

街道的另一头出现了几名男子，此刻正阴沉着脸向雷葛新的位置走过来。几名男子的年纪看起来都是二十多岁，身上的衣物并不光鲜，却露出强健的肌肉。为首的人个头极高，脸上有愤愤不平之色。

“走过去，没事的。”牛顿说道。

雷葛新昂然迎着来人走过去，那几名年轻男子只是兀自站在人行道上冷眼盯视着雷葛新，也没有过来为难他。雷葛新好奇地打量这几个男人，每个人脸上都露出不满的复杂神情。

“苏远天，进了林家，就忘了旧兄弟了，是吗?”为首那名高壮男子大声说道。

雷葛新诧异地看了看这一群人，明白了这一定是自己附体的这个苏远天的旧友，只是直到现在他才知道，原来在正式入籍林家之前，苏远天居然是个出身贫民区的白丁。

在人群的后面，缓步走出一个清瘦的女孩，她抬起眼来，以漠然的凄苦眼神看着雷葛新。

雷葛新并没有停下脚步，他缓缓越过带头的男子，越过他的同伴，最后也越过那个女孩。

突然，一声暴喝在他身后响起。

“苏远天，你真行！”另一名长发的矮小个子怒气冲冲地跑过来，“你不认我们也就算了，难道连蝶儿你也认不得？”他一反手，揪住雷葛新的衣袖，“你飞上了高枝，看不起我们兄弟也就罢了，但是你不能对蝶儿这样！”

雷葛新顺势一让，躲过矮个子的手势，矮个子收势不住，跌倒在地。其余人见两个人动起手来，纷纷发出怒吼声，向雷葛新的身边围拢过来。有几个人顺手抄起街上的废钢管，有一个胖子还掏出一把刀。

突然，“砰”的一声枪响，让混乱场面陡地凝冻片刻，本来打算向雷葛新兴师问罪的男子们转头朝枪响的来处观望。

枪声来处站着两名面色木然的黑衣中年男人，其中一人手上的高爆枪还冒着青烟。两名男人的身后是一部大型的嫩黄色礼车，车窗缓缓摇下，坐在车里的居然是前一天和雷葛新玩过赌命牌局的阎静敏。

一众贫民区男子愣在当场，不知道如何是好。那名带头的高壮男子一咬牙，仍然持着钢管向雷葛新处逼近，手臂一挥，钢管就要往雷葛新头上砸落。

“哥！不要！”清瘦的女孩小蝶尖声大叫起来。

“砰”的一声，高爆枪响再度响彻众人的耳际。阎静敏身旁的另一名黑衣男子气定神闲地又开了一枪，将高壮男人手上的钢管击成两段。高壮男人持着半根断管，圆睁双眼，气息急促地喘个不停，却又畏惧高爆枪支的威力，不敢动弹。

豪华礼车的车门此刻缓缓打开，阎静敏从车内走了出来。今天她是一身猎装打扮，英姿飒爽，但脸上仍是冷冷的高傲神情。

“这一枪，是看在苏远天先生的面子上，如果你再不知好歹……”她清澈的大眼睛陡地露出杀气，“我瞄准你的鼻子，就绝不会打中你的眼睛。”

一众的贫民区男子仓皇撤退，脚步杂沓，一下子全部绕过街角，不见了踪影。只有那个小蝶仍呆呆地盯着雷葛新，她的哥哥拉着她的手臂，才缓步离去。走了没几步，小蝶一松手，又跑回到雷葛新的面前。这时，阎静敏也已经走到他们身前不远处。

小蝶凄然地看看雷葛新，晶莹的眼泪滑落在脸上，她看了看一身兽皮猎装、皮带环上还镶有几颗晶亮珍珠的阎静敏。“远天，我知道，我终究只是梁上的一只小燕子，比不上凤凰的光彩。但是……”她深吸一口气，神色坚定地说，“我只要你知道，我不怪你，真的，我一点儿也不怪你。”

说完这番话，小蝶便掩面转身，也在街角失去了踪影。

看到她凄然欲绝的神情，雷葛新也觉得很难过，但是，对他来说，他完全不认识这个女孩，也完全不知道这位“远天”和她有过什么样的情感纠缠，要说想做些什么，似乎也不合适。

牛顿的声音这时又悄悄响起了。

“这是古世代常见的男女交往模式哟！在二十五世纪已经极少见到。”他说道，“还有，你身边这个女人，她对你有34%的情欲指数，有机会也可以和她尝试这种类型的男女交往，我好做观察。”

“察你个头！”雷葛新忍不住脱口骂道。一出口才想起身边还有个阎静敏，此刻她正圆睁着大眼睛，饶有兴味地看着他自言自语的样子。

雷葛新也不理她，一转身便往回头路走。阎静敏追上了他。

“喂！”她叫道，“喂！”

雷葛新站定了，以询问的眼神看着她。

“我想和你聊聊，到我车上去，有空吗？”阎静敏以挑战的眼神问道，“或者说，你有这个胆子吗？”

牛顿这时又突然插嘴说：“去看看，说不定会发现有趣的信息。”

“我会去的，但是，休想我会帮你验证男女关系的信息！”雷葛新低声道，看见阎静敏又盯着他看，连忙点点头说，“好啊！”

阎静敏的神情极度惊讶。“上我的车，你真的肯？”

“可以。”雷葛新简洁地答道。

雷葛新上了阎静敏的车后，她一直毫不掩饰地凝视着他。而雷葛新也不以为忤，只是好奇地打量车内的样子，有时凝神细看窗外的街景。

阎静敏的嫩黄色礼车驶出贫民区，再度回到繁华的大街上，开往城西的阎家势力范围；最后，在一栋大楼的顶楼停机坪上，他们上了一架垂直起落的飞行器。雷葛新毫不犹豫地跟着跳了上去，坐在阎静敏身旁。

在巨大的猎猎风声夹杂引擎声中，飞行器起飞了。雷葛新想起在古装电影中，二十世纪的人常用的直升机大概就是这个类型的工具。林氏城逐渐在脚下变得渺小，原来，在城邦的外围是大片的荒原和沼泽，一条绵延深远的山脉横陈在地平线的西端。

牛顿此时则在雷葛新的耳旁分析着眼前所见的一切。

“在这样的权力结构下，城市外围的开发变得几近不可能，因为城市的统治者不会容许子民脱离可以监控的范围。”牛顿说道，“虽然处于不同时空，但这个世界的生活模式和我们的遮蔽幕内却很相似，都无法尽情享受整个地球的自然资源。我们的灾祸来自超人战争，他们的局限却来自本身的社会结构出了问题。”

雷葛新忘情地看着辽阔的荒原，野生动物在原野上自由地奔跑。

“不过，和我们的世界不同的是，这个世界的动物快乐得多；人们花了太多精力在自相残杀上，没有干涉破坏野生动物的天堂乐园。”牛顿有点啼笑皆非地说道，“人的命运悲惨，却成全了野生动物的幸福，这不知道是福是祸啊……”

从飞行器中的玻璃窗望下去，一群野马在平野上奔跑。雷葛新一转头，打算换个角度看那群野马，却看见阎静敏正目不转睛地看着自己，眼神温柔。

[第09章]
冷酷的结局

“你到底是什么人？”阎静敏的声音夹杂在引擎声中显得很温和，“我收集了所有关于你的资料，但是，上面却没有一样符合我自己亲眼看到的。”

“我是苏远天。”雷葛新毫不脸红地撒谎道。

“准确来说，你现在应该叫作林远天。你是大企业集团林氏子弟和欢场女子的私生子，是林远竹、林远兰的同父异母兄弟。你从小在废都长大，没有受过正式教育，但是因为打架十分凶狠，在废都街面上小有名声。”

“你知道得倒比我详细。”雷葛新由衷地说道。

“但是，我却完全看不透你这个人。”阎静敏说道，“赌命那天，我算准你只是虚张声势，想不到却栽在你的手里。后来，你有开枪杀我的机会，却放过了杀掉你亲兄弟的仇人的机会。难道，你真的知道我那柄手枪里其实没有子弹吗？”

“我不知道。”雷葛新坦然说道，“是后来才知道的。”

阎静敏仔细盯着他的眼睛，良久，才轻轻地叹了一口气。

“我真的不了解你，苏远天。”阎静敏微笑道，“就连现在你说的话，我也分不出真假。见过你之后，我一直在想，这个人真的是一个光明磊落的人呢，还是一个可怕的演员？你说，你是哪一种人？”

雷葛新无所谓地耸耸肩，表示不置可否，因为他真的不知道该怎么回答她。

“从我开始接管阎家事务以来，见过许许多多狡诈人物，但是，能让我连续打乱布局、不知所措的人，你是第一个。”阎静敏悠然地说道，“赌局完后那把枪是一次，而你会答应上我的车是第二次。你知道吗？在废都那儿，我随时都可以杀了你，只是你这个人太让我好奇了；而且，你对那个女孩的深情态度也很感人，所以我才决定和你好好谈谈。”

本来雷葛新是无言以对的，但是牛顿却在一旁嘟嘟囔囔地出主意。

“问她为什么，为什么她会觉得你不理那个女孩是一件深情的事，或是令人感动的事？”

于是，雷葛新有点无奈地问了阎静敏这个问题。

“为什么，你会觉得我和那个女孩的事很感人？”

“因为我从资料上得知，那个女孩是你在废都从小一起长大的恋人。你会对她假装视而不见，当然不是因为看不起她，而是不愿把她卷入豪门的争斗旋涡……啊！那是什么？”

雷葛新顺着阎静敏惊讶的目光往窗外一看，只见在地平线彼端的森林中冒出浓浓的黑烟。

阎静敏将脸凑近雷葛新，两个人的面颊相距极近，连她身上的鸢草花香都可以闻到。

“虽说我是真的看见森林大火了，可是，即使是最没有江湖经验的小混混也知道，这种打断交谈的惊讶举动藏着无限杀机。”她轻轻地用舌头舔舔红唇，看着窗外的野火，“那么，为什么你敢这样随随便便就转过头去呢？难道不怕我改变主意，杀了你吗？”

“为什么你总是要讲那些杀来杀去的事呢？”雷葛新皱眉道，“难道这个世界上没有比那更重要的事了吗？”

阎静敏不再理他，只是径自注意着冒出浓烟的地点；她对驾驶员交代了几句，飞行器向起火点飞近。那是一场中型森林火灾，在山腰急速地蔓延燃烧着。从阎静敏关心的程度看来，这片森林应该是阎氏的产业。她拿起飞行器内的通话器，按下了挚钮，略事犹疑，又把它关掉。几经考虑后，她又想打开通话器，按着挚钮的手指在微微颤抖，额上微冒冷汗，却始终按不下去。

雷葛新将她的神情动作全看在眼里，悠然地说道：“机关算尽太聪明。做与不做，就是一个难解的谜题。”

阎静敏瞪了他一眼。

“你懂什么？”她冷然说道，“你知道我在想什么吗？”

“如果不去救的话，阎氏会平白损失许多林产。”雷葛新说道，“但是如果救了火，也许后果会更加严重。因为野火本就是自然界中生生不息的一个关键环节，死亡是重生的开始。现在的问题在于，是要保住短期的利益控制火势，还是让大自然以其方式继续生长下一个百年森林，对不对？”

阎静敏愣愣地看着雷葛新在机舱中侃侃而谈，而窗外是森林大火的浓烟弥漫。

“寒带林木中，有许多杉科、松科植物的球果非常坚硬，必须仰赖森林大火的热度才能爆开，完成繁衍播种的工作。古代著名的美利坚黄石公园管理处也曾面临这样的两难局面，后来还是决定让大自然自行发展下去。”

“什么……什么黄石公园？”阎静敏喃喃地问道。此刻雷葛新才想到，在这个时空世界里，也许不曾出现过他的数据库中有过详尽记载的古美利坚黄石国家公园。

“只是一个例子，至于名称，并不重要。”雷葛新只好含糊地把话题带过。

阎静敏思索良久，终于还是没按开通话器，任由野火在大地上肆意燃烧。一株树龄上百年的杉树陡地翻倒，发出震天巨响。在这一刹那，雷葛新突然想起了古中国的古诗《赋得古原草送别》。

“野火烧不尽，”他喃喃地自语道，“春风吹又生。”

阎静敏以手托腮，不知不觉地跟着他复诵了一次。

“你……到底是一个什么样的人？”她的声音有些迷茫，“你还有什么事是我不了解的？”

“你呢？”雷葛新反问道，“一个大企业的掌门人怎么会对自然生态有兴趣？换了是别人，也许火早就扑灭了，怎么会去管生态如何平衡？”

“别小看我，我有两个博士学位。”阎静敏嫣然笑道，“如果不是生在阎家，我应该会是一个很热爱工作的环保工作者。”

“那你为什么不干脆去做自己想做的事呢？”

阎静敏静静地看着他，摇摇头。

“生在豪门之家，有许多事不是你想做就能去做的。”她遥望天边，神情落寞，“想要抛开一切，追求自己的理想，需要很大的勇气和智慧。我没有那种决心，你们家的林远琴也没有。听说林远琴有一个比他更出色的弟弟远鹤，也许那个人有这样的智慧，因为他就在这附近的山上以务农为生，从来没有涉足过家族事业。”

“我听说，你和我们家族中的一个人订过婚，却在婚礼上出了事。”雷葛新问道，“你恨我们的家族吗？”

“我杀了你的亲兄弟林远竹，你恨我吗？”

雷葛新摇摇头。

“我也不恨你们，阎家和林家的子弟在少年时代有很多人是要好的同学、朋友。我和林远琴也同过班，小时候我们的关系还不错；而你那个弟弟远兰，小时候是个爱哭鬼，他最喜欢听我爸爸说故事。只是，一旦两个家族成了仇人，就再也没有选择的余地了。这是我们这种家族的子弟的宿命，没有一个人逃得过。”

飞行器这时飞过了一个小山坡，那里有几间木头搭建的小屋，屋旁有一片整齐翠绿的梯田。飞行器在小屋上空徘徊了几圈，只见屋旁一株大樟树底下，有个人正悠闲地卧在石上吹着牧笛。那个人见到雷葛新和阎静敏的飞行器从低空掠过，微笑着向他们扬扬手。

“喂！”阎静敏探出头去，大笑道，“母鸡生蛋了没？”

阳光下，那个人走出树荫，露出灿然的笑容。

“我改天再来和你喝酒！”阎静敏向他招招手，笑得非常开心。

坐回机舱后，阎静敏显得非常轻松愉快。

“他就是阎林两代唯一不愿接管家族事业的林远鹤。”阎静敏说道，“我知道林家千方百计想让他回家族帮忙，可是他从来都没有答应过。”

雷葛新望着她，露出神秘的微笑。因为牛顿此刻在他耳际说了几句话。

“我的一个朋友说过，”雷葛新说道，“人生几何，譬如朝露。富贵浮云，白驹过隙。”

“我没办法就这样离开。”阎静敏深深吸了一口气，神色又恢复了先前的冷傲，“我还有责任未了。”

“有许多人，在世的时候觉得，没了他们世界就无法运转。”雷葛新沉静地说道，“但是，花一样开，潮汐一样起落，这些人早已化为黄土，而我们还是照常过着日子。”

“我们不谈这些了，好不好？”阎静敏柔声说道，“认识了你，想到远鹤，再想想我们两家的过去，我决定要和你们好好把事情摊开来谈一谈，不要再打打杀杀了，好不好？所以，请你回去转告安爷爷，说阎家的小静想把两家人聚起来，好好谈谈。”

“好，我会转告的。”雷葛新颔首答应道。

“安爷爷知道，我是一个说话算话的人，而且我是诚心要和你们和好，所以，请你们也用同样的诚意回应。会谈的时间和地点，由两家的家长决定。”

飞行器飞回林氏城时，已近黄昏时分。暮色中，雷葛新走出飞行器，一旁的保镖和司机已经把礼车车门打开。他朝礼车的方向走去，却听见阎静敏在身后叫了他一声。

“喂！”她高挑的身材在飞行器的螺旋桨风中显得单薄，长发随风飘扬，脸上的表情似笑非笑，“连声再见也不说？”

雷葛新走过去，伸出手。阎静敏不轻不重地握了握他的手，一眨眼，却冷不防在他的脸颊上印了一个吻。

“再见，希望很快再见到你。”她嫣然一笑，在保镖的簇拥下离去。

雷葛新静静地伫立风中，脸上被吻处还有一丝水汽蒸发的凉意。

“那个就是传说中的吻，是吗？”牛顿在回程中很高兴地说道，“真是难得的资料，听说古时候还有所谓的深吻、长吻、舌吻、湿吻哪！”

雷葛新常常在想，还好那时候他和公冶南激情碰撞的时候牛顿不在场，否则不知道要被他逼问情况到什么时候。

在二十五世纪的社会，因为人口数量骤减，生育早已不再依赖男女交往，改由人种传承局选出合适的染色体杂交培育出新生命。也因为虚拟科技的盛行，实质的肉体接触早已几近绝迹，甚至被认为是不洁行为。

“你实在太吵、太聒噪了，别来烦我！”雷葛新没好气地说道。

林氏集团的总裁林子安乍一听到雷葛新带回来的讯息，神色极度惊讶。老人沉吟良久，才欣慰地笑了笑。

“如果能在定出下一任接班人之前与阎家和解，我就能更安心地退休了。如果这次能够有圆满的结果，远天，我会考虑让你接我的位子。因为，能让那个顽固如石头的阎家小静主动提出和解的，你是第一个人。”然而，老人脸上还是流露出忧虑的神情，“但是，我担心远琴他们会有意见。所以，我希望你别把阎家小静要你传话这件事说出去，在开家族会议之前，要完全保密。”

雷葛新点点头。“没事的话，我先回去了。”

临走之前，林子安又叫住了雷葛新。

“远天，”老人赞许地望着他，“你干得很好。”

办公室的厚重木门缓缓关上。在门后，老人的脸上却陡地露出阴狠的沉思神情。

“那个老人不是什么好东西，你要小心。”牛顿说道，“他的思想波有很强的压抑倾向，说话不尽不实。”

雷葛新走进电梯，按下自己住所的楼层。

“我要脱离这个世界了吗？”他问道，“有任何核酸警队的力场出现了吗？”

“没有。”牛顿很肯定地回答，“我已经查过四周的水态、火态以及空气，没有他们的力场出现的迹象。”

“话说回来，他们是怎样追踪到我们的？”雷葛新问道，“如果你说的网状时空理论成立的话，他们怎么有办法在无数平行时空世界中找到我们？而且我记得你说过，要寻找一个特定的世界，甚至回到曾去的时空都是非常困难的事，概率近乎为零。”

“我想，我的这种说法要修正一下。要进入一个特定世界的确很难，但是如果要进入一个曾经去过的世界，对转换态生化警察来说，并不是不可能做到的事。”

“那他们是怎么办到的?”

“详细情况我还不清楚，不过依照以前的经验看来，他们一定又动用了时光局的生物电探测仪。而且我们在时空间穿梭时会留下轨迹。我猜想，他们现在正在上一个世界‘桃源’不停地尝试进入不同时空，错了就再回到原点重来一次。”

“真累。”雷葛新叹了口气说道。

“你要明白，他们越累，我们越有脱逃的机会。”牛顿说道，“现在我们暂时没有麻烦，而且，如果他们接近的话，我也会察觉的。如果你不介意的话，我想留在这个世界观察到他们的家族会议结束，因为我对这个世界的社会结构非常感兴趣。现在，我打算再次游离出去找找别的资料。”

“随你。”雷葛新耸耸肩，打开了自己的房门。这是一间并不很大、家具摆设也相当普通的古式房间，但是对雷葛新来说，这种饶有古意的房间，却比任何奢华闪耀的挑高大房更可爱。单人床上铺着整齐干净的棉被床套，雷葛新想起在二十五世纪看过的老片子，也就学着剧中人一样，调皮地“呀呼”一声，俯身跳到床上去，翻滚了几下，鱼跃而起，又直挺挺地倒在床铺上。

此时，床边的电话铃声响了起来。雷葛新翻滚着身体过去，手一抓，刚开始还把电话拿反了，后来听到对方不住地说“喂喂喂”，这才转到正确的方向。

“你在做什么?”话筒那一头说话的是不久前才见面的阎家大小姐，她在电话里的声音显得较为温柔，“怎么让我等了那么久?”

“没事没事。”雷葛新讪然笑道，“我只是在发疯。”

“你已经睡了吗?”

雷葛新看见房间里有个电子数字钟，时间是晚上十一点三十九分。“还没。”

“那……要不要出来看我……不，不是。”她的声音似乎变得有点慌乱，“是我想去一个很好玩的地方，你想不想和我一起去?”

本来雷葛新以为牛顿这时会在一方幽幽地说“去！快去！这样我才能观察”，但是牛顿这时候似乎还没有回来。

电话那一端，阎静敏的声音又带着几分微妙的急切传了过来：“如果你不想去的话，也没关系啦，我只是想……”

没等她说完，雷葛新立刻答应了她的邀请。“我去，我要去！”

没过多久，阎家的豪华礼车便来到了雷葛新住处的楼下。司机将车门打开，坐在里面的阎家大小姐此刻并没有穿着豪华礼服或是帅气猎装，而是简单的白衬衫和蓝色紧身裤。一看见雷葛新，她立刻露出开心甜美的笑容。

阎家的礼车带着他们，绕过城市中心，来到一栋外表布满霓虹灯的大楼，这种霓虹灯和香烟、酒精、毒品一样，在雷葛新身处的时代早已绝迹，只能在古代影片中看到。此时雷葛新亲眼见到，这种灿烂光华、纸醉金迷的气氛，是古代影片中呈现不出来的。

走进大楼，便是一个宽阔且很高的空间，此时空间内早已被嘈杂的音乐、氤腾的烟雾充满，在中间的舞台前，许多年轻男女又笑又闹地在舞池中跳着雷葛新看不懂的舞，但是每个人的脸上都是迷醉的笑容，仿佛就算末日将至也毫不在乎。

而阎静敏就像是整个热闹空间的女主角，当她走入舞池时，所有人便让开一条路，鼓掌看着她经过。她牵着雷葛新的手，开心地和经过的男男女女们不住地挥手致意。走到了舞台前方，一阵激烈振奋的音乐响起，所有人都情绪高亢地开始跳起舞来。

热歌劲舞的这种娱乐，对雷葛新来说是相当陌生的。二十五世纪的人对于这种动作激烈而且极耗体能的舞并没有兴趣，所以雷葛新也不会跳，好在他的核酸知识中勉强有几种舞蹈和这些热舞有些相似，于是他也勉为其难地跟着阎静敏和全场的年轻男女跳了起来。

在这种场合之中，除了热舞之外还有酒精。只见在二十五世纪属于禁品的各类酒精饮料在这个大舞池中无限量供应。而阎静敏似乎酒量非常好，只要有人跟她敬酒，她就毫不犹豫地一口喝干。而雷葛新也跟着尝了几口不同颜色的混合酒，觉得味道不错，难怪有那么多人为此着迷。

在灯光闪烁中，在酒精和热舞的催化下，雷葛新似乎觉得阎静敏看起来比白天更加明艳，光彩照人，而且比白天严肃的样子更为年轻。她在人群中不管和谁说话，总是说两句便往雷葛新的方向看过来，四目相对，露出甜甜的笑容，偶尔她会过来和雷葛新跳一会儿舞，但是不久后总会被另一群人拉过去，继续喝酒，尽情跳舞。

突然，整个空间的灯光转暗下来，音乐也变成了慢舞的曲子。空间中的男女纷纷凑成一对一对，握住彼此的手，开始跳起节奏明显变慢的转圈圈舞。人群中，阎静敏高挑的身影在迷离的光线中走来，她的脸颊因为喝了酒而飞上一抹微红，眼神娇媚如丝，向着雷葛新走来。

“这叫慢舞哦……”她的嘴唇轻贴着雷葛新的耳朵，握住了雷葛新的一只手，十指交缠，“我已经好久好久没跳慢舞了……”

在阎静敏的带动下，雷葛新一只手和她十指紧握，另一只手抚着她的背，两个人贴得很近，慢慢地跳着舞。阎静敏与雷葛新差不多高，两个人的脸蛋轻轻贴在一起，雷葛新可以听得到她的呼吸，闻到她的发香，感受到她散发出来的身体热气。

“我的心……跳得很快哟……”她的目光有些迷离，鲜红的樱唇微张，“你摸摸看……”

说着，她便把雷葛新的手带到她的胸部，把他的手放在胸前，她的呼吸变得灼热。触手的感觉很柔软，雷葛新悄然地起了生理反应。

阎静敏的呼吸声变重了，每次呼吸都可以感受到热热的气息。雷葛新这时晕乎乎的，只觉得她是一个很美好的女人。阎静敏温柔地看着他，两个人便很自然地亲吻起来。

两个人在音乐中也不知道相拥了多久，亲吻了多久。雷葛新被这样的浪漫气息所诱惑，浑然没有发现身边的所有男女都已经在慢舞开始的时候悄然离开，等到他终于发现的时候，现场已经全部清空，只剩下他和阎静敏了。

灯光也很微妙地只留了一束足够照亮他们的黄色柔光，柔光照着的地方有一张沙发。阎静敏捧着雷葛新的脸，仿佛捧着的是她最珍爱的东西，两个人对望良久，她才叹了口气，携着雷葛新的手，走向那张暖光照耀下的沙发。

“我要你抱我。”阎静敏低声说道，“抱我到沙发上。”

雷葛新笑了笑，一下便将她抱起来，让她很慵懒舒适地坐在沙发上。阎静敏轻轻一伸手，也把雷葛新拉下坐好，两个人继续保持刚刚的亲密距离，贴着身体坐在一起。

此时的亮度和方才跳慢舞的时候不同，因此雷葛新可以很近距离地和阎静敏对望着。

阎静敏这位阎氏家族的女当家，此刻像一只柔顺的小猫一般搂着雷葛新，不愿意放开。她的脸上化着淡妆，却仍然隐隐看得到脸上那道伤疤，这应该就是雷葛新在日间听林子安说起的在两家争斗时她被林远兰弄伤的。

“你在看我脸上的伤，对不对?”阎静敏低声问道，“很丑，对不对?”

“不……”雷葛新亲了亲她的脸，也亲了亲她的伤疤，“你不但不丑，还很美。这是我看过最美的伤痕了。”

阎静敏静静地看着雷葛新，仿佛要从他的眼神里探知他的真正想法。良久，她的眼里泛出了晶莹的泪花，说道：“你是真心的，你是真心对我好的。”

她轻轻地解开了白衬衫，又解开了内衣，在左胸上，也有一道淡淡的伤疤。“这里，也是受伤的地方，也是和敌人打仗时受的伤。”

雷葛新微微一笑，轻轻地亲了亲她胸口的伤痕。阎静敏轻柔地抚摸着他的耳朵。

“亲亲我……”她的声音有些颤抖，声音低低的，“我……很久没跟男人在一起了，轻一点儿……”

在昏黄的灯光下，两个人除去了身上的衣物。他们紧紧地拥抱在一起，阎静敏嘴里喃喃地重复这样一句话：“我要永远和你在一起，我要永远和你在一起……”

第二天一大早，雷葛新被急促的呼叫铃声吵醒了。林氏家族的大家长林子安将所有子弟召集到总部，宣布将在当日由二代子弟出面和阎家展开和平会谈。老人已经和阎静敏以影像通信器材取得联系，由阎静敏做了录像记录，保证这次会谈的诚意。

“我阎静敏，以本人的生命及名誉起誓，”阎静敏在显示屏幕上郑重地表示，“这次会谈，阎家有绝对的诚意与林氏家族言归于好。”

出乎意料的是，以林远琴为首的二代子弟没有强烈地反对，只是问了老人一些细节问题，便纷纷告退。

“远琴他们答应了，我也就放心了。按照规矩，有了这样的录像记录，表示阎家小静绝不会在会议中捣鬼，否则她就不再有立足之地。”林子安告诉雷葛新说，“你在会谈中要和远琴多多合作，这样的会议不会一次就开完。如果你表现出色的话，我才能比较容易让你接班。”

午后时分，林氏子弟陆续抵达两方约定的会议场所——城南杜氏大楼顶层。雷葛新到达的时候，林远琴等人早已在会议厅中，正交头接耳地说些什么，一见到雷葛新出现，便陡地停口不说，只是各自看着手上的资料。

过了不久，阎家子弟也在阎静敏的带领下出现。为首的阎静敏一身火红打扮，神情高傲，她环视了林氏子弟一圈，见到雷葛新时，矜持的表情略为松弛，露出亲切的笑容，可是那笑容转眼即逝。一行人走到会议桌前坐定。由这次会议的公证人——城南杜氏的长老杜云风揭开会谈的序幕。

这一次会谈的气氛还算融洽，偶有意见不合之处，也总是有一方会退让一步接受。阎静敏秀眉微蹙，仿佛在思索着什么难解的问题。她看了看林氏兄弟们轻松的神情，又看了看阎氏子弟众人的表情。

“不对劲。”牛顿的声音悄然在雷葛新的耳旁说道，“阎氏那些人大部分都有心跳加速、汗水流出的情况，除了那个女人之外，几乎每一个人都偷眼看过时间。”

雷葛新不安地转头四顾，有几个林氏子弟注意到他的动作，微感诧异。阎静敏也注意到了他的不安，眼神中带着询问。

寂静的会议室中，不知从什么时候开始响起了一阵嗡嗡的低鸣声，但是那声音太过低沉，除了牛顿之外，没有人注意到。

“有事情要发生，一定有。”牛顿很肯定地说，“你自己要小心了。”

突然，阎氏子弟不约而同站起身来，往四下翻滚。“中！”其中几人大声叫喊，纷纷滚到墙边，连阎静敏也被其中一人拦腰抱住，狼狈地翻身落地。

“乓”一声巨响，阎氏席次的背面墙壁整片崩垮下来，扬起硝烟味极重的烟尘，从烟尘中闪身走出三名持着重型连发枪械的蒙面人，指着林氏子弟。林远琴丝毫没有露出惊讶的表情，仿佛眼下的状况早在他的预料之中。

“住手！”阎静敏从地上爬起来，挡在三名枪手的面前，“你们是什么人，胆敢在我们的会议上放肆？”她回过头来，又向阎氏子弟中一人大声问道，“这是谁出的主意？明知道我用生命和名誉担保了他们的安全，为什么这么大的主意也没和我商量？”

林远琴无视于三柄指着自己的高爆枪械，举起双手悠然地“啪啪”鼓掌。

“好安排，好计谋。”他朗声说道，“牺牲小静一个人，可以换林氏十来个，果然是一笔好生意。只是，要玩，你们还差得远了！”

一阵垂直飞行器的螺旋桨声由远而近，落地窗上出现偌大的阴影，紧接着，高速的连发机炮声响起，巨大的落地窗应声粉碎，一室狼藉。窗外凌空停峙着一部巨型战斗飞行器，黝黑的炮管冷冷地对准了阎氏子弟。阎氏子弟脸色惨白，那三名杀手也颓然地把高爆枪械放下了。

从飞行器中垂下一条条钢索，几名黄衣人利落地荡进室内。林远琴从其中一人手上接过一柄短枪。

“杜爷爷，今天不是我们下手太狠辣，您也看见了，是阎家先不给我们活路的。”他神色轻松地对公证人杜老这样说道，脸上随即闪过一丝杀气，回身一枪，一名阎氏子弟胸部中枪，应声倒地。

阎氏子弟纷纷高声惨呼，不住后退，缩到墙角。阎静敏一闪身，张开双臂，挡在他们的面前。

“不关他们的事！”阎静敏的长发已经散开，她声音凄厉地喊道，

“杀了我就好，别为难他们！”

雷葛新见情势不妙，连忙走到林远琴身旁，急声道：“别杀他们，有什么事情，大家好好谈！”

林远琴侧头看他，脸色温和。雷葛新正待再开口，冷不防被林远琴回手一记枪托打倒在地，霎时间觉得天旋地转。

在痛楚中，雷葛新还听得见林远琴冷冷的声音。

“如果不是你这白痴答应了这场会谈的话，也许大家还不会弄得这么难看，你还有脸来和我说话？”

林远琴转身对阎静敏说道：“小静，我很遗憾。但我还是要杀你，而且今天阎家的人没有一个可以活着走出去。我没有你那么傻。”

然后他冷着脸扣下扳机。一个高大的人影陡地闪身挡在阎静敏的身前，子弹正中他的眉心，从脑后溅出的鲜血洒在阎静敏的脸上和衣服上。

“远笙，你这个笨蛋！”林远琴惊慌地大叫起来，几名林氏子弟连忙过去扶住他。曾经和阎静敏有过婚约的林远笙身子微晃，倒在了阎静敏身前，双眼圆睁着。

当年阎静敏与林远笙的婚约，只是两个家族战略性联姻的安排，两个人在订婚之前连话都没说上几句。林远笙的个性本就是内向沉默，林氏子弟在两个家族关系破裂后也从未听他提及阎静敏，最后，他却在最危险的一刻为阎静敏挡了子弹。

然而此刻阎静敏却只是怔怔地望着雷葛新发呆。雷葛新缓缓从地上爬起来，额上因为挨了林远琴一记枪托鲜血长流。

“笨蛋！”林远琴望着林远笙的尸身，愤愤地啐了一口，却仍然持枪向阎静敏的方向走过去。

从落地窗攻进来的黄衣人之一这时横跨半步，挡在林远琴面前。

“你们的任务已经结束了。”林远琴不耐烦地说道，闪身想越过黄衣人，可是黄衣人又跨上一步，仍然挡住他的去路。林远琴又说：“你们可以撤退了，这儿我们处理就可以。”

“任务，还没有结束。”黄衣人冷冷地说道，突然举起枪，在林远琴的胸口上开了好几枪。

林远琴离开人世的时候完全不明白发生了什么事情，他盯着黄衣人的枪口，仿佛从那儿射出的不是子弹，而是儿时游戏常玩的肥皂泡。他踉跄地倒退几步，仰天倒地，胸口开了个大洞，脸上仍带着讶异的表情。

“杀！不留活口！”黄衣人冷然向其他四名黄衣人下达命令。于是，高爆枪口毫不留情地喷出火花，一记一记准确打入这个城市最显贵的两个家族子弟的身体。

雷葛新在火网中只觉得身体一阵辣烫的痛楚，他伏倒在地，一回脚将林远琴掉落在地的短枪踢到阎静敏身边，自己一个打滚，拖着身边的林远兰躲在倒地的会议桌后面。

子弹火网在室内交织，一颗子弹透入雷葛新的体内，灼热的痛感让他不由得叫出了声。

五名黄衣人一致停下火力，往雷葛新和林远兰藏身的会议桌后方逼近。

“怎么办？大哥，怎么办？”一向对雷葛新极不友善的林远兰此刻却像是一个无助的小童般躲在雷葛新身后发抖。

突然，一声低喝声在黄衣人身后响起。阎静敏一身血污，在阎氏兄弟尸身堆中巍巍站起，手中握着两柄短枪。

而那就是五名黄衣人在人世所看到的最后一眼。

阎静敏是阎林两家中枪法最出色的子弟，在黄衣人来得及举枪之前，五发子弹便在半秒之内洞穿了他们的右眼。

然后，她也身子一软，倒在地上。

雷葛新在林远兰的搀扶下，走到阎静敏身旁。她仰躺在血泊之中，脸色苍白，有着异样的美感。此刻她虚弱地看着雷葛新，雷葛新把她抱在怀中，她露出凄美的笑容。

阎静敏的身上中了数枪，大量失血，有一枪命中了心脏部位，却不知为什么子弹没有贯穿身体。

她抬了抬手，示意雷葛新将她左胸口的东西拿出来。

雷葛新满手沾满了阎静敏的鲜血，探入她的胸口，拿出来一块金锁片，正中央已被子弹贯穿，上头镌着“林阎静敏”四个篆字。

“这是我和远笙订婚时做的，原先以为这辈子再也用不着了。”她笑笑，随即猛烈地咳了起来，“但是，遇见你之后，我却想让自己有一天再用上这个名字。”

林远兰站在两个人身后，茫然环顾着一室的血污尸身。几个阎氏和林氏子弟的尸体交叠在一起，流出的鲜血也混在一起；雄心万丈的林远琴此刻仍圆睁着双眼，仿佛下一刻便可以杀尽阎家子弟，夺回家族势力。会议室外，一阵沉缓的脚步声响起，仍然活着的三个人不约而同地往大门口的方向看去。

出现在门口的是两个年近古稀的老人，林氏总裁林子安和阎氏总裁阎敬阳。林远兰见到了两个老人的身影，欢呼一声，就向他们跑过去。

雷葛新怀中的阎静敏挣扎了一下。

“别……”她虚弱地说道，“别……”

牛顿在一室的静寂中开始说话。

“雷葛新，走了。”牛顿冷静地说道，“接下来的场面你不会喜欢的。”

“我还好。”雷葛新抚了抚怀中阎静敏的脸庞，“没关系。”

言犹在耳，“砰”的一声枪响，林远兰奔向两名老人的步伐停下来了，他跑了两步之后便软倒在地，和他的亲哥哥林远竹一样，也是额上出现一记弹孔，汩汩流出鲜血。

雷葛新被这个场面惊呆了。然而，他怀中的阎静敏却仿佛早就料到了似的，静静地望着林子安举着的黑洞洞的枪管。

“你还看不出来吗？这些事都是他们一手导演出来的，连我父亲他们十九个人的失踪也是。”她以悲凉的神情看着两个老人逐渐走近的身影，“根本没有所谓的接班人，他们也从来没有想过要把权力让出来……”

“走了，雷葛新。”牛顿再次催促道，“都说过你不会喜欢这种场面的。”

逐渐模糊的影像中，雷葛新只听见几声枪响，身上有淡淡的灼热感。阎静敏在他怀中安详地溘然长逝。雷葛新在这个世界的经历便随着宿主生命的消逝而结束。然而，印象最深刻的，却是离去前两名老人桀桀的得意笑声。

“科技水平和历史事件不同，可是人心的可怕一点儿都不会变。”雷葛新在时空之风中这样感伤地对牛顿说道，“权力使人疯狂。原来，古籍中所谓‘愿生生世世，永不生于帝王家’的悲叹是真的。”

“我还是要再劝你一次，”牛顿再一次强调说，“这些人在这个世界发生的事，与你本来就无关。因为他们而伤感、而感慨是完全没有意义的。”

算一算，这已经是雷葛新第四次穿梭时空了。纵使他知道在这个过程中可能会有各种极度痛苦的体验，有时觉得整个人被撕碎了，有时觉得全身的知觉放大了千百倍，痛、痒、冷、热，连轻轻地一动都会让身体彻骨地疼……但是，每次他穿梭时空的时候，还是会像小孩子一样，对宽广奇幻的时空充满好奇与期待。

几乎在穿梭时空的过程启动的一刹那开始，雷葛新就已经觉得整个人陡然松了一口气。

在他眼前的视野之中，出现了一片铺天盖地的绿色，明亮、愉悦，且让人呼吸陡地全然顺畅的一片宽广的绿色。

虽然雷葛新此刻仍在穿梭时空的过程之中，但是这一次的体验并没有那么痛苦，而是被一片无边无际的生命之绿包围着。

雷葛新的耳际仍响着呼呼的风声，偶尔还能听到牛顿的声音，只是断断续续的。

“……这个，奇哉怪也……奇怪奇怪……”听到牛顿的话，雷葛新不禁哑然失笑，他仿佛能看得到那种老头子般的困惑表情。有时候，雷葛新觉得，自己甚至已经可以在脑海中描绘出牛顿的长相，忘记了他只是个人工智能，而觉得他已经是一个实实在在、活生生存在的人。

那一片无尽的绿色，仍然在眼前排山倒海而来，但是，不知道从什么时候开始，雷葛新偶尔已经可以辨别出这片无尽的绿色里的一些具体影像。

那是树，也有叶，有时候还在眼角的余光中看到藤蔓和寄生植物。而且，这些全部都是绿色的影像，更像是一条急速的旋涡或隧道，而雷葛新便是在这条隧道中飞速前进着。

穿梭时空过程的终点即将到来之前，便是感官的真实感会逐渐凝聚回来。雷葛新在一片无尽的绿意中听到呼呼的风声逐渐减弱，就知道这段旅程已经快要到达目的地了。

有趣的是，连牛顿也知道这个现象。

“……真他妈的不是人应承受的感觉……”不知道是不是信息进化后的人工智能会越来越人性化，雷葛新知道原来的牛顿是不会爆粗口的，但现在听他说起来却觉得自然得很，“简直是折腾人哪……”

“是我在承受痛苦，又不是你。”雷葛新随口回他一句，“你很好啊，什么感觉都没有。”

牛顿沉默了一下，又咕哝了一句什么。

雷葛新一时间没听清楚他在说什么，但是也没有机会问了。

因为，在下一个刹那，所有飞行的感觉陡然消失，实体世界的各种感官感觉“唰”的一下，排山倒海地向他席卷而来。

第一个映入雷葛新眼帘的影像，是一张扭曲的、满脸都是鼻涕眼泪的脸。

然后，他耳边听到牛顿一声暴喝，声音中充满了惶急。“危险！”

雷葛新大吃一惊，发现此刻自己的左手正紧紧揪住眼前那个人的脖子部位，对方是跪着的，像是膜拜一般跪在雷葛新面前。

而更令雷葛新惊诧的是，此刻他的左手紧揪住人家的脖子，右手还高举在空中，手握着一把刀子，正要猛力向那张扭曲哭泣的脸刺下去！

以手上这样的力道来看，这一刀如果刺下去，对方一定当场死于非命！

雷葛新吓了一大跳，眼睛一下睁得老大，他也来不及细想，猛地一旋肩膀，那猛刺下来的刀略为偏转，就从那个人的脸旁划了过去，没有刺中对方，往地上猛戳了下去。

雷葛新也因为这个动作幅度太大，整个人向前一个踉跄跌倒，脸部着地。所幸地面是松软的土质，就算这样跌个嘴啃泥，也没有受什么明显的伤。

那个跪在地上，脸上涕泗横流的人见雷葛新猛然跌倒，也不逃走，反倒跪地膝行过来，一边哭，一边想要把雷葛新扶起来。

“大人，没事吧?”那个人的声音娇嫩，竟是一个身材娇小的女孩。刚才雷葛新一时间只看见她表情扭曲，没看出她的性别。“来，让在下助您一下。”

雷葛新跌倒在地，正想勉力起身，却发现左大腿后方一阵剧痛，但是不知道为什么，整个人却像是虚脱一般无力，那个剧痛的部位在视野难及之处，一时之间还真搞不清发生了什么事情。

那个娇小的女孩仍然跪在地上，神情一直是惶恐中带着恭谨。她看见雷葛新痛苦的表情，灵活的大眼睛一转，便看出他受伤了，于是利落地一翻雷葛新的身子，看了一下，发出“啊”的一声惊呼。

女孩惊慌之下却仍然冷静，她环顾四周，看到一旁的地上插着雷葛新本来握在手上的那把刀，便把刀拔起来。她的神情变得凝重，很谨慎地反握着刀子，嘴里喃喃地念着听不太清楚的话。

“……俱疑在地，天神再起，赐我神力，佑我生机……”

然后她猛然地将刀子插向雷葛新左大腿后面，雷葛新只觉得又是一阵剧痛，忍不住又叫了起来。

但是这阵剧痛过后，雷葛新却感到整个人轻松了许多。

女孩将刀子举起，只看见明晃晃的刀子上插着一只圆盘状、像蝎子又像龙虾的奇异生物，大概有女孩的脸那么大。此刻那个生物还在不停扭动，肚子上一个宛若嘴喙的部位仍不停喷出淡绿色的汁液。

看起来，雷葛新左大腿后方的剧痛便是这个生物干的好事。方才雷葛新被它叮住，而且被注入毒液，才会有那么强烈的痛楚。

女孩神情紧张地凝视着那个生物，嘴里仍然喃喃念着那种不清楚的字句，然后她便将那个生物“呼”的一声插到地上，并且随手捡起一块大石头，一下便将那个生物砸烂，溅出了大量绿色汁液。

这时候，雷葛新总算松了口气，躺在地上呼呼喘气。

“牛顿！”他悄声叫道，“你在不在？”

牛顿的声音幽幽地在他耳边响起：“我当然在。你刚刚差点儿死掉。不，应该说，你现在附身的这个人，刚刚差点儿死掉。不不不，这样说也不对，他是死掉了，要不然你也没有办法附在他身上。”

“什么乱七八糟的？”雷葛新有点生气地问，“现在是什么状况？这里是什么时代？”

[第10章]
人虫大战

牛顿沉默了一下，仿佛不知道该怎样措辞。“目前还看不出来。我还没有看到天空和星辰，推算不出是什么时代。而且这整个空间的状况，都和我所知的历史不相同。空气成分比例不对，磁极力场也很异常……而且，刚刚差点儿送掉你小命的那只动物，在我的数据库中完全没有它的资料。看样子是节肢类动物，却又不是蝎子或者虾类，而是一种介于其中的奇怪物种。”

“这是什么鬼地方？而且这个小女孩是怎么回事？”

“我看，你现在附体的这个家伙大概跟她有什么深仇大恨吧。”牛顿的声调中有些调侃，“你刚刚真的想杀了她耶！如果不是你良心发现，在最后关头把刀偏开了，以那时候的力道，她的小脑袋大概会被一刀刺穿吧？但是，看情形，她又不是你这个身体的敌人，反倒还对他很好，你看看，她这不是又过来了……”

果然，那个女孩把怪虫砸死后，拔起那把刀，在鞋子上揩了几下，把怪虫的汁液除去了，又走过来跪在雷葛新的面前。她把脸上的涕泪擦了擦，虽然仍有点脏污，却已经看得出来，她是一个脸上仍有稚气，却已经不是小女孩的年轻女子。

女子脸上露出惶恐的神情，把刀子恭敬地横放在身前，跪在地上，以双手撑地，对着雷葛新磕了几个头。

“韩克大人，在下有罪，请大人惩罚。”女子以额头点地，不敢正视雷葛新，“在下甘愿领死，请大人将在下处死。”

雷葛新听到牛顿“扑哧”笑了一声，仿佛觉得这个场景很有趣。雷葛新此刻不想理他，只是哼了一声，有气没力地对女子说道：“你……你没罪，你是谁？我们在这里做什么？”

女子抬起头，乌溜溜的大眼睛里有几丝困惑，却不敢提问。“回……回韩克大人的话，在下是吉娜，是大人家中的侍仆。我们家自从祖父一辈便在大人家中侍候，此番本应由我姐姐服侍您，但她突然生病了，是以由我替代。在下经验粗浅，所以惹得大人不快，罪该万死……大人，您还好吗？”

雷葛新刚想要回答，牛顿的声音又幽幽地说：“这小妞，好像比较习惯被人家命令，你对她凶一点儿试试看。”

雷葛新会意，于是假意做出生气的样子，声音也恶狠狠了起来。

“大胆！”雷葛新一声低吼，果然又把吉娜吓得低下头去，“我……我受伤了，记不起来很多事，现在我问什么，你就回答什么，不得有误！”不知不觉的，连雷葛新自己也被吉娜带动得说起话来有点古风，好像在说古代华夏文化戏剧的台词。“我是谁？我们现在在什么地方？发生了什么事？”顿了顿，他又咬着牙做出更凶狠的表情，“还有，你不要这样跪着，给我抬起头来说话！”

吉娜抬起头，看见雷葛新仍然躺在地上，犹疑了一下，便以半跪姿势立在雷葛新前方，神情仍然是一脸恭谨。她的思维灵活，脑筋挺好用，微一思考便知道眼前的主人可能伤到了头部，一转念，便开始很清晰地回答雷葛新的疑问。

“是。您是韩克大人，乃是我绿天族的第四行政长。我等在抵御艾隆坏尔族恶人的战事中，被指派到此鹿灵之森埋伏，意图伏击对方援军……”

她的声音清脆，讲的是古代华文类语言，但还算听得清楚。在她流利的叙述中，雷葛新不经意地看了看周遭的环境，有些发愣了。

刚刚因为状况诡异，变故陡生，所以雷葛新没空观察周遭是什么环境，现在好不容易缓和下来，只见自己身处在一个极深邃宽广的森林中。

但是这个森林的模样却和雷葛新印象中的所有森林完全不同，整个森林的“树木”排列得极为紧密，放眼看过去，虽然在“树木”间有些空际，却是层层叠叠，看不到尽头。

奇特的是，这个森林中的所有“树木”都是高达数十米的蕈菇类植物，仰望上去，几乎看不见天空。

雷葛新此刻和吉娜所在的地方，是一片森林中的空旷之处，土壤呈褐黑色，松软肥沃。而在这片空旷处却七横八竖地躺着几个完全不动的人，这些人的身上或有血迹，或有极严重的伤口，看起来像是已经死了。

而最古怪的东西，是被一大团像是树藤又像粗丝般的植物组织缠住的东西，离地大概三十厘米，却被缠到无法动弹。那种树藤或粗丝类的植物看来似乎弹性颇佳，被缠住的那个物体在空中轻轻摆荡，却无法动弹。

仔细一看，那是一个人形物体，却和一般人类绝不相同，“他”的体型矮壮粗大，身上像是覆了一层金属盔甲，露出来的肌肤也和一般人类大不相同，是一种灰暗的颜色，宛若尸体，泛出一种令人极不愉快的光泽。

而在这样一个蕈类紧密的森林中，却没有太阴暗的感觉，因为除了天空之外，整个森林的植物上还泛出蒙蒙的光。

因为被这些景象吸引了注意力，所以吉娜讲述的事，雷葛新有一小段是漏听了的，等到他回过神来的时候，发现她已经停下来了，睁着大大的眼睛看着他。

“不……不要停。”雷葛新勉强笑道，“你继续说下去。”

吉娜顺着他的目光看了一眼那个吊着悬空的铁甲怪人，脸上露出嫌恶憎恨的表情。

“……是以，我等在巨蕈森林中支持我族，准备伏击艾隆坏尔援军……”

雷葛新奇道：“等等，我没有听清楚，什么是埃……埃什么冷坏尔军的，那是什么东西?”

吉娜怒叱一声，仿佛有着很深的怨恨，她随手捡起一颗石头便往那个悬空吊着的铁甲怪人砸去。别看她个子小，力气却很大，捡起来的石头有拳头大小，砸在铁甲怪人的身上还发出沉重的金铁之声。那个怪人居然还有气息，被石头砸中时还发出了“呵呵”的低吼声，在半空中不住晃动。

“艾隆坏尔，就是这类恶人啊！他们从天而降，乃世上最邪恶残忍的恶霸，是我等不共戴天之仇敌！”吉娜愤恨地说道，“大人您带领我等众人在此伏击，却有人行迹败露被此恶人察觉。此恶人强横凶恶，立将我等同伴诛杀数人。然大人智勇双全，指挥我等余下数众，引动林中蕈丝，将此恶人缠住擒下……”

她说话的腔调有点奇特，而且遣词用句简直就像是在演古代剧，但好在她的语音清脆，说起话来又很有条理，所以雷葛新大概能够听得懂她的意思。大致上就是说，自己此刻附体的这个人，带领着包括吉娜在内的属下在这里准备伏击敌人，却被这个奇异的“艾隆坏尔”盔甲怪人将大部分人都杀了，但这个艾隆坏尔人也被制住。

只听见吉娜继续说下去：“……主人您以无比智计将此大恶人擒住后，命余众继续盯住我方作战情境，并命在下以此刀将恶人颈项血管切开诛杀，以绝后患……”说到这里，她神色有些黯然，不自觉看了一眼那柄刀子，“……殊不知在下一时胆怯，并未依照主人指令将其诛杀，而此恶人被蕈丝缠住时并未完全缠紧，只因我一时犹疑，便被他挣脱手臂，又以铁火恶器诛杀了余下同伴，幸赖主人再次发挥智勇双全之能，再次发动蕈丝攻势，才将这恶人制住……只可惜，只可惜我等同伴因我一时之误，便断送了性命……”

说着，吉娜流下了眼泪，神情痛悔。“吉娜自知罪该万死，已无颜苟活于世，是以甘愿受大人惩戒，就死！”

终于弄明白来龙去脉了。雷葛新点点头，听见牛顿也“喔”了一声。只是，人世间的怨恨憎嗔本来就是虚无的事，有些不共戴天的累世冤仇，在当事人的心中也许是绵延几代也无法化解的死结，但是在旁人眼中看来却是无聊至极，甚至是无法理解的小事。

在吉娜的叙述中，雷葛新附身的这个韩克大人，可能真的想要把吉娜当场处死。但是现在韩克大人早就去了阴曹地府，而对于雷葛新来说，刚才发生了什么事情一点儿也不重要，因为他没有任何理由要让这个小女孩吉娜“就死”。

雷葛新微微苦笑了一下，正想说些什么，突然听见森林的外围传来一声“轰隆”的巨响。

一听到那声巨响，吉娜立刻神情戒备地望向声响来处。“我族和铁火族已然开战！情势凶危。请大人示下，在下自当遵从！”

虽然看她一脸严肃，但是这种表情在一个年轻女子的脸上出现还是很有趣，雷葛新忍不住笑道：“所以我不用杀你了？这敢情好……”

吉娜脸色一变，神色惨然地说道：“吉娜自知罪该万死，若大人要吉娜此刻就死，那就……”

雷葛新连忙说道：“不不不，我是开玩笑的。你不用死，现在不用死，以后也不用死，好吗？这件事就这样算啦！”

吉娜用力点点头，也不多说，一跃而起，像猿猴一样灵活地爬上巨蕈，脚步如履平地，不一会儿，她的身影就消失在森林上空。

雷葛新仔细一看，才发现这些巨蕈森林的巨大枝干上，有着宛若踏板的瓣朵，生长得相当整齐，像是阶梯一般以螺旋状环生在枝干上。他忍不住好奇，便勉力站起来，发现大腿后虽然仍有痛楚，但已经减缓了一些，而且身上的毒性反应似乎已经消退得差不多了，刚才那种虚脱的感觉褪去不少。

“你也上去看看吧。”牛顿说道，“可能会多知道一点儿信息，搞清楚这个时空到底是什么样的地方。”

雷葛新沿着吉娜方才走过的路线，踩在蕈瓣之上，一步一步地爬上去。这些巨蕈的枝干看似光滑，但是因为排列紧密，所以一边爬，还能一边以手支撑，爬起来像是走阶梯，比想象中容易不少。

爬了一会儿，雷葛新估算这些蕈状巨枝大概有十几米高，而这种巨蕈顶端的蕈伞比一般蕈类小，所以到达顶端时只要一翻身就可以轻易爬上去。

到了森林顶端，映入眼帘的，是一幅雷葛新和牛顿从未看过的奇异景象。

在雷葛新和牛顿曾经去过的时空中，包括雷葛新自己居住的二十五世纪，总有天空、大地、空气、阳光和水。但是，眼前的这个世界，却和他知道的所有环境都不同。

整个空间里，在原本应该是天空的地方，是一片灰蒙蒙的、让人产生无比绝望之感的深灰色空间，没有天空，没有光源。不，应该说，在这片晦暗的“天空”中虽然有光，却是一种让人绝望、仿佛还要把最后一丝亮度吸走的晦暗。

但是空间中却并不阴暗，因为整片大地都是绿色的，是一片有着各种层次的绿。放眼看去，直到遥远的地平线，整个大地都是绿的，泛出各种层次的蒙蒙光影，和上空的晦暗相比，这种光影有着无限生机，让人松了口气。

如果说，一般人类认知的世界的光源来自天上，那么眼前这个世界刚好相反，整个世界的光彩来自地面的绿，而空中却是暗暗的、闷闷的，看了就让人觉得无比忧郁，很想结束生命。

“天哪……”雷葛新听见牛顿在耳边喃喃说道，“这是什么鬼地方啊……为什么会把整个世界搞成这样？”

此刻雷葛新和吉娜所处的巨蕈森林，位于地势较高的一个小丘，再加上森林本身的高度，视野可以看得非常远。但是眼前吸引住雷葛新目光的，是数百米外的一个绿色原野上，有两队人马正在对峙。

雷葛新看看身旁的吉娜。她面露忧色，正在聚精会神看着的，也是这两队在原野上的人马。

因为整个空间中的光源清晰明亮，而且是从大地上的绿散射出来的，位于巨蕈森林顶端的雷葛新可以把整个场景看得极为清楚，像在二十世纪的巨蛋型场地看球赛一样。

左边是一支人数不多的队伍，只有十来个人，还有几部奇形怪状的金属器械，这群人的打扮和森林里那个“艾隆坏尔”族人相似，人人身上都穿着诡异奇特的盔甲，身形有高有矮，人人都手持着似乎火力极为强大的武器，虽然距离有点远，但还是看得出他们狰狞凶猛的模样。

右边则是一支人数远较艾隆坏尔族多上许多的队伍，大概有几百上千人，这些人的形貌看起来就正常得多，穿的都是粗布和皮毛的衣物，他们没有先进的武器装备，顶多就是带着刀、棍棒类的武器。雷葛新仔细地远望观察着，他们似乎连火器类的武器也没有。有的人牵着牛马类的动物，有少数几个也骑在动物背上，看起来没有一个人擅长战斗。

光从外表来看，这两路人马一旦打起来，孰胜谁负，已经一目了然。

雷葛新转头看看吉娜，只见她看得十分专注，手上却像是在数着什么，不住地屈指计数。

雷葛新忍不住问道："他们是谁？是你们族里的人吗？"

吉娜点点头。她已经认定这位"韩克大人"的脑袋出了问题，因此对他没头没脑的疑问也就不再多想。"他们乃是我族中的外围先锋队伍，每当有外敌入侵，便由他们先行抵挡。"

"可是，"雷葛新再看了看双方悬殊的装备，"为什么你们族人的装备这么落后？这样是完全打不赢对方的啊！"

两个人正在对话间，原野上的战局突然起了变化。

那支骑着动物、人数较多的队伍，这时纷纷取出了一种看似小锅的器物，在手上拉着绳子摇晃起来。那东西看起来似乎是会发出声音的，这样摇了一阵后，空中便飞来了数十只巨大的昆虫类生物。

只听见身边的吉娜悄声说道："现在他们把虫铃拿出来了，这样就行了……"

那些人把发出声音的东西系在巨大的昆虫身上，让它们再次起飞。它们身上的"虫铃"发出阵阵高频率声响。接下来发生的事，让雷葛新瞪大了眼睛。

古往今来，大概从来没有人见过这样一场奇异的大战。只见吉娜的族人以飞翔在空中的大型飞行虫类携带虫铃，不住发出高频鸣响，引出来蕈丝草原底下躲藏的银盔虫，数以亿万计的银盔虫从土下蜂拥而出，每只银盔虫都有巴掌大小。身体的大小不是它们的优势，数量才是，也不知道绿天族的人用了什么样的技巧，这些大量涌出的银盔虫只往艾隆坏尔军的方向奔去，不一会儿便将所有艾隆坏尔军的人、装备、武器全部包围了，从远方望去，就像是一摊水银逐渐将整个艾隆坏尔军所在之处浸渍、淹没。

雷葛新看得目瞪口呆，一时间说不出话来。牛顿还算冷静，低声地说道，“喂！你去问问她，这种虫子会伤人吗？被它们这样爬满全身，会不会被它们吃掉？”

这也正是雷葛新的疑问，于是问了吉娜，吉娜摇摇头。

“银盔虫以蕈原的黑土为食，并不食肉。”吉娜恭谨地说道：“但被它们席卷覆盖之后，有许多人会窒息而死，故彼等虽不食人，却也凶险万分。”

只见艾隆坏尔军所在之地拥入越来越多的银盔虫，原野逐渐变成了银灰色，有几个艾隆坏尔军的部众想要逃离，但是脚似乎被什么东西陷住了，无法动弹。蜂拥而来的银盔虫逐渐汇聚成形，以艾隆坏尔军队伍为中心，向外延伸出一倍的一个不规则形状。

只见那十几名艾隆坏尔军开始急了起来，有人更是举起武器，向一地的银盔虫开火。但是这些高爆性武器打在无穷无尽的银盔虫上面，就好像丢石头进大海，不管丢上多少颗，根本影响不了这片浩瀚之海。

在远方，方才四散逃开的绿天族人这时又三三两两地从隐蔽处现身了。他们停留在离艾隆坏尔军很远之处，静观这支本来具有毁灭性火力的军队，此刻却在银盔虫的围攻之下，就要遭到灭顶之灾。

银盔虫这时聚集得更为紧密，那片令人头皮发麻的深邃银海，这时从艾隆坏尔军的脚下逐渐上升淹没到他们的腰间。有一个艾隆坏尔族的军人也许是吓慌了，看到身上爬上了那么多银盔虫，本来手上的武器扫射的是前方地面，一时之间手忙脚乱，居然回转枪口，往自己的身上开火，立刻把自己打得血肉模糊，爆散开来。

从银盔虫出现，到现在已经几乎要将艾隆坏尔军的半身淹没，只过了一会儿工夫。此时吉娜的族人——绿天族站在远远的地方，看着这群本来穷凶极恶的艾隆坏尔军转眼间陷入劣势，人人都是气定神闲，没有人惊慌失措，也没有人得意忘形。本来看似渺小平凡的身形，此刻看起来却是无比强大。

只听见吉娜大声叫着，清脆的声音在高耸的巨蕈森林顶端远远传了出去。

“从天而降的恶族，杀我同胞无数，罪有应得！”

本来艾隆坏尔族还有零星的火力扫射在银盔虫之海上，但是等到他们的上身也被这片银色之海淹没时，就连那零星的火力也全部消失了。

他们绝对会被困死！

但是，就在这一刹那，整个战局突然又发生了让人意想不到的变化！

只见在艾隆坏尔军的阵地，此刻那片银盔虫之海已经淹没到了他们的脖子，原先这一群数以亿计的虫族只像是一洼银亮的水，现在有了高度，就像是一颗巨大的不规则银色水滴。

但是在水滴的正中央，此时却陡然地暗了一下，然后又亮了起来。

整个巨大的“水滴”，开始像摇晃的胖子肥肚一样，激烈地抖动起来。

这整个过程似乎有几秒钟时间，在雷葛新脑海中留下的记忆，也似乎是眨了几次眼的工夫。实际上，这一切发生的时间极短，连一秒钟都不到。

只见那颗巨大“水滴”内部的亮光像火花一样，猛然炸了开来，把所有人眼前的世界照亮成了一片肉眼无法直视的炽白。

平原野上的绿天族人、身处在巨蕈森林顶端的雷葛新和吉娜，所有人一时之间都不知道发生了什么事情。

唯一察觉到事态严重的，只有实际上并不算存在于这个空间的牛顿。

“糟了！不妙！”牛顿的声音极为惶急，“是自毁式武器！他们同归于尽了！”

在那片炽热白亮光芒出现时，雷葛新没有反应过来，但他和牛顿已经逃离了好几次极端危险的场面，遇到这种突发状况，就没有那么惊慌失措。

整个空间开始咕噜咕噜地颤动摇晃起来，那片炽烈的闪光中心点来自于艾隆坏尔族所在之处，闪光眨眼即逝，很奇怪的，却也没有让人失去视觉，伤害任何人的眼睛。

但是，接下来发生的，才是最要命的事。

只见那片银盔虫形成的银色之海已经在强光下消融殆尽。雷葛新在惊诧之余，不知道为什么眼光还是无法离开艾隆坏尔族所在的位置。只见强光过后，地面上形成一个小小的光点，光点逐渐扩散，中心变空了，形成了一道光环。这个过程就没有之前那么猛烈，那道光环逐渐地变大、扩散。

然后，像是吸饱了一口气，再将所有能量一齐爆发出来一样，“轰隆”一声巨响，从艾隆坏尔族所在的那个地方，冒出了凶爆的火云，像妖魔一般向四面八方急速扩散开去！

因为距离挺远，所以这片向四面八方辐射扩散的火云给他们一种缓慢蔓延的错觉，但是雷葛新和牛顿也算是见多识广，知道这片火云极为凶险恐怖，只要眨眼工夫就会席卷烧到巨蕈森林这边来！

一旁的吉娜似乎没有见过这样的场面，一时间惊得呆住了。雷葛新连忙拉起她的手臂，一把便将她拽下蕈伞，两个人半跌半爬地从森林的顶端溜了下来。

着地之后，巨蕈森林中原来那种深邃、清幽的气息已经完全变了，空气炙热，让人很不安。高达数十米的巨蕈这时不住地抖动，有的急速缩小，发出“啵啵啵啵”的声响，有的巨蕈则像是临死前的哀号一般，从蕈伞处“砰”的一声爆开，在半空中发散出漫天的孢子。

原来深邃不见尽头的森林，这时候因为大部分的蕈枝缩小了，于是变得空旷起来，从艾隆坏尔族引发的大火方向，这时也能够看到隐隐的火光。

从刚刚火势蔓延的速度，雷葛新判断，火云不要几分钟就会烧到这里来。

空气中充满了烟尘，有的烟尘是大火随着气流先行飘过来的灰，有的则是巨蕈垂死喷发出的大量孢子。又是“轰”的一声巨响，原先被韩克等人制住的那个艾隆坏尔人，本来缠住他的菌丝因为巨蕈缩小而失去了支撑，无法承受他的重量，所以他重重地摔了下来。

森林之中，这时纷纷逃出了许多奇形怪状的生物，有的像是禽类的，有的长得像鹿和羊，却有着六足、八足的奇异生物，这些生物张皇失措地从雷葛新身旁跑过，显然也知道大祸将至。

这时候空气更为炽热，雷葛新被迎面扑来的热气烘得呼吸困难。他转头一看，却看见吉娜正背对着他，跪在不远的角落，手上猛力挥动那柄刀子，仿佛在砍些什么。

“吉娜！快逃！”雷葛新大声叫道，却发现在炽热的空气中，连自己的声音都变得模糊了，“火要烧过来了！”

不知道为什么，吉娜并没有回头，只是更猛力地持刀猛砍。

雷葛新正想再大声叫她，冷不防脚上一紧，低头一看，发现是那个被菌丝缠住的艾隆坏尔人，此刻他身上仍被无数菌丝缠住，也无力站起来，刚好他掉落的地方正在雷葛新的脚旁，也许是求生的意志力使然，便勉力伸手抓住了雷葛新的脚，但是并没有用上太大的力气。

雷葛新和这个艾隆坏尔人打了个照面，只见他脸上是那种死尸般的惨黑颜色，一半被金属物遮住，连嘴巴也盖上了一块管状金属。看到这样的情景，雷葛新不知道为什么突然想到，也许这个人身上穿的并不是盔甲，而是比盔甲更复杂的东西。

而这个艾隆坏尔人的整张脸，唯一有生气的，就是那只露在“盔甲”外的眼睛，他的眼珠是澄净的蓝色，眼白虽然布满血丝，眼神中却意外地流露出智慧的神采。

看到这样的眼神，雷葛新直觉地感到，这种艾隆坏尔人也许并不是妖怪，也不是外星生物，而是人类！

因为有了这样的想法，便决定了这个艾隆坏尔人接下来的命运。

当雷葛新和这个艾隆坏尔人四目相对时，吉娜已经停止了挥刀的动作，此刻她一转身，双手高举，拖出了一块大如床垫的巨型蕈伞，对着雷葛新大喊道：“大人！我们走！我们去伏羲神洞！”

这时候，空气更为炽热了，那火云已经又逼近了许多，雷葛新来不及多想，一把拽住那个艾隆坏尔人的脚，对着吉娜大喊道：“把他也带走！”

吉娜瞪大眼睛，但是因为情况太过急迫，也无暇拒绝，于是一只手扯着那片巨大蕈伞，另一只手拽住那个艾隆坏尔人的脚，和雷葛新一起气急败坏地将他拖走。三个人便以这种手忙脚乱的姿势狂奔逃离。

这时候，整个巨蕈森林发出哔哔剥剥燃烧的悲鸣，那巨大的火云无声无息地袭来，雷葛新只觉得有一股极为灼热的风在后面追赶，吉娜领着他，向空地的某一个方向急速跑去，一边把那张蕈伞猛力往前一扔，站定脚步，让雷葛新越过她，然后猛然一踢，便把雷葛新踢了个跟头。雷葛新还没搞清楚发生了什么事，整个人便天旋地转地身子陡地一轻，跌进了一个全身都无法着力、使力的空间！

原来，在这座巨蕈森林的后方，是一个类似悬崖的地形，中间一条山脊远远地延伸出去，山脊的中央是一条平滑的空洞。吉娜把那片巨蕈伞丢进这个沟槽似的空洞，垫在身下就是一个绝佳的交通工具。她把雷葛新“踢”进蕈伞后，顺势一推，想要把那个艾隆坏尔推离蕈伞，但是那个艾隆坏尔人体重实在太重，她这么一推反倒让他晃了两下，倒进了蕈伞里面。因为情势紧迫，吉娜也顾不上了，一声轻叱，便推着巨蕈伞跑了几步，然后跃入伞中，三个人便坐在蕈伞上顺势滑行而下。

就在这个时候，火云席卷到了巨蕈森林。因为三个人滑下的山脊地势较低，所以火云在他们的上空延伸出去，仿佛是空中铺开了一块炽热的巨毯，一开始还能感受到那种逼人的灼热，但随着山脊下去，离开越远地势越低，过了没多久，便已经将那道火云远远抛在后头。

得救了……

从原野上的艾隆坏尔军发动终极烈火武器开始，到现在不过三五分钟，但是雷葛新的主观感觉中，仿佛已经过了很久。

“得救了……”这时候，牛顿的声音也再次出现了，“刚刚真的很危险。”

此刻那张巨大的蕈伞顺着山脊急滑而下，载着雷葛新、吉娜和那名艾隆坏尔人破风前进。雷葛新在慌乱中力求镇定，勉力看向前方，却发现山脊前方不远处有一个陡然崩断的缺口。

“得救个屁啊！”他一时间惊慌不已，随口惨呼道，“要掉……”

说时迟那时快，这时蕈伞带着众人一眨眼已经来到缺口处，因为下滑的速度极快，所以一过山脊的缺口，整张大蕈伞便腾空而起，往山下的茂密森林直飞而去。

但这个断口似乎是人工刻意制造的，因为整张蕈伞从断口处飞起，在空中画了一个完美的弧线，落地的位置正是密林中另一个黑压压的缺口。雷葛新连惨叫都还来不及发出，整个蕈伞便刚刚好滑入那个缺口，进入了另一个长长的凹道，继续直滑而下。凹道的弧度似乎也经过精密计算，坡度逐渐减缓，蕈伞的速度逐渐变慢，最后终于停了下来。

这时候，才算是真的得救了。

只见雷葛新等人滑入之处，是一个巨大无比的石窟，石窟顶上有几个洞口，光线能透进来，不至于让整个空间阴暗无法看见，却又不会太亮，显然也是一个人为建造的空间。

雷葛新转过头，想要对吉娜说些什么，却看见她闭着眼睛，已经困得沉沉睡着了。

“小孩子啊……”他会心地笑笑。环视了一下四周，还是对这个奇异石窟觉得很是好奇。和牛顿相处了这么长时间，他知道此刻牛顿一定已经去四周观察了，用不了多久就会回来和他讨论这个石窟的特别之处。

雷葛新伸了伸懒腰，觉得大腿后面的受伤部位还是相当疼，正想勉力看看那只怪虫在自己身上螫出了什么样的伤口，一回头，眼角的余光却瞥见了那个艾隆坏尔人。

经过这一阵天翻地覆的折腾后，雷葛新才想起来，自己还没有好好地探究这种奇异族群到底是什么来头。想起不久前在巨蕈森林时曾经和这个人的眼神相对，雷葛新很微妙地觉得这个怪人的眼神有着人类的灵动和智慧。

此刻那个艾隆坏尔人就在吉娜身边几步远，以扭曲的姿势平躺在地，一身的铁制甲胄让他看起来像个破碎的金属玩具；此刻他一动不动，但是可以看得见他的胸口微微起伏着，显然还活着。雷葛新仔细看了他几眼，眼睛忍不住瞪大起来。

这时候，牛顿的声音又幽然地响起。

“很惊人的家伙，对不对?”牛顿沉静地说道，“他身上的那些金属外衣，并不是盔甲，而是和他的肉体长在一起的生化组织。简单来说，这个人是人类，但是身上还合成了各种非常先进的生化金属组织，他是一个生化人。”

“所以，这里并不是个落后的中世纪时代?”雷葛新想起吉娜和她族人穿着的衣物，“不过，这两个族群为什么会有这么大的科技差距？而且，高科技的这一方，怎么会落到打不过低科技这一族的下场?”

“这个……我现在还搞不清原因，这个空间里的事情，每一件都让我想破头都想不明白。”牛顿长叹了一声，“我在外头的空间时，曾经有机会到高空中去看一下，发现这个空间的天空之所以会这样阴暗，是因为大气层被高浓度的二氧化碳封住了。这应该是二十世纪末的古人最担心的温室效应，而且是最糟糕的那种情况。”

雷葛新深吸了几口长气，脸上露出疑惑的表情。

“但是这里的空气却又没有那么糟，甚至觉得比我们那个时代还要好一些。”他挠了挠头，又拍了拍脑门，“这是为什么?”

“依我看，是这一大片绿色植物的关系吧!”牛顿说道，“因为数量很多，所以发散出的氧气量也多，在地面上形成了一层薄薄的氧气膜，但是只有几十米的厚度。所以，这里的人不能做任何空中的活动，刚刚我们看到的那些巨大飞行虫类也只能在低空飞行。但是，我在高空看到了星辰，所以可以推算出这个空间的时代，这里是公元2339年左右。”

“所以真的不是古代?”雷葛新奇道，“二十四世纪啊……和我们的年代很接近了。”

“但是，它们的发展，却和我们所知的任何历史都完全不同。”牛顿说道，“这个小女孩的族人们，为什么会过这种中世纪时代的落后生活，完全解释不通。而这个生化人族群的科技为什么这么先进，却以这么悲惨的方式活着，也完全不了解。”

“悲惨?”雷葛新奇道，“为什么说他们悲惨?”

“你看看这个艾隆坏尔人，他的皮肤颜色那么糟，那是长年营养不良导致的。”牛顿说道，“但是他的肌肉却又那么发达，显然是以人为方式改造的。最惨的是他的嘴巴，你看到那根管子没有……”

雷葛新点点头，他早就注意到这个艾隆坏尔人的嘴巴连着一根管子，本以为是氧气罩之类的东西，这时候仔细一看，才发现管子是以手术方式直接缝在他嘴上的，无法卸下，而且这条管子延伸而下，另一端连接的居然是他的肛门！

“那是一种营养再生的链接装置，意味着他们必须从排泄物再次得到营养，这是古代最原始的太空旅行的做法。以他们这么先进的科技能力，却要用这样糟糕的方式得到营养，真不知道他们是从什么地方来的。明明这个空间里有这么多植物、生物，随便一抓也有东西吃，为什么要搞成这样呢……我真的不懂。”牛顿又长叹了一口气，“不过，我倒是找到了一些东西，你跟我来，在你的右后方。”

这座石窟乍看之下长了许多藤蔓和苔藓，看起来是自然之物，但是雷葛新仔细观察之下，却发现它的结构极为平整，整个空间显然是几何形状的，上半部是一个极大的半个圆形，下半部是一个四方体空间。在牛顿指点他去看的地方，有一个相当大的石室，那个石室是从巨大石脉凿出来的，里头立着许多石碑。

雷葛新仰头看去，从石洞的顶端透入的天光，再加上石窟壁上的蒙蒙光影，可以清楚地看到那些石碑上的字。那是以很细致的手法在平滑石碑上刻下的字，看看石头上长出了青苔和泛出时光摧残的蚀痕，可以看出它们已经存在了一段时间，并不是新近做成的东西。

雷葛新一寻思，不禁点头说道：“好有智慧。这样留下的信息果然可以保存得最久。”

“没错，这是思虑非常周密的做法。”牛顿的声音里听得出来有佩服和赞许之意，“人类用过很多材质保存信息，兽骨、金属、竹简、木头、丝绢、纸，后来还用上了芯片和磁盘，但是，还是把信息刻在石头上能够保存得最久。把这些信息刻在石头上的，是公元2099年的一个人，名字叫作纪光允，身份是当时一个亚细亚洲强国的总理。”牛顿长长地叹了一口气，“他们的世界，最终也消亡了。不管是什么时代，不管是什么时空，人类总能找到各种方式把地球毁灭……”

雷葛新凝神一看，果然在石碑上看到了纪光允的名字。这些石碑上，用数种不同文字刻上了相同的内容，以雷葛新拥有的核酸知识来看，能辨识得出来的是古英文、中文、拉丁文、德文、法文，雷葛新在二十五世纪惯用的语言，是接近古中文的方块文字，所以他就找到古中文的部分，仔细地读下去。

看着看着，他不禁张大嘴巴，目瞪口呆。

石碑上是以编年史的体例记叙的，从公元一八二〇年代开始。这个时空的历史和雷葛新的时空在公元二十一世纪之前，是极为接近的，许多历史事件都和雷葛新已知的事件相符，一些主要的科技发明也很类似。

所以，这个时空和雷葛新所在的时空的分歧点，应该发生在二十一世纪。从公元两千年之后，就和雷葛新已知的历史有了极大不同，这个时空的科技发展速度比雷葛新所在的时空快上许多。

“公元 2001 年，神经性触突网络界面开发完成，全球使用神经性网络组件者占总人口八成。神经性组件的高敏感度组成需用大量稀土元素，因此全球稀土元素开采需求大增。多国因为争夺稀土元素发生多次区域性冲突。

“公元 2004 年，大量开采稀土元素技术更为成熟，新技术可开采出比从前高千倍的矿藏。但新技术开发六个月后，全球需求量又开始不足。

“公元 2009 年，世界能源会议于美利坚丹佛市召开，席间由环保权威丹星博士首度提出‘开采稀土元素毁灭地球理论’，丹星博士以盖亚理论及古中国文明为论据，认为所有能源皆为地球精华，石油、天然气、甲烷等能源属低密度精华，放射性元素及稀土元素属高密度精华，过度开发将如同把人体的生命能源抽尽，将导致地球提早衰亡，无法负担所有生物的生命机能需要。

“丹星博士的理论在初期引发学界一致的反驳，但本年度下半年陆续发生史上最严重之风灾、震灾、洪水、海啸，令学界不得不正视丹星博士的毁灭理论。

“公元 2011 年，玛雅文明预言世界末日前一年，科学界预测地球发生大灾变可能性增高。世界顶尖研究单位以最高等级量子计算机仿真，预测地球全面地壳崩裂可能性极高。

“公元 2012 年九月，全球科学家对于地球末日束手无策。‘风水地球’团队出发，以古中国人体大地理论为基础，假设地球为一个倒悬人体，以中医针灸理论中的‘回阳九针’为参考，找出地球上对应身体九个穴位的九处地点，以爆炸、引水等方式发挥针灸作用，改变地球磁场。地球巨灾因而延迟，人类得到喘息之机，预期可多得数百年时间，研发挽救地球的科技。

“同年十二月，‘风水地球’团队完成任务，地球表壳剧烈活动趋于平缓，人类暂时渡过危机。但世界各大强国并未从此汲取教训，于次年(2013年)开始，所有工业污染、资源勘探工程尽数恢复原状。但‘风水地球’计划极为有效，地球暂得数十年平安，并无巨大灾变。

“公元2075年，美利坚东北地区黄石公园发生大范围土地崩陷，超级火山活动明显。2012年以来六十年间，人类科技只重欲望贪念，对于灾难并无远见；科技进展未若预期，甚至出现倒退，无法解决地球危机，只能精准预测仿真灾害发生的规模。当世强国的几个机构订出全球地壳崩毁时间表，经过无数次模拟，一致认为地球将在2099年六月发生全面性地壳崩毁，世界末日提早到来。

“公元2080年，地球末日时间表仍属最高机密，当世除了几个强国高层外，世人并不知晓。且因回光返照现象，从本年度起地球迎来大丰收，举世罕见灾难，连地壳异动也趋近停止，世人对于地球即将毁灭的危机全无概念，纵有小道消息走漏，也无人理会。

“从本年开始，世界五大强国开始秘密建造巨大飞行器，计划在世界末日前离开地球。此计划在我国名为‘伏羲’，巨大飞行器名为‘葫芦’，计有十六部，每部可载二千人、珍奇动物若干。全球此类飞行器共打造七十部，规格相近，预定可载十四万人避开末日灾难。

“然此避难计划也只是绝境中的不得已之计。地球科技从一九六O年代进入太空伊始，虚度百年光阴，各国短视，并未将资源投注于星际旅行科技之中。当今集中全球最高科技资源，也无法在十几年内发展完善星际旅行技术。‘伏羲’计划所造之飞行器，并无星际航行能力，即使离开地球表面也无法独力完成，需仰赖‘天梯’类升降器辅助，方能离开大气层。进入太空之后，飞行器内的维生系统虽可供所有搭乘者生存十五年，但这七十部当世科技最高结晶无法在星际航行，即使顺利升空，也只能让搭乘者再存活十五年。十五年后，维生资源耗尽，搭乘者命运如何，无法想象。

“公元2096年，地球末日在即，种种迹象显示预测无误，地球确将在2099年六月全面崩毁。本年度三月，七十部‘伏羲葫芦’飞行器秘密于智利纳兹卡高原起飞，离开地球。其间因法兰西国护送部队得知无法随飞行船离开地球，曾发生小规模战斗，数千名士兵强行爬上飞行器外壳，然全部死于高空或是坠地而亡；另有四艘飞行器因故障无法升空，顺利离开地球表面的飞行器总计为五十部，约十万人之众。

“我国十六部‘葫芦’飞行器最后决定停留地球，不进入太空。因为我国末日研究机构研发十年，破解了百年前奇异‘先知’的古代中国智慧档案；‘先知’为百年前的智者陈怡魁氏，陈怡魁氏以毕生之力，倾其巨富财力，将中国文化中的科技密码破译，并且研究出地球末日时人类存活下来的方法。据研究机构评估，留在地球的存活率远大于乘‘葫芦’进入太空，是以本人在‘伏羲’计划执行之时，决定留在地球，与全球九十亿人共存亡。

“公元2096年，我国向全世界宣布世界末日与‘伏羲’计划的真相，并与有意愿的国家结盟，建立末日后存活据点。主要目标为：保存人类文化讯息、增加存活人口、让存活者渡过地球巨变、维系人类一脉……

“公元2099年三月，记录者纪光允，地球将灭，愿上苍降福庇佑于我等人类，于此巨灾之际得见神迹。”

[第 11 章]

铁火族

石碑上的记录，只到 2099 年为止，也就是说，2099 年的世界末日后发生了什么事情，就不知道了。但是，这样的内容，已经足以让人屏息。

雷葛新仰头看着石碑入了神，等到回过神来时，才发现脖子因为后仰太久，已经有些僵硬了。

“很惊人吧？如果不是亲眼看到记载，还真的想象不到会有这种事情发生。”牛顿长声叹了一口气，“看起来，不管是什么样的时空，人类总是有办法把地球搞到乌烟瘴气，直到彻底毁灭。”

这句话，牛顿刚刚已经说过一次，但是看过石碑上的文字后，雷葛新深有同感。

虽说别的时空发生的事令人叹惜，但是雷葛新想起自己所处的二十五世纪时空，一场超人战争也把地球毁灭了，其实也没有什么立场说别的时空。

“所以，他们的世界末日真的发生了吗？”雷葛新喃喃地说，“他们后来发生了什么事？”

“公元 2099 年，是现在这个时代两百多年前的事了，看看现在整个空间发生的状况，很难判断。”牛顿说道，“两百多年的岁月，可以发生很多事情，世界末日也许发生过了，所以整个空间才会变成这种不可思议的状况，但是人们似乎存活了下来，或至少有那个女孩吉娜和她的族人，还有一个什么艾隆坏尔种族，也存活了下来。只是发生了什么事，目前还找不到信息，也许相关的讯息也在这个洞里。我们再四下看看，说不定可以找出什么线索。”

从记载世界末日的石碑位置更进入一些，是一个比较小的洞窟。在这个洞窟里，立着满满的石柱，石柱的高度有高有矮，高的可达三米，矮的也有一米多。雷葛新走过去仔细看看，发现这些石柱都是花岗岩材质，坚硬度高，也是很耐久的。石柱表面光滑鉴人，没有什么文字，但很奇怪的是，每根石柱上都有一道横纹，纹路极细，却入石颇深。

“这是什么东西啊……”雷葛新仔细看着，还伸手去摸摸那些石柱上的细线，发现那的确只是从石头表面刻入的线条，里面并没有别的东西，“我还以为是微型讯息呢……那年代的人很喜欢玩这种玩意儿。”

每一根石柱都有一个基座，在所有基座上都刻有两个数字，两个数字间都有一条斜线。数字以四种方式呈现，一是雷葛新时代仍有人使用的古阿拉伯数字，二是古代罗马数字，三是数量用点状表示，而零则用空心点表示，第四种雷葛新一时看不出来，牛顿提醒了他一下，才想起那是计算机的二进制数字。

“那这个是什么东西?”雷葛新好奇地挠挠头，“为什么每根柱子上都有一条线，还有两个数字。”

牛顿沉默了，他这个样子通常表示他在“思索”答案。雷葛新又问了两声，得不到回答，也就信步离开了这个石窟。

除了这两处所在之外，整个石窟似乎也没有别的什么出奇之物了，整个石窟似乎已经长年累月不见人迹，处处长满了苔藓和长草。雷葛新绕了一会儿，看见再也没有什么可以吸引目光的东西，加上这一折腾之下，人也觉得有些累了，于是便往刚刚的休息处走回去。走不多时，却听见从休息处传来急切的狂吼，雷葛新心知不对劲，于是便加快脚步奔了过去。

远远的，只看见吉娜此时双手持了一块大石，举在头上正要往那个艾隆坏尔人的头上猛砸下去；而那个艾隆坏尔人虽然身受重伤，却不知道什么时候醒了过来，身体虽然无法动弹，但看见吉娜正想用大石头砸死自己，情急之下，便大声狂吼起来。

雷葛新自从见到这个艾隆坏尔人以来，都没有听过他的声音，此刻他狂吼的声音虽然气急败坏又口齿不清，却还是能听得出来居然是古代英吉利语。雷葛新在念书时曾修过几年古英吉利语，所以听得出来他狂吼的字句是“停止！你这疯婆子”！

“Stop！Stop！You crazy bitch！”

那个艾隆坏尔人的声音在石窟中远远传出去，像困兽垂死前的凶狠绝望。雷葛新当然不能让吉娜弄死这个奇特的机械生化人种，于是便大声喝止她，要她停手。

吉娜听见了雷葛新的呼喊，愣了一下，但是仿佛下定了决心一般，决意要把这个艾隆坏尔人弄死，于是手上的大石头仍然用力砸了下去。

雷葛新情急之下，身体内的武术核酸发动，也不知道是什么地方来的灵感能量，右手戟指，居然发出一道淡蓝色力场，远远地镖了过去，把吉娜手上的大石头击开，余势未停，“咻”一声把那颗极大极重的石头击到一旁，落在地上碎成数片。

情急之下发出的攻击居然有这等威力，雷葛新自己也吓了一大跳；不过这时候来不及思考这个，他急急地奔上吉娜和艾隆坏尔人休息的平台，大声叫道：“别杀人！在这里不要杀人！”

那个艾隆坏尔人似是用了极大力量呼喊，此时身体不住抖动喘息，看见雷葛新救了他，心知一时三刻不会再有生命危险，这才软瘫下来，不住地喘息。

吉娜愤恨地瞪着他，紧紧握着双拳，眼睛似是要冒出火来，假使此刻没有雷葛新的阻止，她势必要把那个艾隆坏尔人弄死才肯罢休。

“别这样。”雷葛新有点尴尬地对她摇摇手，示意她不要再这样气冲冲的，“有什么事情好好说。”

“大人恕罪，在下失礼了。”吉娜死命地瞪着他，过了良久才想起来雷葛新和自己的关系，脸上露出惶恐的表情，跪了下来，“实是这恶鬼与我族仇恨太深，杀我无数同胞，血海深仇不共戴天。大人平日教诲我等，需将此恶鬼魔族当成禽兽对待，遇之必杀，不知大人何以阻止在下报我家人族人血海深仇?”

雷葛新微微一愣，挠了挠头，有点耍赖地笑道：“不管我从前说过什么，反正今天我不想有人死掉，这样说可以吧？不管怎么样，看在我的面子上，算了吧，好不好?”

吉娜虽然跪在地上，却仍然怒目地瞪着那个艾隆坏尔人，过了一会儿，她才像是松了一口气般垂下肩膀，对雷葛新又磕了几个头。“大人交代，在下必当遵从。只是大人如天之高，如林之翠，对在下只要吩咐便是，不必与在下相商。”

雷葛新哈哈一笑，伸手便把她扶了起来，笑道：“我知道了，那你也要答应我，以后跟我说话就说话，不要再跪下来、趴下去的了，我不习惯。你可以答应我吗?”

吉娜一怔，习惯性地又想跪下去，见到雷葛新瞪了她一眼，这才垂下头拱了拱手说：“在下遵命。”

那个艾隆坏尔人此刻似乎力气用尽了，气息也更微弱缓慢了。雷葛新想起来他刚刚说的古英吉利语，于是想和他说说话，看有没有办法沟通。

“你……”雷葛新想了一下英吉利语该怎么说，然后慢慢地对艾隆坏尔人说道，“你是什么人？你叫什么名字?”

那个艾隆坏尔人的眼神这时有些涣散，但是乍听到自己听得懂的语言，精神却陡起振作了起来。

“我……”他看着雷葛新，眼神开始变得温和起来，抿着嘴唇有些困难地开口说话，他的嘴唇看来长年都接着那种连接排泄管的装置，说起话来相当吃力。“我，艾隆坏尔。我……阿玛迪亚斯。”

“艾隆坏尔？原来你们这名字是‘铁火’的意思?”雷葛新睁大眼睛，恍然大悟地说，“还有，你的名字是阿玛迪亚斯?”

“是，是。”阿玛迪亚斯喘了几口气，无力地说道，“天空来的艾隆坏尔，阿玛迪亚斯。”

吉娜看见雷葛新居然能和艾隆坏尔人沟通，脸上露出骇异的神情，但是雷葛新此刻的身份是她从小便服从听命的主人，因此她只是张大了嘴，并没有说话。

雷葛新还想和阿玛迪亚斯说几句话，却发现他已经翻了白眼，昏了过去。

“从现在开始，我不需要你杀他，我要你照顾他。”雷葛新对吉娜说道，“要把他当成我一样照顾。总之，我要他好好的，明白吗?”

吉娜点点头，脸上虽然露出不服气的神情，却也不敢违逆雷葛新的命令。她也不知道从什么地方取来了一点儿水，把水洒在阿玛迪亚斯脸上，也喂他喝了一点水，但是阿玛迪亚斯却仿佛极不习惯似的，只喝了一小口便呛咳不已，之后仍然翻着白眼躺在那里喘气。

雷葛新坐了下来，打算休息一下。吉娜见他坐下，连忙用青草和大叶子垫在雷葛新身下，让他舒服地躺着，非常贴心，也服侍得很尽心。

直到这个时候，雷葛新才有机会仔细端详她的模样。

因为吉娜身材娇小，乍看之下会以为她是个孩子，但雷葛新仔细一看，才发现她是个有着古代欧罗巴白人血统长相的女子。她的头发虽然肮脏，却看得出是金色的，五官很立体，高高的鼻子，蓝色的眼睛，脸颊上有几点淡淡的雀斑，长得相当清秀。

“大人，请让在下帮您宽衣。”只见吉娜跪坐在雷葛新的身边，恭敬地说道。

这时雷葛新也有些倦了，便“嗯”地应了一声。但是接下来吉娜做的事，却让他目瞪口呆，不知该做什么反应。

她刚刚说的是要“宽衣”，却伸过手来解开了雷葛新的裤子。这时雷葛新身上穿的是粗布上衣和宽松的过膝半长裤，吉娜一解开他的裤子，他才发现，自己裤子里没有穿其他衣物，整个下身光溜溜地露了出来。

“啊?”雷葛新惊叫了一声，正要坐起身来，却发现吉娜接下来做了一个令他更加瞠目结舌的动作。仿佛是已经做过千百次似的熟练，吉娜低下头来，非常理所当然地张开嘴巴。

“住……住手!”雷葛新囧窘迫地惊叫出声来，“你……你在做什么?”

就在此时，空间中只听见“扑哧”一声，却是牛顿不知道什么时候鬼鬼祟祟地回来了，随即传来“哈哈哈哈哈哈”的笑声。

“不准笑！”雷葛新又惊又怒，他此刻说话的对象是牛顿，吉娜却以为是在对她说话。

这是一个让人尴尬不已却又爆笑万分的场面，吉娜愣愣地看着他，而雷葛新光着下身。

在雷葛新的耳边，牛顿依然开心畅快地一直大笑着。“哈哈哈哈哈哈，哈哈哈哈哈哈……”

“请问你在做什么？”雷葛新不知所措地保持躺着的姿势，头部微抬，也不知道是不是该推开她。

吉娜一脸不知所措的表情。“大人，在下做错了什么吗？是不是在下没有做好，让大人不高兴了？”

雷葛新露出无可奈何的表情，轻轻地把她推开，然后连忙把裤子拉起来，遮住下体。他问道：“你常常做这件事，是吗？”

吉娜点点头，有些惶恐地说：“每日大人要歇息的时候，便会命在下为您施行这等服务，这是在下的职责，不知是否在下疏懒不力，令大人不满意？”

耳边的牛顿依然发出笑声，雷葛新这时候已经大概明白是怎么回事了。很显然，他附身的这个男子除了对吉娜很不客气之外，还要她提供这种服务。“真不是个东西！还有，你也是！牛顿，你这个下流胚子，你给我闭嘴！”

吉娜有点愣愣地看着主人又在自言自语了，自从被毒虫蜇伤之后，主人的脑袋似乎出了问题，除了说话的方式不同之外，行为举止也变得很不同了。只见雷葛新又在那里仿佛跟谁发脾气似的，看到她依然怔怔地望着自己，这才叹了一口气。

“以后，你不要再做这种事了，OK？”雷葛新露出无奈的表情，既而想起她说不定又会惶恐担心，于是又补充说道：“不不不，以后你要做什么都可以，但是要听我吩咐，你才做，好吗？你只要好好地休息，做你自己的事就可以了。现在，我想自己静一静，所以，请你到我看不见的地方，要休息或是做事都可以。等我叫你了，你才过来，明白吗？”

说着，雷葛新想起吉娜已经服从惯了，于是便装出凶狠的表情，大声说道："我这样交代，你听懂了没有？"

果然，用这种恶狠狠的方式说话，吉娜便立刻照做，她又跪下来对雷葛新磕了个头，便乖乖地从雷葛新眼前消失了。

空间中传来牛顿的声音："这是古代人类男女间亲热的方式，是前戏的一种。"牛顿叹道，"你为什么不让她继续下去呢？我可以收集到更多资料啊！"

"收集你个头！"雷葛新没好气地说道，"你为什么会对这种事有兴趣？关你什么事？"

"因为你的前两次约会，我都没能收集到资料啊！避秦村和公冶南那一次，豪门时空和阎家小姐那一次，我都不在现场。"牛顿说道，"实质行为中的能量、人体解剖构造，都是很珍贵的研究资料，我的数据库里相关资料不多，有机会当然要好好把握！"

"不准你把握！"雷葛新怒道，"今后只要是我的这种行为，你都不准在场，我要你立即自行关掉，这是命令！"

"好。"牛顿爽快地回答，"只要是你的命令，我都可以服从。"

"为什么你会笑得那么开心呢？"雷葛新皱眉道，"你不是人工智能吗？为什么会有这么明显的情绪反应？"

"因为我并不是普通的人工智能。"牛顿这时恢复了原来的冷静，语声稳定地说，"我是变异过的人工智能，又和你的异常生理状态结合，所以有了这样奇怪的结果。"

"好了，我不跟你计较这些了。说说你发现了什么吧。"

"不多，我在这个时空中，没有办法找到太多信息。"牛顿说道，"这个世界的生态环境破坏严重，充满了异常的磁波，严重干扰了能量。很多原本我能做到的事，在这里都做不到了，就好像被关在高墙里一样，四处碰壁。"

"所以，我们无法得知这个世界发生了什么事吗？除了那个石碑的记录之外，在他们的灭亡之日后发生了什么事情，真的没有办法得知了吗？"

"目前我还找不到解决的方法。但是往好的方向想，我们可能可以在这里停留久一点儿了。因为在这样异常的环境中，追捕我们的时光战警同样也很难确定我们的位置，说不定我们可以逃久一点儿。”

“在这里待下来吗……”雷葛新皱眉道，“我可不太肯定我会喜欢这里呢。奇怪的民族，还有那个怪里怪气的小女人。”

“我还有另一个收获，是关于那些石柱的。”

“哦？”雷葛新奇道，“它们有什么秘密吗？”

“这是一种在二十世纪，甚至更早的时代就已经在使用的数学技巧。这些石柱，实际上是记录当年地球所有文字信息的存贮媒介，比那些石碑还能耐久。”

“怎么存贮？我看那些石柱上没有任何晶体、微型记录器啊！而且除了在石碑上刻字之外，还有什么存贮方式能更长久的？”

“我们在石柱上不是只看到一条线吗？每根石柱上都有。那就是存贮讯息的方式。”

“那不过是一条线，能存多少讯息？”

“那一条线，就把石柱分成两个长度，每个长度分别代表一个质数，也就是在石碑下方那两个数字。这两个数字其中一个当分母，另一个当分子，就可以得出一长串不会重复的数字，无穷无尽，这个你知道吧？”

雷葛新略一思索，从“古今数学论”核酸中便出现了这个理论。

“知道。”他点点头。

“所以，用这个原理，我们可以把世上所有的文字转化为数字，以三个数字来编码一个字母或字符。比方说，用 045 来代表 c，043 代表 a，063 代表 t，所以要记录‘猫’的古英吉利语‘cat’，就用 045043063 来表示。那么，我们就可以把世上所有的文字信息都化为一个可能包含几亿个数字的字符串，对不对？”

“啊……我听懂了。”雷葛新点点头，“所以，只要得到这个亿万数字的字符串，就可以倒推回去，将它转化成分子和分母的形式，这样只要用两个数字相除，就可以把这个超长字符串贮存起来了，对吗？”

“没错。那些石柱就是用这样的原理贮存了不知道多少内容的信息。理论上，只要一根石柱就能存下整个地球上所有的文字信息，但也许是为了分类，他们还是立了许多根石柱。”

“只是，也不知道要到什么时候，人们才会有能力把它们重新转为可以阅读的文字了。”

他们聊着聊着，不觉天色已经暗了。吉娜在不远处的石头后方探头探脑的，但是因为雷葛新嘱咐了不叫她就不准过来，她果然就乖乖地只是在远处看着。雷葛新哈哈一笑，便把她叫了过来。

这个小个子女子看起来是极为利落精干的，只是一会儿工夫，她便采来了许多果类叶类植物，手上还拎了只似兔似鼠、但是个头儿却比兔子还大一些的动物。利用一旁的树枝土石，她很快架起了一个烤架，又用不知道哪里变出来的打火器材生了火；用石头敲了几个碗，也煮开了水。她把那只动物脱毛后放在火上烤着，还顺便煮了几碗加了果子叶子的汤。不一会儿，便飘出来诱人的香味。

“她好厉害呀！”牛顿在雷葛新耳边赞叹道，“她比我见过的所有厨子都要厉害。”

更有趣的是，吉娜不知道从身上哪个地方掏出来好几小袋调味料，有的看起来像盐，有的看起来像是香辛料，她调理了一会儿，烤在火上的动物也泛出了肉香，肥肥的油滴在火上，发出“吱吱”声和明亮的光芒。

“大人，您请用。”吉娜将几个石碗乘上汤和肉，恭敬地放在雷葛新面前，还放上了一只调羹和一把叉子，还是不知道她是从什么地方变出来的。

这顿饭雷葛新吃得颇为开心。吉娜的烹调技术很不错，在这样简陋艰苦的环境下能做出如此口味的食物，对雷葛新来说，已经是神一般的手艺了。

雷葛新吃得很满足，一转头看见仍然躺在地上的艾隆坏尔人阿玛迪亚斯，忍不住问道：“他能吃东西吗？要不要喂他吃点儿东西？”

“我看最好不要。”牛顿说道，“他的消化系统未必能够吃正常食物，拆掉了喂食管，也不知道他能不能进食。而且他现在又在昏迷状态，还是等他清醒过来再说。”

看见吉娜这时又忙碌地清理刚才煮食时的物件，雷葛新问她道：“你还没有吃东西吧？忙了这么久，自己怎么没有吃一点儿？”

吉娜一边忙碌，一边恭敬地回答："在下先把事情做完了再吃，大人您请休息。"

她手脚利落地收拾余下的东西，把燃烧后的剩柴处理好。她的动作极为有效率，一点儿也不见混乱。她专注做事时，还不自觉地哼起歌来。她的嗓音清脆，声音不大，却有一种穿透空间的力量，让人不自禁地聆听着，心情放松愉悦。

但是听了一会儿之后，牛顿突然说了一句令人费解的话："不对，她唱的歌，歌词有些蹊跷……"

雷葛新微微一怔，也开始仔细辨别吉娜唱的歌，发现那是乡野小调，大多是半音，听起来有点像古代中国的民间曲调。乐曲没有什么特别的，令人好奇的是她唱的歌词。

……青翠森林张开魔鬼的嘴，山火爆发时谁能安睡……

……铁爷大公从百年的沉睡中醒来，身边亲人全无踪影……

……他带来天上的知识和神明的旨意，让我们活了下来……

……公元2099年的道别，让我与家人永世不得相见……

那是一种近似古代中文的语言，但是虽然相近，却完全不懂它的意思。雷葛新细听了一下，觉得是一种语言，却完全听不懂意思。

"这什么啊……"雷葛新奇道，于是对吉娜挥了挥手，"吉娜，你来一下。"吉娜立刻转头望他，停下歌声，走了过来。

"主人，请问是我唱歌的声音吵到了您吗？万分抱歉。"

雷葛新摇摇头，问道："不，刚好相反。你唱的歌真好听，这是什么歌？"

"我唱的这首歌？"吉娜微微一怔，随即笑了起来，"这是我们族人都会唱的歌啊，我们在祖先祭、年节、不死节里都要唱的。"

"这种歌，有很多首吗？"雷葛新问道，"是什么人写的？"

"我听爷爷说过，说这些歌都是铁爷大公写的，大概有几十首。"

"那……"雷葛新又问道，"你知道这首歌里面说的是什么吗？"

"我们从小就得学这些歌，但是没有人跟我们说过，歌词是什么意思。"

“我也不懂。”雷葛新摇摇头，“所以，这种语言是什么？歌词是什么意思？”后面那句话，是对着牛顿问的。

“你叫她再多唱几句，最好从头唱起。”

吉娜睁大眼睛，不知道主人为什么突然对这首歌谣产生兴趣，于是她清了清喉咙。但是她刚要开口唱，却像是想起什么重要的事情一般，拾起两根干木，点了火把。

“你……”雷葛新诧异地问道，“你是在做什么？”

吉娜撇了撇头，嫌恶地望向躺在地上的阿玛迪亚斯。“我唱的歌，只给我敬重的人听，不唱给这种畜类听。”

雷葛新笑了笑，也不好再说什么，便跟着她走远了一些，找了一个舒服的角落跟她坐了下来，插上火把，火光忽明忽暗地照着两个人的脸。

然后，吉娜便重头唱起了歌谣。

最早的时候，他们都说世界要灭亡，末日欲来时，人人号号泣。

没人理睬它，1999年，2012年，世界完全没有事，没人相信伊……

在石窟中，吉娜幽然唱着，声音回荡出奇异的气息。雷葛新很仔细地倾听着她的歌声，只觉得音调很特别，她的歌声也悦耳，但就是完全无法理解歌词的意思；那是一种接近中文的语言，里面只有几个词可以勉强猜猜。

牛顿在虚空中非常专注地听着，有时能听得到他在吉娜唱完后，也跟着喃喃地念出同样的字句。也就是说，牛顿是听得懂这首歌谣使用的那种语言的。

吉娜有点诧异地继续唱着，但是雷葛新既然没有喊停，她也就一直唱下去。她一口气唱了六首，这才停了下来。

“其他的歌，我就不会了，爷爷只教了我这些。”

雷葛新知道牛顿能听懂和分析出这些奇妙歌谣的关键，因此吉娜在唱的时候，他就没有去打扰他。吉娜唱完后，良久良久，才听见牛顿轻轻地吁了一口气。

“好厉害。”这是牛顿说出来的第一句话。

这时天色已经完全暗了下来，吉娜在雷葛新面前生起了一堆火。火堆不大，不过足以照亮身边三米左右的范围。见雷葛新沉默下来，吉娜也就悄然退到火光范围之外，不见了踪影。

“怎么了?”雷葛新奇道，“什么事情这么厉害?”

“这个女孩刚刚唱的歌，用的是一种古代中国东南地区的方言。你知道的，古代中国有多种地方方言，语系和主要语言接近，但是发音却完全不同，有的地方甚至只差个几十公里，用的语言就完全无法沟通。”牛顿说道，“而这个女孩唱的歌词，使用的是大约四百年前，一个叫作‘闽’的地方的方言。”

“难怪我完全听不懂。”雷葛新苦笑道，“虽然听起来很熟悉，却几乎没有一句能完整理解。”

“最重要的是，她唱的歌词，把这个世界的部分面貌描述了出来。写这些歌的人，是一位名叫‘铁爷’的人，这个人是这个时空的人们之所以能够存活下来的功臣，也可以算是他们的先祖……”

在黑夜的火光中，牛顿把吉娜唱的歌词大致翻译解释出来。原来，这六首歌说的是吉娜的部族在这个世界中的历史。

在石碑中记载的世界末日之后，地球上的人类绝大部分死在灾变之中；根据“铁爷”的估计，整个世界近百亿人口中，大概只有十几万人存活下来。

末日后的地球，环境变得极为恶劣，连立碑的那位大国领导人纪光允也死在灾难之中。但是，存活下来的人，遵循古代那位智者陈怡魁氏的智慧教诲，所以总算能够在非常险恶的环境中苟延残喘，这样的日子大概过了近百年。

令人惊讶的是，这位似乎是救世祖的“铁爷”，自称是纪光允的儿子，但他却是在世界毁灭后近百年才出现在人们面前的。

牛顿讲到这里，雷葛新忍不住插嘴道：“这是什么跟什么啊……哪里会有这种事，那他这一百年又是到哪里去了？难道这个世界里也有金星殖民地吗？就算是有别的地方可以避难，怎么会一去就是百年？”

“一开始我也想不通，但是在歌词中有这样几句：‘……冬眠近百年，前生如蝼蚁，性命几垂危，一旦得重生，柳暗花明又新生……’如果歌词说的是真实的事，他大概是用冬眠科技维持了百年的生命，后来才醒过来的。”

“好吧，这件事其实并不重要，重要的是，这位‘铁爷’活过来了，而且把他们的文明延续下去了，是吗？”

“没错。”牛顿的语气相当肯定。不管这位铁爷是什么时代的人，总之他就是突然出现在存活百年后的人们面前，他拥有超越当时所有人的知识，带领大家运用现有的资源重建居住地，建立了几个适合人们在这个恶劣环境居住的据点。

灾变百年后的地球也逐渐恢复了生机，环境不再像末日刚降临时那么恶劣，在“铁爷”的领导下，人们总算能够休养生息，过上了比较好的日子。

但是，好景不长。到了第四首歌快结束的时候，出现了“来自天空的恶鬼”“铁与火的恶魔”，也就是艾隆坏尔人。从第五首歌开始，歌词里讲述的都是吉娜的族人抵抗奋战艾隆坏尔人的战歌。从歌词中可以听得出来，从天而降的艾隆坏尔人极为残暴，用的武器也是非常霸道。刚开始时，地球上的人们被艾隆坏尔人全面压制，完全无法抵抗，但是在“铁爷”的领导下，人们掌握了如何和这种拥有强大火力、却对地球和大自然一无所知的种族对抗的技巧。

于是，两方的战争便一直持续下去，直到现在仍然难分难解。艾隆坏尔人拥有铁与火的强大武器，吉娜的族人们却能利用自然界的力量，两方长久对峙争战下来，没有谁能占绝对优势。

这六首歌谣，讲述的便是从末日降临，到艾隆坏尔人从天而降，对地球上的种族发动战争的历史。

听了牛顿的叙述后，雷葛新一时间觉得信息量太大，有点承受不住的感觉。这个时空世界的历史如此曲折复杂，大大出乎意料。他们沉默了好久。

石窟之中，只有火堆发出哔哔剥剥的声音，让人生出一种有些迷离梦幻的感觉。

也不知道过了多久，雷葛新有些困了，正想睡上一觉的时候，却听见不远处又传来了狂急的吼声，那个声音并不陌生，和入夜前阿玛迪亚斯的声音一样，显然是又出了什么意外状况。

第一个涌进雷葛新脑海的念头，便是“吉娜又想杀他了”，于是他立刻抄起火堆中一根干木作为火把，往阿玛迪亚斯躺着的位置飞奔过去。

阿玛迪亚斯的狂吼声极为洪亮，雷葛新很快就找到了他所在的位置，他用火把一照，映入眼中的情景又让他张口结舌地无法置信。

只见阿玛迪亚斯躺在平台上，他壮硕的身体此刻不住地翻滚着，身上缠着一条极大的蟒蛇。那条蟒蛇很粗，有成人的大腿粗细，此刻蟒蛇与阿玛迪亚斯缠在一起，随着阿玛迪亚斯不住地挣扎扭动，他们把周围的石头扫了个四下横飞。

离阿玛迪亚斯与大蛇搏斗的地方大约一两米的角落里，吉娜小小的身子蜷卧在那里，似乎非常害怕。

雷葛新从来不曾见过这样的大蛇，他曾在二十五世纪逃离生化战警的缠斗中，附身在一个被生化蟒吞噬的人身上，但那是人造之物。在自然界的动物中，这么大的蛇，他真的是第一次见到。

眼见那条蟒蛇越缠越紧，逐渐在争斗中占了上风，阿玛迪亚斯虽然奋力抵抗，却也逐渐力竭。雷葛新一时之间不知道如何是好，这时听见耳边传来牛顿沉稳的语声。

“用火把烧它！”牛顿说道，“烧它的七寸！”

雷葛新浑身一震，这才想起来在战斗核酸知识中，曾经提及蛇的弱点所在。于是他把胳膊伸长出去，将火把“嗤”一声刺在蟒蛇身上。蟒蛇被火的热度烫伤，加上雷葛新这一刺的力道也不小，于是蛇身急速扭动起来，这一扭动，缠着阿玛迪亚斯的力量也松了。阿玛迪亚斯奋力一撑，便将上身从蟒蛇的束缚中挣脱出来，他将双臂一张，双手便紧紧扼住了蟒蛇的头，准备将它的头扭下。

“别杀它!”雷葛新大叫道，用的是古英吉利语，“要不然它会越缠越紧!”

阿玛迪亚斯果然听得懂雷葛新的话，于是住手不再发力。雷葛新又用火把刺了蟒蛇几下，蟒蛇果然松开了阿玛迪亚斯。阿玛迪亚斯放开双手，于是那条蟒蛇便滑行离开了，消失在黑暗之中。

这一阵激烈抵抗后，阿玛迪亚斯更是全身虚脱，力气一松，只能躺在地上翻着眼睛喘气，连话都说不出来了。

吉娜看见蟒蛇已经离去，这才扁了扁嘴，放声大哭起来。

费了好大工夫，雷葛新才让她止住哭泣，问清发生了什么事。

原来，刚才吉娜是过来看看阿玛迪亚斯的情况怎么样了。可能是石窟中的食物香味引来了那条蟒蛇，在黑暗中，吉娜一开始并没有看见蟒蛇，等到她看见的时候，已经被逼到了角落。

就在这个危急关头，躺着的阿玛迪亚斯却勉力翻身而起，挡在蟒蛇和吉娜中间，才会演变成雷葛新看到的，他与蟒蛇纠缠搏斗的情景。

也就是说，这次救了吉娜一命的，正是这个万恶的艾隆坏尔人。

第二天清晨，阿玛迪亚斯开始发起烧来，神志更不清楚了。雷葛新和牛顿并不是没有医治他的方法，但是因为地处蛮荒，没有可用的药品，也不知道如何是好了。吉娜煮的食物中，也多准备了给阿玛迪亚斯的一份，但是他完全无法进食，入口的食物，吃下去不久就吐了出来。

这种身上装满了生化器械和管子的族群，似乎对地球上的事物很不适应，连新鲜的空气也无法好好呼吸。阿玛迪亚斯发烧昏迷了一整天，雷葛新暗地里和牛顿讨论，可能是救不回来了。

第三天中午，吉娜突然不见了，雷葛新在石窟里找了几遍也没有找到她。直到黄昏时分，她才从石窟外面回来，带了几大束颜色诡异的植物。

入夜的时候，雷葛新看见吉娜静静地坐在阿玛迪亚斯身边，不停地嚼着那些颜色奇怪的植物，有的敷在阿玛迪亚斯身上，有的喂进他的嘴里。看起来那些植物的味道一定很苦很难吃，有几次吉娜嚼着嚼着，还忍不住呕了出来。但即使是这样难以入口的东西，她还是很执着地嚼了一整夜。

到了第四天，阿玛迪亚斯开始能够吞下吉娜喂他的嚼过的植物了。雷葛新过去探了探他的体温，温度降下来了，没有发烧了。

后来，吉娜煮了食物，也是在口中嚼了之后，以口就口地喂到阿玛迪亚斯的嘴里。守护在阿玛迪亚斯身边的时候，吉娜有时候还会温柔地唱起《铁爷之歌》。

在吉娜守候阿玛迪亚斯的这几天里，雷葛新也没闲着，他和牛顿试着循吉娜爬出石窟的路径，也出去探查了周遭的环境。走了几次之后，他们发现，这个石窟所在之地，是那天观看艾隆坏尔族和吉娜族人战斗的那座山，位于山下的深谷。谷内森林极为茂盛，而且处处都有险恶的猛兽和虫类，只是不知道为什么，在石窟内却不太看得见虫子和各种禽兽，只有蛇很喜欢在洞里来来去去，有时候也能看见那天那种蟒蛇在眼前游走，让人有点毛骨悚然。

烧退了之后，阿玛迪亚斯的身体逐渐恢复了。有时候雷葛新看见吉娜坐在他强壮的肩膀上，像是骑着马一般笑闹嬉戏。只是吉娜仍然对雷葛新抱着极为尊敬的态度，只要雷葛新在场，她便会收起轻松的态度。

和吉娜关系亲近之后，阿玛迪亚斯也变得比较和气了。雷葛新有时候试着和他对话，发现他的古英吉利语并不是太流利，只是能够勉强表达自己的意思，只要雷葛新问他一些较深入的问题，他就沉默了，也不知道是不想讲还是不知道怎么讲。倒是吉娜，为了能够和他沟通交谈，有时会央求雷葛新教她几句古英吉利语，也试着教阿玛迪亚斯说她自己的语言。

也许是时空磁场错乱的关系，雷葛新和牛顿在这个绿火世界停留的时间很长，住了好一阵子仍然没有时光战警追来的讯息。算了算，他们在这个世界停留的时间已经超过了四个月。

在这四个月里，雷葛新不停地和阿玛迪亚斯说话，也教吉娜说古英吉利语。在雷葛新的引导下，阿玛迪亚斯的语言技巧好了一些，能够更精确地表达自己想说的话了。他的智能和人类没有很大的差别，只是因为后天环境的关系，才会有些不擅长言辞沟通。

沟通顺畅之后，雷葛新便询问了阿玛迪亚斯有关艾隆坏尔族的事，得到的答案让他和牛顿惊讶不已！

在此之前，雷葛新和牛顿曾经讨论过这个艾隆坏尔族到底是什么地方来的种族。因为他们是“从天而降”的，所以一开始本来以为他们是从外星来的生物，至少也是从雷葛新所在二十五世纪的“金星殖民地”来的人，但是在这个时空世界里，世界在2099年毁灭了，在此之前他们并没有足够先进的科技发展出外星殖民地的设备，所以艾隆坏尔族也不可能是来自别的星球殖民地的人。

经过雷葛新和牛顿好几次努力地以有限词汇和阿玛迪亚斯讨论之后，再对照洞窟中石碑上的记载，最后他们发现，艾隆坏尔族居然也是地球种族，是和地球人同种、同基因的人类！

他们在一百多年前离开地球，企图避开世界末日的灾难，但是最终却将自己的后代子孙变成了艾隆坏尔族这种可悲的生化机械人种。

原来，所谓的艾隆坏尔族，其实就是当年在“伏羲方舟计划”中离开地球的那群人的后裔！

当年成功离开地球的那五十部太空飞船，离开地球后便在地球轨道上绕行飘浮。他们在太空中亲眼见到地球的灾变，刚开始还觉得庆幸没有留在地球，至少还保住了性命，但是随着资源逐渐减少，在宇宙飞船中的生活也逐渐变为炼狱。这个名为“伏羲葫芦”的方舟计划中，原先设定所有人在宇宙飞船中生存的时间是十五年，但是这个设定经过实际验证，发现那是在最低生活需求的条件下才能勉强维持十五年。而从第五年开始，长年在太空中生存的人们，有的开始出现严重的精神病症，而因为缺乏阳光、水、空气的滋养，居住在宇宙飞船中的人们陆续死亡，还爆发了瘟疫；幸存下来的人也不好过，他们面临粮食的短缺、疾病的威胁，还有机件的老化损坏。于是，在离开地球的第七年，他们不得已选择迫降在月球，这时候，五十部方舟只剩下了三十六部。

所幸，在月球上，这群地球的幸存者找到了位于月球背面的一座城市。这是在地球灭亡前，一群纳粹后裔建造的城市。

这群纳粹后裔在地球上掠夺了很大一笔财富，并在第二次世界大战时希特勒留下的讯息中，找到了位于中美洲地底的一处古代文明遗迹；

那个遗迹位于百慕大三角洲地底，是一处能够把人和物资转移到月球背面的时空通道。纳粹后裔用五十年的时间，将地球上的大量物资、武器、设施由时空通道转移到月球背面，建造了一座城市。

当方舟内的移民抵达月球背面时，这座城市已经空无一人，不知道当初的建造者经历了什么事情。但是，当年运送至月球城市的物资有一部分依然保存完好。靠着这批物资，方舟中的移民在月球上度过了极为悲惨的九十余年。

在月球上居住，无法像在地球上一样靠耕种和养殖牲口取得食物，因为在那个环境里，很少有植物和动物能存活。当年在方舟中带上的地球珍稀动植物，早在前几年已经被吃光了。为了减少物资的消耗，移民的后代利用武器和残存的设备将人体改造成生化机械，以最大程度节约物资。在九十余年的改造中，将原本正常的人类改造成生化族群，以排泄物再造的食材为食，也就是现在出现在雷葛新和地球人面前的“空中恶鬼”——艾隆坏尔族。他们的生活中只以求生为第一要务，所以在月球基地生活的他们没有文化、没有艺术，只有求生的技巧和战斗的训练，因为随时要提防他人来抢走自己的食物，而在战斗中被杀的人，也常常成为对方的食物。

即使是这样，离开地球百年后，月球城市上的资源也即将耗尽。从天文望远镜中，艾隆坏尔族观察到地球已经复苏，而百年前离开地球的“方舟”，其中有七部仍然可用，他们便搭乘这七部“方舟”，艰难地回到地球，并且与地球上的种族开战。

雷葛新和牛顿虽然已经进入过好几个时空世界，也见过各种残酷可怕的场面，但是艾隆坏尔人的遭遇还是让他们听得目瞪口呆。想起这些地球子孙在太空中经历的这一百年岁月，心想当初也许在地球的灾变里死去会是比较幸福的结局。

[第12章]
神秘的当铺

在吉娜的照顾下，阿玛迪亚斯基本恢复了健康，也能够以地球上的食物为生了。但是，他身上的生化机件与他的肌肉、骨骼紧紧地结合在一起，雷葛新和牛顿看过了几次，怎么也没有办法将它们全部拆除。随着阿玛迪亚斯逐渐适应了地球上的自然生活，有些小一点儿的器械会随着他的肌肉组织愈合而自然地脱落。

雷葛新观察过阿玛迪亚斯的身体，他身高一米七，是一般地球男人的身高，但是肌肉经过人工强化，所以整个人像石头一般横肉箕张，大概有两百公斤重。他的肌肉素质很强，所以力气和跑跳能力也比地球人强大。在石窟投下的日间阳光下，雷葛新常常看见吉娜很快乐地坐在阿玛迪亚斯的肩上，骑着他在石窟里四处跑跳，两个人玩得很开心。

雷葛新也跟吉娜聊过一些她在部族里的事，虽然对于“铁爷大公”的崇敬之感绝无怀疑，但是从她的描述中，也可以发现，生活在她的部族中也不是什么愉快的事。那是一个阶级分明、所有好处都集中在少数贵族身上的部落，大多数人还是过着奴隶一般的清苦生活。雷葛新早就叫她不用再贴身伺候，只要她煮好大家要吃的食物即可，因此她将大部分的时间都花在与阿玛迪亚斯的相处上，两个人比手画脚，有时候还请雷葛新当翻译。没过多久，两个人便可以絮絮叨叨地窝在角落里聊上老半天。最重要的是，可以看得出来，这段日子是她过得很快乐的时光。

阿玛迪亚斯恢复得更好了之后，吉娜开始带着他到外面的世界探险，有时雷葛新也会跟他们一起出去。刚开始雷葛新和牛顿努力地研究石碑上的无理数字符串，想要找出破译的方式，但是那种承载讯息的方式必须有强大的计算机系统辅助才能做得到，也就放弃了。雷葛新也和牛顿更详细地读了纪光远留下的石刻记载，发现其中还有不少他们不懂的讯息，特别是里面提到的，那位古代先知陈怡魁氏留下来的智慧知识，像风水、祝由、命理、中医等学问都很不容易懂，想要理解其中的奥妙可能要花上很长时间。研究得累了，雷葛新就会跟吉娜、阿玛迪亚斯一起去密林中探险。

在探险的过程中，雷葛新不断地和牛顿讨论这个时空的异常之处，他发现这个时空的磁场非常紊乱，很多空间的物理性质都变了，像有的地方的重力异常，河里的水会高出河岸潺潺流动，却不会倾流下来，像透明水族箱一般，高出地面几十厘米地流动着。

森林里也充斥着一些异常生物，像是要经过几万年、几百万年才能演化而出的生物，在这一百多年的岁月便已经成形。雷葛新曾经在密林的某片空地上看到一群长着如冲浪板大小长齿的象，吉娜说那是暴齿象，异常凶猛，会杀人；他也曾经在突出河岸的水边看到长着绚丽长毛的水母、鱼身狼头的鱼；在密林中还存在着没有实体、只有光影的幽灵狐鬼，似乎在空间混乱的世界中，连异世界的灵体也能像生物一般在这里生活。

有一天，阿玛迪亚斯用敏锐的听觉听到密林远方有奇异的声响。雷葛新和吉娜在他的带领下，找到一处密林中的空地，发现几个时光战警正被一群翼虎包围着。这种翼虎是密林中常见的猛兽，身体大概有一条狗那么大，算是小型猫科动物，背上和前臂间连着一层薄膜，可以在树与树之间滑翔而行，是相当难缠的猛兽。

那群翼虎大约有二三十头，在它们的围攻之下，那几个时光战警仿佛失去了力量一般，只能勉力抵抗，其中一人还被咬中了喉咙，血流如注。

在雷葛新的耳畔，这时传来了牛顿的声音：“磁场的异变，让他们失去了能量的运作能力，所以等于是武功尽失。”

虽然时光战警是雷葛新的敌人，只要遇上了他们，那是绝无幸免，但雷葛新并不是见死不救的人，他只微微一愣，便指点着阿玛迪亚斯出手，自己也用在这个时空出现的光能量赶跑那群翼虎。

这群战警有七个人，躺在地上喉咙被翼虎咬伤的，是他们的队长，说是“水”支队的小队长李睿。雷葛新让两个还能走路的先行，然后阿玛迪亚斯扛了三个，自己搀着两个，一路走回石窟。

这些核酸局的时光战警在这个时空失去了控制能量的能力，连辨识能量的能力都失去了，居然没有人认出来这个解救自己的人，便是整个警队欲擒之而后快的头号通缉犯——“时光英雄雷葛新”，只是忙不迭地道谢。

“你倒是心地好啊……”牛顿有点不快地说道，“按理说，我们遇到他们，连跑都来不及了，你还这么好心救了他们。”

“不然要怎样?”雷葛新没好气地说，“你也看到当时有多危急，如果不救他们，他们不就被翼虎吃掉了?”

“那个倒是没关系。”牛顿悻悻然地说，“但是也没有人叫你把他们带回来吧? 万一他们能力恢复了，立刻先把你抓回去，判你个六百年。”

“那万一他们的能力就这样，不会恢复呢?”雷葛新摇摇头说，“把他们放在那里不管，不用多久就被猛兽虫菌吃掉了，这跟害死他们有什么区别?”

等到时光战警们从虚弱软瘫中恢复一点儿之后，雷葛新试着和他们交流了一下，发现这七个人除了小队长李睿外，有两个是“风”支队的，有一个是“火”支队的，其他都属于一个较为少见的“土”支队，平常没有负责警队的职务，都是执行工程方面的任务。这次连他们都派了出来，可见得核酸局是精锐尽出，一定要把雷葛新捉拿归案才肯罢休。

雷葛新细问他们来到这个时空的细节，这才知道，这群在所有时空几乎没有敌手的时光战警，在这个世界遭遇的却是非常惊悚的经历。

“我们大概是进入这个时空的那一个瞬间，就知道事情大不对头了。”说话的是“风”支队的一个队员伊黎雅思，讲述当时发生的情形时，他的脸上依然有着惊恐的表情，“本来可以借着能量四处搜捕核酸犯的我们，在这里的天空中只飞了几分钟，就纷纷失去了力量，掉在密林之中。我们几个掉落的位置，林木较为茂盛，掉在树枝的间隙，挂在高高的树上。”

另一个也是“风”支队的队员叫小安，听到这里，剩下的一只眼睛瞪得老大，忍不住呻吟起来。伊黎雅思安慰地拍拍他的肩，无力地叹了一口气。

“另外几位队员掉在密林的平地上，因为没了能量，所以有人摔伤了腿，大声呼痛起来。我们看见他们的状况，正要跟他们呼声联系，好在‘火’支队的祈绚支队长十分警觉，叫我们不要出声。”

“因为，掉在地上的那些队员们，这时候已经被一群穿着……”伊黎雅思忽然惊诧地瞪着眼，看着吉娜，“对！就是她这种衣饰打扮的人，他们大概有三四十个，不知道什么时候从密林中冒了出来，静静的，像蚂蚁群一样从密林中走出来，围着那几位队员，盯着他们看。”

吉娜本来很专心地听着伊黎雅思的叙述，听到“穿着跟她一样的人”的时候，扁了扁嘴，露出满不在乎的神情。

“尔后，我族人等把受伤之人集中一处，尤其是无法行动之人，是否?”

几位时光战警神色惊恐地互望一眼，点点头。“对。其中两位脚伤得很重，完全无法行走……”说着说着，伊黎雅思突然情绪激动起来，“但是，不管怎样，他们只是无法行动，又不是没有生命迹象或是快死了啊?”

“但是，他们也对他们敬了礼，而且还唱了祝歌，不是吗?”吉娜说道，“所以他们是对他们致敬了啊！”

她这番话下来有点没头没脑，但雷葛新和她相处了多日，知道她这个族类的逻辑，所以听明白了她的意思。但是他不了解的是，目前听起来还好，但是为什么伊黎雅思的情绪会如此激动?

不过，接下来再说下去，他就懂了，而且吓了一大跳。

“什么敬礼? 什么致敬?”伊黎雅思脸色变得赤红，而且声音开始大了起来，“不过是跳了一下舞，跪下来嗑了几个头。但是，他们接下来就用石头把我们的队员打死了，就这样当场活活打死，你知不知道?”

他此言一出，雷葛新和牛顿都吓了一大跳，同时“啊”的一声惊呼出来。“啊？什么？”

“就是这样啊，有什么不对的？因为他们作为食物，是我们伟大的恩人，所以我相信，我的族人一定对他们非常尊敬地祝祷了，而且一定是用灵棒一棒就把他们的头打碎，一点儿痛苦也没有，不是吗？”吉娜睁着无邪的大眼睛，像是在说着再正常不过的事情，“他们一定是完全没有行动能力了，就算活着也是拖累，所以才会决定将他们当作食物的啊！没有受伤的那几个，我们就不会当场吃他们了，而且会救他们。这样做有什么不对吗？”

“所以，你也知道，那些人……不，你的族人吃掉了我们的队员？”伊黎雅思怒道，“那我们其他人呢？也会被吃掉吗？”

“不一定啦。”吉娜摇摇头，“要带回去给族长看看，认定他们是什么种族，如果不是敌人，也不是禽兽类，就有可能不吃掉。”

几名时光战警这时候露出了悲愤不安的神情，要不是他们已经能量尽失，加上旁边有着奇形怪状的阿玛迪亚斯和看来也非善类的雷葛新，也许就要当场把吉娜打倒。但是此时状况对自己大大不利，于是他们只好喘着气，狠狠地瞪着吉娜。

看着气氛越来越不对，雷葛新皱了皱眉，连忙挥手出来打个圆场。“吉娜，别说了！你不懂他们的规矩。还有你们！”他转头对着时光战警大声叫道，“别忘了，救你们来这里的也有她，就算她的族人有千百个不对，也和她无关，至少你们的队友不是她吃掉的！”

他此言一出，时光战警们想想也对，于是便逐渐收起了愤恨的神情，纷纷找个空地或坐或躺下来，开始休息。

看见大家总算暂时停止了争端，雷葛新忍不住松了口气。“唉……还好，总算没事了。”

牛顿冷冷地说道：“别高兴得太早。”

这时候，本来静静地立在一旁的阿玛迪亚斯也开始警戒起来，发出低低的吼声。吉娜看见他不寻常的样子，也身体紧绷，眼中露出闪亮的光芒，跟阿玛迪亚斯注视的方向一致，仰头望向石窟的顶端入口。

在那里，这时隐隐传来人声。不一会儿，便看到几个人的脑袋鬼鬼祟祟地从石窟的洞口冒出来。

那几个人从高处的石窟洞口往下望着，其中一个人看见石窟中有这么些个奇形怪状的人，仔细看清楚这几个人的长相，看到吉娜时便有人高声叫起来："你！你这个贱婢在这里！"

几个人一边叫，一边就往石窟里跳进来，就着外头映入的光线，有人终于看见了蜷缩在角落里的阿玛迪亚斯。

"铁火！铁火恶鬼！"那几个人惊声大叫，纷纷抽出身上的武器，围成半圆形，向阿玛迪亚斯的方向慢慢逼过去。

这时，阿玛迪亚斯眼中露出凶狠的光芒，低声吼叫着也站起身来。吉娜纵身一跃，挡在他和那几个族人的中间。

"你这贱婢，你在干什么？"其中一人怒声大叫道，"快快拿起刀来，随我等把这恶鬼杀掉！"

另外一个人更是不多话，抄起手上一支短矛便往吉娜和阿玛迪亚斯的方向射过去，丝毫不在意吉娜的生死。阿玛迪亚斯仿佛早就料到有这一招，他大吼一声，便伸出粗壮的臂膀护住吉娜，那根短矛"嗤"的一声插入他的手臂，但是因为阿玛迪亚斯的肌肉太过强壮，因此只是刺入了几厘米。

"住手！住手！韩克大人在此！尔等莫非要犯上，不等大人的命令吗？"吉娜大叫道。

那几人听到她的叫喊，都是陡地一怔，转头看向雷葛新，等看清他的长相后，纷纷跪了下来。但是其中却有一个人哼了一声，并不下跪。

"是啊！我就是韩克大人。"雷葛新昂然地背起双手，站在几个人面前，装出得意高傲的样子，"我现在命令你们停手，听我的指示。"

跪下的那几个人面面相觑，一时间不知如何是好。那个没跪下的人往前走了一步，沉声说道："你是什么东西？你叫韩克？"

这个面生之人，吉娜其实也不认识，只是看他们和族人们在一起，便以为搬出雷葛新就可以吓倒他们。这时候她看这个人对雷葛新毫不惧怕，心中暗叫不好。

“你又是什么东西?”雷葛新笑道，“本大人就是韩克大人，见了还不下跪？不怕我打你一顿?”

那个人脸上露出凶狠的表情。下跪的人中有一个是胖胖的老者，这时候他连忙仰头，双手对着雷葛新不住地拜着恳求。“别……别这样说话，韩克大人，他是铁族的大公之子，是我们领主的主人，请不要惹他生气。”

雷葛新哈哈大笑，整个人跃了出来。“太好了，来来来，我再给你一个机会，来这里跪下，跪得好我就不打你!”他平常并不喜欢跟人耍这种嘴皮，但是此刻会这样做，是想要分散他们的注意力。他一边说，一边把手背在后面，对吉娜和阿玛迪亚斯做出让他们溜走的手势。

但是那个大公之子却是相当敏锐之人，他一转眼便看见吉娜带着阿玛迪亚斯打算躲到一旁，于是也来不及理会雷葛新了，双手拽着那几个跪下之人，把他们拉起来。“先别理他，先把这个妖怪杀了再说!”

他言语间手里也没闲着，抄起手上一只手斧便掷向阿玛迪亚斯。这一斧来得好快，阿玛迪亚斯一个闪避不及，便被手斧砍中了肩头，只是他的身形和绿天族人相差很多，这只手斧虽然插入他的肩头，但是武器的尺寸相当小，所以只造成皮肉之伤。

但是方才那一矛再加上这一斧，就把阿玛迪亚斯彻底惹毛了。吉娜还想要安抚他，但他却很敏捷地纵身一跃，在空中翻了个跟头，便越过了吉娜，向几个绿天族人的方向冲去。

冲在最前头的那人这时候看阿玛迪亚斯的来势像是风火又像是大山一样猛恶非常，下意识地伸手一挡，两只手居然被阿玛迪亚斯的巨掌同时抓住，顺势又抓住他的腰，一个转身便把他重重地摔了出去。“嘭”一声巨响，撞上了一块大石，发出了筋骨断裂的可怕声响。

看见阿玛迪亚斯转眼间便打飞了一个人，其他几个绿天族人吓得再次跪倒，不敢面对阿玛迪亚斯。阿玛迪亚斯也不为难他们，一个箭步向前冲去，伸出巨掌，目标正是那个大公之子。

这几个动作如电光火石，雷葛新根本来不及反应，嘴里还在说“住手！别……”阿玛迪亚斯已经用巨掌抓住了那个贵族的头，猿臂画出一条半弧，便将他的头重重地往地上一掼，“咔”的一声，立刻把他撞得头破脑出而死。

阿玛迪亚斯这一出手，瞬间便杀了两个人，几个绿天族人吓得连跪都跪不住了。阿玛迪亚斯跳到他们面前，张开大口，狂吼出声，声音极为嘹亮惊人，把那几个人吓得纷纷尿了裤子。

这时候，吉娜表情复杂地跃了过来，又挡在了阿玛迪亚斯和族人的中间。只不过这时候，情况已经和刚才完全相反了，刚才她是为了阻止族人伤害阿玛迪亚斯，而现在她是希望阿玛迪亚斯可以饶过族人的性命。

吉娜挡在阿玛迪亚斯的身前，示意族人们赶紧逃命要紧。“快走！你们快走！”

那几个几乎软脚的绿天族人连滚带爬地越过吉娜和阿玛迪亚斯的面前，头也不回地逃走了。直到他们的身影消失在石窟洞顶，雷葛新才松了一口气。

而时光战警们这时都看傻了，他们本是有大能力的人种，但是能力消失后，连胆气也跟着变小了，看了这场迅如闪电的战斗后，不免有些心惊。他们到达这个时空后，只遭遇过绿天族人，而且还有队员被他们打死吃掉。但是现在又见到这个粗壮强大、又貌似机械生物的艾隆坏尔人，弹指间便将两个绿天族人以惊人的手法杀掉，更是让他们胆战心惊，不知道在这个时空还有什么可怕的敌人。

“他们目前还没有能力穿越时空，所以对我们不会造成威胁。”牛顿对雷葛新说道，“如果你想留下来，是可以的。关键就在于，你想不想留在这里。”

“但是这个石窟也不能待了吧?”雷葛新叹了口气，“刚刚那几个人过不了多久，一定会再带人过来的，到时候可就麻烦大了。”

只见吉娜和阿玛迪亚斯躲在一旁窃窃私语了好久，最后仿佛下定了决心似的，一起走过来，对着雷葛新跪下，磕了几个响头。

“韩克大人……不，吉娜虽然驽钝，这段日子下来，也早已应知大人并非韩克大人。”吉娜眼神坚定，声音清脆悦耳，在洞穴中远远传了出去，“承蒙大人的教导和厚爱，使我二人相识相知，但我族人此去必再回来，到时恐怕又有杀戮之事，这是我们不愿见到的。因此，我们就此离去，在这里特向大人道别，并请大人惠赐自由，让吉娜能够和夫君归去。”

“夫君?”雷葛新笑道，“所以你们两个已经……”

“我二人除非蒙大人允许，绝不行夫妻之事，但我们已结盟誓，愿意生生世世在一起。”吉娜正色道，“但此盟誓仍要大人允可。”

“可可可!”雷葛新哈哈大笑道，“我再可不过了，你们两个能在一起，我比谁都高兴!”

吉娜大喜，而阿玛迪亚斯此时也已经可以听懂一些吉娜与雷葛新交谈的内容，听到雷葛新的祝福，也是兴奋不已。

“只是……”雷葛新叹道，“你们此时出去，必定非常艰险啊。你的族人未必能接受阿玛迪亚斯，而艾隆坏尔族更可能见到你就当场开火，这条路，并不好走哦!”

吉娜与阿玛迪亚斯转头对望，同时坚定地点了点头。

“我们知道，我们要做的事会万分艰辛。”吉娜坚定地说，“我们除了生存之外，还要让铁火族与绿天族能够相互了解、共存。我们最终的目标，是要让所有铁火族与绿天族的人能像我们一样，可以结为夫妻，可以做朋友，可以当邻居。”

听到她的话，雷葛新不禁咋舌，心想这个小小的女子，身体里不知道藏着多强大的火焰，这样艰困万分的事，也能这样侃侃而谈，没有任何迟疑。连牛顿也被她的豪气感动了，不住喃喃地重复着：“好强大，好强大……”

只是，很微妙的，雷葛新在心里很肯定地知道，这个女子许下的这个愿景，一定能够实现。

“你的想法，我相信，一定能实现的!”雷葛新由衷地对她说道，“你的子子孙孙，日后一定会被你的伟大情怀庇荫。我只希望你能告诉你的子孙和族人，如果有任何困难，就到石窟里的石碑上去找寻，找寻的奥妙在于……”

在石窟映入的微光中，雷葛新详细地告诉吉娜解开无理数分子分母的关键，也用古英吉利语解释了一次给阿玛迪亚斯听，怕两个人听不懂，雷葛新还用他们看得懂的文字写了下来。

“就算你们两个看不懂，日后你们的子孙一定有人可以解开这个谜团，重新把文明找回来，恢复地球的原来面貌。”雷葛新笑道，“只不过，也许我已经看不到了。”

再次向雷葛新拜别后，吉娜小小的身影便和阿玛迪亚斯爬向石窟上方的入口处，但是，她的身影消失后，却又探出头来。

“主人，虽然是非常不礼貌的行为，但是我真的很想知道，您的真实姓名。”她清亮的声音传遍石窟的每一个角落，也清晰地传入时光战警们的耳朵里，“阿玛迪亚斯说，我们要把您的名字永远留在记载里，我们之后的子孙，每一代都要有人以您为名，永远铭记您的恩德。”

雷葛新仰头看着她，开心地笑了。

“我的名字啊，叫作雷葛新。”

微风，轻轻柔柔地，再次吹进了石窟之中。从外面映入的微光映照在时光战警们的脸上，没有人说话，也没有人动，所有人都静静地思考着，回想着刚刚发生在这个空间里的事。

“我的名字啊，叫作雷葛新。”这句话在片刻前清晰地传入时光战警们的耳中，此刻似乎回声仍在石窟中回荡。众人面面相觑，却一时间不知道该做出怎样的反应。

而那个本来以为叫“韩克”的男人，这时候仍然坐在离时光战警们不远的地方，脸上挂出他看着众人时的最后一抹微笑。

但是，这具躯壳已经停止了呼吸。

公元 1974 年早春时分，天空蔚蓝，天际一道排气云划过天空中央，凌晨时分，空气清新美好。

美国东岸，文化名城波士顿，位于城东的唐人街，哈里森大道上，此刻因为还是清晨，街上人车仍稀，只偶有三两流浪汉蹒跚而过。红砖墙上，处处可见翠绿的常春藤，爬满了泛满古意的老建筑。

这里是美国历史最悠久的名城，二十世纪历史上的许多名人，都曾在这里留下过他们的足迹。

但是，对于十九岁的大学生威廉来说，这个春天早晨一点儿都不美好，他留下的足迹如果会说话，大概只会发出一长串的惨叫呼声。

此刻，威廉在唐人街的哈里森大道上，心脏狂跳到几乎破裂，还差点儿被汽车撞死。

是的，如果你的身后有三个体重两百五十磅以上的大个子在狂追你，而且如果追上了不只给你一顿好打，甚至会送掉一条小命的话，你也会觉得这个波士顿的春天早晨真是糟糕透了。

这三个大个子是在学校附近出没的小混混，几个星期前，威廉才在校门口被他们抢劫，还被他们打了一顿。想不到他们从此记住了他，只要在街上遇见，就会像这样狂追他。

前几天，威廉又冤家路窄地遇见了他们，好在当时校门口人多，他混在人群中好不容易躲开他们。那时候他们就在大街上狂吼："再让我们遇上，你就死定了！"

但是，谁能想到，在校门口遇见这群恶煞已经够倒霉了，一大早开车到波士顿的唐人街来吃个中式早餐，也会遇上这群打起人来拳头重得要命的坏蛋?!

于是，威廉决定在清晨的唐人街狂奔而逃，如果这一次被他们逮着了，谁知道这几个黑心肠的坏蛋会干出什么事?

运气不好的是，这三个体重超过两百五十磅的大个子，居然也很能跑。此时，威廉只恨自己成天只会窝在计算机室里编程序，没有多做运动；他只恨没有多生两条腿，就算他用尽全身的力量狂奔，也只是勉强不被他们抓着。

哈里森大道很长，跑了好一阵子还是没到尽头。更糟的是，威廉对波士顿唐人街的路不熟，跑啊跑的，也不知道哪根筋不对，威廉突然决定在又直又长的哈里森街拐个弯。本想这样可以多些机会摆脱他们，但是拐过这个弯后，威廉就知道自己犯了个天大的错误。

因为，他拐进来的这条小巷，是一条死巷。一条阴暗的巷道，尽头是一扇上了几道重锁的铁门。

威廉颓然地跑到铁门前面，看看铁门的高度，又看看那几道重锁，心里知道今天大概难逃噩运了……

三个大个子，其中两个人是白人，一个是非裔黑人，共同点是一式的丑恶嘴脸，也不知道怎样长的，都是一副“我将来会坐牢坐到死”的样子。

威廉环视四周，整条巷子空空荡荡，地上都是垃圾杂物和积水，角落里有一个不知道是不是酗酒死掉的流浪汉，蜷缩在一大堆报纸里面。

威廉的心中，此刻眼前像走马灯一样，闪过十九岁生命中的一幕幕景象，听说这就是死前的回光返照，只有在行将离开人间的家伙身上才会发生。

空气中，忽然起了一阵不易为人察觉的微风。不过，这也可能是一个快要送掉小命的年轻大学生的错觉。威廉只觉得脚一软，整个人坐倒在地。他瘫软得连头都抬不起来，于是认命地闭上了眼睛。

他已经跑到心脏几近爆炸，再也跑不动了。

你们要怎样，就怎样吧！要抢钱，要杀人，就随便你们吧！威廉心中这样颓然地想着。

四周不知道从什么时候开始，已经变得寂然无声。威廉好奇地抬头，睁开眼睛，刚好看到长长的巷子那一头，那三个大小子落荒而逃的身影。

得救了……

就读哈佛大学的年轻学生威廉在春天的波士顿早晨逃过了这一劫，但到底是怎样逃过的，他却一点儿概念也没有。他环顾四周，整个长巷里，依然只有角落处那个年老的流浪汉躺在那里，似乎在呼呼大睡。

威廉小心翼翼地确定了那几个小混混已经走远，这才蹑手蹑脚地离去。

长巷里恢复了原来的寂静，日光逐渐偏斜。那个老流浪汉继续在角落里一动也不动地沉睡，直到一双脚沉稳地走到他的面前。

走到那个老流浪汉面前的，是一个年纪也已经相当大的东方老者，他的长相森冷如鹰，脸上的皱纹像是刀刻出来一样既深又立体。他脸上的神情相当恭敬。

“我等您已经等了六十年了，师叔。”那个老者说道，“师父说您会来与我相见，却没料到，您让我一等就等了六十年。”

在他的身后不远处，长巷尽头的铁门开着，显然是他走出来的地方。铁门里有一幅遮住半扇门的蓝色布帘，上书一个大大的“当”字，显然是一家中国当铺。

那个老流浪汉仿佛还没睡饱，好不容易才睁开一只眼睛，声音低哑地说：“什么啊……没事干吗吵我睡觉啊！”

那个老者仍然恭敬地站着，说道：“弟子肃千钺，是本门第六十七代弟子，奉师父之命在此等待师叔。今日师叔已到，请至师门一叙。”

老流浪汉又睁开了另一只眼睛，正要回答的时候，却脸色一变。此刻他是躺在地上与肃千钺说话的，因此视野中只见到肃千钺的两只脚，但是透过肃千钺的两只脚看过去，却看到他的脚后面不知道什么时候又多了好几双脚，正在慢慢地走近。

这时，在肃千钺身后，从长巷的另一端，出现了许多穿黑色大衣的人，这些人都穿着厚重的毛呢长大衣，戴着黑色礼帽，至少有几十个人，一瞬间便把长巷堵得满满的。

“你……你后面有很多人啊……”老流浪汉低声说道，“你没看见吗？”

“当然有很多人啊！师叔，你别跟我开玩笑啦！”肃千钺咬着牙，露出极为恐惧的神情，低着声音，仿佛怕被那些黑衣人听见，“他们是摩侯罗迦众啊，我们师门已经被他们追杀了几百年，自从他们找到我之后，他们已经在门前盯梢了三十年……”

“什么东西？”老流浪汉笑问道，“他们在追杀你？”

“当然！”肃千钺牙齿越咬越紧，声音从牙缝中挤了出来，“我们师门最大的敌人便是这摩侯罗迦众！师叔，这都什么时候了，您还在跟我说笑！”

“说真的，”老流浪汉叹道，“我真的没跟你开玩笑，我从来不知道这些什么魔洛哥哥众。”

肃千钺闻言脸色大变，整张老脸像是抽去血液般地变得灰白难看。

“什么？你不是师叔？”

老流浪汉摇摇头道：“我真的不是你的什么师叔。”

肃千钺知道情况不妙，脚上一纵，便想往当铺方向逃跑。别看他如此苍老，动作却仍是十分利落，但是此刻身后那些穿黑色大衣的“摩侯罗迦众”却已经无声无息地把他的退路封住了。

为首的两名摩侯罗迦众如大鸟般纵起，对肃千钺使出“饿虎扑羊”的招式，登时便要把他制住。肃千钺腿一沉，整个人往后一仰，使出一招极为漂亮的“铁板桥”，避开了两名摩侯罗迦众的扑击。但是这些人对于群体作战极为熟练，前面两个人攻击不中，后面更有三人同时从下盘出腿攻击；肃千钺这一后仰，将身体降至地面，此时又有三个人横腿扫来；避开了前两个人，却终于避不开第三人的腿击，登时在脸颊上中了一腿。虽然他在千钧一发之际将力道卸去，但是被那一腿扫中，脸也相当疼痛。

不知道为什么，第三波的攻击却收住不发了，但是第四拨攻击者已经悄然来到肃千钺身后。肃千钺大骇，他不想往长巷的另一端退去，还是想尽力回到当铺大门的方向。

就在这个时候，当铺方向传来一个女子清脆的娇嗔：“住手！放开我爷爷！”

只见从当铺门口纵出一名穿着白色轻纱的少女，这少女肌肤如雪，容貌清丽如桃花一般。只见她动作利落，应该也学过武术，眼见肃千钺在巷子里被这些摩侯罗迦众围攻，便冲出来准备救援。

说也奇怪，这些摩侯罗迦众围攻肃千钺时动作极为狠辣，招招都想置他于死地，但是他们对这个少女却似乎极为忌惮。少女迎向他们，打算奔到肃千钺身边时，她一个俏生生的身影像是狼入羊群一般，所到之处，那些摩侯罗迦众像是遇上什么凶险敌人般纷纷走避。

但是这群怪人十分懂得战阵之理，一小群摩侯罗迦众面对少女时左闪右避，却巧妙地将她引到另一个方位，让她不仅没有靠近肃千钺，反倒离他更远了。

“回去！玄青，你快给我回去！”肃千钺大叫道，“不要出来，千万不要出来！”

这时候，肃千钺仍然勉力抵挡，打算避回当铺，但是一群摩侯罗迦众明白他的意图，将他团团包围起来，不住地出掌出腿发起攻击，圈子越围越小，越聚越拢……

肃千钺心中一震，知道今天可能要命丧此处。他勉力抵抗围攻过来的摩侯罗迦众，但是因为围攻者众多，攻击的方位太多，很快便在肩头、耳际中了几拳，脑袋受击后有些昏晕起来。

正在肃千钺觉得自己已无幸理的时候，只见身前有个灰影一闪，却是那个老流浪汉站到自己身前，伸出左臂，一个巧妙的架势，便将几个摩侯罗迦众“震”了出去。

那几个摩侯罗迦众被他这一挡便轻飘飘地飞了出去。那个老流浪汉虽然一击而中，却也是惊讶万分，“你……你们，你们不是人类，没有形体?”他惊声大叫，但是声音中却带着欢喜，“既是这样，那就好办多啦！”

于是，老流浪汉双臂交叉，奋力一缩，身上立刻显现出微微的光晕。然后他身体一舒展，双臂和双腿便像是一个“大”字一样张开！只见他身上的光这时变得更为明亮，随着这个舒展动作，整个光团扩散出去，本来围住他和肃千钺的摩侯罗迦众立刻像是被什么力道击中一般，纷纷四散而避。

肃千钺见机不可失，便拉住老流浪汉的手迅速后退，退到了当铺门口。说也奇怪，那一群摩侯罗迦众在当铺前大约五米处便不敢越过，只在那个范围后面不住地徘徊。

老流浪汉好奇地看着他们的动作，不禁笑起来。只听见肃千钺在他耳边说道：“那地界我师父当年设了结界，他们无法越过。三十年来，我就是靠这个才能活命。”

肃千钺一边说着，一边对还在另一头的少女大叫道：“玄青！不要再跟他们纠缠了，我已经回来了，快回来！”

少女听见肃千钺的呼喊，转头便往当铺的方向奔去。好在那群摩侯罗迦众本就对她十分忌惮恐惧，她这一转头回奔，也没人敢拦挡她。

“砰”地一声，肃千钺领着老流浪汉走入当铺大门，少女玄青也轻巧地一纵，闪进门里。肃千钺关起厚重的门，屋里登时安静下来。肃千钺这才像是气力用尽一般，软软地坐在地上，不住地喘气。

老流浪汉却像一个刚走进游乐场的小孩一般，好奇地打量四周。当铺里面是一个相当大的空间，阴暗的室内摆放着各个朝代的古董，在黑暗中闪着奇异的光芒。

少女玄青也好奇地打量着他，似乎看到了什么不可思议之事。

肃千钺坐在地上喘了好一会儿气，但是喘气之间也在仔细观察着这个老流浪汉，想要看出他真正的来历。看见少女玄青对老流浪汉好奇探询的神情，肃千钺的脸色沉下来。

“玄青！你不要在这里，我有事要办，你回你的房间去！”

少女玄青微微一皱眉，似乎很不情愿，但是她对肃千钺极为敬重，于是轻轻一跺脚，便飘然消失在另一扇门后面。

“在……在下肃千钺。”老人气息微促地说道，“却不知阁下是何方高人？”

老流浪汉看着少女玄青离去的背影，嘻嘻笑道：“那个小女孩倒是很有趣。她是谁，是你的孙女吗？”

肃千钺的脸色更阴沉了，但是他对眼前这位老流浪汉仍是相当尊敬戒慎，所以不敢发作出来。“她是我的孙女，叫肃玄青。敢问这位前辈，您是何方高人？”

“你，不叫我师叔了？”老流浪汉笑道，“知道我的名字，对你有什么意义吗？”

“前辈，您误会了。在下并不是要探您的底，只是您救了在下一命，若不知前辈姓甚名谁，岂不是失礼之至？”

“没事啦，我是跟你说笑的。”老流浪汉笑道，“我叫雷葛新。”

肃千钺将雷葛新的名字念了几次，确定从未在江湖上听说过，脸上不禁露出疑惑的神情。

“阁下……”肃千钺睁开老迈的眼睛，闪着锐利的神光，“并非一般人，可不可以告诉我，您的来历为何？”

雷葛新笑道：“我可以说，但你不会相信的。”

“但说无妨。”肃千钺深吸一口气，眼睛里的奇异光彩更是明显，“我可以试试。”

雷葛新正要说话，却听到牛顿低低的语声突然传来：“他这种眼神，很像是古代中国武侠小说中的‘眼露神光’，这人可能会传说中的‘武功’。”

雷葛新奇道：“武功？那不是古代戏剧夸张演出来的体育活动吗？不是说那只是加油添醋的表演吗？”

“一般来说，大家是这样认为的。”牛顿说道，“但是，我认为这个人很不寻常，他似乎有和一般人不同的体能和思考模式，有机会问问他。”

肃千钺见雷葛新并不回答，只是在那里喃喃自语，一时间也想不到他居然有牛顿这样的人工智能可以相谈。他年事已高，个性早已磨炼内敛到极有耐性，于是也不接话，只是沉静地看着雷葛新。

“总之，你先不要吵我啦。”雷葛新皱了皱眉，“让我跟他说。”

于是，在当铺幽静阴暗的空间里，雷葛新把自己的经历简单叙述了一遍，说自己只是一个二十五世纪的平凡上班族，如何因为那首《雷葛新之歌》卷入核酸的世界，如何在核酸警队的追捕下逃到不同时空；他也简单地说了桃源、豪门、绿火等空间的事情。

说着说着，雷葛新自己也觉得，到目前为止的这场奇异冒险，已经远远超越了一般人的认知，简直比杜撰的故事还要荒谬。

“如果你不相信，也是很正常的。”雷葛新苦笑道，“说起来，连我自己都有点搞不清楚了，到底这些事情是真的发生过，还是一场稀奇古怪的梦……”

肃千钺虽然见多识广，但是听了雷葛新的叙述后也一时说不出话来；要不是他已经看出雷葛新的确异于常人，听到有人说这样的经历也会一时无法接受。

但是，不知道为什么，肃千钺却直觉地认为，眼前这个看似老流浪汉的人，说出来的故事不管如何匪夷所思，却一定是真的发生过的事。

“世界上真有这样匪夷所思之事啊……”肃千钺喃喃自语道，“所以，那天众龙众八部之事，果有其事……”

“天众龙众？”雷葛新笑问道，“那是什么啊？”

“关于这事，我的师父没有细说，只说过那是与我师门极有因缘之事。”肃千钺说道，“只不过他们不是我师门的传承，甚至是敌对的势力。刚刚我们遇到的摩侯罗迦众，就是天众龙众们的属下，他们对于我们所做的事并不认同，就像您所见的，摩侯罗迦众有机会便要干扰我们，甚至追杀我们。这种情况已经存在上千年了，这么多年来，我师门与他们交战无数次，双方都死伤众多。但是，因为我师父过世时我还太年幼，所以有很多事情我还没有理解，师父就仙去了。我本来以为，师叔再次出现时，便可以助我理解师门的奥秘。所以您出现时，我才会以为是师叔终于回来了。”

“不好意思。”雷葛新笑道，“可惜我真的不是你的师叔。”

“但是，我认为您是比我师叔更高明的前辈，和我师门的前辈比起来，也许您能给我更多的启发。”肃千钺说道，眼中燃烧着少年般热切的光芒，“是以我正在慎重地考虑……”

他没有说下去，两个人在当铺的沉静阴暗空间里陷入短暂的沉默。仿佛是在想着如何措辞似的，肃千钺有好一阵子没有开口说话。

“喂……”牛顿低声在雷葛新耳边问道，“老头儿是不是睡着啦？怎么一下子静了下来？”

雷葛新看看肃千钺的模样，此刻他眼睛微闭，像泥塑木雕一般静止不动，的确很像是睡着了。

雷葛新苦笑道：“如果你听不下去也没有关系，就当我说了个瞎编出来的鬼故事吧！”

肃千钺摇摇头，神情肃然地说：“不，您误会了。也许因为您说出了您的事，让我更能坦诚；要不是您说出了您的遭遇，可能我也无法对您说出现在我想告诉您的事。”

于是，肃千钺缓缓地讲述起来，居然说出了一个连雷葛新也觉得惊异无比的离奇故事。

[第13章]

毕钵罗树

“我师承少林，我们是少林弟子。”肃千钺悠然说道。

雷葛新头脑里的核酸信息中，从“古代民俗”的部分调出了和“少林”相关的资料。虽然来自二十五世纪的他本来不知道这个名词的意义，但是此刻核酸开始发挥作用，让他在片刻间就对于这个传说中的武学系统极为熟悉。

“嗯！”雷葛新点点头，表示他知道肃千钺在说些什么。但是这一声“嗯”却是牛顿发出来的，表示他也知道老人现在所说的“少林”是什么意思。

雷葛新说道：“天下武功出少林，那是古代中国高深武术的发源地。”

“天下所有人都以为是这样，都觉得少林弟子一定都是武学高手。”肃千钺淡淡地笑道，“却只有很少的人知道，我们少林弟子真正最擅长的，并不是武学。”

雷葛新奇道：“少林寺最擅长的不是武学？那最擅长的是什么？”

“我少林的开山祖师，是达摩先师。”肃千钺说道，“关于他的一些传说，阁下应该听说过，是吗？”

“嗯！”雷葛新又点点头，此刻少林开山祖师达摩的生平事迹，迅速鲜明地在他脑海中流过。

达摩，南北朝时人，佛教禅宗初代祖师，被尊称为“东土第一代祖师”。

达摩，《易筋经》撰写者，少林七十二绝技的创造者。

关于达摩的身世，后世传说甚多。他的弟子昙林说，他原是南天竺某国王子，后出家为僧。

达摩，于公元470年间，乘船来到中国南越地方。后因与当时统治者梁武帝的佛教理念不合，遂“一苇渡江”止于嵩山少林寺，于寺中面壁九年，传下独步天下的少林武学。

这样一个传说中的人物……

与此同时，雷葛新耳际传来肃千钺的叙说。

“我达摩先师从天竺而来，世人皆以为他是为传法而来，也以为他是武学高人，传下了少林各种精深武技。”肃千钺说道，“但是，达摩先师真正的身份，并不是武学高手，以现代的词汇来说，他应该是个数学家、工程师。”

“哦……”雷葛新扬了扬眉，很专注地听着，“然后呢？”

“你……”肃千钺苦笑道，“你真的很特别。一般人听到这里，都会无法接受，不是惊讶不已，就是觉得我在胡说鬼话，但你似乎没有觉得很意外。”

雷葛新微微一怔，然后开朗地笑道：“那是因为，你说的事，对我来说并不是真正融会贯通在我脑中的知识，是核酸告诉我的，就好像是我在图书馆里翻到的资料，不管它多么浩瀚渊博，终究只是外来的信息，我还来不及让它成为我思想的一部分。比方说，我可以告诉你少林是什么，达摩又是什么人，但我只能把现成的信息说给你听，但是对于他们真正的面貌却不太清楚。”

“这便是你所说的核酸吗？世上真有这样的奇物……”肃千钺叹了口气，“我刚刚说到哪儿了？”

“说到你们的达摩祖师是数学家、工程师。”雷葛新笑道，“现在我觉得有些奇怪了，因为大家都知道，他是高僧，是武学高人，是禅宗的创始者，说他是数学家或工程师真的蛮突兀的。这一点，在我的核酸信息里完全没有提到。”

“是的。我达摩先师在人们的认知中，除了是高僧、武学大师之外，还是禅宗之祖，但的确没有人知道他的真正身份。”肃千钺叹道，“我们师门中传下来的法，曾经说过先师的来历。先师是天竺人士，也就是生活在古代印度的人。他的确是皇族，也可能是王子，但因为先师本人对这种虚妄的世俗身份毫无兴趣，所以没有多谈。但是达摩先师所属的国族，却是一个奇异的国度，那是一个超越时代、擅长数学和科技的种族。”

“是的。”雷葛新点点头道，“印度文明本就是一个以数学、天文和逻辑闻名的文明。大家都以为他们重在宗教，但实际上印度文明始终以数学和科技为重。不过，如果达摩祖师是一个数学家、科学家，为什么他又会以武学闻名于世呢？”

肃千钺说道：“这些关于达摩先师的事，是当年我的师父以口传的方式传授给我们师兄弟的。当时我的年纪很小，不到十岁，所以有很多内容是听不懂的。虽然日后我们师兄弟曾经讨论过，但还是有很多无法索解之处。所以，我只能以我可以理解的程度告诉你，也许其中一些我无法参详的部分，你可以提点于我。达摩先师来自于古印度南方的香致国。他是那个国家的皇族，因此有资格了解香致国最精深的知识和科技。香致国的历史有三千年以上，到达摩先师时，已是一千多年前了。这个国度的智者据说承袭了上古天神的智慧，在数学、科技领域有着超越时代的成就。要注意，我这里说的‘超越时代’，不单单指的是超越一千年前的时代，达摩先师传下来的一些先进技术，在二十世纪的现在也望尘莫及……”

他望了望雷葛新，才想起来眼前这个神秘的人物来自二十五世纪，微微一怔，继而苦笑起来。

“当然，你所在的时空比我们这里又多了三四百年的科技发展，我这‘望尘莫及’，指的是我们现在这个时代。”

“无妨。”雷葛新同样露出苦笑，“其实你只是不知道详情而已，我们那个时代的人要说蠢的话，搞不好还远远超过你们。”

“达摩先师时代的南天竺香致国，在数学和科技上的成就远远超越当世的水平，特别是在人工智能领域，有着很先进的技术。”肃千钺说道，“当时，他们的科技已经发展到能够以器械的辅助增强人体的体能和智慧。但是，在达摩先师的时代，人们却产生了严重的分歧，误会之深，导致后来还引发内战，几乎把整个国家灭掉了！”

”“哇！”雷葛新扬了扬眉，“好严重。”

“根据我派先师们传述，当时整个香致国为了科技发展的方向产生了非常严重的歧见，动辄就是刀剑相对，流血冲突。香致国的掌权者‘孔雀白象族’坚持动用所有科技力量，组建了战斗力极强的部队，以便征服邻国，一统天下；另一派‘幂族’则主张舍弃所有机械、科技，探索人类的深层肉体、思想领域，达成增强人体超能力的目标。而达摩先师所属的一派，称为‘毕钵罗族’，则是折中了两者的意见，主要保留机械和增强人体能力的科技，但不主张把研究成果用在战争和刀兵之上，而是想用在增进人体健康、智能的用途上。

“这三个主要派系在很长一段岁月里无法达成一致。经过长年的战争和相互残杀，最后还是优先发展军事的孔雀白象族得到了最后的胜利，战败的幂族和毕钵罗族被大肆虐杀，少数的生还者逃离香致国。主张以肉体、精神增幅人体潜在能力的幂族逃往古中国，辗转在西北处定居下来，最后发展为一个宗派。

“而我达摩先师则和族人带着毕钵罗族的神树，往古中国的南方行进。达摩先师本人先行，和当时古中国的帝王见面，寻求得到掌权者的支持，但是因为双方在理念上不合，最后到了少林寺，在少室山定居下来。所有后世和少林有关的传说，都是在这个时间点之后。”

虽然对于达摩、少林的历史并没有太深入的了解，但听到这样的故事，雷葛新还是觉得非常惊讶，还带着几分好奇。牛顿似乎也对这个故事有着浓厚的兴趣，连声催促道：“快，快问他，什么叫作毕钵罗树？为什么他们毕钵罗族会带这个毕钵罗树去古中国？”

雷葛新想了一下，还来不及开口，就听到牛顿又在那里不住催促道：“快问，快问他啊！”

“闭嘴！”雷葛新忍不住叱了一声，却看见肃千钺已经站起身，拿起几炷香，点了香，便在旁边一个角落虔敬地跪下去，磕了几个头。

“弟子曾经立下重誓，绝不将毕钵罗树示于外人，然今日情境特殊，来人非比寻常。”只听见肃千钺这样喃喃地念着，“我师门兴亡在此一举，万望先祖原宥弟子，将毕钵罗树示以来人。”

雷葛新有些发愣，到了嘴边的话不知道该怎样说出来。肃千钺饶有深意地看了他一眼。

“请跟我来。”他边带路边说道。

肃千钺在阴暗的巨宅空间中，穿过一道很长的走廊。雷葛新观察四周，发现那个美丽的少女肃玄青正躲在一处房门口看着他们，雷葛新向她远远地笑了一笑，对她招招手，示意她可以一起过来。肃玄青却摇摇头，轻盈地又在门后消失了身影。

肃千钺领着雷葛新穿过当铺的几个房间，这栋看似古代美国式住宅的房子，内部空间出乎意料地大，像是那种一个房间接着一个房间的狭长结构，每个房间都是阴阴暗暗的，摆着许多说不出是什么东西的奇异物件。

走进一个满满排列着各式佛像的房间，肃千钺毫不迟疑地绕过一地大大小小各种佛像，走到一尊巨大的释迦牟尼佛像前。

“就在这里，请跟我过来。”他的声音在许多尊佛像的注视下显得空洞，微微的光从气窗透入，空气中飘浮着尘埃。

肃千钺领着雷葛新，绕过那尊大概有两百四十厘米高的佛像，来到佛像的背后，拍了拍佛像，“锵”的一声响，佛像的背后便开了一扇黑黝黝的小门。

这尊佛像，居然是个通道的入口。

雷葛新带着极大的好奇，随着肃千钺走进佛像后的小门，走下一座螺旋梯，眼前又出现了一道长长的石造阶梯。

他们走下阶梯，空气中微微泛着水汽的味道，清晰地听见走路的脚步回音。走着走着，雷葛新不禁有点讶异起来。

“这道阶梯好长……”牛顿的声音里透着疑惑，“据估算，你们已经深入地下超过六十米了，大概是这种建筑十几层的深度。二十世纪波士顿的市区里，怎会有这么深的地下空间呢?”

又往地下走了数十层阶梯，他们就走到了一片平地上。光线昏暗，肃千钺伸手将一个闸式开关打开，数十盏黄色灯泡发出炽热的光，整个空间一下陡地变亮。

这是一个相当大的空间，大概有三层楼高，几栋平房的面积。举目望去，还可以看得到壁上、天花板上的斑驳表面，看起来很像是古代城市地下的水利系统空间，地面上还有一些已经干涸的水道和排水口。

但是，来到这里，最先映入眼帘的，一定是位于这个空间的正中央、大概有一个小花房大小的奇形机器。

雷葛新仰着头，目瞪口呆地看着这部奇形机器。纵使他的信息库中有着那么多核酸信息数据，但是在脑海中快速查阅后，还是完全搞不清楚这部机器到底是什么。

肃千钺走到这部巨型机器前面，神情肃穆地双手合十参拜，然后拉下旁边的几根金属杆子。他的手势有上有下，随着他的动作，只听见那部机器像老人咳嗽一般，重重地“哼”“噗”“乓”地剧烈摇晃几下，就像有生命一样地，缓缓运转了起来。

在机器运转“隆咚哐啷”的声响中，肃千钺回过头来。

“这便是我派不世之传，先人们智慧的终极结晶——毕钵罗树。”肃千钺的神情很恭谨，仿佛在说着一件最神圣的事，“自五祖之后，我派先辈也将它称为‘菩提明镜’。其实它就是一部计算机，一部没有芯片、不用电力，以机件和燃油动力运作的计算机。”

如果只听声音的话，雷葛新会以为这部巨大机器是蒸汽时代的发动机，甚至有点像古老的火车。在地下空间中，这部“毕钵罗树”有几个部分冒出阵阵白色烟雾，显然是动力系统燃烧时排出的气体。雷葛新一边看，一边在脑海中与核酸数据中的各种类似机器比对，数据库中这时列出几种机械时代的运算器，也就是后来俗称的计算机，但是数据库中找得到的都是相对简单的机型，没有一台有这么复杂的构造，也没有任何机型如此巨大。

牛顿的声音中也有着惊诧和茫然。

“这……这个世界上，居然有这样的机器……”牛顿的声音有些颤抖，却也无比兴奋，“雷葛新，它是一台怪物，简直不是人类的智慧能够做出来的怪物啊……你看它机件模块的架构，光是排列的模式就已经超越了我们已知的科技，它的排列是超越三度空间维度的，简直是鬼神才想得出来的！”

雷葛新对于机械和科技并没有很深的了解，关于这个领域的知识也仅止于来自核酸的信息，但他体内的核酸很明显对这部“毕钵罗树”一无所知，因此对于牛顿的赞叹，还有牛顿接下来说出的高深术语，他一脸茫然。

唯一能够确定的，就是这部机器真的非常特别，而且非常惊人。牛顿在赞叹之际，居然连“鬼神才想得出来”的话都用上了。

不知道为什么，此刻雷葛新脑海里联想到的，却是在二十五世纪时，以变异姿态出现的米帕罗说过的关于“神族”的叙述。虽然这两者并没有什么直接明显的关联，雷葛新却一下就把眼前这部“毕钵罗树”和神族故事联系在了一起。

雷葛新带着崇敬的心情走过去，忍不住摸了摸那具“毕钵罗树”，触手是金属的冰冷，却在颤动中却可以感觉得到，这是一具有生命的机器。那是一种真实的生命之感，并不单单因为它在晃动的关系。

“这……这是一部计算机?”雷葛新喃喃地说。此刻他和肃千钺对谈的语言是古中文，因此说出来的是“计算机”，但是如果用古英文来说，它的正确名称应该是“数据高速运算器”，因为这部“毕钵罗树”显然用的是燃烧的热动力，并没有用到电能。只是在数个世纪以来，中文系统的语言都习惯以“计算机”称呼这样的运算器，也就积非成是地用下去了。“它能做什么?”

“哪有人这样问的，你不会问啦。”牛顿不耐烦地说道，“应该问他，这部‘计算机’是怎样运作的，它的显示屏幕在哪里? 我并没有看到显示屏幕啊……而且，输入系统又是怎样的? 这东西没有键盘，难道是声控输入吗……但是看起来又不像。”

肃千钺又向一旁走了几步，看了看地上。这时候，雷葛新才注意到，偌大的空间里，其实还放了许多奇形怪状的东西，只是因为这部“毕钵罗树”太过显眼，才一时没有注意到。此刻肃千钺站在一堆黑色金属物前面，看起来像是在思考该拿起哪一片。那些黑色金属物有大有小，一片一片地堆栈在一起，每片都是黑色的板子，但是在板子上面却布满了尖尖的针，最大的近一米长，小的也有巴掌大小。

在雷葛新看来，这些黑色金属板倒是有点像古代插花时用来固定花茎的剑山。

肃千钺挑了一片大概三十厘米大小的黑色“剑山”，捧在手上，看起来也颇有分量。他将那片金属板抬到“毕钵罗树”旁，在众多机件里，大概在人胸口的高度，有一块比旁边机件更晶亮一些的方形凸起，肃千钺将那片“剑山”举起，“克”的一声，把整片金属板没尖刺的那一边贴上去，两个机件极为吻合，“铿、锵”两声轻响，整片“剑山”就固定在“毕钵罗树”上了。

“所有计算机都有输入设备和显示设备。”肃千钺毕竟年纪大了，抬了这片金属后还是有些气喘，“‘毕钵罗树’用的便是这种机件，我们称之为‘因陀罗盘’。据说最早时用的是与现代屏幕类似的显示设备，所以当时才叫‘菩提明镜’，但是六祖之后，就全面停用了，变成了现在这种‘因陀罗盘’的构造。”

雷葛新看着他，脸上露出疑惑的表情。因为这时候他脸中核酸信息流泻而出的，是和肃千钺所说的有点关系、但是又完全不相干的讯息。

古中国禅宗由达摩伊始，累传二祖慧可，三祖僧璨，四祖道信，五祖弘忍。至六祖时，五祖弘忍令众弟子各作一偈。

当时弟子中地位最高的神秀便在壁廊上写了一偈：“身是菩提树，心如明镜台，时时勤拂拭，勿使惹尘埃。”

弘忍听了，告诉众人这一偈未见本性。于是慧能便在墙壁上也写了一偈：

“菩提本无树，明镜亦非台，本来无一物，何处惹尘埃?”

五祖弘忍听了，认定慧能是最合适的继任人，能传他的大法，于是在晚上密召慧能入室，授给他禅宗衣钵，就是禅宗的六祖，并遣其连夜南归，隐于四会、怀集之间。

肃千钺饶有深意地看了雷葛新一眼，猜到他也想到了六祖传法的这段往事。

“本来无一物，何处惹尘埃……”他悠然说道，“世人都以为他们在说禅讲法，其实是在争论‘毕钵罗树’的发展方向。一千多年前，当达摩先师和族人将‘毕钵罗树’运至中土时，它并不是这样的结构。随着时间流逝，‘毕钵罗树’的设计和结构一直在变化，功能一直都在改进，有时发展得非常繁复，有时候又变得很精简。众人的意见也一直有分歧，只是因为当年那些战争的记忆太过残忍血腥，大家怎么也不想再回到那种绝境，就尽量克制罢了。

“这样的争端，每个时期都有，有时候还是不小心一个擦枪走火，造成严重的后果。二祖慧可就在这样的争端中，在雪夜里的少林寺立雪亭当场断臂，红色的血染红了洁白的雪，只为了争辩‘毕钵罗树’该往哪个方向发展。

“到了五祖挑选继承人的时候，争端又起。当时的‘毕钵罗树’是有屏幕的，所以又叫作‘菩提明镜’。五祖的弟子中，神秀上人的地位最高，当时‘毕钵罗树’的‘菩提明镜’系统，都出自他的设计，大家也都以为日后会照着这个方向发展下去。

“但是，当时只是个孩子的六祖慧能，却洞察了‘菩提明镜’的致命缺陷，发现如果照着‘菩提明镜’的方向发展下去，整个系统的负担会越来越重，需要的动力会变得无法负担。我少林一族的‘毕钵罗树’的技术成就虽然远远超越当时的科技发展水平，但在能源方面却仍然力有未逮，还没有办法开发出电力、核能之类的强大能源，所依赖的只是兽力、人力，或是燃烧木材、油料的动力。如果照着‘菩提明镜’的方向发展下去，对于动力的依赖越来越重，却无法开发出新品种能源，在没有动力支持的情况下，整个‘毕钵罗树’最终会变成一堆废铁。

“因此，六祖提出的，便是大胆舍弃‘菩提明镜’概念的‘本来无一物’，全力发展最精简的机械式‘毕钵罗树’系统。后来的事实证明，神秀上人的‘菩提明镜’系统果然在能量的供给问题上出现致命的不足，最终在人间消失。只有我少林的机械式‘毕钵罗树’系统得以留存至今，仍然运作良好。”

肃千钺拿的那片三十多厘米长的“因陀罗盘”安放在“毕钵罗树”上后，随着毕钵罗树本身的摇晃律动，“因陀罗盘”也开始动起来，仿佛注入了生命。此时，“因陀罗盘”上的那些针尖，像海浪一样不断高低起伏。

“高明！真是高明！”牛顿失声叫道。听见牛顿这样说，雷葛新突然也明白了‘因陀罗盘’的运作原理。

那片“因陀罗盘”上有针尖的一面，满满地排着许多有规律的长针，目测长宽各有几百根针，当针尖高低起伏的时候，就会在整个平面上形成深浅不一的光影，这样就形成了一般电视或计算机屏幕的“解析像素”，可以在针尖形成的平面上出现图像或是文字。

以这片“因陀罗盘”来说，它的长宽都有数百甚至上千根针，整个平面等于有了接近早期计算机屏幕的分辨率，虽然无法形成很清晰而且有色彩的图像，但要构成还算清晰的黑白影像却是轻而易举的。

雷葛新怀着崇敬的心情，看着那片“因陀罗盘”上的针尖不住地上下起伏，然后逐渐平静下来，形成了一幅图像。

不，要说那是图像也不尽然，其实此时“因陀罗盘”形成的，是一篇大概有百来个字的“影像”，使用的文字是古代中文。

雷葛新在二十五世纪使用的几种文字里，有一种和古代中文相近，因此他是读得懂古代中文的。但是，此时在“屏幕”上出现的这百来个字的内容却很艰涩，整篇文字看似有意义，却又读不太通顺。每个字都看得懂，但是不管竖着还是横着读，都无法读出连贯的意思。

但是肃千钺接下来的动作，却让雷葛新和牛顿同时恍然大悟，牛顿还“嗯嗯嗯”地发出赞叹的声音。

肃千钺不知道从什么地方取出了一支细细的铁棒，铁棒前端微弯，还有一个拇指大小的头。他将铁棒伸向那片“因陀罗盘”，在那百来个字上找了一下，便在一个“木”字和“人”字上各自点了一下。紧接着，整部“毕钵罗树”就像收到了指令一般，开始发出低沉的震动声。

原来，这百来个看起来语意并不连贯的文字，其实就是一个输入键盘，这些字显然经过精心选择，可以排列出许多指令。

在“毕钵罗树”的旁边有相当宽敞的空间，放满了许多奇奇怪怪的东西。这时，随着“毕钵罗树”的不住颤动，从旁边一堆奇怪的东西里，像是有生命一般，缓缓地立起来一个“人”。

那一堆东西，看起来似乎只是一堆不起眼的木头，有长有短，有圆有方，还有几根大小不一的柱子。但是随着那个“人”站起来的动作，这才看出那些木头之间都有细细的线连着。

当肃千钺在“因陀罗盘”上按下“木人”指令时，几片长长短短的木头就联结起来，形成一个木偶人形，身量和一般人差不多。

只见那个木人缓缓站起，手足的动作像普通人一样灵活，它摇摇晃晃地微动双臂，两脚不丁不八，腰沉坐马，像一个武林高手一般立定，渊停峙岳地做出拳法的起手势，稳稳地立着。

这时候，“因陀罗盘”上那篇文字“唰唰”几声开始变幻、消失，很快又形成另一个图像，是几行字，写的是几种武功的名称。

般若拳，疯魔杖，达摩剑，韦陀掌，金刚指。

肃千钺看了雷葛新一眼，便伸出铁杖，在“般若掌”的选项上按了下去。

“此木人，在寺中凡六十四众，也就是在少林寺里的正式编制中有六十四具，少林弟子称之为‘木人众’。”

此刻，雷葛新的脑海中随着“木人巷”的信息出现的图像，是一张大鼻子的东方人脸孔，顶着膨膨的长发，和一字排开的木人不停打斗。

这时候，那个木人随着肃千钺按下指令，开始急速地打出许多繁复的动作，沉腰拔肩，掌腿生风，姿势灵动且力道十足。在木人打出这套“般若掌”的时候，它身上的木头不住地相互敲击，发出“梆梆梆”的清脆声音，相当好听。

“在传说故事中，总把少林寺木人众描述成一个信道，信道两旁都是木人，而少林弟子要学成出关，就得通过这条叫作‘木人巷’的巷道。”肃千钺摇摇头说，“但这个传说是不对的，我派从来没有将木人当作考试过关的工具。它的主要功能，是示范武术套路动作的练法，以及‘毕钵罗树’研发出来的武学技巧。”

空间里响着木材碰撞的清脆声音，有一种魔幻神秘的气氛。雷葛新出神地望着那个木人的身法、姿势，一时间有了一种错觉，仿佛那不是一个以细线和木材组成的木人，而是一个身着古代长袍、神色从容的武学高人，和他脑海中那个大鼻子男人的身形完全不同。

牛顿悄然开口了，他想问的问题，和这时候涌入雷葛新脑海的疑问是一致的。

“喂！你问问他，那另外一种‘十八铜人’又是什么东西?”牛顿的声音里有着小孩子看到神奇事物的好奇与兴奋，“也是这样的机械装置吗?”

在雷葛新吸收的核酸信息中，“木人巷”和“十八铜人”几乎是同时涌现的，而且相关的影像都和那位名叫杰奇·倩（不知道为什么东方脸孔的他会取一个古英文名字）的大鼻子功夫高手有关。而且似乎这一木一铜两种奇特的“人”，是少林寺最引人入胜的传说，只要是和少林寺有关的记载，都会提到它们。

“十八铜人?”听见雷葛新的疑问，肃千钺微微一愣，“哦，你说的是‘多罗叶罗汉法’。没错，在世人的传说中，的确把他们称为‘十八铜人’。”

“所以，真的有‘十八铜人’吗?”雷葛新好奇道，“那是人，还是机械?”

肃千钺一如先前，没有直接回答这个问题，而是转过身去，又走到一堆奇异物件面前。

“这个人好像很喜欢卖关子啊。”牛顿没好气地说，“看他还要变出什么玩意儿来……”

肃千钺从那堆物件中，挑出一个月饼盒子大小的木盒来，上头已经积了不少尘埃，但看得出来，木料是极为上等的材质。

肃千钺把那个盒子的盖子打开了。雷葛新凑过去一看，只见里面用上等黄绢绣锦绒铺着，上面放着大大小小八根有点像钉子、却又比一般钉子大一些的金属物件。仔细一看，最长的有十几厘米，短的也有三五厘米，说它们像钉子，是因为这些金属物件上丰下锐，上头较粗的部位还有圆形的凸头。

这八根“大钉子”色泽灰亮，上有复杂的纹路，从盒子的状态上看像是历史悠久的古物，但这八根“大钉子”却泛着崭新的色泽，仿佛是昨天才打造好的。

“这……应该不是钉子吧？”雷葛新喃喃地说，“这是什么东西？”

“这是我派‘多罗叶罗汉法’的秘诀，向来不示于外人。但阁下并非凡人，我想就算告知于你，先祖师父也应该不会怪罪才是。”肃千钺说道，“这种器械，我派称之为‘界’，用现代科学词汇来说，它们是一种人体植入技术。这是达摩先师来到中土后，向中土匠人习得高深机关技术，由此得到灵感开发出来的器械，就算在天竺本国，或是远赴西北的幂族，也绝无这样的技术。”

“植入技术吗？”雷葛新皱了皱眉，也不知道是在和肃千钺对话，或是向牛顿发问，“怎么植入？植入哪里？”

肃千钺意味深长地望向雷葛新，但是他的目光投注的部位，却是雷葛新的头顶。

“头顶？”雷葛新吓了一跳，“不会吧？这么大的东西插进脑袋里，人不就脑浆迸裂了？”

但是，肃千钺却很肯定地点点头道：“正是插入头顶。”

这时候，那个木人众已经快把一套般若掌打完了。就算雷葛新和牛顿都不知道这套掌法的奥妙，但是从它的手势渐缓，肃杀之气变淡，可以看出这套掌法已经快要结束。

空间里又安静了下来，在雷葛新的耳边，只听到牛顿喃喃地说着：“其实，这并不是不可能的。人体有百分之七十是水，脑部结构更是水分占了九成，如果把这些水赶开，是可以挪出不少空间的。”牛顿的语气又急躁起来：“快叫他说啊，这东西是怎么运作的？还有，我们不是在说‘十八铜人’的事吗？跟这种大头钉又有什么关系？”

仿佛是在回答牛顿的疑问似的，肃千钺开始讲述整个事情的来龙去脉：

“达摩先师到达中土后，发现中土地大物博，民间更有许多奇人异术。经过多方探访，他将‘毕钵罗树’的性能增强了不少。当年‘毕钵罗树’是放在少室山的一处石洞里的，先祖们在山中凿出通道，石洞可直通少林的藏经阁、立雪亭和方丈房间的床铺底下，只要有任何变故，少林方丈都能立刻奔至‘毕钵罗树’所在之处，就算整个少林寺毁了，也绝对要保住‘毕钵罗树’的周全。

“本派追求的最终目标，就是开发人体的极致潜能，想把人类的所有内在能力全部开发出来。至于为什么会认为人类有这么多的潜力可供开发，我的师尊们也泰半不懂。只知道比达摩先师更早的先人相传，这个讯息来自天神，只要达到人体潜能的极致，便可重启与天神的联结。”

听到这里，雷葛新心里一动，牛顿也知道他的想法。虽然明知肃千钺无法听到他的声音，牛顿还是压低了音量。

“又是天神，神族……”牛顿沉声说道，“只要是遇到无法解释的问题，就会出现天神，这是怎么回事?”

“不管是天竺、幂族，或是我派的诸位先祖，追求的都是同一个目标：完成人体所有潜能的开发，不同之处，在于概念。天竺本国藏有前人留下来的所有史籍，但是因为战乱已经亡佚了绝大部分，而且知晓个中奥秘的人已经死于战争之中，法脉就此断绝。所以他们对于这门技术留下的记载反倒最少，只残存了阿育吠陀医术及瑜伽等强健身体的修行方式。

“幂族到了西北边陲后，以修炼精神力和手印为主流，发展成另外一个面貌完全不同的宗派。而达摩先师来到中土后，‘毕钵罗树’经过几次重大改进，有高超匠人发明了速成之技，能在短期间内让一个平凡人成为力量强大的武学高手。这种技术，就是‘多罗叶罗汉法’，也叫作‘界法’。”

肃千钺转过身，走到“毕钵罗树”上那片“因陀罗盘”前面，用铁棒在上面点了几下，又回到了那篇百来字的选项页，他点了几个字，“因陀罗盘”上的针尖又起伏波动形成了一个页面，上面的图像是一个光头男子的头部侧像。

男子的头上，这时出现了八根长短不一的针状物体，看来就是盒子里的那些大头针，那八根巨针缓缓透入男子的脑部，坚硬的脑骨像豆腐一样即插即没。原来，这八根针是要完全插入脑部的，最后外面只留下那个圆形凸状物，有小指头大小，排在头顶上，一边四个，排成两行。

这时，图像变成了一个男子光溜溜的头顶，上面有两排，共八个点的奇异印记。

雷葛新对这个图像并不陌生。在核酸讯息中出现的古代僧侣图像，有很多人的光头上都有这样的印记，有的是每排各三个，有的则是四个、五个，这种印记叫“戒疤”。

“在一般人的认知中，这只是戒疤，是出家的标志。”肃千钺说道，“但世人只知其一，不知其二。这是我派的‘界法’，但我和多位科学家讨论过后，认为它应该是一种‘神经触突增幅传感器’。”

雷葛新伸出手去摸那八枚“界法”钉状物，发出叮叮的清脆金属声响。他问道：“它们的构造是怎样的？是什么材质做的？”这也正是牛顿想要知道的事。他在雷葛新的耳边不住发问，像一个进了糖果屋的孩子。

“其实，‘界法’并不完善，我派从天竺远古智慧的传承中，并没有得到完整的讯息，所以它是一个不完美的产品。”肃千钺叹了一口气，“这个缺陷，一直到现在还是没有解决，因此‘界法’没有成为‘毕钵罗树’科技的主要法门，它不能完全发挥作用。”

“是有什么BUG（缺陷）吗？”雷葛新好奇地问道。

“‘界法’的最主要作用，是让人能够完全发挥体能，智能也得到提升。据说，千年前我派的前辈高人比现在更能掌握‘界法’，装上‘界法’的人可以成为能力强大的高手，还能帮助‘毕钵罗树’的设计者们研究出更强的武术。

“本来设定的目标，是能够让装上‘界法’的人，不需要经过冗长的练功过程就成为高手。通常，普通人要学会几种少林武术动辄就要花上数十年光阴，而如果‘界法’研究成功了，能够让一个普通人在几天时间内就成为高手。因此，早期的少林武学并不是很注重招式和动作，因为一个力量强大的高手，并不需要太多的武学招式，所谓的‘摘叶飞花皆可伤人’，就是这样的境界。但因为装上‘界法’的人，本身的动作就蕴含了许多极有效率的武术招式，所以后来有很多少林武术的招式，就是从装了‘界法’的人身上学来的。

“千年前，本派的先辈们对于‘界法’还有掌控能力，所以当时少林寺内装有‘界法’的人数量较多。在唐太宗时期曾经同时有十三个人装有‘界法’，还帮大唐打过天下，这个传说广为流传，叫作‘十三棍僧助大唐’。

“但即使是在那个时期，一个人要能装上‘界法’，还是需要符合种种严苛的条件，既要有绝佳的练武资质，也要智慧聪颖，而装上‘界法’的过程是凶险无比的，装的时候非常困难，就算装上了，也有人会产生严重的副作用。从现代医学的角度来看，就是各种排斥反应。有人会在排斥反应的过程中死去，有人则是身体发生致命的变化，就算没有送命，也可能导致身体上出现很多异常情况。

“像所谓的‘铜人’，其实就是安装‘界法’失败的产物。唐代的‘十三棍僧’之后，‘界法’的技术不知道为什么，不仅没有精进，反倒退步了，失败的案例常常发生；出事的案例一多，就较少有人愿意冒这种风险了。据我师父说，大约在北周承光年间，武帝下令废佛，少林寺被废。当时僧众为了自保，曾经挑选青年僧人数十名，给他们装上‘界法’，以期能够肩负起保护僧众的责任。

“当时之所以会这样做，是因为研究僧们自以为发现了改进‘界法’的技术，也因时局紧张，所以就一下子挑了数十名青年僧人装置‘界法’。这一次大规模行动一开始并没有什么差错，接受安装‘界法’的人大多顺利完成了，并没有如往年那样凶险；但是等到安装后数日，这一批青年僧人身上开始出现了排斥反应，虽然保住了性命，却还是伤了肝。以现代医学的诊断来说，便是产生了严重的黄疸，让这批僧人身上、脸上的皮肤变成金黄色，终身不褪。

“但除了严重黄疸现象之外，这一批僧人并没有别的后遗症，他们也实现了原来的目标，成为一群实力极强的高手。这批僧人日后肩负起保卫少林的责任，在废佛的动乱中保住了少林，也让少林日后成功复寺。而后世的寺僧不明白其中的缘由，只看见这群在少林活跃了近五十年的金黄色皮肤僧人，便以‘铜人’来称呼他们。说也奇怪，从这一次开始，日后安装‘界法’的人，有一半以上会出现‘铜人’的情况，而在接下来的几百年岁月中，仍有不怕副作用的忠心僧众愿意接受安装‘界法’的手术，于是‘少林寺有铜人’的传说便流传了下来。”

雷葛新伸手取了一支“界法”的钉状物在手上，心中不禁生出奇异的感觉。

“所以，现在还能做这种手术吗?”雷葛新好奇地问道，“我的意思是说，你会做这种‘界法’手术吗?”

肃千钺摇摇头说：“‘界法’的安装技术，分为装设和缓冲两个部分。早在我师父小时候，少林已然式微，已经没有人掌握‘界法’技术了。在‘毕钵罗树’里有安装‘界法’的说明，但是里面有些环节我们根本就不清楚，当然也不敢随便找人来施行了。理论上，我们可以做，但是结果如何却不得而知。”

“好可惜……”雷葛新笑了笑，这句话却是对牛顿说的，“如果真的能安装的话，我倒想装装看，反正我什么东西都当白老鼠试过了，不缺这一样。”

牛顿冷冷地“哼”了一声，“谁说只有你想，连我都想……”说到这里，他陡然停住，把话题转开，“你去装啊，说不定你这种脑袋可以顶得住。”

雷葛新把那几根界法的钉子放在手上滚动，脸上露出期盼的神情。

“依你看，我可以试试装上这个‘界法’吗?”他很认真地对肃千钺说道，“我很想知道装上‘界法’之后是什么样的感觉。你知道，我本就不是属于这个时代的人，我的肉体对我来说只是一个暂时的躯壳，就算失败了，结果也不过就是脱离这个躯壳罢了。”

肃千钺脸上露出骇然的神情，嘴巴大张，一时间忘了合起来。

“你想试……这这这……这怎么可以?”肃千钺一惊之下，连说话都变得结巴，“我没有办法，我根本不知道该怎么做，不只我不知道，说不定连我的师父都不知道……”

“别紧张，你别紧张。”雷葛新笑道。他一边“叮叮叮”地把玩着那几根“界法”的钉子，一边还比着手势，想知道怎样把它们钉入脑袋。“就算真的干了，把我弄死了，我也不会怪你的……不，那时候我都已经死掉了，当然更不会来怪你了，不是吗?”他轻松地笑道，“你还是把你那个‘毕钵罗树’里跟这个‘界法’有关的资料给我看看吧，说不定可以看出什么端倪来。”

肃千钺有些迟疑地看着他，但是想了想眼前这个人的奇异来历，最后还是决定听他的话。他换了两个不同大小的“因陀罗盘”，装到“毕钵罗树”上，那部奇异的机器又震动起来。雷葛新好奇地走近，正想好好看它的内容，耳中却传来了牛顿焦急的声音。

“不对！这震动不对！”牛顿的声音很是惶急，“刚刚这部机器的震动夹杂了噪声，我一时间没有发现。那是时光战警的波形震动，这附近有时光战警出现了！他们已经找到了我们这个时空！”

[第14章]
戒疤的秘密

雷葛新一怔，心中也有些紧张，但是没有像牛顿那样惊慌失措。他的心中微微一动，觉得体内仿佛有什么东西被启动了；他想起刚刚从肃千钺那里听到的武学故事，双手轻轻一抖，却是古代“太极拳”中的起手势——云手。在那种只有自己体会得到的微妙变化中，雷葛新发现自己已经可以聚起来自思想深处的能量。

想着想着，他的身体不由得渊渟岳峙地站好马步，或轻或重地摆着手、腰、腿，身体很流畅地动了起来。

肃千钺有些惊疑地看着雷葛新的动作，这时候，他发现在其中一部“因陀罗盘”上，这时候并没有启动，却开始出现图像，图像随着几千根针上下起伏，却是一个人在打拳的动作。

只见雷葛新这时也似专注似失神地盯着那个“因陀罗盘”看着，手上的动作和图像中的人形开始同步，是一样的身形和拳法。在他的耳中，这时牛顿正很惶急地大声叫着，但是他却置若罔闻。

“快走啊！时光战警已经很接近了，再不逃你就要被他们抓到啦！”

雷葛新还是置若罔闻，他随着“因陀罗盘”上的动作不住地出掌、成拳，身形如行云流水，打得畅快淋漓。他越打越畅快，手脚挥出的幅度也变大许多，一旁的肃千钺还得让开一些。

牛顿的惊慌叫声只有雷葛新听得到，一旦雷葛新不理他，那也是完全无解，什么事情都无法改变。

肃千钺自己也是武学高手，他看着雷葛新打出的流畅拳法，不禁想起小时候听师父说起过少林有几种顶级武功，从来没有人练成过。他的师父说，之所以没有人练成，是因为要练成得花上两百年时间，如果一个人能活上两百五十岁就能练成了。但是刚刚有几次和雷葛新挥出的拳掌之风错身而过，肃千钺真心觉得，当年师父说的那几种武功如果真的练成了，很可能就像是雷葛新此时的招式和力道。

一时之间，偌大的地下室里流动着压力极强的拳掌之风，充满了奇异的气息。就在这个时候，一盏装在天花板上的红色警示灯突然开始闪烁，响起“咿哦咿哦”的声音。

肃千钺急忙远远避开雷葛新打拳时气场波及的范围，绕到地下室的另一端，进入了一个小房间，在那里，有着一套影像监视设备。这个时代是公元1974年，他使用的影像监视系统自然是功能简单，分辨率比“因陀罗盘”还要差一些，但即使是这样的设备，也是当代很先进的了，这是肃千钺透过军方人士，用很高的价钱买到的高科技设备。

只见在黑白显示幕中，这时出现了当铺入口处的情景，有一个探头探脑的年轻人不知道用什么方式，居然打开了深锁的当铺大门，正蹑手蹑脚地走进来。这个年轻人，就是刚刚雷葛新在当铺前打退摩侯罗迦众之前曾经救过的人，只是肃千钺并不知道雷葛新是否和他相识。后来雷葛新并没有理会他的意思，于是肃千钺也就没再注意他了。

这个年轻人，正是在波士顿大街上差点儿被几个青年抢劫的大学生威廉。他是一个来自美国西北部的青年，家世良好，但在书虫优等生的样貌下，有一个喜欢冒险的冲动灵魂。虽然他读的是严谨的私立学校，但是在少年时期曾经偷偷背着父母和一群辍学少年过往甚密，也学了不少街头生存方法——比方说，开锁。

威廉刚才被雷葛新出手救了一命，虽然已经离开了，但又大胆地跑回来看看。他看到后来发生的冲突场面极为吓人，便躲在一旁，好一阵子不敢动弹。但威廉是个性奇特的人物，有时胆子很小，但有时又极为大胆，他看见雷葛新打退了那几位摩侯罗迦众后，跟着肃千钺进入当铺，久久不见出来。威廉心中极为好奇，很想知道这个奇特的老流浪汉到底是什么样的人。他观察了好久，在好奇心的驱使下，终于偷偷打开了当铺大门，溜了进来。

肃千钺在监视屏幕里看见威廉鬼鬼祟祟的样子，脸色阴沉下来。他自认将整个空间的保护装置做得极为完善，因此平时并没有聘请任何人，只有自己和孙女在这个偌大空间尽着守护师门的职责。但是因为雷葛新和摩侯罗迦众战斗时场景非常混乱，之后他又只想着带雷葛新去看“毕钵罗树”，于是便忘了设定力场和结界，只是锁上了大门，这才让威廉阴错阳差地闯了进来。

肃千钺“哼”了一声，切换镜头，发现年轻人已经向后方逐渐逼近，正在思索该如何处置他的时候，却发现在年轻人的身后，这时开始出现几道微微抖动的各色光影。

屏幕是黑白的，肃千钺之所以看得出那几道光影有着不同的颜色，是因为它们呈现出不同的亮度。

突然，那几道光道像是发现了什么似的，突然从年轻人的身后冲向前去，超过他的时候，完全不闪躲地从后面直接撞击，力道极为强大，所以年轻人完全没有任何防备，被这股强大力道撞得整个人飞了起来，然后重重落地。

这个年轻人看来也不是什么运动神经发达的人，这一被撞飞，整个人生生地绕了半圈，落地的时候却是脑部着地，整个人便像烂泥一样再也没有动弹。

此时，肃千钺听见地下室的楼上传来轰然巨响，“乒乒乒”地从远而近，由顶层逐渐下来，显然是有什么人很粗暴地闯了下来。

肃千钺骇然转头看向雷葛新，却发现他仍然在不住挥出各种掌拳招式，虽然“因陀罗盘”上的影像这时已经打完一套拳法，画面静止了，但是雷葛新却没有停止动作，而此时他的眼睛里已经流露出锐利的眼神，正盯着楼梯的方向，显然也已经知道上方已经来了不速之客。

那不绝于耳的巨响这时似乎已经来到上一层，突然，巨响陡地停止了，整个空间一下子静了下来，但那种山雨欲来的紧张感却更加明显。

肃千钺额上流下汗珠，他死死地盯住楼梯的顶端。这时雷葛新的掌拳动作开始逐渐收拢，但是他也目光专注地盯着楼梯的方向。

只见楼梯与天花板交界之处，这时线条开始抖动起来，仿佛水面起了波纹一般，像是涟漪的光影。从光影之中，泛出了几道光芒。

这时，肃千钺知道自己刚才并没有看错。这几道光影果然有着不同颜色，有的红，有的黄，有的蓝，还有一些奇妙混杂的颜色。他从雷葛新的讲述中，已经知道了来自二十五世纪的警察正在追捕他，眼前出现，应该就是时光战警了。

从光影中出现了六个人形。他们从空气中凭空出现，像逐渐聚焦的模糊影像一样转为清晰，六个人有男有女，身上的衣服有白色的，有青色的，还有红色的。

雷葛新身形微松地站在地下室中央，向飘浮在空中的六位时光战警微微仰视。

六名时光战警看见他的神情，反倒有点惊疑起来。他们的工作中，只要是和核酸犯遇上了，所有人都是惊慌失措，大多数人是先逃再说，其他一部分人是吓到连动都动不了了。而像此刻雷葛新这样沉静而且看起来完全不害怕的，可说是绝无仅有。

六名时光战警中，有两个人曾经在追捕的过程中遭遇过雷葛新。隶属“水”支队的队员彭达，曾经在桃源时空遭遇过雷葛新，当时他还没有经验，差点儿被捕，而另一位“风”支队的吉嘉颂郭则是在二十五世纪时差一点儿逮到雷葛新，当时他逃得非常紧张匆忙，完全不是现在这种气定神闲的模样。

带领这个追捕小队的是一位女战警，是个高挑清秀的黑发女子，她看了看雷葛新的沉静表情，又看了看队友们犹疑不敢出手的样子，皱了皱眉，大声说道：“以星际死难英雄的英名为证，本人尹徐荷在此宣告，逮捕核酸逃亡要犯雷葛新。尔等有不发言权利，尔等在此时所说一切将成为呈堂证供，或将成为起诉阁下之证词。请问嫌疑人，有何抗告意见，请于此时宣誓。”

雷葛新昂然地看着他们，朗声笑道：“知识无罪，求知无罪！我拒绝就范！”

另三位核酸警队成员分别是“雷”支队的赵守意、德鲁米勒，还有“火”支队的女战警派罗波拉。三人都是小队中层级较低也比较沉不住气的成员，听见雷葛新这样说，身上不约而同闪烁出能量场的光芒，身形移动，便从三个不同的方位向雷葛新直扑而来。空间之中这时弥漫着“雷”和“火”的力场，炽烈而压迫。

三位核酸警察联手出击，已经是一股极为强大的力量，在以往，像雷葛新这样的凡人几乎连核酸战警的一招都无法招架，三个人这时同时出手，对于将雷葛新立即制服已是胸有成竹。

但是，事情的发展却大大出乎所有人的意料。

两位“雷”支队的战警同时发出带有强大电荷的攻击，闪出蓝色光芒，如长鞭的闪电从地面上扫过，“火”支队的派罗波拉手上是如尖锐兵器的“火神锥”，蓝色和红色的能量光波冲着雷葛新猛攻过去。只见雷葛新伸出双臂画一个圆，正是一招太极拳中最基本的“如封似闭”，他的能量场是一种淡淡的红色，将他的身体全部笼罩，这时和“雷”“火”两种能量正面相逢，“啵”的一声重浊声响，竟将“雷”“火”两道能量硬生生地挡了回去。

三名战警看见这样的景象，心中既惊疑又愤怒。但是他们久经战阵，从来不曾在对手面前落了下风，于是将包围的圈子缩小，不住地发出能量，继续攻击雷葛新。

雷葛新在包围圈中仍然神情镇定，丝毫没有惊慌。只见三名核酸战警不断攻击，虽然能量强大却招式单纯，用的手法是一般人斗殴时的互击方式，但是雷葛新虽然身处包围圈中，手上的动作却轻松流畅，随意出手都能挡住战警们的攻击，有时一个反击回去，还让他们招架得手忙脚乱。

忽然，只听得一声闷响，却是那位“雷”支队的德鲁米勒被雷葛新一掌欺过他的双手，直接印上他的胸口，重重地把他打了出去，腾空而起，背脊着地滑了出去。

余下的三名较高层战警看情形不对，纷纷怒喝着飞身而起，冲向雷葛新，形成五打一的局面。

本来一个打三个，打起来还算轻松，但是后三位核酸战警加入后，雷葛新发现情势已经产生变化。除了人数变多之外，后来加入的尹徐荷、彭达，还有吉嘉颂郭都是级别高、能量强的高手，雷葛新要以一敌五就变得较为困难了。

在战斗的混乱中，雷葛新除了专注地使出招式抵挡五位战警的围攻外，没有办法分神细想。这时，他的耳中传来牛顿的语声，他说了几句话之后，雷葛新恍然大悟。

肃千钺是个对于古代武学极为熟悉的高手，知道许多武术的奥妙，但是此刻他看到的，是一场这辈子再也没有机会见到的能量大战。

五个时光战警发出的能量极强，和传说中的内力虽然有所不同，却更为强大，仿佛是来自天地间的自然力量，有风、有雷、有水、有火。

而居中被围攻的雷葛新却是另一种境界，雷葛新的能量和时光战警们相较之下，亮度较为微弱，但他的能量却比战警们略胜一筹，因为在武术招式的引导下，雷葛新的作战能量是有方向的，可强可弱，可攻可守，这样就比战警们灵活得多，随机应变。战警们的力量即使较强，但是他们只有一种进攻方式，像平常斗殴一般直来直去，而雷葛新既能和战警们正面对打，也可以巧妙地顺势卸去攻击的力道。

肃千钺以他近七十年的武学修为眼光看出，雷葛新因为是刚学到武学技巧，用起来还不是特别顺畅，假使他能够多一些时间适应，这五位战警可能片刻便会被他打倒。

这时，五位战警的合力围打开始逐渐占了上风，刚刚被打倒那位回过神来了，也加入了战斗行列。俗语有云：“双拳难敌四手，猛虎难斗猴群。”肃千钺担心，再打几个回合，雷葛新可能就要落了下风。

便在这时，只听见雷葛新高声大喝：“去！”整个人一个内缩动作，而后舒伸双臂，将力量激发到最大，将六个围攻他的战警逼退了两三步。然后，他一个纵身，冲到楼梯旁，连跑带爬地一溜烟上了楼梯，转眼不见人影。

那六个战警没料到雷葛新会来这招，他们知道雷葛新若要再次穿越时空，需要一段时间才能凝聚能量，不能说走就走，于是才用围攻的方式想要制服他。这时候见他一溜烟往上跑，众人一怔，便再次催动体内能量，身形逐渐模糊，化为一道道光追了上去。

这一奔一追发生得极快，整个地下室一下就突然恢复了静寂，很难想象，在数秒前还是满室的能量交战，激烈万分。

肃千钺愣了一下，竖耳聆听着上方的动静，却发现空间中除了“毕钵罗树”偶尔发出的声响，仿佛什么事都没有发生过。

肃千钺小心翼翼地走上阶梯，一层一层地走，一边仔细倾听着是不是有什么声响，但是整个空间依然寂静无声。当他走到了地下一层，从佛像的后面走出来，发现在通道上瘫倒着一个人，一动不动，就是那个大学生威廉。

肃千钺走过去看了一眼，便不住地摇头。他是武学高人，对于人体的结构和伤病很熟悉，他只看了一眼，便看见威廉的头上一个很大的伤口，正在流血。

一阵轻轻的衣衫摩擦声音响起，轻巧巧地出现在长廊上的，是肃千钺的孙女肃玄青。她看见威廉躺在地上，眉头立刻皱了起来。

肃千钺这个当铺的建造，是以古代少林寺的建寺概念完成的。地面上砌的是尺半见方的青砖石，非常坚硬，刚刚威廉被时光战警猛力一撞，整个人在空中飞了半圈，落地时头盖骨吃下所有的撞击力道，立刻把脑袋摔破了。

这“脑袋摔破了”可不是形容，而是威廉的头颅真的摔破了。肃千钺心中暗叫不好，因为在威廉脑袋的伤口中间，血色中还夹杂着一些白色痕迹，他只能不住摇头。

肃玄青盘着手，凝视着威廉的伤势，也不住地轻轻摇头。

“很严重，怎么会摔成这样?”

“那个白白的东西是脑浆。”肃千钺说道，“这么严重的伤，只有送到大型专科医院才能有一线生机，要在我们这里处理，是不可能的事。”

肃玄青冷静地接着说道：“但是，就算送到医院，也有九成的概率会死亡，很难救……”

肃千钺去探威廉的颈部，可喜的是脉搏还没有停止，但是外伤这么重，这年轻人的小命大概是救不回来了……

“啊……好严重的伤啊……”突然，肃千钺的身后响起了一个苍老的声音。他此刻为了查看威廉的伤势，身体是背对当铺大门的，因此没有察觉有人走了进来。“他的脑浆爆出来了，是不是？”

说话的是雷葛新，此时他在一个年老的流浪汉体内。只见他神情轻松，仿佛根本没有经历过刚才那一场恶战。

肃千钺和肃玄青都瞪大眼睛看着他，张大了嘴巴。但肃千钺的表情是惊讶，肃玄青的表情却是好奇。

“哟，小姑娘又出现了。”雷葛新轻松地笑笑，又拍拍老人肃千钺的肩，也俯身下去查看威廉的伤势，“唉，也许会有生命危险呢。”

“他们呢？那些……围捕你的时光警察呢？”肃千钺有些结巴地问道。

“他们？”雷葛新大笑道，“正在忙着打架呢！我跟他们打了一场，眼看快要打不过了，就有人跟我说，要不把他们引去跟另一群家伙对打，这样会省点力气。”

肃千钺下意识地看了一眼当铺门外，猛然想起一件事，露出恍然大悟的神情。“是他们！那些站在当铺门外监视的摩侯罗迦众！”

“是啊！”雷葛新哈哈笑道，“我想，既然门外那些家伙都不是人类，也有能量作战的能力，如果我把时光战警引出去和他们正面对战，说不定可以顺便逃掉，不被他们抓到。没想到，这些摩侯罗迦众居然是时光战警们的克星，他们特别能和时光战警缠斗，而且数量又比时光战警多。看见时光战警们跟着我出来，我又跟摩侯罗迦众说‘我带朋友来干掉你们喽’，他们二话不说就打起来了。”

“那……你就不走了吗？”肃千钺露出期盼的神情，“你会留在这里吗？”但是他一转眼，看见肃玄青脸上也露出了热切期待的神情，老脸又阴沉了下来，“不，我的意思是说，您什么时候要走？”

雷葛新看了他一眼，觉察到肃千钺拒人于千里之外的意思，也就不想多说了。

“我得快点儿走了。”雷葛新摇摇头说，“虽然摩侯罗迦众可以缠住时光战警，但是总不会一直如此。时光战警如果还有援军来，那就不知道谁输谁赢了。我之所以回来，是想着还有一点儿时间，来跟你道个别，谢谢你告诉我那么多关于达摩、少林和你师门的事。但是……这小子这样，也是个问题……”

雷葛新听见耳边又传来牛顿的声音：“这小子的伤势，可以用‘界法’的钉子试试看。”

“要用界法?”果然，肃千钺一听雷葛新的建议，整个人像是要昏倒了，“但是我以前从来没有做过，也没有完整的资料啊！”

但是，肃玄青却是完全不同的反应，她的眼中露出兴奋的光芒，似乎听到了最有趣的事。

“界法！这可能真的能把他救活！”肃玄青兴奋地双掌一拍，“这总比让他等死好吧？看他这个状况，就算送去医院，也可能救不回来了，不如就死马当成活马医来试试吧。”

肃千钺愣愣地看着威廉头破血流的样子，脑海中闪现过师父对他说过的关于“界法”的事。他站在当铺走廊的微光中思索着，外头映入的光影已经开始西斜了，他发呆了良久，这才深深长叹了一口气。

“好吧！那么……”肃千钺刚想开口跟雷葛新说话，但是一转头，才发现那个苍老的流浪汉不知道什么时候已经消失了。

寂静的阴暗空间里，只有老人肃千钺，少女肃玄青，以及躺在地上生命垂危的大学生威廉。

按照往常的模式，雷葛新和牛顿转移时空的时候，只是灵魂和意识的转移，所用的身体因为是实质的肉体，会留在当下的时空里。但是这一次，雷葛新完全消失了，没有留下老流浪汉的身体。

因为，这一次，雷葛新和牛顿的确是用走的方式离开的。

在肃千钺陷入沉思的时候，雷葛新和牛顿不想吵他，于是悄然地从后门离开。离开的时候，肃玄青仿佛想要跟雷葛新说些什么，但是想了想，又忍住了。

从当铺昏暗的长廊步入波士顿大街，遥望隔着一条街的地方，仍有光影交错飞舞，显然时光战警和摩侯罗迦众仍然打得不可开交。

“打得好激烈啊……”雷葛新苦笑道，“我真的很不想离开这个时空，有很多很有趣的事还没有解开谜底呢。”

牛顿“哼”了一声，没好气地说：“宇宙中万千平行世界，有那么多奇怪奇妙的事，如果真的都要深究，都要解谜，你会很痛苦的。”

“这样说也没错。”雷葛新笑道，“不过，我还真想留下来看看肃千钺是不是能把威廉救活。”

“不过，现实就是，你不能留下来，而且时光战警随时都有可能追过来。”牛顿的声音又平稳沉静下来了，“你是没有办法留下来啦，但是威廉是不是能被救活，我倒是能告诉你答案。”

“什么答案?”

“答案就是，能。他会活下来。”牛顿说道，“而且，‘界法’会在他身上发挥巨大的作用，让他干出影响到后来几个世纪的大事来。”

“啊?”雷葛新奇道，“为什么你会知道?”

牛顿在他耳旁说了几句话，雷葛新恍然大悟，哈哈大笑起来，笑声传出好远好远，然后戛然而止。

春风，在1974年的波士顿大街上吹啊吹的，不知人间的欢乐忧愁，也不理人间的悲欢离合。中国城当铺里发生的奇事，因为没有什么人知道，所以很快就不再有人记得。

第二年，一个本名威廉·亨利·（比尔）·盖茨的青年，创立了一家名为微软的公司，看似一个计算机书呆子的他，却成为了很强大的商业奇才。此后的四十年，全世界的计算机产业都无法忽视这家公司的存在，人类对于计算机的依赖，也在这家公司的影响下达到了顶点。

只是，从来没有人见过比尔·盖茨的脑部断层扫描，没有人知道，他的脑袋上有六个微微凸起的伤疤。也没有人知道，为什么比尔·盖茨总会在每年早春时节消失几天，出现在波士顿的中国城，之后当他回到计算机世界时，每年都会发表撼动世界的成就。

而雷葛新和牛顿抵达的下一个世界，是一个和他们的认知完全相反的世界。

他们来到了一个“巫术世界”。

蔚蓝的天，嘈杂的人声，像水波中的旋涡由四面八方聚拢过来。

雷葛新发现自己正仰躺在一个大广场，睁开双眼，几个人正以好奇的关怀眼神看着他。

“来了！来了！”人群中有人大声喊叫。

雷葛新觉得身子半边灼热，想挣扎坐起身来，却有一只温暖的大手按住他的肩膀。

“别动，我来帮你治好。”雷葛新仰望看到的晴空中，出现了一个老人温和的面庞，温言阻止雷葛新坐起。老人取出一张黄色纸条，微一凝神，纸条便在指尖起火燃烧，火焰中透现出美丽的蓝光，化为稳定温和的波纹，凝聚成一束，在雷葛新的身上略作游移，便钻进了他的左胸。

老人的脸上流下汗珠，双掌似实若虚地操控蓝光走向。随着蓝色波纹进入体内，雷葛新陡然觉得灼热感消失，全身清明舒泰。

“牛顿……”他悄悄地低声呼唤，想确定牛顿也在场经历这种奇特的治疗方式。

牛顿回答了，但是声音听起来很遥远，缥缈得连内容都听不清楚。

“我听不到……”雷葛新把声量提高一点儿，却被老人觉察了。他手上微一使劲，示意雷葛新不要乱动。

那道钻入雷葛新胸内的蓝光逐渐转红，最后，老人长喝一声，打了几个大幅度的手势，将光芒收回。人群中爆发出一阵低低的喝彩声。一个较年轻的声音由远而近，语调中透现出惶急的情绪。

“没事吧！医公?”那个年轻的声音询问道，“胡百教授没事吧?”

老医公扶着雷葛新坐起身，笑着点点头。

“没事了，教授得的乃是心窍之疾，的确很危险，恰好我在附近，现在已经没事了。”

牛顿这时在雷葛新的耳旁说了一句什么，但是声量仍然很低，雷葛新没能听清楚。

发出那个年轻声音的，是一个胖胖的男人，此刻他满头大汗，气喘吁吁，仿佛已经奔跑了很长一段时间。老医公微一颔首，做出一个奇特的手势，然后闭上了眼睛。

在雷葛新眼前，老人的身形逐渐转淡，变为透明，溶入空气，最后消失不见了。

雷葛新张口结舌，眼睛瞪得老大。

“牛……牛顿……”他结结巴巴地说道，“他……”

广场上围观的人群逐渐散开，老人在众目睽睽下化为透明消失，却完全没有引起任何人的诧异，仿佛那是一件再正常不过的事情。在散去的人群中，一个高瘦女子双臂回旋，身形一矮，居然整个人生生没入广场坚硬的混凝土地面之下，不留一点儿痕迹。更远处，几个十六七岁学生模样的孩子嘻嘻哈哈地互相推挤着，卸下肩上的书包，跨坐上去，几个人整齐一致地缓缓升空，飞往远处的天边，像是骑着扫把的女巫，人去得远了，还依稀传来嬉笑的声音。

雷葛新被眼前的奇异景象惊得愣住了，浑然不觉身边那个胖男人诧异的眼神。看见老人化为透明的一瞬间，雷葛新还以为老人是核酸警队的转换态生化人之一，下意识地就想脱离这个时空奔逃。

牛顿的声音这时突然从模糊一下变得很清晰。

“别紧张！这不是核酸警队！”他在雷葛新的耳边沉稳地说道，“看看你的后面。”

雷葛新在这个新时空的早晨阳光下缓缓转头，脖子像陈年机械一样迟滞僵硬。身后传来衣袂破空的声音，一个宽衣大袖的胖女人正振臂升空，张开的衣袖像巨大的翅膀，潇洒地在天空翱翔。

雷葛新愣愣地在偌大的广场上仰望天空。是早晨，天空蔚蓝，而天上却忙忙碌碌地飘满了肤色不同、服饰各异的人，来来去去地在空中飞翔。有的只是振臂就能起飞，有的跨着不同器物，有的则骑乘在丑怪动物身上，像二十五世纪上下班人潮一般，几乎布满整个天空。

“凌空术、隐身术、土遁术、驭兽大法……”牛顿的声音中掩不住兴奋，“这都是古代‘玄学通史’上记载的法术啊，但是…不可能……这些应该都只是传说啊！”

但是，眼前所见的一切景象，却是实实在在的，就连雷葛新身旁的胖男人也使出令人难以置信的奇异法术。他以双掌圈出一个虚圆，在虚圆中，凭空出现了一条冰凉的毛巾，他捧在手上，毕恭毕敬地送到雷葛新跟前。

“教授，请您擦擦脸。”胖男人神色恭谨地说道，“博物馆的人已经将场地布置好了，弟子图灵是来请您前往的。”

“变出毛巾这一招叫无中生有术，又称五鬼搬运大法。”牛顿在雷葛新耳际悄悄解说道。

原来，雷葛新此刻附体的人在广场上心肌梗死发作，被路过的老医公所救。胖男人的名字叫图灵，是这个时空中一家博物馆的研究员。雷葛新此刻的身份则是一个名叫胡百的教授，是一个中年学者，正应邀要去演讲。但是，这个充满魔法的时空又是什么样的地方呢?

在去博物馆的路上，牛顿很难得地没有脱离雷葛新身旁前去调查和收集资料，只是在他的身旁不住地观察。

“没有任何机械文明的迹象，器械的使用也很少。”牛顿最后下了一个雷葛新前所未闻的定论，“这绝对是一个我们毫无概念的时空，简单来说，这是一个‘巫术世界’!”

在进入博物馆之前，牛顿悄悄交代了雷葛新一些事情。

博物馆研究员图灵此刻心情紧张，又抑制不住高涨的兴奋之情。胡百教授是当代最负盛名的大学问家，脾气极为古怪，这次他肯前来博物馆演讲受访，是馆方费尽心血才达成的。图灵事先已经把相关资料背诵了很多次，生怕在大学问家前一个不慎出了纰漏。

走进城内规模最大的“玄术之馆”，接待厅里早有许多社会名流在等候。当博物馆的接待员迎来当世大学问家胡百教授时，响起一阵热切的掌声。在掌声中，中等个子的胡百教授脸上微微露出茫然的神情，附在接待员图灵的耳际，低声说了几句话。胖胖的图灵面露惊疑神色，连忙摇头摆手。胡百教授又低声说了几句话，图灵仍然一脸怀疑，最后，才勉强点了点头。在众人微带讶异的注视中，胡百教授站起身来。

“今天，我将采用和以前不同的演讲方式，由我的助理研究员图灵先生全程解说博物馆的精华所在。”雷葛新故意装出厚重沉稳的语调，“至于为什么要用这种方式，以在座诸位的聪明才智，一定会在演讲完毕后领悟出来。"

一众社会名流虽然听不懂教授的说辞，却仍然纷纷点头表示同意。由图灵带头，雷葛新扮演的胡百教授尾随在后，众人逐一参观新落成的"玄术之馆"。

第一个展馆，展示的是原始人类部族的巫医祈灵求雨的场景。

"人类文明的发展，一直都和巫术的力量息息相关。"图灵在众目睽睽之下，声音有点发颤。他有点无助地看了看雷葛新，却看见名动天下的教授面露赞许之色，微微点头。"在远古时代，人类早已意识到，天地间存在着强大的未知力量，基本上，一部文明的演化史，就是人类对巫术世界探索的发展史。"

一席话说出来，听得众人纷纷点头。雷葛新在人群中觉得有点好笑，因为同样的台词，他在二十五世纪的核酸局里，几乎每天都要听上一遍，基本上，核酸局的《核酸简史》讲的就是大同小异的事。

在图灵的祈雨术解说中，讲了一个古代中国清朝一本古书中的故事"孛星女身"，图灵用了类似投影术的法术，显现出一个荒谬的故事：一个道士作法将一个女人赤身露体地呈在道坛上，女子体内漫出黑云，紧接着就下了一场大雨。

"什么鬼啊……"雷葛新微微摇头，"怎么会有这种故事……"但是，他脑海中闪现出的信息，却明白显示，这是记载于袁枚《子不语》中的故事。

这时牛顿的声音又变得模糊了，这已经是来到这个时空的第二次了。雷葛新有点不耐烦地低声呼唤。

"又怎么了？"他的声调略为提高，"你怎么会这样？"

"……"牛顿喃喃地说道，"……不会……"

这一分神，就漏听了图灵的解说，等到雷葛新将注意力转回来时，众人已经来到了另一个展馆。眼前的场景，是一个阴风惨惨的坟场，堆积成山的骷髅，满山遍野的群众神色惨然，居中一具高高竖起的绞架，一个美丽的年轻女人神色坚定。她被绑在十字架上，旁边法官模样的黑衣男人脸上露出森冷笑容，女人脚下正燃起熊熊烈火。

“中世纪时代，异教学说盛行，有一派名为‘科学’的邪说理论兴起，曾一度拥有极大势力，该学说主张诸如逻辑、辩证、实验、推论等迷信。‘科学教派’信徒在当时为害人间尤烈，期间也发生过将玄术研究人视为‘魔女’而残忍杀害的荒谬事件。所幸，随着文明的进步，‘科学教派’终于被湮没在历史的洪流中，成为现今江湖术士赖以糊口的骗术。”

图灵带领大家走到一座“迷信展示馆”里。这里的场景，是古代电学研究人在雷雨中放着风筝，一个秃顶的人手持鹅毛笔在演算，古生物研究者面对化石皱眉沉思。在一旁参观的社会名流们这时有人苦笑摇头，仿佛见到了最荒谬可笑的事情。

“推论、实验、证据。”一名贵妇人摇头叹息道，“这样荒谬的思考体系，真不知道什么样的愚夫愚妇会相信？”为了加强说服力，她指着展馆中一组生物进化演式模型娇声大笑，“进化？物种演变？同位素计年法？真不知道什么样的糨糊脑子会相信这种理论。”

人群中有几个贵妇人也同声附和，仿佛不持同样的意见就显得很无知似的。

“难道你们没人听过逻辑辩证吗？”雷葛新忍不住说道，“进化论、电学、工业革命……难道你们没听过蒸汽机吗？机械文明呢？电子科技呢？生物科技呢？”

此言一出，众人都露出极度惊疑的神色，面面相觑。半晌，有个中年男人突然暴出一声长笑，在笑声中向雷葛新走近。

“想不到胡百教授居然如此幽默。”那个男人笑道，“世人都说你脾气古怪，不近人情，我看是错怪您了……”

雷葛新还要再继续分辩，却听见牛顿的声音再度变得清晰，在阻止他说话。

“你别再说了，这是一个和我们的认知完全相反的世界。”牛顿说道，“对他们的认知来说，你刚刚说的话，就好比在二十世纪的太空登月计划中，使用八字算命来决定航天员人选一样荒谬可笑。我们还是静观其变好了。”

果然，随着胖男人图灵的介绍，这个时空的文明逐渐演进，没有科技，没有机械，只有一项项施法方式更完善、法力效能更强大的巫术。

据介绍，早期的巫术必须持特定的咒文、器物集中人体精神力施法，后来演进为以巫术力量激发脑部结构的方式。雷葛新也注意到，巫术世界中的人们，头上大多有形貌奇特的突起，牛顿推测，那是经过激发的脑神经原，如果经由正确使用，的确可以自如役使自然界的力量。也许是这个时空中的人在某个文明的进程转折点，发现了激发人体潜能的术法，就用它来更加增强人们使用巫术的能力，也让整个文明走向了一个完全不同的方向。

玄术之馆研究员图灵其实是一个思路极为清晰的人，经由他的解说，雷葛新和牛顿也和观众们一样对巫术悠然神往，仿佛进入了一座无穷无尽的游乐场一般；看着巫术世界中的凌空术、隐身术、各种遁法、无中生有术、心灵感应术，两个人时时目瞪口呆，赞叹不已。

图灵的解说已然完毕，脸上也流了不少汗。社会名流们由他领着走进另一座大厅，在厅中有一场盛大的欢迎会，欢迎前来演说的胡百教授。

可是，不知什么时候，胡百教授已经在人群中消失了踪影。

走出博物馆的大门，雷葛新眼中映入灿烂的阳光，总算有点回到现实世界的感觉。

“怎么会有这样奇怪的时空呢?”雷葛新忍不住问牛顿，“怎会有人完全意识不到科学技术的好处呢?”

“积非成是，习以为常。对不了解的事物排斥或否定本就是人类的本性。”

雷葛新还想问些什么，却看见远方天空有些什么东西出现。他遥望蓝天，白云的形状像是有几个似人似飞鸟的生物在飞翔。但是，吸引他注意力的却不是那些奇特的生物，而是隐隐浮现的一幅影像。

“牛顿，我看见了一幅奇怪的影像，在空中，有点不清楚。是你的互动 VR 作用吗?”

“不是。”牛顿简短地答道。

“怪了。”雷葛新纳闷道，“你要不要用互动视觉看一下那是什么?”

牛顿沉默了一会儿。

“有一件事，我要告诉你，雷葛新。”牛顿道，“我想，我们这次穿梭时空出问题了，这是我一直在担心的事，也希望它永远不要发生，但是恐怕已经发生了。”

“我觉得还好啊！是什么问题?”雷葛新问道。

牛顿又沉默了一会儿，仿佛在想着如何措辞。

“你现在的能力和知识大多来自核酸，但是时光转移时产生的冲击增加了核酸变异的可能性，每一次转移都得冒一次险。”牛顿说道，“但是我们别无选择，一旦核酸警队出现，我们还是要逃，还是只能使用时光转移。而我这一次就产生了变异。”

“什么样的变异?”

“刚才有一阵子，你是不是听不到我的声音?”

“嗯！”雷葛新点点头，开始意识到这个现象可能会导致的严重后果。

“我已经感觉到和你联结的力场有些松脱了，当然现在还不会出严重问题，只是有时声音会变得模糊。但是，我希望你有一个心理准备，也许有一天我会从你的身边消失。”

“不会那么严重吧?”雷葛新勉强笑道。

“还有，你看到了什么影像?”

“现在看得更清楚了，像是一张照片。”雷葛新很详细地向牛顿描述着，因为他发现他和牛顿的确已经无法做视觉互动了，“在一个长堤上，时间可能是黄昏，有夕阳，一个短头发的女人背着镜头站在那儿。”

“你……”牛顿沉吟良久，问道，“以前从来没有见过这个影像?”

“没有。”雷葛新肯定地说道，“但是我总觉得，这个影像和一个很重要的记忆联结在一起。可是，我以前从没有见过这幅影像……”

这时候，博物馆的大门口有一个人贼兮兮地往雷葛新的方向张望，是刚才那个解说巫术世界文明历史的胖男人图灵。

刚开始，雷葛新并没有理会他。图灵从大门口走过来，手上做出几个大概也是巫术的手势，像雷葛新一样低声说话。雷葛新有点诧异地看着他自言自语的动作，耳际却听见牛顿清楚地说话。

“你听得见我的声音?”牛顿的声音掩不住惊讶，但是显然说话的对象并不是雷葛新。这在从前是完全不曾出现过的情况，显然，在这个无奇不有的巫术世界，又出现了令人惊讶的反常现象。

“你知道他不是那个胡百教授?”牛顿继续追问他的谈话对象，“你是谁? 不不不，你先告诉我，你是谁?”

雷葛新耳际是牛顿和其他人急促交谈的声音，眼前则是胖胖的图灵喃喃自语，缓步走过来。

“他是雷葛新，我叫牛顿。”雷葛新听见牛顿这样介绍道。图灵低头凝神了一会儿，脸上露出讶异的神色。

“你真的不是胡百教授?”图灵惊讶地说，“你的名字，叫作雷葛新?”

雷葛新愣了愣，不知道牛顿在虚空中和什么样的对象交谈，也不知道为什么图灵会得知他的真正身份。

牛顿明白他的困惑，这才告诉他事情的原委。

原来，巫术世界中的人普遍具有和灵界沟通的能力，而且阴阳两个世界的种族有时还是交往密切的好友。和牛顿交谈的是一个女灵，名叫金色晓钉，是一个从未存在人间的灵体。金色晓钉在另一个空间看出，占据胡百教授身体的灵魂已不再是教授本人，她也“看”到了牛顿的存在，才通知了图灵，让图灵有机会和雷葛新交谈。

“我想，教授大概在心窍之疾发作时就过世了。”图灵说道。在巫术世界中，“心窍之疾”应该就是雷葛新认知中的心肌梗死。“但是，你们是怎样进到教授身体内的呢?”

原来，在巫术世界中，人们早已破解了人间与灵界的感应联结。金色晓钉所属的灵界和人类灵魂其实是完全不同的存在。人类灵魂离开人体后并不会进入灵界，而只是在人间游离，直到讯息消失。在雷葛新所处的二十五世纪时空的科技中，人类已经找到保存灵魂的方式，但是和灵界并没有沟通的先例。基本上，两个世界都同意，所谓的鬼魂之说，其实只是调皮的灵界成员假借人形做出的恶作剧罢了。

[第15章]

巫术世界的苹果

牛顿向图灵的灵界朋友金色晓钉大概说明了自己和雷葛新的来历。图灵经由金色晓钉的转述也得知了原委，对这件事充满了好奇。

“我们在巫术的帮助下，的确发现了其他世界的存在，就像晓钉这样的种族。但是，像你们这样的时光旅行者，完全没有接触过。”图灵说道。

雷葛新随着图灵回到他的住处。图灵表示，自己还有另外几个好友，对这类问题极有兴趣，便发动千里沟通术通知他们前来。

天黑之前，图灵的朋友们纷纷出现在他租住的斗室里。来人的形貌也令雷葛新和牛顿叹为观止。一个长得活脱像一只公羊，却言语斯文，名叫符扬清，据说是古时魔羊族的后裔，而另一个肤色近似透明的女孩，是来自深山溪流的水精，有个秀气的名字叫路小仙。图灵解释说，巫术世界的人早已发现，人类并不是这个时空中唯一存在的智慧生物，和山精、水怪间的接触早在文明萌芽初期就已经开始了。图灵本人是无中生有术的高手，外貌粗鲁的公羊人符扬清擅长天眼通一类的法术，经由他的帮助，灵界女孩金色晓钉的形象得以出现在雷葛新面前。在雷葛新看来，金色晓钉的眉眼酷似二十五世纪的虚拟美女歌手紫红诗玲，只是色彩看起来有点淡，似乎没有对好焦。

“因为在你的潜意识中，金色晓钉就是这个样子的。”符扬清解释道，一边让女孩的色彩转浓，“好了，这样应该没问题了。”

水精路小仙对移魂术情有独钟，她施展这种法术的能力也最强。雷葛新穿梭时空的故事，她听得极为入神。雷葛新将自己的时空旅程详细地说了一遍，也提及了网状时间理论。符扬清对牛顿的力场施术，将牛顿的思考波转为声波，让在场的人都能听见牛顿的声音。只是，牛顿力场转弱的情况依然没有好转，声音时大时小的。当牛顿详细解说时光学者鲁一朴的网状时间理论时，水精路小仙忍不住“啊”了一声。

面对众人诧异的询问眼光，清丽的水精笑了。

“我只是忽然想起了在巫术大学里遇到的一些个案。”她说道，“离魂术的案例中有一种很特殊的情况，我们通称为‘行尸走肉现象’。这种特例发生的概率不大，但是一直令人感到百思不解。”

“我也听过这种‘行尸走肉现象’。”图灵点头道，“当修习离魂术到了很高的境界，有些施术者的灵魂就回不来了。通常，如果发生这种离魂回不来的情形，可以用他心通之类的法术沟通，但是，有时连他心通也找不到施术者灵魂所在之地。换句话说，就是他们的思想彻底消失了，只剩下躯壳，对不对?”

“可以说对，但也不对。”路小仙说道，“这种意外发生的时候，的确连他心通也无法和本人沟通。但是，研究发现，有人曾经通过圆光术一类的感应方式传回讯息。只是，传回来的讯息影像太过匪夷所思，所以正式的研究机构并不承认这种情况。”她凝神想了一下，继续说道，“八十年前，离魂术大师白羚先生离魂后与机构失去联络，可是，擅长圆光显像术的研究人却不时收到令人不解的影像。”

“是什么影像?”符扬清晃晃他的大角，很有兴趣地问道。

“天空中，飞过铁灰的铁制大鸟，大鸟伸出黑轮着地，鸟腹中却走出拥挤的人群。”

除了雷葛新和牛顿之外，众人发出不以为然的嗤声。

“哪里会有这种事?”胖图灵嗤之以鼻，“一定是搞错了。”

“还有人传回来其他奇特的景象。偌大的显像光幕，有点像是圆光术，却有上千名男女聚精会神地看着那片光幕，露出狂笑表情。”

“这更是不合常理了。”图灵摇摇头，不以为然地发笑道，“圆光术是人人皆知的基本术法，根本就用不着盯着光幕。而且，到哪里去找这么大的一块光幕？我长到这么大，还没听过有什么场合会有上千人聚在一起狂笑，根本无法想象。”

“所以，这些讯息不会作为正式纪录保留，一般被认为是施术者心神不集中产生的幻觉。”路小仙说道，“但是，我今天听了牛顿说的这个‘网状时间理论’，我想这其中一定还有什么我们没有分析清楚的关键。”

一直没吭声的金色晓钉这时开口说话了。

“我从一个灵界存有的角度来说，有一个强烈的感觉。”她平静地说道，“这些离魂术出了差错的人，说不定就是进了平行世界的时空。”

雷葛新点点头。

“我想，也许对你们来说，刚才路小仙提出的铁鸟、光幕也许令你们非常难以接受，但是，我很肯定地告诉你们，那些东西在我来的世界中，却是再平常不过的。”

“我想，即使我们了解了时空的真正结构，它仍是个足以让人钻研千百年的谜。”牛顿的声音忽远忽近，有时微弱得几乎听不清楚，“虽然每个世界都是平行的，永不相交，可是却有许多例子证明，一个世界的讯息，常常会无声无息地流转到另一个世界。

“举个例子，历史上所谓的先知、神仙，很可能就是时光旅行者，来自别的世界，所以人们对他们的行踪无法掌握。梦境、庄周梦蝶、前世今生，也可能是在时光之流分歧点夹缝中出现的变异产物。就像我们的时空中那首《雷葛新之歌》，到目前为止，我和雷葛新的时光之旅已经应验了那首歌的大部分内容。”

“这样也不对啊。”胖图灵虽然对逻辑一无所知，思路却非常缜密，“雷葛新的名字是他的父亲照这首歌取的，可是，照理说，写这首歌的时候应该早就有过一个叫雷葛新的人。如果真的有穿梭时空三千年的旅程，这趟时光之旅应该早已发生过。”

“所以我们才说，这是另一个千古之谜。”牛顿说道，“就像一个周而复始的循环，他因这首歌而命名，可是也许未来又会有一首歌，会因为雷葛新的事迹而出现。”

“还有你看到的那个影像也许也是这样的讯息。”牛顿喃喃地念着“长堤，夕阳，短发女子”，微弱地对雷葛新说道，“也许会在你的未来发生，但在其他世界早已经发生过了。”

符扬清以双掌做出繁复的手势，将那张相片隐约显现在众人面前。

“这种现象，”牛顿说道，“在古中国有一个很贴切的说法，叫作‘宿命’。”

巫术世界的一众年轻人互相交换了眼神，纷纷颔首。

“在我们的世界里，也有这样的说法。”金色晓钉幽幽地说道，“缘深缘浅，宿命天定。”

除了这几位形貌特殊的异族年轻人之外，另外几个年轻人则是人类长相，看着雷葛新和金色晓钉等人聊得开心，一个个抱着双臂，虽然仔细聆听他们的对话，但没有发言。

这几个人虽然不发一言，却个个有着敏锐的眼神，长相不能算得上美丽英俊，却都有着不同寻常的气质，眼神中闪着热切的光芒。

个头很高、眼睛细长的长发男生，自我介绍说叫史蒂夫。

眼神灵活不定、口袋里一支沾水笔的墨水染到了衣服上却不以为意的人，叫汤玛士。

一个身量高大、长相如鹰隼般精明锐利的女生，有一个很长的名字，叫玛丽·斯克洛度甫斯卡。

另一个年纪大一些、一头膨松黑色卷发的男生，说叫他“亚博特”就行。

最后一个，是一个戴眼镜、直发的高壮男生，叫霍金。

这几位年轻人似乎和图灵比较熟，介绍的时候也都是图灵在旁边说话打破冷场的。而且牛顿告诉雷葛新，这几个年轻人的巫术能力比图灵还要弱一些，所以这几个人没有一个能够像图灵那样察知牛顿的存在。

雷葛新觉察到，图灵其实并不想让这几个人得知他的真实身份以及牛顿的存在，也许他有他的用意，因此雷葛新就不说破了。

此后几天里，雷葛新和牛顿在巫术世界尽情到处参观，每天都有令他们目瞪口呆的有趣发现。他们也在逐渐深入的观察中发现，虽然这是一个和已知世界完全相反的玄学世界，但是社会中发生的问题，却也和科技社会没什么两样。比方说，包含图灵在内的几个年轻人擅长的法术都不是社会上需要的热门法术，以至于社会地位并不高，生活颇为窘困。

“我知道理想不能当饭吃。”图灵很乐天地说，“但是要我违背自己的兴趣，去研究热门的法术，这我可不干！”

图灵说这话的时候，正在吃一个苹果，而这个动作，让雷葛新陡地想到一件事，眼睛睁得老大。

这个名字，这个吃苹果的动作……

“牛……牛顿。”他悄悄地说道，“我突然发现了一件事。”

“你现在才发现吗？”牛顿的声音有着促狭的意味，“不只是他，另外还有好几个人，只是不知道为什么，会同时出现在这里。”

雷葛新启动了头脑中的核酸讯息，在一部名为《古代科学家》的百科全书中找到了关于图灵的记载。在这以前，他只知道图灵和电子计算机的发展有关，以及他很有名的“毒苹果事件”，但是翻看了百科全书之后，才知道了更多讯息。

“图灵……”雷葛新饶有深意地看着他，示意让他坐下，“我有些话要告诉你，听听看，告诉我，这些话对你来说，有没有什么特殊的意义。”

图灵有些不安地微笑着，乖乖坐下。他想说些什么来打破现在这种有点古怪的气氛，却一时想不出来要说什么。

“机械有智慧吗？你可以做出有智慧的机械吗？”雷葛新笑着问道，“你会不会用算法来证明你的图灵机是否会停机？还有，我可以告诉你，Entscheidungsproblem 是没有答案的……”

此刻雷葛新说出来的话，连自己也不太懂是什么意思，这只是在《古代科学家》中记载的内容，列在《图灵传记》中，他只是照念了其中几句。

言者无心，听者有意。这样简单几句话，听在图灵耳中却比最震撼的巨雷还要响亮。雷葛新只看见他猛然一震，脸色唰的一下变得惨白，动作之大，居然让这个年轻人从椅子上摔了下来。

雷葛新连忙过去扶他，只见图灵的脸色从煞白瞬间转为通红，一刹那间的转变让人担心他会不会受不了刺激中风了。

“你……你是撒旦，你是不是撒旦？”图灵的眼神惊疑不定，死死地盯着雷葛新，“没有人知道我正在做的事，我用了多层掩盖术藏起来的东西，没有人会知道的！你怎么会知道？”

“这个说起来就话长了。”雷葛新叹了口气，“所以，我说的这些东西对你是有意义的？”

“当然，当然！”图灵手忙脚乱地把椅子扶好，坐了下来，“但是，因为我研究的这些东西绝对是违法的，所以我们把它当成最需要严守的秘密，绝对不能让外人知道。”说着，他猛然一震，张大了嘴巴，“您刚刚是说，Entscheidungsproblem 是没有答案的，是吗？”

“我看到的记载是这样说的。”雷葛新点点头。

图灵想了一下，在手上划了好久，这才像是解开了一个世上最难的难题一般，整个人瘫软在椅子上。“我早知道，我早就知道它是没有答案的，但是要证明出来，我想还要花上好几年时间。但是现在我知道结果了，证明它的速度应该能加快很多。”

雷葛新看着他专心思索的表情，又看看他放在桌上那个咬了几口的苹果，突然心中有点激动，忍不住说道：“还有一件事我要告诉你。不，是有一件事我要你答应做到。”

图灵微微一怔，停止了手上的动作。“您请说。”

“我要告诉你，无论你喜欢的是什么人，你都要勇敢地坚持下去。”雷葛新坚定地一字一顿地说道，“喜欢什么人，都不是错事，就算有人再怎么迫害你，都不能丧失了生命的希望！”

在二十世纪的传记中记载，图灵是不世出的计算机天才，是后世计算机学的重要启发者之一。但是他的一生却极为悲惨，饱受古英吉利政府的迫害，最后更是以吃下毒苹果的方式结束了自己的生命。

雷葛新这几句话说出口，图灵更是激动不已。他本来就是一个情感丰沛之人，被雷葛新道出他人生中最深埋压抑的两个心结，遮盖日久的心灵阴暗之处突然被掀开，让他不禁放声大哭起来。

图灵涕泗滂沱地哭了好一会儿，情绪这才逐渐平静下来，他抱着头想了好久，最后抬起头，对雷葛新大声说道："我知道了！我决定了！现在请让我带您去一个地方。"

图灵领着雷葛新走出大学的研究室，在校园里绕了几个地方。这个巫术世界和一般世界不同的是，因为能量与力场的不同，所以常常在某个不起眼的角落出现空间通道，可以转移到另一个地方，有的入口看起来只是一面不起眼的墙壁，但是看图灵随意张开双手做个法术手势，就能够开启一个通道。

"不合理啊……"牛顿跟着雷葛新，声音忽远忽近。这是他在这个空间常出现的状况，显然也跟力场异常有关。"这些现象和我们所知的物理特性完全不符合啊，为什么他们能够这么轻易地打破空间的制约呢？"

跟雷葛新比起来，牛顿更像是个一板一眼的科学家，遇到了理论上的问题更是坚持，只听见他在身后不住地叹息"啊""咦""怎么会这样"，雷葛新忍不住偷偷笑了，也没去理他。

图灵领着雷葛新走过五六个转移通道，最后来到一栋小小的古代欧式楼房。走进小楼，雷葛新发现这是一栋没人居住的废弃房舍，里面落满灰尘，家具还不算残破，覆着尘埃堆积的布。

在小楼的楼梯下，有一个三角形空间。图灵取出一把钥匙，将那个空间的一道门打开，里面有一排阶梯，随着他走下去，便看到一个地下室。

地下室像是一个研究室，在墙壁旁排着几张桌子，中央有一片空地。在地下室里有几个人，这时看见图灵带着雷葛新下来，不约而同露出了惊讶又愤怒的表情。

"图灵！你在搞什么？"大声叫嚷的是那个长发男子史蒂夫，他重重地一拍桌子，把桌上的几个小零件震得四处乱跳。然后他一跃起身，怒气冲冲地走过来。

图灵急忙走过去，插身在雷葛新和史蒂夫中间，一边握着史蒂夫的手，拍着他的胸口，一边好声安慰道："没事，没事的，他不会对我们不利的。”

雷葛新没理会史蒂夫的不友善态度，只是悠然地观察着这个地下室。几张靠墙壁的桌子前，那几位前几天刚见过的年轻人都在愣愣地看着他，脸上的表情阴晴不定。

脸庞线条硬朗的鹰脸女子玛丽紧闭着双唇，盯着雷葛新看；一头鬈发的笑嘻嘻男生亚博特神情较为轻松，仿佛是看好戏似的捧着双手，呵呵一笑；戴眼镜的高大男生霍金只是漠然地回头看了雷葛新等人一眼，便仿佛失去了兴趣似的转过头去继续做他的事；最远的桌子上，则趴着一个熟睡的男子，他睡得很香，这一阵吵嚷也没能把他吵醒。

图灵这时一直小声地对史蒂夫耐心劝说，双手搭着他的肩膀，说着说着，还不时把头亲昵地轻轻触着史蒂夫的额头。

“好吗？OK 了吗？答应我，好好跟他谈谈。”只听见他轻声劝着史蒂夫，史蒂夫阴沉着脸，总算勉强点点头。图灵欣喜地笑着，转头对雷葛新说道：“可以了，老师，请您跟我们谈谈您知道的，我们的事。”

一时之间，雷葛新其实不太知道要跟他们从何谈起。正在沉吟之际，却听见史蒂夫冷冷地开口了。

“图灵说，你知道我们在做的事，也知道 Entscheidungsproblem。”他的语声中还是充满着不信任的感觉，“那我要问问你，我们在做什么事？你知道了多少我们在做的事？”

“我只知道图灵一直在研究数学，也一直想做出会思考的机械。”雷葛新挠了挠头，“至于你……”

看见雷葛新不知道该说什么，牛顿悄然提醒他：“问问他，已经把苹果计算机做到什么程度了。”

“苹果计算机？”雷葛新奇道，他突然想起了一件重要的大事件，“苹果计算机？你是说，他是做苹果计算机的那个……”

雷葛新这番话本来是跟牛顿的对话，但是那个“苹果计算机”就让史蒂夫圆睁双眼，像是看到了什么难以置信的奇异之事。

一旁的图灵听了也是丈二金刚摸不着头脑。“什么？什么‘苹果计算机’，你在做什么我不知道的东西吗？”

史蒂夫脸上露出骇然的表情，先前的冷漠完全消失了，他推开图灵，很急切地过来握着雷葛新的手。“你真的知道，你真的知道别人不知道的东西，对不对？这个‘苹果计算机’全世界只有我知道，连图灵都还不知道，您居然会知道？”

他一改先前的倨傲态度，很热切地拉着雷葛新到他的桌子前方，在那里有个木箱，木箱中排着几个木头轴承，密密麻麻地缠在一起。“这是图灵叫我帮他做的东西，图灵一直想要做能够思考的机械，但是我却觉得，一定有什么办法可以让它变得更好用，我一直在想，要怎样才能让所有人都能够使用它，想破了头都想不出。”

图灵温柔地看着史蒂夫，伸手帮他整理了一下乱发。“所以，你要把这个东西叫作‘苹果计算机’，是因为我喜欢吃苹果的关系？”

史蒂夫没理他，只是继续用热切的眼神看着雷葛新，问道：“所以，您知道我可以怎样改进，才让它成功地做出来吗？”

“他这样，行吗？”雷葛新低声问牛顿，“要怎样才能做出他要的苹果计算机？”

“做不出来。”牛顿的回答很肯定，“他们这个时代没有硅晶科技，没有微芯片，就没有办法做出计算机，还是叫他死了这条心吧，除非能够有人先研究硅晶科技。”

看着史蒂夫热切期待的脸庞，雷葛新一时之间真不知道该怎样浇熄他的热情火焰。雷葛新看到那个木箱的旁边有一盆清水，在这个世界待了几天，他知道这是使用“圆光术”的道具。

圆光术，是一种能够将身处远方的人的影像映到水面的法术，在这个世界是很平常的法术。

“除了研究计算机，你也研究圆光术，是吗？”雷葛新问道。

“是啊，只是随便玩玩的。”史蒂夫摇摇头道，“没什么用处。”

“哪里没什么用处？”图灵笑道，“史蒂夫很有创意，他一直想把我要做的智能机械和圆光术结合起来，而且还发明了几种别人无法做到的圆光术。”

“没有用的东西啦，不要拿出来让人笑话。”史蒂夫没好气地说道，

“根本没有用。”

“史蒂夫很厉害的。”图灵将那盆水移过来，雷葛新仔细一看，才发现这个盆子上多了几个不知名的装置，“他用自己发明的器械，把圆光术能做的事扩展了许多，比方说，这样……”

图灵对着那盆水发动圆光术，便现出了彼方的图像。此时水中映出了海边的影像，海滩上有许多游客。

“史蒂夫很厉害喔。”图灵把圆光术映出来的画面引导出来，手指轻轻地张开、合起来，就能把画面放大缩小，“别人的圆光术都做不到这样，可以改变画面大小。”

“改变画面大小有什么用啊?”史蒂夫撇撇嘴，“我是在请教您，如果我想做‘苹果计算机’，应该怎样去修正突破?”

雷葛新没有理他，还在专注地看着图灵的演示。在放大缩小的圆光术影像中，图灵伸出手来，在影像中海滩上一个游客的前方写了一个字，那个字居然停留在影像上，而且那位海滩上的游客脸上露出诧异的表情，伸手碰了碰那个字。

“所以，你在这里写的字，对方能看得到?”雷葛新睁大眼睛，好奇地笑了，“是可以和他互动的?”

“这只是随便玩玩的。”史蒂夫无奈地摊着手说，“要联络沟通，随便用心电感应术都能做到，比写字还容易。”说着，他又有些不耐烦地追问道，“您到底能不能告诉我苹果计算机的事?”

雷葛新想了一下，正色道:“不要再去想苹果计算机的事了，就算你理论上想通了，最后还是会失败的。真正能让你成功，在历史上留下一笔的，不是苹果计算机，而是这种改良的圆光术!”

图灵的眼睛里闪着兴奋的光芒，史蒂夫还想争辩几句，却被他示意挡了下来。

“这个改良的伟大之处，关键点就在于‘联结’‘互动’。”雷葛新一边翻阅着二十一世纪初，在另一个平行世界中的这位史蒂夫·乔布斯的故事，用他在别的世界做过的事，告诉他这个概念。

“如果你能联结到很多人，建立一个地点，放上很多有趣的游戏、有用的信息、甚至是商品订购的渠道，让联结得到这个地点的人都能在这个地方做他们想要做的事，这样你们的世界就会扩展到不得了，而且能迅速达成你想用苹果计算机做到的事。这件事，你发明的这种器械做得到吗?”

雷葛新简单地把另一个平行时空的乔布斯做的事略为描述一下，图灵和史蒂夫就明白了，仿佛是开启了一扇童话之门。史蒂夫整个人像着了魔一样，立刻坐到桌前开始拼命计算起来，连雷葛新都给抛到脑后了。

“老师，您真是太厉害了。您怎么会知道这么多事的?”图灵露出一脸佩服的神情。

“这个，其实是史蒂夫自己创造出来的概念，我一点儿功劳都没有。”雷葛新大笑道，“我只是把事情照本宣科说一次而已。”

图灵微微一愣，并不是很理解雷葛新所说“这是史蒂夫自己创造出来的”是什么意思，但他是个思绪缜密的左脑型人，不喜欢问太多自己不了解的问题，于是他笑了笑，没有再说什么。

“我本来还想顺便告诉他一种叫作‘脸书’的概念呢!”雷葛新笑着对牛顿说道，“不过，我看光是这个在线商店的概念，就够他玩上一辈子了。”

那位一头乱发的开朗青年亚博特在一旁听着雷葛新和图灵、史蒂夫的对话，这时忍不住走了过来。

看见他走过来，牛顿只简单地说出了一个名字：“爱因斯坦。”

于是，雷葛新便把亚博特·爱因斯坦的光量子假说、狭义相对论、广义相对论读了出来。其实连他自己都听不懂自己在说些什么，但是亚博特就像听到了福音，如痴如醉地听着雷葛新的叙述，还怕忘记了，还把雷葛新说的每一个字都用鹅毛笔写在自己的衣服上。

“还有这个公式：$E = mc^2$，非常重要，你千万别忘了。”看着他狂热地趴在衣服上记录，雷葛新忍不住又提醒了他这个质能公式。

那位神情高傲的玛丽不知道什么时候，也很恭敬地站在雷葛新身边。但是她想询问的，却不是学理上的事。

“您好，我是玛丽·斯克洛度甫斯卡。”玛丽悄悄地把雷葛新拉到一旁，因为她爱上了一个同学，但是种种迹象表明，情况很不乐观，所以她想问雷葛新，该如何解决这个疑惑，“我喜欢上的，是史蒂夫。”

雷葛新摇摇头，给了她确定的答案。“史蒂夫爱的是别人，你这么聪明，应该也看得出来。”

这时候，只听见牛顿幽幽地开口了：“查到了。原来是她。”

雷葛新低声问道：“她是谁？”

“问问她，身边认识的人里，有没有一个叫皮耶·居里的。”

“居里夫人？”雷葛新骇然道，“这个女孩是居里夫人？”

询问之下，果然是有的，玛丽的一位男同学就叫皮耶·居里。

“可是，那个人很呆啊……”玛丽皱了皱眉，“连话都说不清楚。”

“只要你敞开心胸去跟他说话，他就会说得很清楚的。”雷葛新促狭地说道，“而且日后你人生中最重要的学术成就，也是和他一起做研究的。”

至于那位戴眼镜的霍金，雷葛新实在不忍心告诉他，目前已经有点症状、走起路来踉跄不顺的他，未来会患上很严重的硬化症，最后终将失去身体大部分功能。雷葛新只好安慰他，如果跟亚博特一起做研究的话，会有极大的成就。

而那个熟睡的男子一直没醒，睡得很香甜，牛顿认为没有必要去叫醒他，也许这个时代并不需要发明留声机、电灯，也许这位名叫汤玛士·爱迪生的男生在这个世界里不发明那么多东西，会过得比较幸福一些。

对于雷葛新和牛顿来说，在巫术世界生活是一件相当愉快的事，既没有在绿火世界那么蛮荒落后，也不像在豪门世界里那么充满绝望。在这里虽然没有高科技，但是人们的生活相当悠闲愉快，也许在这里也有着所有世界都存在的悲伤和痛苦，但是目前为止还没有深刻体验到。

在大学的研究室里，雷葛新常常遇到图灵，却再也没见到史蒂夫那些人。图灵的解释是，他们得到雷葛新的提点后，信息一下子大量涌入头脑，短时间内难以全部消化，所以都在埋头研究，基本不会走出他们的研究室。反正这几个人在巫术上也没有什么出奇之处，见不到他们，雷葛新也不在意。后来雷葛新常见到的，是形貌不似人类的羊头人符扬清和透明水精路小仙，后来还见过几位来自大海的龙族、来自深山的鸟族。

一个寂静的夜晚，雷葛新的住处来了一位奇妙的客人，一位清丽的女子；这女子在他抵达巫术世界的第一天就遇到了，是来自灵界的金色晓钉。

金色晓钉到来的时候，整个空间有着不寻常的波动感觉，和时光战警们出现时的状况有点像。但牛顿很快就发现这种波动模式和时光战警的不同，示意雷葛新可以放心，静观其变。

金色晓钉是来自异世界的族类，在心灵的沟通上有很强的能力，她能够感觉到牛顿的存在，所以知道是她来了，牛顿也相当开心。

雷葛新在这个世界里，是住在胡百教授的家里，位于一栋木造小洋房的三楼。金色晓钉来的时候，并不是从大门进来的，而是直接出现在三楼的窗口，坐着一部古代日本的华丽轿子而来。她出现的时候，从窗口映入明亮柔和的光芒，雷葛新走到窗口，看见她的轿子从远方天边飘然而来，走得近了一些，又让雷葛新啧啧称奇起来。

那轿子是有人扛着的，刚出现的时候，雷葛新和牛顿还不知道里头是谁，光是看到抬轿子的轿夫就觉得既好奇又有趣。

扛着轿子的轿夫共有六人，一边三个，他们拥有在空中行走的能力，但最有趣的是他们的长相。这六个轿夫清一色是绿色的皮肤，像昆虫一样大而没有眼球的眼睛，头顶光秃，四肢细长，走在空中轻飘飘的。如果他们不是出现在这个巫术世界这样的奇异场景，任何人看到这六个轿夫的模样，第一个直觉反应一定会说他们是“外星人”！

在雷葛新的核酸信息中，有八成以上的外星人都是这样的长相，只是在大部分的记载中，他们是乘着飞碟出现的，有的会绑架人，有的会给受害者动手术，有的甚至还被传说曾经在赌城逛大街！

“只有在最早期的外星人目击事件中，有的研究者们说他们是来自灵界的。”牛顿说出来的话，也正是雷葛新此刻想到的事，“只是后来不知道为什么，所有的研究结论都把他们归类为外星访客。大部分人都忘了，最早这种长相的‘人’都被认为是从灵界来的。”

金色晓钉从轿子里走出来的时候，还是上次看到的那个模样，但是符扬清也说过，她的形象是雷葛新心中最美丽女人的形象的投射。

“我来找你，是因为我对你看到的那幅景象很在意，于是便带回去跟族里的人研究了一下。”金色晓钉甜甜地笑道。

她所说的景象，便是刚到这个时空时，常在雷葛新的视野中出现的那个看起来像是一张照片的景象。

这时，金色晓钉催动了灵界的圆光术，把那幅景象投影在雷葛新房间的墙上。呈现在墙上的影像更清楚了，宝蓝色的天空，美丽的夕阳，远方一道长堤，一位短发的女子站在那儿，背对着拍摄的镜头，还是看不到她的长相。

因为影像很清楚，那女子虽然只有背影，却可以看得出是个年轻女子。不知道为什么，雷葛新只要一看到她，心就开始怦怦加速跳动，明明从来没有见过她，但是对她非常心动。

金色晓钉凝视着雷葛新的神情，嫣然一笑道：“你喜欢她，对不对?”

雷葛新微微一怔，脸上有点发热，正想说些什么，金色晓钉却摇摇头，把手指放在唇上。“嘘……仔细听，不要说话。”

她微微催动手上的一道光芒，双掌虚张，仿佛在调动什么东西。此刻她的手上泛出一道淡绿色的光，慢慢延伸，接触到墙上的影像。她的口中喃喃念着类似咒语的话，那道绿光链接着影像中女子的背影，那个女子居然慢慢开始动了起来……

“牛顿，牛顿……”雷葛新目瞪口呆地看着金色晓钉的动作，“你看她在做什么?”

牛顿在虚空中的声音也充满惊讶。“这……不合科学道理啊……这是怎么回事?”

金色晓钉的手这时缓缓晃动，好像在拉着什么。而那幅影像这时像是活了一般，开始传来了风声、嘈杂的人声，而那个女子的头随着金色晓钉拉动的动作，似乎也要缓缓地转过来了。

随着她极为缓慢的转侧动作，雷葛新屏住气息，连呼吸都不敢太重，生怕一不小心就破坏了眼前的影像。

“转过来……快转过来……”他在心中祈求着，很想很想看到这个女子的脸。

那个女子果然以极慢的动作转过头来，露出了耳朵、发线、侧脸……

这时，影像中很清楚地传来一句话，语音低沉温和，却万分坚定。她的声音是那么温柔，像在唱一首歌。

“……我早就知道，时光英雄穿梭了三千年的时空，就是为我而来……”

但是，雷葛新还没有能仔细听清楚这句话……

就在这一刻，整个空间突然坍缩下来，所有东西都被凝缩了一下，随即展开……

紧接着，整个世界突然暗黑如墨，一切似乎都静止了，但是这只是错觉……

因为，“轰”的一声巨响，强烈的光从窗外照射进来，地板、窗户、天花板都像在筛子抖动一般，剧烈晃动起来。

在轰然巨响响起的一刹那，金色晓钉整个人便从雷葛新眼前消失了，那幅在墙上映照出来的女子影像也跟着消失了，地面不住颤动。雷葛新勉力想要站稳，但是摇了几下之后，终于还是跌倒在地。

“牛顿！牛顿！”他惶急地大叫，第一时间便是想要问他到底出了什么事。但是牛顿悄无声息，不管怎么叫都没有回应。

雷葛新挣扎着爬到窗边，从窗口往外一看，只看见城镇彼端像地狱一般，而且画面仿佛被消音了，城西上空立着一朵极高极大的蕈状云，那朵蕈状云高大得几乎插入云霄，而在它的底部，却冒出炽亮的火光，火光像妖魔之毯似的，以蕈状云的底部为基点，向四面八方扩散开来，把整个城镇的三分之一吞噬进去。

仿佛刚从噩梦中惊醒似的，周围这时才开始传来嘈杂的人声、跑步声，有人大声哭叫，有人惶急地不知道在斥责什么。所有在房屋里的人急忙奔出房子，会飞行术的人急忙从窗户飞出来，有人则骑着扫把从楼上逃走。但是慌乱之下，有的人无法聚集精神施行法术，飞了没几下便从高空掉下来，重重落地。

雷葛新混在逃跑的人群中下了楼，人群中有人对他大声叫嚷："教授！教授！"

即使下了楼，还是能看得见城西那朵巨大的蕈状云，妖异静止地立在半空之中，底下是四散奔逃、哭喊纷乱的人们。有的人在空中飞行，但是因为情势极乱，在空中的人不时相撞，重重地掉下来，反倒是在地面上奔跑比较安全。

在逃散人群中呼喊着雷葛新的，是那个羊头人符扬清。雷葛新定睛一看，他的身边都是熟悉的脸孔，有那位水精灵路小仙，胖图灵，爱睡觉的汤玛士·爱迪生，戴眼镜的男孩霍金。符扬清的肩头上，还伏着一个失去知觉的女子，仔细一看，正是刚刚在雷葛新房间里随着爆炸消失的金色晓钉。

"发生了什么事？"雷葛新在嘈杂的人群中大叫，却没有人能够回答他。一行人跟着人群逃往城东，想要远离那朵妖异恐怖的巨大蕈状云。跑过了一条街，他们看见玛丽跪在大街上哭号尖叫。雷葛新冲过去，把她扶起来，她却更加歇斯底里地大声哭叫。

"是他们！是他们！"她的脸上都是鼻涕眼泪，一边指着西方的巨大蕈云，一边继续哭号着。

雷葛新抓住她，右手探往她的后颈风池穴，指上用力，让她慢慢镇定下来。这是在"针灸大全"核酸中得到的讯息，后颈风池穴是人体气脉的枢纽，如果有人心神丧失、癫狂不已，按压这个穴位可以让人气血归位，恢复正常。

"你在说什么？"雷葛新问道，"他们是谁？"

玛丽这时仍然情绪激动，止不住地哭泣，但是显然已经比刚才好了许多，至少可以说出完整的话了。"是史蒂夫和亚博特，还有居里。他们疯了，他们说要做改变世界的事，他们真的做了，真的做了！"

"你胡说！"图灵脸色大变，怒声叫道，"他们明明答应我，没有我，他们不会开始做细小之弹的！"

"他们做了，他们一定做了！"玛丽情绪激动地哭泣道，"居里说，他已经找到了元素，亚博特也说他已经完善了公式，史蒂夫有一群圆光术的伙伴，他还找到了异世界的联结点。他说：‘一定要在这个世界称王称霸，把那些作威作福的人拉下来！’”

雷葛新夹杂在奔逃的人群中，听见他们大叫大嚷的对话，心中隐隐猜到发生了什么事，却又难以置信。他告诉史蒂夫等人那些科学理论，不过是几天前的事，难道他们只用了几天，就能够做出把整个世界炸个天翻地覆的核弹？

他正在惊疑不定、脑子飞速思考时，没有觉察到，大街的另一端，有个奇怪的身影正在向他慢慢逼近……

等到他发觉情况有些不对劲的时候，已经迟了。

没有了牛顿的警示，雷葛新正在专心思考这场惊人的灾变时，只见“哗”一声，漫天布满了水花，却是一个不起眼的卖水小贩，将板车上所有的水全部爆开，淋在了雷葛新的身上，把他浇个湿透。

这个小贩，当然不是一个寻常的小贩。

他甩开身上的斗篷，露出一身结实的肌肉，神情威猛，眼神锐利地盯着全身已经湿透的雷葛新。

果然，这一次追踪来的，是和雷葛新已经见过几次面的“水”支队阳风队长。

其实，阳风早已经只身一人来到了巫术世界。他知道雷葛新可能已经掌握了追踪时光战警的能力，就刻意隐藏身上的力场，假扮成一个小贩。在此刻现身前，阳风已经在巫术世界部署多时，打算一出手就把雷葛新的退路全部封死。

于是，在混乱奔逃的人群中，阳风假扮为一个卖水的小贩，趁着没人注意的时候，震破所有水罐，将雷葛新全身淋得湿透，以水力场防堵雷葛新灵魂转移。

阳风没料到的是，这是一个巫术世界，能够自如运用力场的大有人在。在千钧一发之际，图灵、符扬清、路小仙在阳风的水力场中找到一个破绽，催动罕见的“虚弥芥子术”，让雷葛新逃入了一个鸡蛋中的分子世界。阳风穷追不舍，也进入分子世界中的水分子力场。然而，这却是心思缜密的图灵设下的陷阱。他集合几个人的术法，将鸡蛋以高温加热，蛋中的水分子与凝固的蛋白质结合，将阳风困在了鸡蛋里，再把雷葛新引出。

眼看核酸警队的“水”支队阳风队长就要丧身在这个奇妙的巫术世界，雷葛新却在最后一刻陡地折返进入鸡蛋的分子世界，将阳风救了出来。

在阳风死里逃生的疲累眼神中，雷葛新一言不发，再度逃入时空。

雷葛新在这个巫术世界里，度过了一段很愉快的时光，他曾经想过，如果没有核酸警队尾随而至，也许他会选择在巫术世界终老一生。

但是，雷葛新也知道，自己的存在给整个巫术世界带来了无法解救的重大改变，只是片刻相谈，他和牛顿就给这个世界带来了极为严重，而且可能是无穷无尽的灾难。

而牛顿也在这一场穿越的震荡中，再度产生变异，一进入时光之流声音就越来越低。在下一个时空里，他的声音断断续续，最终无声无息，真的和雷葛新失去了联络。

[第16章]

取经四人组

花都巴黎。

十里洋场，香榭大道，左岸风情，凯旋门前永远热闹，人车络绎不绝。

这里是全世界最浪漫的城市，许多精彩动人的爱情故事曾在这里发生。

巴黎市的市中心，一座巨大的拱门式建筑巍然耸立，这里是凯旋门，只要讲到法国，讲到巴黎，就一定会想到这座金碧辉煌的伟大建筑。

从凯旋门旁放射状的大路走出去，沿着香榭大道，左转，走进霍莎宜道，入夜的巴黎大街上人车依然汹涌，但是绕进这条街上，却是诡异的静寂。

从公交车上下来的法国青年亚兰德伦伸着懒腰，深深地吸了一口气，那是城市的烟尘、脂粉香、食物气味混杂在一起的味道。

从外表上看来，亚兰德伦是个再平常不过的年轻人，身上的衣服有点旧，他披了一件磨破发白的牛仔外套，短汗衫，短裤，脚上踩了双凉鞋，背着个帆布背包。这样打扮的人在巴黎街头随处都是，在欧洲大陆上有许多国家的年轻旅人都是这副模样，这样的人走在马路上，即使是在深夜的巴黎大街，都不会有人多看一眼。

但是，没有人知道，此刻亚兰德伦要做的事，是一件明天将会轰动所有报纸头条的大事。或者说，是他自以为会“轰动所有报纸头条的大事”。

在他的背包中，装着一具号称“穷人炸弹”的钢珠式爆破装置，只要引爆炸药，内藏的钢珠便会迸射四散，伤人的破坏力远远大过一般炸药。亚兰德伦在前几天的报纸上看到过，同样的炸弹，在美利坚的波士顿马拉松赛场终点引爆，爆炸威力惊人，死伤了许多人，而且还在全世界报纸上连续报道了好几天。

这，就是我要帮组织做的事，亚兰德伦在心中暗暗地告诉自己。他所属的组织，叫作“日耳曼光明之路”，目标是恢复白种人在全世界的荣光，将所有血统不纯正的人类从地球上全部消灭。亚兰德伦没有认真读过什么书，他的组织成员是一群整天不见天日、只爱玩计算机、电玩和喝可乐的傻蛋，这几个人并不知道他们所属的这个“日耳曼光明之路”其实只是一个老掉牙的第二次世界大战德国激进团体，当年就是德国人用来凌虐法国人的工具。时至现代，德国早把这个组织列为非法组织，并且定义为“德国之耻”，这个组织在德国已经消失很多年了，现在反倒在法国重新死灰复燃，成员就是亚兰德伦这一类的笨蛋。

然而，笨归笨，要做起蠢事来还是很有杀伤力的。亚兰德伦深吸了一口气，把法国夜晚的气息吸进肺里，然后推开最近的一间便利商店的大门，那是一家有着绿、红、橘色标记的数字便利商店，在黑夜里仍然灯火通明，在大部分商店都已打烊的大街上相当显眼。

“丁零”一声，便利商店的自动门打开，亚兰德伦有点紧张地走了进去。以一个恐怖分子来讲，他算是谨慎小心的，虽说从另一个方面来说，所谓的“谨慎小心”，其实也就是胆小的意思。

很奇怪的是，便利商店里白亮的灯光中却泛出一种阴暗的气息。琳琅满目的商品陈列在货架上，音响中响着热闹的乐声，但是整个便利商店里却有一股莫名的森冷气氛。

亚兰德伦一边观察着，一边盘算要在什么时候开始发难。他还在考虑的时候，“丁零”一声，又有一个客人走了进来。

既然有人来了，就先观察看看吧……

来人是一个脸色阴沉的中年女子，她穿着整齐的套装，看起来是个上班族。中年女子没有到货架上挑东西，而是直接走到柜台。

“我要里海贝露嘉鱼子酱。”中年女子冷冷地说道，“六百人份。”

“砰”地一声，像是早就准备好了似的，柜台上摆出一个还冒着森然冷气的冷冻箱，中年女子付了钱，抬起箱子转身就走，仿佛只是买了一条口香糖。

几乎在她离开的同时，自动门又“丁零”一声响起，和她擦肩而过走进来的，是一个衣衫褴褛的街头流浪汉。

“我要 CPE·6997345 国防等级智能芯片，十七组达索公司卫星导弹句柄。”他抓了抓屁股，然后把手放到鼻子前闻一闻，“还要辉瑞制药配方主机安全密码。”

他要的这些东西体积非常小，只是一部手机大小的平板计算机，店员仿佛也早就准备好了似的，一句话也没说，就把平板计算机“啪”一声放在柜台上，让流浪汉拿走。

流浪汉临走前，还对亚兰德伦古怪地笑笑。

在流浪汉走出店门时，又进来一个胖胖的和尚，穿着露出右肩的僧袍和肥嘟嘟的胸部。

“我要马里亚纳海沟马头章鱼做成的纳豆口味冰淇淋。”胖和尚笑呵呵地说道，从怀里掏出一只湿淋淋的巨大蛙类生物，“是要给我的娃娃鱼吃的。”

紧接着，仿佛约好了似的，好几个顾客鱼贯而入，要买的都是听起来匪夷所思的商品。有人要千年巨爪龙的生指甲，有人要吉力马扎罗山巅的白色雪莲花，有人要一种东南亚的古怪食品——蛋里孔雀，还有人要亚兰德伦完全没听说过的什么“东胜神洲”的两头马犄角磨成的粉……

亚兰德伦目瞪口呆地看着这些古怪的人，来到店里买更古怪的东西。好容易等到没有人进来了，他这才恍若大梦初醒，伸出脚来踹翻了旁边一个饮料架，发出“哗啦哗啦”的巨大声响。

“通通不许动！我这里有炸弹！”

“通通不许动！”亚兰德伦又高声大喊，但是声音明显有点沮丧，“我……我这里有炸弹！”

没人理会他。

在便利商店中，虽然那些买奇怪东西的顾客不再进来了，但此刻也并不是空无一人。一个老伯坐在餐桌旁吸着烟斗，生鲜食物区两个似乎是情侣的年轻人在低声说话，一个中年太太正在皱着眉挑鸡蛋，一个面目阴沉的女店员在拖地，还有一个不到十岁的男孩正在书报区翻着杂志……

然而，完全没有人理会他。

唯一还算有反应的，是便利商店的店长，一个高大秃顶的中年人，胸前别着一个显眼的大牌子——店长。此刻他正和一个斜倚在收银柜台前的客人聊着什么，看到亚兰德伦这样狂声大叫，他只是瞥了他一眼，嘴里模糊不清地嘟囔了一句“accueil presence”（法语“欢迎光临”），就不再理他，自顾自地和那位客人继续低声说些什么。

亚兰德伦微微一愣，接着就是心头一阵火起。在他的想象中，像自己这样大阵仗闯进来，就是要干一件轰轰烈烈的大事，在接下来的几分钟里，他期待的是整个便利商店里所有人鬼哭狼嚎地抱头鼠窜，哭天抢地，然后大批警察蜂拥而来，鸣着警笛亮着蓝光划破夜空，警用直升机在空中盘旋，最后，媒体也来了，很快就会在新闻快报里出现他的画面，法国青年亚兰德伦的名字以及他的一生……

是的，搞恐怖活动的人，无非就是想要一次这样的场面，就算只是一次，也要风风光光的。

但是，这样的期待从一开始就落了空，整个便利商店里的人完全当他是透明，当他是空气，就算他第三次大叫“通通不许动”，还是没有人理他……

“喂！”亚兰德伦真的生气了，从腰间抽出一柄改造的半来复枪，胡乱挥舞着，“我在说话，你们有没有听见?”说着，他顺手一挥，把旁边一堆罐装饮料扫倒，发出轰然的撞击响声。

“你！就是你！我在说话，你在那里还在多什么嘴?”亚兰德伦大声叫道，生怕没有人听到，“我说，我有炸弹！信不信我一下子就把你们炸个稀巴烂?”

亚兰德伦狂吼的对象正是这家便利商店的店长，这位看起来有点阴沉的中年大叔，此刻正和旁边的顾客窃窃私语，仿佛在商量着很重要的事。看见亚兰德伦这么狂暴，店长大叔只是微微一怔，有点惊讶，接着，他做出了一个令人费解的动作。他把手指放在嘴唇上，对亚兰德伦做出一个“嘘”的嘴形，示意他不要出声。

然后，更令人生气的是，店长大叔竟然又回过头去，和那位顾客又窃窃私语起来。

亚兰德伦这时候更火大了，他正盘算着要做出更激烈的举动时，突然整个人像是被什么巨大物体撞倒了，视野里突然出现了天花板，然后是颠倒的世界，最后看到的是地板。

就在这一刹那，亚兰德伦突然整个人腾空而起，在空中一个翻转，重重地跌落在地上！

在天旋地转的视野中，亚兰德伦还看到了一双细小的小腿，因为此刻他整个人仰躺在地，所以看到的是这样的角度。

将他撞飞的，正是那个刚刚在书报区翻杂志的小男孩，完全无法想象，这个小男孩刚刚能够以那么大的力量把一个成年人撞飞，还在空中翻转了一圈。

小男孩轻快地走向店里的酒柜，和书报杂志区比起来，这更是一个和他毫不相关的区域。未成年人不得买饮用酒精性饮料，这是全世界的共识吧？

只听见大叔店长“哼”的一声干咳，沉声说道：“你确定要这样做吗？你想过后果没有？”

小男孩停下脚步，回头看着店长，他稚嫩的小脸上，长长的睫毛闪了几下，湛蓝的眼珠转了几转，脸上还有几点可爱的雀斑。但是，从他口中发出的声音，却仿佛来自地狱，低沉而且夹杂着人类无法听见的尖锐音频。

“我们当妖怪的，从来没想过后果。”小男孩的声音嘶哑，带着很邪恶的气息，“只要能吃到三藏的肉，就算是粉身碎骨，我也不会后悔！”他说着，发出令人刺耳难受的笑声，这才转过头去，打开了酒类饮料的冰柜门。

“第三排，第四行，第九个瓶子，没错吧?”小男孩哈哈大笑，笑声宛若钢铁摩擦，让人觉得牙龈发酸，“人家都说人界、魔界入口不可乱开，我看也不过如此……”

这时候，亚兰德伦的意识有些回来了，他听不懂小男孩和店长大叔的对话，也没发现两个人的口气极不寻常。亚兰德伦本来就是个有点蠢、有点不正常的青年，此刻他还是满腔怒火，什么也没多想，就一个敏捷地跃起，三两步就跑到了小男孩背后。

“臭小鬼!”亚兰德伦大声怒喊道，“你不知道未成年人不可以买酒喝酒吗?”

他这一跃一奔，恰好越过了店长大叔站的柜台，店长大叔失声叫道:“喂！不行……”

说时迟，那时快，亚兰德伦根本没听到他的惊呼，就算听到了也不会理他。小男孩的背影由远而近，然后眼前的情景仿佛变成了慢镜头……

日后，在亚兰德伦的一生中，这个场景虽然后来从他的表意识记忆中抹掉了，却仍然深藏在他的潜意识之中，偶尔会在深沉的噩梦里出现。

就在亚兰德伦搭上小男孩肩膀的一瞬间，小男孩也拿起了冰柜中的那瓶酒，那是一瓶雾面瓶装的伏特加。本来亚兰德伦看过去的角度应该是小男孩的后背，但是他居然千真万确地看见了小男孩的脸。

一张狰狞咧着血红大嘴的脸!

因为，此刻小男孩的头硬生生地在亚兰德伦面前转了一百八十度。而他搭在小男孩肩上的手，此刻也像是摔在地上碎裂的果冻一般，碎散炸裂开来。

店长大叔此刻和他们的距离只有三米左右，他“啊”地叫了一声，就看到亚兰德伦从后头搭住了小男孩的肩；声音还没落下，就看到这个倒霉的法国青年的右手臂炸了开来。

“笨蛋……笨蛋哪……”店长大叔苦笑着，随即双手抱住脑袋，他转头一看，原先和他窃窃私语的客人正饶有兴味地看着眼前这一幕。店长大叔摇摇头说道:“这下麻烦了，待会儿我不知道要忙多久才能清干净他那堆血肉啦……”

一时间，本来泛着白色清冷光芒、透现出诡异阴暗气息的便利商店，这时候突然像是炸开了锅一般闹哄哄起来。亚兰德伦手臂上的血肉，这时漫成细细碎碎的血雾，洒在空中，落在地上。然后，从冰柜中发出灿然光芒，把整个空间占满，仿佛把小小的便利商店无限扩展，变成一个妖气冲天的广袤平原。

那个原先一直和店长大叔谈话的客人这时睁大了眼睛，眼神绽现出奇异的光芒。“哇，真的变了，整个空间真的变了！牛顿，你有没有看到?”

小男孩把那瓶伏特加抽起来后，仿佛触动了开关，一片奇异的空间就在短短几秒内延展开去，整个便利商店的四面墙突然消失，而便利商店外的巴黎街景也完全消失，变成了一片色彩诡异的巨大旷野。天色深沉，有着许多层次的紫色；远方绵延到地平线尽头的山脉，有的山上还冒着红亮亮的火山熔岩；大地上已经不是城市的水泥路面，而是崎岖不平的岩石。

有趣的是，整个便利商店的室内摆设依然存在，柜台、货架、冰柜，甚至连休息区的桌椅都还在，虽然天花板已经随着四面墙消失了，但不知道为什么，室内的白亮光源仍亮着。便利商店里还是光线充足，但是和外面这片大地比起来，便利商店的内部空间变得很渺小，有点像是公园的沙地中间放着的一个火柴盒大小的玩具模型。但这空间小则小矣，因为光线的亮度大过四周空间，仍然相当醒目。

而片刻之前发生在便利商店里的突发事件还在继续上演。整只手臂被炸得血肉四散的法国青年亚兰德伦，这时才意识到发生了什么事，才开始感觉到失去手臂的痛楚。他放声惨叫，腿一软躺在地上，抱着失去手臂的肩膀凄厉狂喊。

而让他的手臂这样诡异爆炸的小男孩，这时早已经不是原来那个稚嫩可爱的模样，只见他的脑袋仍然保持一百八十度后转，脸上长出长毛和獠牙，身上的衣服也“剥剥剥”地裂开，被身上膨胀而出的毛茸茸肌肉撑破。

看他的外形，应该是类似狼怪的妖魔。只见它的眼睛里泛出昏黄的光芒，张开血盆大口，仰头对着天空震人耳膜地狂嗥起来。它狂野的黄色大眼咕碌一转，看见了一身是血、仍在地上惨叫打滚的亚兰德伦，发出一声更震耳欲聋的狂吼，抡起巨爪就向亚兰德伦猛击过去！

但是他这猛力的一击，却没有如预期那样将这个倒霉的法国青年打个血肉横飞，只是击中了地面，把地板打破了一个洞。

就在这电光火石的一瞬间，便利商店店长大叔伸出强壮的手臂抓住了亚兰德伦的双腿，敏捷地把他的身子使劲一拉，躲过了狼怪的重重一击。

那个狼怪更生气了，双手重捶胸部，在“咚咚咚”声中发出更大的巨吼。便利商店店长大叔习以为常似的，只是站起身来，对着狼怪伸出食指，对着他摇摇手指。“Non，non，non，ne pensez meme pas a ce sujet. pas a ma place，你不是要这个，别忘了你要的是别的东西！”

他的神态看起来很轻松，却下意识流露出一种威严的气度，狼怪微微一愣，喉头发出低低的吼声，低吼了几声后，它果然缓缓转身，向另一个方向飞跃出去，一边纵跃一边对着天边狂吼：“我要吃三藏的肉，我要吃三藏的肉，我要吃三藏的肉……”

店长大叔耸耸肩，露出无奈的苦笑。这时，亚兰德伦仍在他的脚下辗转翻滚惨叫，但是店长大叔刚才虽然救了他一命，此刻却把他当成空气一般，轻巧地跨过他，竟然再也不理会这个受了重伤的法国青年。

“他……”那位原先在和店长大叔聊天的客人探头看看亚兰德伦，皱了皱眉，问道，“他这样不会死吗？”

店长大叔扁了扁嘴，无所谓地说：“这种事，就不归我管了。我们当土地神的，要管的事太多了，但是能做决定的事太少。管这么多事，我哪有办法？你还没遇到山神或是揭谛呢！我还算脾气好的，遇上了他们，不挨上一顿好打，就算是运气啦！”

“所以，你真的是土地神？”那个客人露出又好奇又好笑的神情，“而且还有山神和揭谛？在法国巴黎？”

店长大叔目光深邃，犀利地说：“这很难理解吗？什么时代，什么地点，什么名称，都只是人脑里面想出来的一场戏而已。你说现在是二十一世纪，这里是法国巴黎，但只是人们这样想而已。世界太过复杂，所以人的脑组织才被修正得那么单纯，这一点，你不会不知道吧?”他淡淡地笑道，“像你，突然跑出来跟我说，你是二十五世纪的逃犯，有一群核酸警察在追捕你，我不是一下子就相信了吗? 雷葛新。”

那个客人思索了一下，挠了挠头，露出不好意思的神情。“没错，你说得对。正因为我可以是雷葛新，所以你就可以是土地神。”

两个人正说话时，这个魔幻空间又出现骚动了。几个在便利商店的顾客都像被定身了一样，泥塑木雕般地一动不动，只有狼怪在狂吼着“我要吃三藏肉”飞奔而去。抽烟斗的老伯完全不动，但烟斗上的烟却氤腾袅绕，两个年轻情侣好像正讲到有趣的事，笑得开怀，这样的表情定格住了。

只有一个正在做清洁的店员，懒洋洋地一下一下地拖着地，在一众静止不动的人里面显得很诡异。

但是，在便利商店范围外，就变得非常热闹了。

雷葛新探头往外看，看到辽阔的魔幻大地上，这时像游行一般涌出来一群妖魔鬼怪。放眼望去，有的形貌依稀熟稔，有的却古怪到无法辨认。雷葛新一眼看到了几个个子大得很显眼的独眼山怪、树妖和各类山禽奇兽，每一个手中都握着奇形怪状的各类兵器，叮叮当当地从四面八方冒了出来。

“哇……这些是什么啊? 妖怪? 他们不都只是在书里才有吗?”雷葛新看得目瞪口呆，觉得眼前的一切很不真实。

“他们真的存在吗? 是从什么时代开始存在的?”雷葛新问道。他去过好几个平行时空，直觉上就认定，这个时空之所以会出现妖魔，肯定也是某个时间点出现了分支，才会发展成这样。

土地神呵呵笑道：“从什么时代开始存在? 从一开始就存在了，只是因为你们的记忆都被‘清洗’过了，所以才会不知道。我不是已经跟你说过‘搜神震荡’了吗? 谁叫你刚才不仔细听，还在那里一直牛顿牛顿什么的。”

雷葛新不好意思地又挠挠头，露出苦笑，说道：“不好意思，真的不好意思。我是在对我的同伴说话，我的同伴是个人工智能。但是不知道为什么，到了这里之后，他的声音断断续续的，有时候我听不见他，他又听不见我。”他想起这个“土地神”虽然也不是个凡人，但毕竟不是来自二十五世纪时空，也不知道他懂不懂什么是人工智能，“我这样说，你听得懂吗？那是我们时代的一种高科技产品，但是……核酸……”一时之间，雷葛新不知道该如果向一个古代人解释核酸科技，有些结巴了起来。

土地神豪爽地大笑起来，说道：“不用担心，我懂！我虽然不见得知道你说的‘核酸’是什么，但我们又不是那些自我设限、把简单事搞得复杂化的凡人，事情哪有说不通的？你那个朋友就是个阴界的人，无形无相，凡人无法看见，却能够在你脑袋里活动，不就是这种阴间的人嘛！没什么搞不懂的。”

雷葛新一怔，本来听见“阴间”还有点突兀，但转念一想，像牛顿这种只存在于他脑海中的人工智能，的确很像古代民间传说中的“鬼”。他忍不住点点头，表示土地神说的没错，在某种定义上，牛顿就像古时候人们认知的“鬼”。

“我是真的没仔细听你说的‘搜神震荡’是怎么回事，好像是一种将凡人和神魔区隔开来的力量，是吗？”雷葛新笑道，“要不你再说一次，这次我会很认真听的。因为牛顿的声音刚刚又消失了，就算他回来，我也会叫他等一等。”

土地神好脾气地呵呵一笑，正要开口说话时，冷不防一个阴恻恻的声音从他的身后响起：“说个屁啊！都什么时候了，三藏那群人都要来了，你还跟这个傻子浪费时间？”

说话的是刚刚一直在拖地没抬起头的店员，这时候站在土地神的后面，说起话来声音低哑，却凶狠无比。仔细一看，这个店员是一个亚洲女子，矮胖肤黑，嘴唇厚大，浑身散发出一种令人不乐于接近的黑暗气息。

土地神有些尴尬地笑笑，不知该如何是好，但是那个女店员却让他没有任何反应的时间，她人还在土地神身后，手上那柄拖把就在空中挥了一个圈，“呼”地一声破空而去，猛然攻向雷葛新。

这一记动作力道很大，如果是寻常人，可能就会被打个当场倒地。这个女店员显然没有手下留情。

但是雷葛新不是寻常人，他在少林时空里学会了“界法”力场的运用，更在几次与时光战警的交战中锻炼出了自在使用力场的能力。这时的他要是真的和时光战警对抗起来，已经不是必败的局面。

胖黑女店员的这一击虽然猛烈，毕竟只是一般的肢体攻击，事发虽然突然，但是雷葛新却并不在意。

不只毫不在意，而且神情很轻松。只见他伸出右手中指，扣住拇指，对着那个女店员飞击而来的拖把轻轻一弹。他两指交扣，弹出一道灼亮的黄色力场光芒，“轰”地一声，登时便让女店员后仰面震飞出去。

“老婆!”土地神急声大叫，他也是反应极快，一看雷葛新一扣手指便知道不好，一个猿臂急舒，在女店员被震飞的一刹那就纵身过去拉住她，腰腿一转，比他老婆更快地闪至她的身后，在她身后当了垫子，将她后仰急跌的强大力道阻住。

但即使是这样，两个人还是往后滚了老远，哼哼唧唧地倒在地上，一时间爬不起来。

雷葛新看见自己这样随便一挡，居然有如此强大的力量，也吃了一惊。他即便会使用力场技巧，但毕竟除了和时光战警们交手之外，没有机会使用，这时随便一出手，才知道自己拥有这么强大的力量。

“对不起……”他的个性并不好斗，还相当温和，虽然刚才是土地神的老婆先出手，但看到两个人被他这一弹指就摔得如此狼狈，还是有些不好意思，“你们有没有怎样?”

那个黑胖女子既是土地神的老婆，就是土地婆了，只是从俗世的形貌上看来，这个土地神是个秃头的法国男子，土地婆却是个亚洲女人，一时间让人觉得有些诡异，又有些好笑。

土地神见土地婆还是一脸狠恶的表情，仿佛还想要出手攻击，连忙挡在她的前面，一边赔笑一边说道：“没事，我们没事……雷葛新先生，你可别太在意，我这老太婆脾气不好，但她人是很好的……”

雷葛新笑道：“我这一指，也未免太厉害了吧?你们为什么会跌这么远？从前我和人动手的时候，他们都没有这样大的反应。”

“那是因为我们不是人间的生物，我们的体质偏向精神界，所以当然是轻飘飘的，经不起打，不像肉身的你们那么耐打。”土地神苦笑道，“要不是这样，我们怎么会成天对那些妖魔客客气气的？”

就在这时，便利商店外的宽阔空间又有了新的动静。所有妖魔围成圈圈，空气中开始弥漫着妖异的气息，仿佛连天际的颜色也变得有些不同了。

雷葛新为了想要看得更清楚一点儿，便走到便利商店门口，专注地看着妖魔们群舞的情景。

这时，有一种类似高频声响的乐声传来，模模糊糊地听不真切，却又可以听得出有抑扬顿挫的起伏。

然后，仿佛大家都约好了一般，所有妖魔都扯开嗓门，用截然不同的各种奇异嗥叫声开始唱起一首歌来。

那歌声远远地传过来，虽然妖魔们的发声器官各有不同，但是唱出来的歌却有着一致的调子和歌词：

世人皆爱黄金珠宝，我们独爱长生不老……

三藏老儿抓到手，清蒸、红烧，煎煮炒炸任你挑……

曼陀罗、人参果、碧莉子、琼浆玉、猩猩唇、麒麟卵、凤凰胎、龟寿膏，末了再加，一把钟馗盐，炒上阎王油……

人人都道功名好，我却只吃一口肉，三藏老儿入腹来，万年江山都不要……

众妖魔唱得兴起，声音越来越洪亮，在夜空中远远传出去。而且不知道为什么，这首歌的每一个字都很清晰地传进耳里，在脑海中字字清楚，连那些奇异食材的每一个字都鲜明地印在脑子里。

雷葛新有点惊讶又有点好笑地看着这群妖魔在远处又唱又跳，忍不住“扑哧”一声笑了出来。“这什么啊？在跳原始部落舞蹈吗？”在他的历史核酸中，这时映出了古代岛国的原住民舞蹈影像，同样是在夜空下，一群打扮成各种山野动物的人，围着火堆，手牵手绕成一个大圈圈在跳舞。

这种奇特的歌声，严格来说是一种感应音频。雷葛新很敏锐地察觉到，以人耳的听觉，只能听到妖魔们唱歌的音调，但歌词却是流进脑海里的，好像有什么力量将信息印入了脑海，而不是凭声音分辨出来的。其实，这就跟核酸信息的运作方式是一样的。

这时，远处的妖魔越聚越多，都不知道是从什么地方冒出来，几乎要把整片大地占满。他们唱着歌，跳着舞，纷乱中却有着波浪舞一般的韵律。

但是，这样的韵律，忽然像是一块奶油派被一把刀切开一般，从远到近，妖魔们被一股力量排开，明显出现一道越来越长的口子。

雷葛新看着这样的情景，看得有点眼睛发直，却又兴致盎然。

在妖魔群中划出一道口子的，是一群人，不，更准确地说，是四个人。

看到这四个人的形象，雷葛新不禁“啊”的一声叫出来，心里充满讶异和好奇。

因为，这四个人的影像，他曾经看过，而且看过不止一次。

在二十五世纪的时候，在他还没开始这场穿梭时空旅程之前，他就常常做着奇怪的梦。在梦境中，就看到过这四个人的模样。

站在前头的，是一个个头矮小、却十分精壮的怪人，他的毛发异常的多，全身都是淡金色毛发，手上拿着一根亮闪闪的棒子，站在四人队伍的最前方，不住挥舞旋转棒子，划出耀眼的圈圈，好像笼罩在他身上的大金球。

这个怪人挥动棒子的主要目的是让挡住他们去路的妖魔们闪避。那棒子虽然细长，但似乎杀伤力很强，几只闪避不及被打中的妖魔不是头破血流就是哀号逃开。

围在他们四周的妖魔数量何止千百，大家都是一副想要扑上去，将这四个人撕咬吃掉的凶狠劲，但是他们显然对这个小个头手里的棒子非常忌惮，棒子挥动的光芒所到之处，妖魔们还是纷纷闪避。

在这个小个子的身后，是一头看起来像马、却又有着水生动物鳞片绿光的奇异坐骑，坐骑上坐着的，是一个面目俊美的年轻男子，看穿着显然是个神职人员。他的胆色显然没有小个子那么大，只见他脸色铁青，仿佛还在瑟瑟发抖，看见身边这么多奇形怪状的妖魔在叫嚣狂吼，似乎把他吓得不知如何是好。

在妖魔之中，这时候狂吼着“三藏！三藏！”的声音更是狂野响亮，有个长着巨大犄角、背上长着肉翅的妖魔这时一跃而起，跳过前方的小个子，就向坐在坐骑上的那位年轻男子飞扑而去。金毛小个子没料到有这一招，一棒“呼”的一下招呼过去，却慢了一步，扑了个空。

坐在坐骑上的年轻男子惊慌失措，瞪着大眼睛，身子便往后仰，差点儿跌了下去。

只见从年轻男子身后掠出一道灰色身影，从身影中更快速地穿出一道银光，跟着便是一声娇喝：“大胆！”

那道银光是一支前端是月牙形状的长形武器，雷葛新在《古代武器图鉴》中见过，知道这是一种叫作“月牙铲”的兵器。只见从年轻男子身后闪出的人影以“刺”字诀的招式前戳，人还没到，武器便已经到达，前端的月牙重重地叉在那个妖魔的脖子上，立刻将他飞扑而来的攻势阻住，还把他叉了个后脑着地。

这几个动作发生得极快，从妖魔的飞扑、金毛小个子的挥击落空，到灰色身影用月牙铲把妖魔刺得向后仰倒。在这电光火石的瞬间，金毛小个子已经回身跳跃过来，抡起金棒就要往那个妖魔的脑袋上招呼，打算给他来个爆头而死。

“Stop！”只听见那位年轻男子朗声大叫，他虽然刚刚被吓了一大跳，整个人差点儿摔下来，语声却仍然洪亮，“不准杀人！”

“砰”一声巨响，只见金毛小个子仍然挥下棒子，却偏离了那个妖魔的脑袋，“锵”一声将棒头砸在地上，激起好大一片灰尘。他恨恨地“呸”地啐了一口，横眼看着那些妖魔，便走到年轻男子前方，很不情愿却又继续卖力地和要围拢过来的妖魔们对抗。

不知道什么时候，土地神已经悄然走到雷葛新身边，他也把刚刚发生的事情都看在眼里，深深地叹了一口气。“苦啊……”

雷葛新瞪了他一眼，问道：“苦什么？”

“悟空苦得很啊。”土地神苦笑地摇摇头，“想当年的天宫之战，他不知道在南天门杀了多少神兵天将，多少个神仙，现在却连杀个妖魔也不行，这样还不算苦啊?”

“悟空?”雷葛新睁大了眼睛，“哪个悟空?”

“还有哪个悟空?”土地神露出疑惑的神情，仿佛雷葛新问了一个再蠢不过的问题，“还有别的悟空吗?”

“《西游记》里的孙悟空?”雷葛新更加目瞪口呆，“那不是小说里的情节吗?难道真的有西游记这个故事发生了?”

“从古到今，从这里到宇宙的尽头，西游记都是真真切切发生过的事，这谁都知道。”土地神悠悠地说道，“只是不同时空的人，听到了不同版本的故事，每个时空发生的情节不完全相同，却一定会发生。而这个故事，在每一个时空里，都会成为永久流传的传说。”

“所以你的意思是说，在这个时空里，他们就是西游记里的悟空、八戒、三藏、沙僧吗?”雷葛新笑问道，“那个小个子是悟空，那坐在马上的就是唐僧喽?”

“不，你还是没有弄清楚，那个坐在马上的是三藏，但不是唐僧。”土地神正色道，“他们在这里，不是从大唐出发的，他们是从梵蒂冈出发的。在你们的时空中，悟空是猴子，对吧?但是在这里，他不是猴子，他是个绝种后被复育出来的尼安德特人。尼安德特人，是古代的上古人种，和人类基因相似，但在细节上大不相同。他们是生理机能上强过人类许多倍的人种，在血缘上接近神族；他们可以做到许多人类做不到的动作，还有超能力；他们的智力虽然不是特别好，但是大脑的运作方式和人类很不同，因此他们中有的人能够发展出飞行、变幻外貌，或是驱策自然界力量的能力。”

“出色的族类。”雷葛新摇头苦笑道，“却灭亡了。”

“强者未必能生存，适者才能生存。”土地神哈哈笑道，“刚者易折，柔者易存。自古以来就是这样。”

“所以，悟空是尼安德特人?”雷葛新奇道，“那么其他人也是吗?”

“不是。”土地神摇摇头，“三藏是神族之人，但他们自己都不知道。

普天之下所有的妖怪都知道了，就只有他们自己不知道。三藏是一个从小在意大利人群里长大的华人小孩，保守矜持，固执到让谁都受不了，但是他却拥有神族人的两万五千个基因，只是自己不知道、也不相信罢了。”

“所以，那就是为什么这些妖魔都想‘吃块唐僧肉’的原因?”雷葛新奇道，“吃了他的肉，真的有什么好处吗?”

“神族的基因是完全开放的活性组织，他们的基因和人类一样，基数只是二十三对，却能够以时间、空间、暗黑与光明的三种维度同时共存，拥有很强大的能量。对于在物质属性上很弱的妖魔来说，的确能让他们得到很大的能量，只是能有多大的效果，还是要看妖魔的种族而定。”

雷葛新带着惊讶又好笑的心情，看着远方悟空一行人和妖魔攻打对峙的情形，“那你又说三藏不是唐僧? 明明妖魔们唱的歌词是要吃‘唐僧’肉的。”

“妖魔们为什么会这样唱，没有人知道，也许它们并不属于单一时空，也接收到来自其他空间的讯息。总之，它们的确常常都在唱‘唐僧肉’。”土地神露出不置可否的神情，“所有宇宙和时空充满了无数无法理解的事物，也因为如此，人类世界才要有‘搜神震荡’，否则这么多无法理解的事情天天都出现，人类的脑子承受不了。如果没有每隔一阵子来个‘搜神震荡’的话，恐怕大多数人早就疯了。”

“你又在说‘搜神震荡’了。”雷葛新笑道，“我还是不太清楚那是什么。”

土地神想了一下，挠挠头说:“我想还是等它来的时候再说吧。一时三刻、三句两句还真的解释不清楚。天亮的时候会来一次，到时我再告诉你。”

这时候，悟空四人更接近雷葛新和土地神所在的便利商店了。他们靠近了一些，雷葛新更可以看得清楚四人的模样和长相。经土地神一解释，那个“悟空”的长相看起来果然和雷葛新的古生物核酸讯息里的尼安德特人有几分相似。因为在雷葛新的历史线中，人们对于这种在人类发展前的另一支类人种族没有太大的兴趣，关于他们的研究资料也相当少，而且都停留在“那是一种比人逊色的种族，所以才会灭绝”的刻板印象里。

悟空的长相和一般人类差不多，只是身上的毛发比人类多得多，而且脸型看起来有点粗犷，眉棱骨高，嘴阔牙尖，要说像猴子、猩猩也不算过分。只是他身手敏捷，力气又大，浑身散发出的精力比普通人多得多。

而在土地神的介绍中，血统属于神族的三藏，是一个有点瘦，但是面目很俊美的年轻男子。雷葛新看着那匹他坐着的似马似龙的坐骑，心中又好奇起来。

“三藏主教骑的那匹，叫作龙马。”仿佛是看穿了雷葛新的疑问似的，土地神呵呵一笑，“他是龙族的，是英国尼斯湖的蛇颈龙的后裔，也是介于人界和灵界的生物，后来就被派来当三藏主教的坐骑了。”

刚才用月牙铲打退妖魔的那个人，这时看得清楚一些了，也是让人觉得讶异的长相。那是一个脸色憔悴的女子，长长的头发好像多年没有洗过，只在头上用海草随意束着，脖子上挂着九颗骷髅头。最惊悚的是，她的身上都是伤疤和手术的痕迹，仿佛是一个用不同材料勉强拼凑起来的身体。

“她是悟净，名字叫纱织，是一个生化人，从德国来的。”土地神解释道，看见雷葛新还是一脸疑惑的样子，淡淡一笑，“就是‘科学怪人’那样子的生化人啦。至于走在龙马后面那个长头发、个子很高、戴着一副猪鼻子似的防毒面具的，就是八戒。听说他有很严重的过敏病，所以常年戴着面具。对了，在很多时空世界里，八戒是猪，但在这里的这个不是，他是别的血统的生物。八戒是个吸血鬼，是有罗马尼亚卓九勒家族血统的人。不过参加了取经团体后，他就不再吸血啦，吃的是人类的食物，血瘾犯了的时候，就吃纳豆和番茄汁。”

雷葛新听得有趣，但总觉得不太过瘾，于是他奔出便利商店大门，向着便利商店外的黑暗广阔空间跑去，想要更近距离地看看三藏一行人。

就在这个时候，空间中陡地一暗，整个空间似乎被什么力量紧缩了一般，气息变得十分滞涩，然后再次舒展开来。

远方的天空，这时急速拥来一片非常大的黑色乌云，又像是某种巨大无比的生物。那巨大黑云似的东西是从悟空等人后方飞扑而来的，但雷葛新却是正面迎向他们，所以把那片黑云的模样看得清清楚楚。而悟空等人因为背对着它，所以第一时间并没有看到。

那片巨大黑云带着“咻咻”风声，速度极快，打从天边出现到接近悟空等人，只是一眨眼的工夫。

雷葛新看见那片黑云扑过来的气势极为猛烈，忍不住大叫出声：“小……心……哪！”

但是，已经来不及了。悟空这时才感觉到后方的气息有异，又听到雷葛新在大叫，而那片黑云已经到来，而且从高空俯冲而下，伸出一双似手似爪的黑色长形物体，登时便将坐在龙马上的三藏主教拎了上去！

这件事发生得太快，众人一时间都反应不及。雷葛新因为和他们仍有一段距离，就算用飞的也赶不及搭救。悟空的反应已算极快，但是他这一转头只见到三藏被那团巨大黑云抓走，眼睛一闪，然后看见三藏的鞋子从半空中掉落。

距离三藏最近的是他的坐骑龙马。龙马也不是凡物，他在三藏被拎起的一瞬间并不是毫无反应的，当他察觉背上陡地一轻时便知道不好，身上的绿色鳞片立刻幻化出十几条宛若长须的触角追了上去。只是那片黑云的速度太快，纵使这十几条触须追了上去，还是差了好几米，扑了个空。

众人纷纷仰头转头，看向天空，只见那片黑云来得快，离开得也无比迅速，向着天边越飞越远，转眼间就完全消失了。

[第17章]
搜神震荡

悟空、八戒、纱织和龙马在地面上气急败坏，却无计可施。雷葛新还在跑向他们，也不知道哪里来的灵感，他突然开口嚷了一句连自己也莫名其妙的话。

“筋斗云哪！你不是有筋斗云吗？飞上去追呀！”

悟空的脾气极为暴烈，自己的师父在众妖魔和师弟们面前硬生生被抓走，一肚子气正无处宣泄，听见这个长得奇怪的家伙突然跑过来讲了一句莫名其妙的话，更是怒气迸发。

“筋你的妈啦！”他怒气冲天，看见雷葛新没头没脑地冲过来，于是丢下手上的棒子，迎着他一拳就捶了过去。

没料到悟空会突然出手，雷葛新虽然吓了一跳，但是这几个时空走过来，训练出来的身手却让他能够立刻做出反应。眼见悟空这一拳来得猛恶，雷葛新腿一松，整个人便往后面仰倒下去，屈膝沉踝，身体和地面平行地仰望天空，避过了悟空那石破天惊的一拳，脚上顺势滑行继续前进，与悟空错身而过。

悟空的身手也着实了得，他这一拳落空了，又看到雷葛新这样仰身滑行地躲过自己，更加火大，于是腰一沉、腿一伸，一个转身、一个拐腿便向雷葛新的脸上飞踢过去。

雷葛新虽然以古怪的姿势滑行着，但是也料到悟空会出这一脚，于是他双手在地上一按，在半空中翻了半个跟头，避开了悟空这一脚，并且双腿余势不歇地在空中猛力一踹，便重重地踢在悟空的背上。这一踢的力量加上悟空前行之势，就加成为一股很大的力道，登时把悟空踢得往前踉跄几步，趴跌在地。

两个人这一交手说起来话长，但就发生在一瞬间。只见悟空刚一趴跌在地，就顺势翻滚了几下，迅速又跃起身来。他起身的角度是背对雷葛新的，眼前看见的便是那家便利商店。于是他头也不回地往便利商店冲过去，也不管正在和雷葛新交手。

看见悟空猛冲进商店，八戒、纱织和龙马也无暇再理雷葛新，急忙紧跟在悟空后头，也向便利商店狂奔。

雷葛新喘了几口气，觉得他用的这个身体的体能并不很好，才打个几回就喘得不行。他缓缓地站起身来，心念一动，往身后一看，只见刚才还满坑满谷的妖魔鬼怪，这时已经散去了大部分，显然是因为三藏已经被劫走，没什么搞头了。

这时，远远的便利商店里传来喝骂声、东西摔碎的声音。雷葛新心中一震，连忙也奔向便利商店。

雷葛新跑进便利商店，只见里面已是一片狼藉，瓶瓶罐罐散落满地，许多在货架上的东西都被弄到了地上。便利商店里的妖魔们已经全部避开，悟空在那里大吼大叫，挥着手上的金棒，随着他每次挥动，便有一堆物品被打落在地。在他的面前，秃头店长土地神在赔着笑，一脸和气，还不时地对悟空弯腰道歉，举起手放在眉旁，做出行礼的恭敬手势。

在收银台面前的地上，那位黑黑胖胖的土地婆这时已经直挺挺地昏晕在地；显然她先和悟空起了冲突，以她的个性，应该是一言不合便大打出手，只是遇上了悟空这样的对手，没几下就被打倒在地。而八戒、纱织和龙马则瑟缩在冰柜旁边，一声不吭。

“伸出你的狗脑袋！让爷爷打个三百棍方能泄愤！”悟空大声叫道，金棒在地上“铿铿铿”地敲着，把地砖都打裂了，“你这什么土地！妖魔鬼怪这么多，你什么都搞不定，要你这废物做甚?”

土地神闻言大惊，腿一软就跪了下来，脸上露出愁苦的表情。“不不不，大圣饶命，小神不是故意的。”

悟空大怒，抡起金棒便要打下去，却发现挥不下去，回头一看，原来是雷葛新不知道什么时候已经悄然站在身边，手里紧紧地握住了悟空的金棒尾端。“你客气点儿！他是我的朋友。”

悟空在多年前的那场大闹天宫之役里打出了名声，后来虽然被收服了，暴烈性子略有改善，但他是个鲜少遇到对手的战斗高手，平素对任何人都不看在眼里。这时候他居然被雷葛新冷冷地指责，哪里能受得了，于是奋力一抽金棒，雷葛新也不和他的蛮力对抗，便由得他抽开棒子。

悟空恶狠狠地盯着雷葛新，似乎随时就要出手，手上的金棒舞得虎虎生风，发出“咻咻咻”的声音。

雷葛新在刚才交手时已经探过悟空的力量，发现他虽然有力大、动作敏捷的长处，但似乎对武学并无太深的领悟，他以前之所以能够在战斗上无往不利，也许是因为没有真正遇到过能量强大的武学高手。而来自于“他是大闹天宫的悟空”的既定印象，也是让对手未战先怯的主因。但是，观察过悟空的格斗技巧后，雷葛新认为，自己有把握打得赢悟空。

悟空斜着眼看他，脸上露出兽类凶狠的表情，他将手上的金棒一丢，“哐啷”滚了开去。“来来来，你这个不知死活的小鬼，就让你爷爷来修理你一顿！给你一顿好果子吃！”

悟空双拳紧握，手臂上肌肉紧绷，似乎连身上的皮袍子都要撑破，身上弥漫着满溢的力量。他大喝一声，一拳便往雷葛新的脸上打过去，这一拳凝聚了他所有力气，看起来是想把雷葛新打死在当场。

只听见“乓”一声巨响，被打飞出去的却是悟空。只见他的身子向后飞去，重重地撞上饮料柜，压扁了许多碳酸饮料，喷出了无数气泡。

悟空生平和人打架，从来没有吃过这么大的亏，就算被人打败，也不曾像这样被打得莫名其妙。他被雷葛新的一掌打中了脑门，觉得眼前天昏地暗的，一时间有点懵了，想不出自己身在何处。

八戒和纱织连忙过来把悟空扶起，八戒一边扶还一边嘟囔着：“还说你一路从天宫杀到五指山呢，这一家伙还不是给人打了？”

悟空重重地敲了脑门儿几下，还是感到一阵昏晕，他推开八戒和纱织，又跳到雷葛新面前。

“你……你这小子，用的是什么骗人招式？为什么我会被你打飞？”悟空怒道，“不行！再来过！”他不住地蹦跳着，全神贯注地看着雷葛新的动作。

然后，他的身体陡地一缩，更猛烈的一拳又向雷葛新打了过来。

仿佛是回放慢镜头似的，又是“乓”一声巨响，悟空毛茸茸的身体又被雷葛新打飞了出去。这一次，他向后仰倒的地方有八戒和纱织，两个人看见悟空被雷葛新打过来了，连忙伸手去接。但是雷葛新攻击的力道太猛，两个人没抓住，便被悟空撞倒了，三个人倒成一团。

“邪门！邪门！”悟空大叫道，“我若不是担心师父的安危，一定不放你善罢甘休！那个兀那土地！我师父是被谁哪个妖怪抓了去的？速速给我说出来！”

悟空和八戒、纱织倒在地上，他的脑子似乎还糊涂着，明明片刻前才被雷葛新打倒，人还在地上没爬起来，却转向土地神开始追问师父的下落。

土地神不敢怠慢，连忙走过来欠身说道：“大圣息怒，大圣息怒。方才小神便要向您禀报，现在就向您禀明。那劫走三藏主教的，是巴黎本地的蜘蛛精。她在人间也有人类形体，巢穴所在之地便在离这里不远处。”

悟空眼中露出精光，一个利落挺身便跃了起身。“罢罢罢！既然知道了在什么地方，还在这里磨蹭什么？咱们立刻杀了过去，把师父救回来！”

土地神赔笑道：“大圣，现在去救是不成的。”

“不成？”悟空目露凶光，“谁敢挡我孙悟空去救人？”

“不不，不是要挡您去救人。”土地神只差没有又跪了下去，“只是那蜘蛛精日间在人们的眼中，就是巴黎的名媛。您这时如果贸然前去，是见不到她的本体真身的，要等到晚上去了，才能见到她的本体。”

“那蜘蛛精的老巢在什么地方？”悟空不耐烦地怒吼道，“你絮絮叨叨地说这么多废话作甚？”

“那蜘蛛精的老巢位于巴黎市中心，但是现在大白天是不会现形的。如果您现在去，只会看到那是‘伊丽莎白的秘密’法国总部大楼。那蜘蛛精在人类世界的身份是巴黎时尚名媛，在本市名声极好，在上流社会是很受欢迎的人物。”

悟空白眼一翻，没好气地瞪着土地神。“你是她的老相好，是不是？这么帮着她说话，总之就是要骗老孙不去找她的晦气，是不是？”

土地神闻言登时吓了一跳，立刻跪了下去。悟空伸出金棒又作势要打，手臂一动，心中突然一怔，暗叫不好。果然，此时他的金棒又被雷葛新握住了。

悟空不愧是相当出色的格斗高手，真正的高手不会犯第二次同样的错误。于是他手一松，整个人头也不回，向后就是一脚直踹过去，然后另一脚奋力一蹬，随着这一脚急速后退，身体环抱，一个肘锤，便向雷葛新发出了两道攻击。

只是不知道为什么，他这一腿一肘的两道攻击都未能碰到雷葛新，“呼”的一转身，却看见雷葛新轻巧巧地把金棒丢给他，悟空下意识去接，然后就不知道从什么地方飞来一股力道踹在他的胸腹处，又一次被雷葛新打飞出去。

悟空这一被踢飞，又跌在了八戒和纱织的身上，三个人再次撞了个满怀倒地。

雷葛新左腿跨步，右腿伸出，双掌虚含，做出了个古代武打电影“黄飞鸿”中的经典姿势，望着悟空三人，冷冷地说：“出去！你们实在太吵了，我有事要问他。他不是叫你们等到天黑吗？在这之前，不准给我捣乱，出去！”

悟空三人被雷葛新这几下打得有点傻了，八戒和纱织本来就没什么主见，只是跟着悟空跑来跑去。悟空怔怔地看着雷葛新，颓然地低下头，只得走出了便利商店，在门口像流浪汉一样蹲着。八戒、纱织和龙马这时也一声不吭地跟了出去，像泄了气的皮球般蹲在门口。

雷葛新看他们的样子不禁好笑，转过头来看见土地神正把土地婆扶起来。他环视整个便利商店，这时已经满目疮夷，物品散落一地，更别说那个被妖魔扯断了手臂的法国恐怖分子亚兰德伦，此刻他直挺挺地以扭曲的身形仰躺在地，失去了知觉，但是应该还留了半条命。

土地神把土地婆扶到一旁，对雷葛新露出苦笑，然后拉着亚兰德伦剩下的一只手，把他拖到门口，整个人丢了出去，滚到马路上。

“怎么这样处置他?”雷葛新奇道，“不用把他送到医院吗?”

“等一下你就会知道了。”土地神做了个无可奈何的手势，“几千年来都是这样处理的。等一下‘搜神震荡’会把他搞定的。”

“又是‘搜神震荡’。”雷葛新皱了皱眉，“你已经说了好几次，那到底是什么?”

土地神很熟练地把昏迷的亚兰德伦丢到街上后，又走到便利商店正中央，把屋顶的一个拉环用长钩钩下来，拉下来一个折叠梯，屋顶便出现了一个通道。

“上来吧，在这里看得比较清楚。”土地神很利落地爬上梯子，人影消失在屋顶的通道中，“‘搜神震荡’快要来了，上来看看。”

雷葛新跟着他爬上了折叠梯，通往便利商店的屋顶。这座便利商店是独栋平房，屋顶一片平坦。在巴黎市区的这个位置，照理说应该是高楼大厦林立的，但是此时放眼望出去，却依然是布满了妖魔的那个宽阔平野，只是现在妖魔已经全部离去，黑暗又辽阔的大地上，只有便利商店这个地方是亮着的。气氛相当诡异，这个便利商店看起来就像玩具模型一样，完全没有真实的感觉。

“为什么会这样……”雷葛新喃喃自语，希望牛顿能跟他搭腔，但还是寂静无声，牛顿没有回答，“为什么所有大楼都不见了?”

“其实它们并没有不见，它们都还在。”土地神站在便利商店的屋顶，抱着双臂远远望出去，“你再仔细看看。”

雷葛新心中一动，微微凝神细看，果然看到在这片空旷的黑暗世界里，有些隐隐的光影，而那些光影如果专注地看，可以认得出来是巴黎市区高楼林立的图像。

“人类的眼睛，只能看到很少很少的东西。用广播电台来打比方，世间有几百个频道，但是人类只看得到一两种。”土地神悠然说道，“因为看不到，所以人类很幸福，可以很单纯地过日子。我们的世界，其实是一个各种不同的存在形式交错堆栈在一起的复杂世界。”

雷葛新点点头，这种理论其实在很多时代都有人发现过，只是因为没有找到足够确凿的证据，所以被认为是假想而已。

“就像你刚刚看到的妖魔世界，其实跟人们能感知到的世界是重叠在一起的，交错互动的机会非常多。如果探究下去，有妖魔的世界，有鬼灵的世界，也有各种牲畜的世界，无穷无尽，但是人类的头脑无法接受这么多信息。人类的头脑被封印过了，因为种种原因，人类有许多能力都是被关闭的，他们有限的脑力无法同时消化这么多‘频道’的信息。如果让他们多看几个世界，内心的冲突太大，很容易就会发疯，变成无可救药的精神病。只有少数头脑结构比较特殊的，才能承受大量的信息，不过他们也常常被普通人当成疯子。”

雷葛新心里一动，思绪中的核酸知识立刻涌现出好几张脸孔，有的开创了宗教，却为世人所弃，有的向世人解说这些不同的世界，最后死于非命，有的被钉上十字架，有的被乱石打死，有的则被火烧死。

这时，天空蒙蒙亮了。随着光线逐渐变亮，黑暗空旷的大地也像溶解了一般，颜色开始变淡，而巴黎现代化街道的光影变得越来越清晰。整个城市的样子像是从显像的照片中出现一样，变得很清楚。

“这些不同世界既然和人类的世界相连，就免不了会发生许多人类世界不可理解的事情，像那个断了手臂的家伙……”土地神走到屋顶边缘，指着仍然躺在大街上的亚兰德伦，“虽然他不见得知道妖魔世界是什么样的，但是他的手被妖魔弄断却是实实在在发生过的事。”

土地神说着，举起右手盯着腕上的手表，念念有词地说：“快来了，快来了……再过四十秒钟。”

雷葛新好奇地四处转头看看，没有看出什么端倪。土地神哈哈一笑，张开双臂，仿佛要迎接什么东西似的。“你跟着我这样做，面向东方。”

雷葛新好奇地看着他，也学着他的样子，做出张开双臂的动作，脸朝东方。

东方天际隐隐发出光芒，太阳即将升起。这时，在高空中出现了一个有些模糊的光点。那是一个迷迷蒙蒙、却闪烁着奇异光芒的光点。之所以会觉得那是一个光点，是因为距离还极为遥远，不管多大的东西都只能看到一个点。

但是，很快的，那个“光点”逐渐接近了，它的面积也开始变大，一下子就占据了三分之一的天空。

“来了！来了！”土地神有些忘情地大喊，“这个就是‘搜神震荡’。”

雷葛新目不转睛地盯着那个“搜神震荡”，心中觉得既惊讶又期待。他穿梭时空这么多次，总以为已经见过时空中最奇怪的事物了，但是此刻眼前所见的东西，却还是超乎所有的知识和想象。

不知道为什么，这时除了惊讶、好奇和激动之外，雷葛新心中油然升起一种怅然的感觉。因为此刻牛顿没能在他的身边，和他一起观看这一场时空中的奇景。

那一片光这时已经占据了一半的天空，雷葛新可以看得出，它是一片无法想象有多大的光幕，像一张巨大无比的网一样，满布光的线条，有的线条像渔网，有的线条是美丽的几何图形，有些线条像极光，呈现出幕布的形状。

从这个“搜神震荡”的形状看来，它可能是一张极大的平面光幕，从远到近，像一张大床单似的横扫过大地。至于这张光网的真正大小，可能远远超过人类想象，也许比地球还大。雷葛新脑海中不禁想象出一张透明的大网横扫过地球的壮观景象。

当他心中想着这些的时候，“搜神震荡”已经横扫而来，扫过远方的山，扫过城市旁的塞纳·马恩省河，然后向着自己横扫而来。

当“搜神震荡”的光网终于扫到雷葛新面前时，他很努力地不要闭上眼睛，想要好好体会光网扫过自己时会是什么样的感觉。很奇妙的是，这片光网虽然如此宽阔，把整个世界都笼罩住了，但是它的厚度却相当薄，可能只有被单或毛巾那么薄。

光网扫过他的时间非常短，可以推测出来，光网的速度大概只是人类跑步的速度。雷葛新下意识地一仰一退，却发现光网经过身体时，肉身并没有什么感觉。但是，因为他的体质和核酸作用的关系，他对于许多人类感受不到的讯息会有很明显的反应。他很敏锐地在光网通过身体的一刹那，接收到了大量的讯息，有哭泣、有欢喜、有愤怒、有悲伤，有许多人的脸，有许多地方的风景，还有大量的其他影像。

这种前所未有的感觉，就像是有一个巨大无比的屏幕从眼前“唰”地过去，而在那个巨大屏幕中有海量的影像、声音讯息，一下全部看到了。

“搜神震荡”从身上扫过之后，雷葛新有好长一段时间没有动弹。除了惊讶之外，他也想把那一瞬间的影像、声音尽可能地记下来，生怕动一下，那种感觉就会烟消云散。

等到雷葛新回过神来的时候，这才发现土地神正站在他的面前，脸上的表情似笑非笑，又有点促狭。“怎么样？很强吧？这就是‘搜神震荡’，不管我跟你说过千百次，总要你自己体验了才知道厉害。”

雷葛新定了定神，深吸了一口气，有种无法解释的古怪之感，有很多事物仍在脑海之中，但是不知道为什么，却又微妙地觉得有什么东西变得不同了。

“脑子里怪怪的，对不对？”土地神笑道，“这是很正常的反应，因为‘搜神震荡’就是这样了不起的东西。简单来说，就是刚刚这样一下子，你的头脑已经被改过了。”

“头脑被改过？”雷葛新睁大眼睛问道，“什么被改过了？”

土地神挠了挠头，一时间不知道该怎么措辞。“不要问我为什么，也不要问我‘搜神震荡’是怎么来的，这几千年来，我看过了无数次‘搜神震荡’，知道它可以做什么，但是你问我什么是‘搜神震荡’，或者它是从哪里来的，谁做的，这个我完全不知道。”

雷葛新吞了一口口水，轻轻挥了挥手，示意他继续说下去。

“‘搜神震荡’是一种能将所有人的脑内思想改动的奇异现象，只要是被光网扫过的人，对于许多事情的记忆都会改动。这些记忆有的是刚刚发生的事，有的是不记得的事，但是，都会朝向一个‘维持基本秩序’的方向发展。它对于记忆的修改是巨细靡遗的，而且是非常全面的，只要被它扫过的地方，所有人对于某件事或某个人的记忆都会被全面修改。修改后的人，只会记得‘搜神震荡’需要其记得的情节，真正的事实再也没有人记得。就算有时出现特例，极少数人没有被改掉记忆，但是他们也会被绝大多数人当成疯子或是脑袋有问题。而据我的观察，‘搜神震荡’改动的记忆，最重要的原则便是‘让人类好好地活着，不要想太多’。有许多事情的真相，人类知道了，可能会发疯或是造成社会动荡，这种记忆常常会被‘搜神震荡’改掉。”土地神说着，指着楼下的大街。

在那里，大街上已经开来了救护车，不少路人在那里围观，议论纷纷。救护车上的救护员把亚兰德伦扶上担架。警察也来了，几个路人指手画脚地告诉警察发生了什么事。

因为路人的声音很大，所以在屋顶上的雷葛新也能清楚地听到他们的讲述。几个人言之凿凿地说，看到一部小货车撞倒了亚兰德伦，把他的一只手撞断了，有个老人还报出了肇事车辆的车牌号码。

“你看到了没有?”土地神苦笑道，“被‘搜神震荡’扫过之后，所有人的记忆都改变了。现在他们的记忆中，这件事就是一起车祸，那个老人还是在便利商店里亲眼看着他的手被妖魔弄断的，但是他们现在已经完全记不得任何跟妖魔有关的事，记忆变成了目睹了一场车祸。”

“不对。”雷葛新瞪了他一眼，“那为什么我们的记忆没有被改动?为什么我们还记得妖魔的事?”

“那是因为我不是人类，我是另一个世界的人。开这家便利商店，只是我在人类世界的身份掩护，所以我的记忆不会被改动。”土地神露出古怪的笑容，“但是谁知道呢?谁知道我们的记忆有没有被改过?说不定整件事的真相是第三种情形，而我们记得的却是妖魔弄断了他的手这个版本。至于你，你应该也不是人类吧?至少不是普通人类，你的脑部运作方式和人类不同，所以记得的事情和人们也不同。”

“这种‘搜神震荡’常有吗?人们的记忆常常被改动吗?”一时之间，雷葛新只觉得有点头昏，想起自己的记忆也许全是骗人的，更是觉得腿软，“所有人都会被影响吗?”

“‘搜神震荡’来的时间非常有规律。你看，我都能知道几秒钟后会来。”土地神又是苦笑，“它每天会有一次小震荡，改动的是较短时间内发生的事。每七天会来一次中等震荡，这时候人的久远记忆也会改动，有时候连已经被改动过的记忆也会再改一次。然后，每七七四十九天会来一次总括的大震荡。有的人甚至会在大震荡后消失，而身边所有人都不会记得他曾经存在过。”

“记忆真的能修改吗?”雷葛新喃喃说道，“要改动所有人的记忆，那得是什么样的科技才能做到的事?”

“当然偶尔也有漏网之鱼啦，不过非常少，而且没有人会相信他的。”土地神说道，“我看到过，有些人不知道是记忆没有修改干净还是什么原因，会记得一些大家觉得理所当然、他却不以为然的事。有的人记得一个不存在的朋友，但是问遍了所有人却没有其他人记得他。有的人记得一个字应该是这样的写法，但是全世界的人，包括字典和图书馆里的资料里，都显示另一种写法才是对的。这种人就是没被‘搜神震荡’完全修改记忆的人，但是他们也没有任何方法证明自己的记忆是对的，因为大家都不记得，只有一个人记得，那是一点儿用处都没有的。”

“我去过许多平行世界，那么，所有平行世界里都有‘搜神震荡’吗?”雷葛新又问道。

土地神又挠了挠头，脸上露出歉意的神情。“那些世界因为我没去过，所以我就不知道了。但是，据我所知，只要是我知道的世界，不管是妖魔界或是鬼魂界，都有‘搜神震荡’这种事。但如果你问我这‘搜神震荡’是哪里来的，什么人弄出来的，也许只有神族的人才会知道。”

“我已经听说过这个‘神族’好多次了。”雷葛新奇道，“你们都说‘神族’的基因有两万五千组，又说他们的结构异于常人，他们到底是什么样的?”

雷葛新在这些穿梭时空的冒险之中，听到过很多次‘神族’的事，但是真正接触的机会极少。除了那个会折成两段的米帕罗可能是神族之外，只有在桃源时空中遇见那个据说有神族基因的高大美少女公冶南，但是也没有机会好好了解她到底有什么特点。还有，就是在这里遇见的三藏主教，但是连接近的机会也没有，他就被蜘蛛精抓走了。

“神族啊……那说来可就话长了。”土地神悠然地说道，“许多人都见过神族，也有很多文明的祖先记载过他们的出现，在宗教、神话中也处处可见他们的事迹。”

“他们是所谓的神仙吗?”雷葛新好奇地问道，“全世界的神话、传说中都有各种神仙，他们就是这种族类吗?”

“少部分是，但大部分的神仙都很差劲，不只不是神族，连做人都不够格。”土地神鄙夷地说，“传说中的神仙，有的是人假扮的，做个戏法骗骗老百姓，就成了神仙。有的则是凭空想象出来的，连虚构的小说人物都能变成神明。你看看他……”土地神指着在楼下大街旁懒洋洋蹲着的悟空，“在很多地方都有他的庙，立有他的塑像，但他其实只是跟人类不同种族而已。”

土地神又说道：“但是，神族就不同了，真正的神族有什么能力，其实是很难想象的。在希腊罗马神话里的神族，随便一个就可以主宰人类的命运。《圣经》里出现的神族，还可以和凡间的女子生下伟大的人物。另外，在佛经中提到的‘天人’也可能是神族。”

“你从来都没有遇到过神族吗?”雷葛新问道。

“没有。”土地神摇摇头道，“我在人间待了几千年，听无数人说过好多神族的事，却没有一次机会见到神族。刚才远远看到三藏主教，是我这几千年来第一次看到神族。这就跟看到神仙一样嘛，世上有那么多神仙的故事，但是真正见过神仙的人却很少。当然，那些产生幻觉的人不算。”

“他们真的有那么强大的能力吗?”雷葛新看向天空，向往地说，“我真想看看。”

“如果我听过的故事是真的，那么神族的能力真的是我们完全无法想象的。”土地神说道，“我听说，神族能够来往于不同时空，甚至能够随意操弄时间，他们可以轻易毁掉一个星系，甚至几千个星系。在有的故事里，神族甚至能够超越生死，掌控生死。”

“这么厉害?”雷葛新笑道，“我不太相信。”

“跟我说这些事的人，都是见过神族的人。”土地神微笑道，“其中有些人甚至还跟神族谈过恋爱。”

“还谈恋爱?”雷葛新笑得更开心了，“不是说神族能够掌握一切吗?那么根本就不用谈什么恋爱啦，勾勾手指头，不就有人愿意投怀送抱了吗?”

“这就是天地之间最有趣的事了。”土地神露出耐人寻味的表情，

“按理说你是对的，既然神族有那么强大的能力，为什么还要谈恋爱呢？这件事，我大概在三千年前就问过了，这才知道有一件奇妙至极的事。原来，神族纵使有着穿越时间、控制无数宇宙的能力，但是他们的世界里却没有音乐、戏剧、娱乐等人类世界再平常不过的事，也没有爱情和各种情绪的互动。他们之所以会在人类世界流连，就是因为他们迷上了人类世界的这些事物，听音乐、看戏、看电影、喝酒、抽烟，当然还有最重要的——谈恋爱。在我遇过的这些人之中，就有人是被神族爱上的俊男美女。而且，听说神族的人谈起恋爱来比人类还要盲目，有的爱上了对方、对方却不爱他的，还要寻死寻活闹自杀呢！”

“神族的人闹自杀？”雷葛新大笑起来，“这倒是新鲜事了，却不知道，他们闹自杀会不会真的死呢？”

“据说，神族的人不是不会死，只是要让他们完全死掉是很不容易的。我曾经听说过，有人用美色引诱过神族，并且将那个神族人弄得非常凄惨，只是不知道有没有死。不过在佛经里说过，神族也会死，大概活了几亿万年后，头上的发髻会枯萎、天衣污秽、芳香的身体会发臭，原本完美的天衣上出现污垢，两腋会出汗，如果出现这现象的神族就会死。”土地神笑道，“不过，所有这些事，都是我听来的。”

“所以，‘搜神震荡’就是神族做出来的事吗？”雷葛新好奇地问道，“感觉只有他们能做到了吧？”

“这个……只是我的猜测，没有证据的。”土地神摇头道，“在我的观察中，我觉得‘搜神震荡’是凌驾于神族之上的东西，即使是神族，也要受到搜神震荡的影响，没有办法与其对抗。当然，也许神族知道‘搜神震荡’是什么。”

“那么，这种‘搜神震荡’到底有什么作用？为什么记忆都要改掉？”

“以我的感觉，我觉得‘搜神震荡’是要让人过得好一点儿，有很多事情忘掉了，就会活得轻松快乐一些。”土地神叹道，“其实人类过的日子是很难挨的，地球常有灾难，有陨石、有外星的恶棍、有灵界的传染病、有妖魔的杀害……但是‘搜神震荡’会把大部分有关于灾难的记忆都洗掉，把这些灾难换成比较温和的事情，换成不太有伤害性的记忆。

像那个手被狼妖弄断的家伙，如果他记得这件事的真相，他这辈子可能会活得很痛苦，光是想到妖魔的样子就会吓到睡不着觉。但是被‘搜神震荡’洗过之后，所有人都认为他的手是被车祸撞断的，包括他自己也是这样记的，这样他的日子会好过一些。基本上，只要是关于灵界、妖魔、外星人、魔界时空的事，都会被洗掉。就算偶尔有人记得，说出来也会被大家当成疯子，久而久之，也就没有人会认为这些事是真的了。但是，我也见过，有的人记忆被洗掉之后，换成了更可怕的记忆。至于为什么会这样，我就不知道了。”

雷葛新的脑海中这时映出古代美利坚的老片子《MIB》里的台词：“人类过得快乐，是因为他们什么都不记得，不知道……”

他对于这个“搜神震荡”极有兴趣，但是土地神似乎真的就只知道这些情况，除此之外也没有办法再提供什么讯息了。他这时候很希望能和牛顿讨论，但是自从进入这个时空，牛顿的声音就出现了严重的噪声，甚至变得无声无息。

雷葛新和土地神并排坐在便利商店的屋顶上，谈谈说说，不知不觉，一天就这样过去了。天色渐暗，黑夜将要来临。

暮色笼罩大地的时候，只听得悟空大喝一声，整个人精力满满地跃起。“走啦！去救师父啦！”

在巴黎华灯初上的夜色中，悟空、八戒、纱织带着龙马，四个身影头也不回地远去。

雷葛新看着他们的背影，忽然觉得很有趣又很好奇，正想一跃而下，跟过去看看。土地神摇摇头，示意他停下行动。

“你不要去。”土地神简洁而毋庸置疑地说，“他们还是自己解决这件事比较好，你不要插手。”

“那里的妖精不好打吧？”雷葛新奇道，“我过去还可以帮帮他们。”

“你不必去，他们的命运早就已经决定了，不论你做什么都没有用的。”土地神摇摇头，“我让你看一样东西。”

两个人从折叠梯爬下来，雷葛新有些狐疑地望向便利商店外面，这时候还隐约看得到悟空等人的身影，已经快要消失在人流车潮之间。

土地神从便利商店的书架上取下一本漫画书，递给雷葛新。

雷葛新看了一眼，发现那是一本再寻常不过的漫画书，画面线条粗犷，有些古代美利坚漫画的风格。只见那本图画书上有一个很显眼的烫金“G”字，一翻开看到里面的画面，他立刻傻眼了。

在那本漫画书的第一页，画的便是昨夜亚兰德伦被爆掉手臂的场景，虽然是漫画，却能将人物画得很有神韵，一眼就能看出画的是谁。在每一格漫画的背景中，连不是主要人物的样子也简单几笔勾勒出来，站在秃头的土地神旁，有一个打扮新潮的男性，显然就是雷葛新。这是他来到这个时空后，第一次看到自己的模样，而且是在漫画书中看到的，这是非常有趣的经验。

雷葛新逐页翻下去，看到自己和土地婆动手，看到空间的变换，也看到群魔的舞蹈、聚集。然后，悟空等人出现了，在群魔的围攻中突围……

因为懒得再把发生过的事看一遍，雷葛新跳过了好几页，看到了自己和土地神站在屋顶上经历“搜神震荡”，又看到悟空等人在大街上逐渐远去。

接下来，他们走到巴黎市中心的一栋豪华大楼下，大楼的墙上果然亮着巨大的招牌——“伊丽莎白的秘密”。

雷葛新这时候已经完全被这本图画书迷住了，他很想知道悟空他们会发生什么事，于是更专注地看下去。

在“伊丽莎白的秘密”总部大楼里，刚开始时，四个人被守卫刁难，以为他们是流浪汉，他们只好爬了四十六层的楼梯上去。

到了顶楼的大舞池里，悟空将迎上来要把他们赶走的几个保镖打得现出了原形，原来是蝎精和蜈蚣精等妖怪。

本来是歌舞声光眼花缭乱的舞厅，这时候也现出了原形，是一个满是蜘蛛丝的阴暗巨大洞穴。在洞穴的高处，有一个挖空的浅洞，三藏主教便被剥了个干净绑在那里，对着悟空呼救。

这时候，蜘蛛精出现了，她的头部是一个美丽妖艳女子的上半身，腰部以下却是一只手脚极长、大概有四五米宽的巨大蜘蛛。她的手下是各形各样的虫蚁妖精，他们张牙舞爪地缠住悟空等人，大战起来。

这一场恶战耗时很长，画了三四页。那个蜘蛛精的战斗力极强，和悟空等人打了个难解难分。后来，蜘蛛精不想再缠斗下去，于是喷出漫天的白色毒雾。

在毒雾之中，八戒、纱织和悟空先后中毒倒下，只有龙马仍在苦撑。

看到这里，漫画书里有一件奇诡到了极点的事情发生了。

雷葛新忍不住从漫画书里抬起头来，张着嘴巴望向土地神，结结巴巴地问道："这……这是什么鬼？"

土地神仿佛早就知道他会问这个问题，只是淡淡地一笑，说道："你继续看下去便是。"

在漫画书里，悟空等人先倒了下去，龙马只多撑了片刻，最后也倒下了。

蜘蛛精在弥漫着白色毒雾的空间中得意地尖声大笑，但在这个时候，本来被绑在洞里的三藏却发出怒吼，形貌开始发生变化。

经过变化后，三藏居然变成了女身！她的战力极强，凶猛强悍。

在这个女身旁边，有文字说明："第二三藏，女身。"

第二三藏抵挡住了蜘蛛精和虫蚁精怪们的合力攻击，打起来毫不吃力。

蜘蛛精看见第二三藏如此难敌，便召来她的六位姐妹——另外六只更为狞恶的大蜘蛛精。

见对手实力大增，第二三藏又开始变化，变身后是一个全身散发出金色光芒的男子，容貌和原来的三藏主教类似，却没有任何衣物和毛发，像天使一般，全无瑕疵。

这个新形体在漫画中同样有着文字说明，他叫"第三三藏"，这位第三三藏的能力似乎更强，一出手便释放出强大的能量，七个蜘蛛精合在一起也无法抵挡。

这一本漫画书到这里就结束了，至于接下来还发生了什么事，显然就要看下一本漫画书才能见分晓。

雷葛新把目光从漫画中抬起，望向土地神的眼神却更是困惑。“这……这是什么原理？为什么这本漫画书能把还没发生的事画出来？这是悟空他们真正会遇到的事吗？”

土地神露出歉意的表情，摇摇头说：“我刚才就跟你说了，我只是一个看门人，我见过天地间发生许多事，但是有些事我都不知道它们是怎样出现的。”

“所以……”雷葛新想了一下，露出骇然的神情，“所以，悟空他们的命运，早就已经注定了，是吗？”

“是的。”土地神肯定地点头，脸上露出悲伤的表情，“虽然我这里没有下一本书，但是已经有别的地方的土地神、揭谛神、山神看到了最后的结局。悟空他们这一场冒险，其实只是一场游戏，只是牺牲他们的一局棋；这个结局，从他们出发时就已经注定了。许多人知道这件事，派他们出来的梵蒂岗大主教们知道，所有的土地神也知道，连许多妖魔都知道，只是悟空他们自己不知道。他们在到达这里之前，已经循着时空中的‘西游记’走过了许多世界，也在那些世界通过了很多考验，像位于中亚沙漠的黄风岭、北欧瑞士的归元庄、连最凶险的火焰山都走过了。但他们却不知道，他们这一趟旅程，无论如何都会在印度的通天河终止，因为在那里，只有三藏能活下来，而悟空、八戒、纱织和龙马都会死去。”

雷葛新一边听着土地神带着悲伤的讲述，一边翻阅自己头脑中的《西游记》，发现在这部有名的神怪小说里，悟空等人经过的难关，共有九九八十一道，最后才能修成正果成佛。

“所以，他们根本不可能完成这趟旅程？”雷葛新叹道，“而他们自己一直都不知道？”

“他们不知道，而且他们永远不会成功。”土地神哀伤地说，“他们只是玩这场游戏的背后操纵者手上的玩偶。”

从雷葛新和土地神此刻所在的便利商店里，远远地可以看见大道尽头的“伊丽莎白的秘密”总部大楼。这时，在夜色里，大楼的顶端隐隐冒出耀眼的火光。

大战已经开始了。

[第18章]

星尘组曲

雷葛新和牛顿的联系，在这个时空完全断绝了，因此，雷葛新独自一人，去到了下一个时空。这个时空，叫作“星尘组曲”。

年轻的女孩横滨五月是一个天生的明星，也是一个刚出生就拥有一切的天之骄女。

她从出生开始，就在电视广告上崭露头角，童星时代的身价就已超越出色的成人明星；横滨五月长大后，出落得更是如水葱般美丽出挑，她的一生都在水银灯光下闪耀，星途始终顺畅无比。

十七岁那年，美少女明星横滨五月以一张名为《流沙之星》的音乐专辑和一部讲述初恋的青春电影，奠定了超一线巨星的地位。如今，在全世界范围内，只要有媒体的地方，就没有人不知道昵称“纱琪”的日出之国超级巨星横滨五月。

然而，此刻美少女巨星横滨五月却在黑夜里的污浊海水中载沉载浮。

刚落水的时候，横滨五月喝了好几口苦咸的海水，加上摇晃的恶心之感让她头脑昏沉。仰望天空，星辰在天鹅绒般的夜空中闪耀，原本这些星星应该是属于她的……不知道为什么，这时横滨五月的脑子里，突然冒了交代经纪人把星星全部摘下来给她的荒谬想法。

横滨五月身上那套价值不菲的亮光礼服已经被撕扯破了，和裹住她上身的一大面渔网纠缠不清；但是，也正是因为渔网上的浮标才救了美少女巨星的一条小命。这几天的天气还算暖和，横滨五月不知道自己在海水中泡了多久。她在昏沉的状态中回想着，觉得这一切都是因为接了那个东印度乐手的烟引起的。

记忆中的影像此时在横滨五月的脑海中逐步清晰，回到了不久前豪华邮轮“五月丸”的庆功宴上。

宴会上有来自各国的演艺界人士，其中来自中央之国的“梨花园”影业集团开出天文数字的片酬邀请她拍片。会场中的灯光、目光全部集中在横滨五月身上。在经纪人毛洪典的精心准备下，这个宴会营造出了嘉年华会的狂欢气氛，在横滨五月签下合约的一瞬间，船顶冒出灿烂万分的烟火，邮轮上的欢乐气氛到达了高潮。

横滨五月在嘈杂的乐声中像一个小女孩般大声笑闹，和来自世界各地的乐手、歌者喝酒狂欢。在邮轮第二层的一个阴暗船舱中，一个长发的东印第安乐手骑在一个裸身女子身上；在充满汗味、檀香的晦暗房间里，他递给横滨五月一根皱皱的烟，以挑战性的神情看着她。

横滨五月一甩头，毫不犹豫地深吸了一口带甜味的烟。衣衫不整的男女怪叫着欢呼起来。

可是，刚一走上甲板，横滨五月就后悔了；清新的海风下，她觉得天旋地转，恶心欲呕，也许那根烟里有东印人的麻药成分。

混沌之中，她仿佛听到有人在背后叫她。“纱琪”横滨五月勉强走到甲板上，手紧紧抓着栏杆，缓缓回过头，她眼前的景象都变得十分模糊。

突然，她只听见“砰”一声巨响，人就失去了知觉。

醒来后，她就发现自己漂流在黑夜的大海上。放眼四望，只是一片漆黑的海水，不用说五万吨级的“五月丸”了，连小船也没看见。

天上的星辰在她的视野中逐渐模糊，原先全部属于美少女巨星横滨五月的满天星斗，这时逐渐黯淡，溶入了黑暗。在摇晃的海水中，她再度失去知觉。

横滨五月再次醒来的时候，以为自己是在一个充满自己新专辑歌声的绿色梦境之中。

她睁开眼睛，只见一片漆黑，周围颇为安静，只有细细的木头碰撞声随着空间的摇晃传来。现在还是晚上，而且，她身处的空间应该是一艘船。

从船舱的窗口望出去，她可以看见，遥远的漆黑山坡上，巨型电视墙在夜空中闪闪发亮，正播放着横滨五月的专辑新歌《青绿》的 MV。原来，她刚刚在梦中听到的歌声就是从那儿传来的。

“纱琪”横滨五月的目光随着室外的电视墙逐渐挪移，回到阴暗的船舱。这时候，她才发觉，在她的身边不远处静静地坐着一个人。

纱琪吓了一跳，连忙躲进被窝不敢动弹。两个人无声地对峙了一会儿，她发现这个人除了闷声不响外，可能还有点精神上的毛病。因为每隔一会儿，纱琪就听见他低声地说话，也像是在悄悄地叫着什么人。

有几回他的声音大了些，纱琪才听出来，他一直重复着两个字——“牛顿”。

过了良久，纱琪觉得忍受不了这种气氛，决定开口说话。

“对不起，我是‘纱琪’横滨五月。”她说道，“请你送我回去，好吗?”

那个人没吭声。

“对不起。”纱琪有点失去耐性了，“我说，我是横滨五月。请你安排送我回去。”

曾经有一个知名记者说过，在这个世界上，只要是长了耳朵、生了眼睛的人就知道“纱琪”横滨五月；更何况这个城市是她的家乡，不知道她的人简直不可能存在。

然而，眼前这个人显然就是一个不应该存在的人，因为，在阴暗的空间里，他只是摇摇头，一脸茫然。

“你不认识我?”纱琪非常惊讶地说道。看见那个人点点头，她的表情更为讶异：“你是谁? 你叫什么名字?”

“我的名字，”那个人抬起眼睛，他的眼神有一种在黑暗中也会发光的错觉，“叫作雷葛新。”

此时的雷葛新正在适应自己在这个时空的处境。在时空转移的最后冲击中，因为冲击感太过强烈，雷葛新曾经失去知觉了一阵子。醒来后，他发现自己身处一艘小渔船中，应该是一个二十多岁的渔夫。而他来到这个世界以后，还是没有听到牛顿的声音。

从白天到黑夜，雷葛新不停地呼唤着牛顿，可是，牛顿依然没有回应。随着牛顿的消失，那个夕阳下短发女子的影像也不再出现了。雷葛新记得牛顿提过核酸变异作用的事，也暗示过时空转移时，可能会激发变异。入夜的时候，他看到了漂流在大海上的横滨五月，把她救了起来。虽然她在这个世界这么有名，对雷葛新来说却没有任何意义。

两个人待在狭小的船舱中，脑子里各自翻搅着不同的心事。雷葛新没有理会纱琪，自顾自地试图在脑海知识库中找出把牛顿找回来的方法。纱琪在大半夜的海上浮沉几乎耗尽了体力，很快就沉沉睡去。

第二天是艳阳高照的好天气。纱琪被斜照进来的阳光晒醒，发现自己身上已经换上了粗布的宽松衣裤，身处的小小空间在摇晃着，还闻到了一阵鱼腥味。她回想昨晚发生的事，才想起来自己在一艘渔船中。

纱琪走出渔船的船舱，走上甲板。天色已经大亮了，晴朗的早晨，日出之国的第一大港朵酒湾海面一片湛蓝，远方的海天之际有几点白帆。在岸上，现代化的朵酒市大楼高耸在天空下，号称亚细亚最大的电影墙架设在小山坡上，正播映着晨间新闻。而那个怪人雷葛新坐在码头上的一根矮柱上，痴痴地望着远方山坡上的电视墙。

这时，纱琪才第一次仔细打量这个奇怪的男人。

他一身晒得黑亮的古铜色肌肤，头发剪得极短，长相平平，可是，他的眼睛里却闪烁着莫名魅力的奇异光芒。此刻，这个男人就用这样的目光回头看她。

雷葛新从矮柱上翻身下来，轻盈地跑跳两步，就跳上了渔船的甲板。纱琪想，如果影迷、歌迷们看见她这时的模样，一定会目瞪口呆的，脂粉未施，还戴了顶麻制遮阳帽；身上的渔人装束有点短了，遮不住她的长手长脚。

而在雷葛新的眼中，只觉得眼前这个女孩像一个扭扭捏捏的渔家少年。

“我要出海了。”他简短地说。因为他的脑内有“海上霸王”的核酸，对传说中的海洋有着无比向往。二十五世纪的大海已经被辐射污染，根本没有生物可以存活。此刻这片纯净的大海对他有着极大的魅力，虽然牛顿失踪的事仍令他很烦心，但他很想亲自到海上看看。“你要走的话，就上岸吧！”

而此时纱琪已经对他产生了莫大的兴趣。

“我要跟你出海。”她说道。

雷葛新在“海上霸王”这剂核酸里学到的海洋知识极为丰富，他熟练地驾船划进朵酒湾。经过电视墙的时候，纱琪拉低帽檐，不让人看到她的脸。电视新闻此刻正在播放紧急快报，说昨晚超级巨星横滨五月搭乘的“五月丸”号与一艘快艇发生了小擦撞，而横滨五月小姐在擦撞后即不见踪影，疑似失足落海。

屏幕上，全市媒体、纱琪的所属公司已经人仰马翻，尤其是经纪人毛洪典，几乎都快放声大哭了。

纱琪恶作剧地笑笑，坐在渔船上渐行渐远，电视墙上经纪人的哭丧表情在许久后仍让她忍俊不禁。

船到外海之后，雷葛新撒网下海，纱琪也在一旁嘻嘻哈哈地帮手。她柔嫩的手指因为拉网割出了一道道伤口，如果美肤保养师茉莉小姐见到，一定会当场晕倒。

快到中午的时候，纱琪觉得又热又渴，翻遍船舱，才发现两个人都忘了带饮用水。

雷葛新微微一笑，取出小刀，在捕获的鱼中挑了一条最肥大的，划下一大块鱼肉，切成小块，递了一块过去。

“嚼。”他简洁地说。

纱琪嫌恶地摇摇头，也只得把鱼块接过来，看见雷葛新把鱼肉放进口中慢慢咀嚼，还是觉得难以接受。雷葛新吃完了一块，又把另一块丢入口中，他一边咀嚼，一边示意纱琪也照着做。

那一块鱼肉放进嘴里的腥味差点儿令纱琪作呕，而且她觉得生肉的嚼感十分恶心。可是，嚼了一阵之后，居然品尝到了一种鲜甜凉爽的滋味，而且似乎能够止渴。

再一次，纱琪觉得，如果影迷、歌迷们此刻看见美少女巨星蹲在小渔船上，嘴角淌着鱼血大嚼生鱼的话，一定也会有人昏倒吧。

“海水鱼的体汁有种奇异的特性。”雷葛新解释道，“将盐水转淡的能力没有任何机械比得上。”

纱琪发现，这个怪人雷葛新的知识储备和大海一样深不可测，就像一个博物学家。他指着一条下巴突出、状似怪兽的怪鱼说，这种鱼叫作鲑鱼，生在淡水，却生活在海洋，每到产卵季便会游上数百英里，从大海溯游回到出生地的淡水，产卵，然后死去。而在产卵季时，公鱼会一路陪伴母鱼，而且公鱼会变异成狰狞的怪兽长相，以吓退沿路的天敌。

近黄昏的时候，外海的水天相连处扬起了几根水柱。

“那是灰鲸。”雷葛新解说道，“鼻腔长在背部，每当从水底升起时，急速的呼吸会形成龙卷风般的水柱。”

小渔船在暮色低垂的时候回到了朵酒湾。大电视墙在暮色中更显得明亮。雷葛新看着电视墙上五彩缤纷的画面，忍不住又想起了二十五世纪的“苍穹”电视网。

渔船在潮水中缓缓漂荡。雷葛新枕着头，慵懒地躺在甲板上。大电视墙越来越近，忽然响起了快节奏音乐，整个画面呈现令人舒畅的绿色系图案；一个肤色白皙、身材高挑的美丽女孩穿着一身鲜绿衣服，拨开绿叶走出来，开始曼声唱歌。

歌声中，纱琪坐在雷葛新身边，船随着潮水前进，在一个巧妙的角度里，她的侧影挡在雷葛新和电视墙中间，跳动的光影在她身后投射出奇幻的图案，衬托出她清丽的轮廓。她回头俯看着躺在甲板上的雷葛新，忽然脱下遮阳帽，一头秀发顺滑地披散下来，眼神温柔。

而雷葛新到现在还没发现，这个落水的女孩和电视墙上的女歌星是同一个人。

夜，船在温暖醉人的日出之国朵酒湾潮水上缓缓摆荡。雷葛新仰望天上的星辰，突然想起自己孤单一人，二十五世纪的锡洛央人工太阳夜景已成遥不可及的回忆，现在连牛顿都失去了联系，和自己出生世界的唯一联结就此断开了。他感到有些孤独，又努力去回忆那幅因为核酸变异产生的奇异影像，长堤、落日、短发女子、天空如火焰般红艳……这一瞬间，他突然升起一个念头，希望那些核酸警察此刻就出现，帮他了断这场让他成为时空浪人的荒谬而孤独的旅程。

缓缓荡回码头的小渔船上，两个身份特殊的人各自想着自己的心事，一夜无语。

此后几天里，雷葛新一到天明就出海作业，除了下网捕鱼外，还用船上的潜水器材潜到海底观察生态，和体内的“海上霸王”核酸知识对照，得到了极大的乐趣。为了某个微妙的理由，纱琪一直没有离开，像一个勤劳的渔家少年一样，清晨起床和雷葛新一起出海，晚上则和渔人聚在码头边，点燃铁桶中的熊熊火焰，把当天捕的鱼放在火上烤，滴落的鱼油散发出诱人香味。粗壮的打鱼人在海碗中倒满烈酒，在夜空下爽朗地高声欢唱。

纱琪在欢乐的歌声中偶一回头，却总是看见雷葛新静静地坐在高处，身边一壶酒，远望苍茫的水天交界处，痴痴出神。

这几天，朵酒湾的天气非常晴朗，夜空下海面平滑如镜，从港湾缓缓驶出一艘灯火通明的巨轮，在海面上划出一道长长的水纹。雷葛新深吸一口气，这几天在海上的经历与脑中的海洋知识印证之下，失落感顿时减低了不少。他环视了一下四周，不远处的渔人们仍在痛快地高歌，空气中飘散着烈酒和烤鱼的香味。这是一个很和善的世界，但是没有什么太值得留恋的地方。他凝神细思，考虑着要不要现在就脱离，前往下一个时空。

一双温暖的手臂亲昵地环着他的颈项，飘来女孩特有的体香。纱琪悄悄登上雷葛新所在的小山坡，温柔地搂着他。

“在想些什么?”她说道，“为什么不下来和我们唱歌?”

雷葛新微笑不语。

“有时候，我真的觉得你很奇怪，好像心思不在这个世界上似的。”纱琪在雷葛新身旁坐下，递给他一块烤鱼，“你收留了我这么多天，难道就没有一丁点儿疑问，想知道我是谁吗?”

“那……你是谁?”雷葛新顺着她的话问道。

“我就是一个平凡的女孩子。”纱琪撒谎道，“我在海边散步的时候，不小心跌到海里了，被你救了上来。那你呢? 除了知道你叫雷葛新，我对你还一无所知啊! 你是什么样的一个人呢?”

“你不会想知道的。”雷葛新平静地说，“而且，说来话长，还是算了。”

夜风中幽幽传来一阵轻柔的歌声，远方朵洒湾市的大电视墙又开始播放“纱琪”横滨五月的新歌MV《青绿》。雷葛新被歌声吸引，目不转睛地看着屏幕上一身绿的纱琪载歌载舞。二十五世纪也有这样的美女明星，不过都是虚拟出来的影像，虚拟明星的容貌是完美无瑕的，声音、舞姿也无懈可击，雷葛新在二十五世纪时就很喜欢一位身材娇小的美女明星紫红诗玲。

“唱歌的这些，都是真人，对不对?”雷葛新喃喃地问道。

“啊?”纱琪疑惑地看着他，不能理解这个问题是什么意思。

“看起来好漂亮，好耀眼。”雷葛新回想起二十五世纪虚拟明星同样光芒万丈的出场场面。他记得在一个记载中读过，在二十世纪之前，的确存在过真人担任的超级影视巨星。“人真的可以一直过这种光彩耀眼的生活吗?”

“不是你所想的那样。”纱琪低声说道，“那些光彩、掌声，常常只是假象。”

“啊?”雷葛新以同样的疑惑神情看着她。

“我的意思是说，”纱琪有点不自在地说，“我有一个朋友，刚好是那个行业的人，所以听过一些业内的事。”她环着双膝，也看着远方的天边，“摄影机拍出来的，永远是最美的一面，可是没拍到的地方，其实就和我们的日常生活一样，有时甚至更差劲。像这样的场景……”远方大电视墙上，这时映出另一位少女歌星的广告片头。水波荡漾的湖边，开满一地野花，少女头戴花冠，牵着高大的白马涉水而行。

“其实这是在棚内搭出的布景。导演花了大价钱造了一个水池，灌满冷水，却因为省钱的关系，没被摄影机带到的地方就有破损的地方。少女明星也不好过的，马的身上很臭，摄影棚内的冷气又强，其实她冷得浑身发抖。”

雷葛新很有兴趣地听着纱琪的讲述。

“那些掌声和喝彩声也是。我的朋友从小就在镁光灯、摄影机前长大，那些仰慕她的人、因为她赚进许多钱的人成天都对她说着动听的好话。可是，有时候我的朋友却会偷偷看着普通女孩子逛街、谈天的样子，心里很羡慕那种没有被舞台灯光追逐的简单生活。”

“但是，你的朋友一定会说，只是她还有理想没有完成，真正要她去过平淡的生活也不见得能受得了，对不对?”雷葛新笑问道。

“真的是这样吗?”纱琪喃喃地说，“你认识这样的人吗?”

“嗯!”雷葛新低低地应了一声，脑海中不禁浮现起在他怀中去世的阎静敏那倔强又冷艳的微笑。

纱琪怔怔地看着他，突然萌生了一个奇特的念头。

“我带你去一个地方。”

雷葛新任纱琪拉着他的手，走下小坡，把小渔船开出朵酒湾，沿着城市五光十色的夜景开向郊区。上了岸，纱琪似乎对四周的环境非常熟悉，在黑暗中就着月光进入一座小树林，左一拐，右一绕，来到一个偌大的广场前。

月光下，辽阔的广场上空荡荡的，一个人也没有。两个人的脚步声在空旷的广场上响出清脆的足音。广场四周每隔一段距离，就有一个硕大无比的棚状建筑。广场的尽头有一长排铁栅栏，门口灯火通明，站着几名身材高大的警卫。纱琪走过去，和其中一名警卫交谈了几句，警卫张大嘴巴，惊讶地看着她，忙不迭地点头。

纱琪带着一脸笑意，回过身拉着雷葛新，走进铁栅栏正中间的大门，没去理会一旁警卫们惊讶的眼神。

“这是朵酒市最大的电影片场游乐园。”纱琪调皮地说，“我刚好认识这里的警卫，就带你来看看。”

“噗”的一声，整个游乐园里灯火通明起来，映照出一个个流光溢彩的梦幻场景。

“每一个场景，都曾经是著名的卖座电影。”纱琪带雷葛新走过一个个场地，微笑地介绍道。

雷葛新仔细观察每一个场景，有些有似曾相识之感。以往每到一个新的时空，牛顿便会游历四方，搜集分析当地的时空状况。这一回因为牛顿已经消失，雷葛新没有很认真地去推测这个世界的特点。但是从现在星辰的位置来看，这应该是个时间轴在公元一九八〇年代的世界，生活方式和历史轨迹应该和雷葛新的世界相距不远。比方说，他们现在走过的场景应该就是远古希腊史诗中的“特洛伊之战”。一匹硕大无朋的木马横陈在城池前，古希腊联军勇士躲在木马腹中，城池上站的是倾国倾城的美女海伦。

纱琪牵着雷葛新的手，走进一个古中国格调的场景。私塾学生在阳光下吟咏诗词，走过小桥流水，女扮男装的美丽女孩正试图用十八种暗示打动男孩的心。末了，一座古墓在烟尘下裂开，翩翩舞出两只彩蝶。

“这是中央之国的童话。”纱琪说道，望着那两只形影不离的彩蝶幽幽地说，“我们管它叫《无缘故事》。”

雷葛新皱皱眉。原来即使文明模式接近，细节还是会有点不同的，古中国最有名的《梁祝》故事在这儿就变成了《无缘故事》。

走过一座古欧罗巴洲式建筑，一个女孩在阳台上偷偷地和缘绳而上的男孩相会。而在纱琪的世界中，《罗密欧与茱莉叶》的故事则有截然不同的结局，两个人的家族因为这一对恋人结合而宣告和解，几年后却因为两个人婚姻决裂而在一场大战役中同归于尽。

纱琪和雷葛新在巨大的游乐场中走过一个个梦境，穿过每一个童话。最后，他们来到一个湖面弥漫轻烟的翠绿山谷场景，湖边停着一艘小船。

“上去吧！我们在这儿坐坐。”纱琪笑笑，“这是很浪漫的地方。情人节时，这里还会放烟火呢！”

湖面上笼罩着轻烟，雷葛新缓缓划桨，船身破开水面。湖心开满翠绿的睡莲，莲叶上有几只青蛙，目光炯炯地看着两个人划船而过。

纱琪把手伸入水中，任它在水面划出一道道波纹，一边曼声而歌。

小船划至一座假山的山壁，纱琪向山壁中的一个洞口一指，示意雷葛新往那个方向划去。

雷葛新将船划近洞口，却看见纱琪一脸的调皮神色，正在屈指默数。三……二……一……

突然，一阵淙淙水声从头顶传来，来自山壁顶端的人工瀑布从天而降，清凉的水花将两个人淋了个湿透。纱琪拊掌大笑，雷葛新愣了一会儿，也哈哈大笑起来。

穿过瀑布，来到了一个明亮的绿色空间。洞内挂满青翠的垂柳，光源从上方透入，将所有景物映照成养眼的淡湖绿色。

雷葛新忘情地看着四周，一转眼却看见纱琪浑身湿透，晶亮的黑发后拢，露出光洁的额头。此刻她正凝视着雷葛新的侧脸，眼神迷蒙。

“有件事，我一直没告诉你。”她轻轻地说道，“电视墙上那个唱歌的女明星，就是我。我叫横滨五月，‘纱琪’是我的小名。”

“你……”雷葛新迟疑地说。

纱琪摇摇头，闭上眼睛，然后睁开，柔柔地拥住雷葛新，将凉凉的红唇印上雷葛新的嘴唇。

雷葛新僵硬地接受着纱琪的亲吻，略一迟疑，也迎着纱琪清凉灵活的舌尖，惊喜地体验他生平第一次的亲吻。如果此刻牛顿在身旁，一定会聒噪地破坏气氛，要他“详细做出接触的各种动作”。现在他的身旁只有纱琪柔软的身躯，她轻轻地带着雷葛新的手，敞开衣襟，让他抚摸自己的皮肤。触及女孩肌肤的一刹那，雷葛新忍不住“啊”地惊叫出声。

美妙的夜晚时光流逝得很快。雷葛新和纱琪划船出小山洞时，天际已经露出了鱼肚白。纱琪靠在雷葛新肩上，脸上的潮红久久不退。

船行至湖边，却看见岸上满满站了一圈黑衣男人。

纱琪面露愠色，身体一僵，离开雷葛新的肩头。这时，船身突然起了一种奇特的震荡。纱琪拍拍雷葛新的肩膀，却发现他额上冒出冷汗，正盯着湖上的水波出神。

“没事的，我来解决。”纱琪说道。她不待小船靠岸，便纵身跳了上去，黑衣人中闪出纱琪的经纪人毛洪典。毛洪典苦笑道：“纱琪，你到底怎么了？你知道我们有多为你着急吗?”

突然，天空中陡地响起一阵炸雷，众人都吓了一跳。

“我没事，过一阵子我会回去的。”纱琪冷冷地说，“我和他一起……”

纱琪手一指雷葛新，众人不由自主地顺着她的手指看过去，却看见了生平从未见过的奇异景象。

一阵波纹在湖面上形成旋涡，将雷葛新所在的小船高高托起，小船上凭空燃起熊熊烈火，交杂着亮灼的闪电。

“啊呀！”黑衣人中有人高呼出声，好几个反应敏捷地就地伏倒，只有纱琪愣愣地盯着小船在风、雷、水、火中翻搅。

“雷葛新！”她高声尖叫，一下涉入湖水，向小船的方向奋力奔过去。经纪人毛洪典赶紧追上她，拦腰抱住。

微风已过，雷声渐止，火光乍灭，水幕已隐。空中隐约出现四名男女，占住四个方位，将小船托在半空。面容丑陋的“风”支队副队长冷血面露凶光，狠狠俯看着纱琪，“水”支队队长阳风看了看雷葛新，向冷血摇摇头。冷艳的“火”支队队长丹波朱红喃喃地咒骂几句，瞪了身旁的“雷”支队队长桑德伯宁一眼。冷血微一颔首，四个人突然消失，雷葛新身处的小船失去支撑，陡地从半空中跌入水里，溅起很高的水花。

此时，也许是机件发生了故障，人工湖畔的烟火突然全部点燃，陡地绽放在微露晨曦的天空，绘出一幅巨丽的火网。

雷葛新的身躯在水中载沉载浮，几名黑衣人七手八脚地把他捞了起来，却发现他已经没有了呼吸。

烟火璀璨的天空下，纱琪抚摸着雷葛新冰冷的脸，默默地流下了眼泪。

雷葛新再一次穿越时空，在时空之风的猎猎巨响中，他的脑部再度产生变异，不停投现出那个女子的背影，他的心情又开始迷茫起来。

夕阳，河堤，短发女子的背影。可是，他就是没有办法找到这个影像出现的原因。刚才他在最后一刻才发现水力场异常，知道阳风已经接近。只是他并不知道，这是阳风刻意为他安排的警示讯号，他故意加大水力场的冲击力，以报雷葛新在分子世界中救了他一命之恩。否则，这次四个队长联手围剿，雷葛新断然没有逃脱的可能。

时空风声已经逐渐减弱，这是行将抵达另一世界的前兆。牛顿说过，每一次穿梭时空之旅就像古世代的飞机驾驶术一样，“起飞降落”时是比较棘手和危险的。

而这一次的转移历时出乎意料的久，虽然在时空之风中待的时间长短并不具任何意义，但是雷葛新感觉这次的过程比前几次长得多。时空之风逐渐止息，四周的景物像排山倒海一样向雷葛新挤压过来。“唰”的一声，剧烈的震荡之感再度将他震得几乎失去知觉。

视野中的迷雾逐渐清朗，也像是摄影机的镜头开始聚焦。雷葛新见到了一个前所未见的美丽女子，正以关怀的眼神俯身看他。

这个女子有着明亮的大眼睛，一头长发像黑色的丝缎般随着动作漾出亮眼的光泽。此刻她看见雷葛新睁开了双眼，脸上露出欣喜的表情。当这个长发美女欣慰地露出笑容之际，雷葛新都觉得有点嫉妒，因为他心里明白，美女关怀的对象当然不会是他。

果然，她明艳的脸上漾出杀气，拔出腰际的一柄手枪，便往雷葛新的脸上开了一枪。

激光枪开火的一刹那，雷葛新本能地一闪，顺手一托，将女子的枪管打偏了几分。却听见身后一声长声惨呼，似乎有人从高处坠落。

“克南！”女子急声叫了个名字，“走！”

雷葛新睁开双眼，发现自己此刻正置身在一个废置的钢铁鹰架上。刚才女子击中的是一个在他身后打算偷袭的敌人。更远一点儿是战后如废墟一般的城市，建筑物多半被摧毁了，有些地方还在冒烟。天空陡地一暗，原来有一部飞行机器正无声无息地飞近，机首冒出闪亮的火花，击中了雷葛新置身的鹰架。

铁架像被二十五世纪量子枪击中后的物体解构般崩垮下来。女子闪避着四下掉落的铁架向地面接近，雷葛新紧随在她身后，“啪啪”两声，两个人先后跳到地面。

地面上，有一辆类似甲虫的银色机器隆隆作响，颤抖着向两个人冲过来。

女子向雷葛新凄然一笑，便快步以血肉之躯迎向那部冲撞而来的巨型甲虫车辆，手上一柄重武器开火，击中了甲虫车的车窗。

眼看女子就要被撞得粉碎，雷葛新大叫一声，来不及思考，就疾步将女子扑到一旁，在千钧一发之际躲过甲虫车的冲撞。甲虫车“乓”一声巨响，撞倒了正在崩毁的鹰架。

因为雷葛新的冲撞力实在太大，两个人在地上翻滚个不停。身子一翻空，两个人就往道路边缘深不见底的地下水道跌落下去。

跌落的过程十分漫长。雷葛新和女子掉进去的下水道系统极其复杂，宽度只能一个人通过，有的干涸，有的有细细水流。滑行过程中，雷葛新企图抓住管壁，却滑溜溜的，全无着力之处。最后，他们终于跌落到一个没有任何积水的奇特空间。雷葛新先着地，正迷迷糊糊之际，女子芳香柔软的身子又和他跌个满怀。

女子着地的时候似乎碰撞到了头部，她闭着眼睛，失去了知觉。雷葛新勉强起身，观察了一下四周的环境，不禁暗暗叫苦。

原来他们身处之地是一个极长极狭的圆锥空间，两个人就在圆锥底部，四壁都是极平滑的金属表面。

雷葛新在圆锥空间底部想尽所有方法，最后不得不承认无计可施。他空有绝世的丰富知识，却没有办法让自己脱困。圆锥空间的底部极深，向上空仰望也只能看见一小片天空。

雷葛新强自镇定地检查了身上的装备，除了干粮之外，只剩下小小一壶饮用水，看来就算一个人要在这儿存活几天也成问题。

身子略微移动了一下，雷葛新发现自己面临着一个更严重的问题。因为他所附身的这具躯体的脖子已经断了，颈椎骨折，应该是在他占用这具身躯之前就已经受了严重的伤害，也是这具躯体致死的原因。虽然雷葛新在这个时间点接收了他的身体，但是没能将颈椎的重伤复原。

从这几个时空走过来，雷葛新已经掌握了控制自己强大能量的方法，但是这种能量用在战斗上很足够，要用在修复身体上就要费很大的力气了。雷葛新试着将身体能够运作出来的能量全部集中在颈椎的伤口上，发现对它复原的效果不太明显，不过他能够利用能量取代身体组织的结构力量，可以用能量暂时扶住断裂的颈椎，虽然动作较为迟钝无力，起码还能勉强活动。

雷葛新这时发现，这样使用能量的方式比想象中更耗力气，如果想要让颈椎维持接近正常的活动，他就必须把身体的大部分能量用在颈椎上，而战斗、移动、探知能力会大大减弱，甚至会比一般人还要虚弱。但是看目前的状况，也只能先这样了，还是先把当前最紧要的问题解决了再说。

不过对雷葛新来说，这也没有太让他担心，在所有世界中，他始终就是个过客，在这个看似饱受战火摧残的世界也是。只是，有一种颇为微妙的感觉，让他愿意陪着眼前这个有一头黑亮长发的美丽女子在这个困境中留下来。做完所有检查之后，女子仍然紧闭双眼，没能醒过来。雷葛新探了探她的呼吸，发现她只是晕了过去，身上也没什么明显的伤痕。

虽然身体已经出现饥渴之感，但雷葛新还是忍住了没去动仅剩下的一点点食物和清水。因为不是自己的躯体，所以他对一些感官上的要求比较能够忍耐。雷葛新将食物和水全部放在女子身边，自己在洞底另一端的角落坐下。这个新躯体除了严重的颈椎伤害、饥渴感之外，还有着浓浓的睡意。他百无聊赖地注视着女子，直泻而下的黑亮长发，长长的眼睫毛，秀挺的鼻梁，小巧的嘴唇……但是他还没有仔细看到下巴，就进入了沉沉的睡乡。

在深沉的睡眠中，雷葛新觉得自己正置身在核酸局的放映室中，一切仿佛都没有改变，舞台上正要放映《核酸简史》，米帕罗在操控室的另一端嘀嘀咕咕地不知说些什么。

“……”米帕罗的面容清晰，但是说的话完全听不清楚，“……”

雷葛新还想说些什么，冷不防觉得有个冷冷凉凉的东西搭上了脖子。

雷葛新从梦中惊醒，却见那个美貌女子已经早他一步醒来，手持激光枪，枪管顶着他的脖子。

“为什么食物和水你一口也没动？而且还把它放在我的身边？”她的表情凶狠，咄咄逼人，“克南，你又在玩什么把戏？”

“我不懂你在说些什么，也不知道你是谁。”雷葛新满不在乎地说，“那些食物和水是给你的，我用不着。”

女子用狐疑的眼光盯着他，想找出任何作伪的神情，良久，才长叹一口气，喃喃自语道：“撞到头了？失去了记忆？”

雷葛新有点着迷地看着她蹙着双眉的神情。现在他附体的人应该名叫克南，而且看起来这女子看他并不顺眼，甚至有杀他的念头。

女子起身察看四周，敲敲打打，发现自己处在一个圆锥空间的底部，她努力了好一阵子，最后也像雷葛新一样徒劳无功，颓然坐下。她带着戒备的眼神，撕开食物包吃了两口，又喝了一口水。沉吟良久，分了一小份给雷葛新。

雷葛新摇摇头，没去动它。过了不久，阳光从圆锥洞口直射进来，雷葛新的嘴唇干得起皮，可是他仍然没去动食物和水。他心里明白，自己随时可以在失去生命之前脱离，所以绝不愿因为自己而让这女子失去一分求生的机会。睡神之手又拂上他的眼皮，雷葛新再度进入沉沉睡乡。

这一次，雷葛新梦见了二十五世纪地底的“天网”交通系统，而且牛顿又回到了他的身边。后来，“天网”的小车不见了，只剩下他独自一人，在明亮的透明地底浮游，一张口，就有甜美的液体滋润着他的喉咙。

可是，那种甜美液汁流入喉咙的感觉居然是真实的。雷葛新一睁开眼睛，就看见长发女子正倒转水壶，将珍贵的饮用水倒进他的口中。等到雷葛新终于发现的时候，水壶里已经只剩下不到小半壶水了。

“你……”雷葛新急道，“你怎么？”

女子摇摇头，柔声说道：“我想，你真的是失去记忆了，你眼睛里的光彩完全不一样了。不过这样也好，如果你不再是那个混蛋克南，也许我们还可以做共患难的伙伴。”

然而，她也已经嘴唇干裂，流了一点儿血。阳光在正午的时刻直射入洞，两个人都觉得非常燥热。然而，连汗仿佛都已流干了。

“你已经不记得自己的事情了，对不对?”她沉静地说道，“我叫雷兰。本来我叫作雷秀兰，但是三个字太累赘了，所以我喜欢别人叫我雷兰。”

日光逐渐偏斜，在雷兰柔美的脸上投下光影，就这样，她缓缓叙说着事情的来龙去脉。

原来，雷兰所在的这个世界是一个残破失序的世界。这里是公元1998年，因为发生了经济危机，政府被迫对黑社会势力妥协，借助黑帮的经济实力。然而，黑帮出现神秘的领导人物之后，整个社会逐步被黑道势力蚕食，百业萧条，战火频仍。

在雷兰所在的这个国家，被一个名叫“大鹏王朝”的黑帮组织掌控着。雷兰是大学里的助教，但在暗地里是地下革命分子。她的丈夫在婚礼当天被“大鹏王朝”的杀手在众多宾客面前处死，雷兰因为貌美被带回黑帮总部“海东青宫”，成为现任大鹏王的女人。而雷葛新此刻附体的人名叫克南，是大鹏王的一名心腹，因为被雷兰的美色所惑，便带着雷兰逃出海东青宫。一路上，他们被“大鹏王朝”派出的杀手追杀，而在那个鹰架上，便是遇上了一个小支队。

等到弄清楚这一切的时候，天空已经开始暗下来，过了一天了。

“为什么你会相信我是失去了记忆呢?”雷葛新问道，“说不定，我是骗你的。”

“因为，”雷兰很有把握地说，“如果你是克南，你会把水和食物全部霸占在自己身边，因为克南是一个非常自私的人，他有可能分我一点儿，但绝不会为了我不吃不喝。”

“不会吗?”雷葛新虚弱地笑道，“说不定我只是演演戏，最后还是会露出我的爪子和牙齿，把你吃掉的啊……”

“你吗?”雷兰“扑哧”一笑，“你没有爪子，也没有牙齿。就算是原来的克南，也没有这样的胆子。”她美丽的大眼睛目不转睛地看着雷葛新，“你真的不是克南那个混蛋，你的眼睛里的光彩，是他再活一百年也不可能有的。”

雷葛新深深地叹了一口气，问道：“怎么听起来你好像会读心似的?

光看眼睛就知道我不是克南?”

雷兰若有所思地凝视着他，美丽的眼睛里闪动着神秘的光彩。她说道：“我的家族，是一个古老的祭师家族，虽然我从小受的是现代教育，但是家族中传下来的古老能力，还是接触过一些的。我们家族里的人，都能够从眼神中读出人的内心。早在我遇到克南的时候，我就知道他只是一个小角色，但是他垂涎我的美貌，对于这种好色的人，美色对他的诱惑力远远大过组织对他的控制力。于是我就假意对他示好，跟他上过几次床后，灌他几碗迷魂汤，他就带着我逃跑了。”她说着，认真地凝视着雷葛新的眼睛，“我这样的女人很下贱，对不对?”

雷葛新淡淡地笑了，摇摇头道：“不，你一点儿也不下贱。这是为了生存而战斗，你很勇敢。”

雷兰静静地望着他，泪水无声地滑落。“你是真心的，你是真心这样想的。为什么你的心灵会这么干净?为什么你的眼睛里有那么深邃的光芒，好像你已经活了几千年?你是什么人?你是从什么地方来的?”

“这个啊……说来就话长了。”雷葛新苦笑道，“我现在没有力气，等我有了力气，我会把故事从头到尾都告诉你的。”

两个人所在的这个金属洞穴很深，金属壁太光滑了，没有方法可以爬出去。而且白天有阳光曝晒，把人晒得燥热不安，晚上却温度降低，冷得让人受不了。雷葛新的确没有什么力气了，在这种极端环境下，他除了要用体内大部分的能量撑住断掉的颈椎之外，还要维持身体的基本生理机能。当然，以他现在的能力，大可以轻松地脱离这具身体，将思想波转到另一个平行时空去。但是，他却只想和眼前这个叫雷兰的美丽女子待在一起，怎么也不愿离开她。另一个考虑是，如果把她独自留在这个空间，她很有可能会在这个地底深洞中饥渴而死，或者被“大鹏王朝”的人抓回去。虽然现在雷葛新的能力大大降低了，但是有他陪着，她比较有存活下去的机会。

[第19章]

宿命之女

入夜以后，气温很低，雷葛新把身体瑟缩成一团，觉得自己的体力像漏水的水龙头一样一滴滴地流失。他催动脑海中的核酸知识，从医学宝典大全中知道自己因为低温和受伤，体力已经衰退了，更没有力气说话。

雷兰看着他虚弱委顿的样子，也不知该如何是好。夜深之后，洞里很黑，两个人沉默良久，雷兰终于受不住瞌睡虫的纠缠，不知不觉地睡着了。

就着深洞顶处照进来的微光，雷葛新努力看着她清丽的脸庞，依稀仿佛，可以看见她的睫毛微微抖动，因为，此刻雷兰也因为身体发冷，一边睡着一边微微地发抖。

两个人身上带着的维生物品中，有两条小毛毯，雷兰披着一条，雷葛新也披着一条。虽然雷葛新也觉得很冷，但还是勉力托起身体，将身上那条毯子也盖在雷兰身上，自己更紧地瑟缩起来，咬着牙静静地坐在一旁。

过了一会儿，雷葛新开始觉得身体的能量快速地流散出去，脑海中却是一片清明。他从核酸中的《道家古录》中找到一个记载，说人快要死掉的时候，有的人会觉得体力大量流失，脑部运作转快，几十年的记忆可以在数秒内全部闪过；也有人临死之前会突然精神变好，体力大增，让身边人以为病情有所改善，其实这是一种称为“回光返照”的现象，短暂的恢复后，人很快就会面临死亡……

雷葛新突然想起，自己总是在时光战警追捕而来的时候及时脱离附身的躯体离去，却从未尝试过随着附身的肉体一起死亡的体验。想到这里，他心中不禁一凛，发现自己并不确定，会不会在附身的躯体死亡时也跟着一起死亡……

但是，不知道为什么，即使有着很大的怀疑和深深的恐惧，他望着眼前静静睡着的雷兰，仍然不想离她而去。此刻她多盖了一张毯子，体温得以保持，就不再发抖了，她睡得很香甜，脸上带着如天使般可爱的微笑，似乎正在做着一个美梦。

寂静的夜色中，只听得到远方偶尔传来几声枪响和遥远模糊的爆炸声，却不至于将雷兰惊醒。

睡梦中的雷兰，此刻的确做着很美好的梦。在梦中，她回到了童年时代，她的家族是前代政权的祭师家族，在“大鹏王朝”还没掌权之前，她小时候就住在青翠美丽的山区里。因此，雷兰的童年记忆中，有着青翠的山野，满地的牛羊，还有新鲜的空气。

突然，雷兰激灵灵打了一个冷战，从梦中惊醒过来。她微一凝神，做的第一件事便是眯着眼睛四下摸索，想知道雷葛新状况如何。伸手一摸，她才发现自己身上盖了两条毯子，而雷葛新已经软软地倒在地上，一动也不动。

雷兰一惊，连忙俯身过去探他的鼻息，发现他的气息极为微弱。应该是因为把毯子给了她，雷葛新手脚冰冷，身体也是凉的，额头的温度却很烫，显然是正在发高烧！

“喂！”雷兰低声叫道，本来想叫他克南，但是想想这样叫也不对，于是更用力地摇晃他，“喂！你还好吧？”

此时雷葛新因为颈椎上的重伤，身体免疫力大幅降低，因此发起高烧来。这场高烧来势太猛，让他暂时失去了知觉。雷兰因为家学的关系，对于医疗也有一些概念，她很快地检查了雷葛新的身体，发现他虽然正在发高烧，身体和四肢却开始失温。她连忙把两张毯子都盖到他的身上，但是这失温的状况一旦开始，保温就已经没有太大效用了。毯子盖了好一会儿，雷葛新还是无法醒过来，身体的冰冷和额头上的发烧没有任何改善。

过了一会儿，雷兰突然想起，小时候曾经从曾祖母那儿听过一些民间治病的故事。她想了一会儿，最后紧咬银牙，准备用那个方法来救活雷葛新。

“人哪……只要在寒冷中失去了体温，那可是很凶险的事喔。”曾祖母苍老的声音此刻仿佛在雷兰的脑海里播放，“这种情况下随时会死掉，如果没有医药，只能够用另一人的体温去温暖他，这样还有一点儿可能把人救回来……”

雷兰迅速脱去身上的衣服，把脱下来的衣物摊开放在一旁，再把雷葛新身上的衣服也全部脱光。眼前这个男人的身体，对她来说并不陌生，因为这个名叫克南的家伙就是因为她愿意献身给他，才甘愿冒险帮助她从“大鹏王朝”逃出来的。但是，从一开始雷兰就对这个男人的身体嫌恶到几乎作呕，自然没有什么好印象。

但是，此刻她的感觉完全不同了。虽然这仍是克南的身体，但这身体内在的思想却是雷葛新。这样的转变，雷兰虽然没有雷葛新那样的能量可以测知，可凭着女人敏锐的直觉，也发现了大不相同。

将昏迷的雷葛新脱光之后，雷兰很惊讶地发现，他的身体居然在夜色下泛着淡淡的黄色光芒，那是一种类似静电般薄弱的光，要不是在这样极度黑暗的环境中，是无法看出来的。

“你……到底是什么人啊……”雷兰喃喃地说道，脸上不知道为什么突然热了起来。虽然在这暗夜中谁也看不见，她的脸上却像初恋的少女一样泛出淡淡的红晕，眼前的克南，仿佛是一个她倾慕已久的情人。

准备要抱住他的身体时，雷兰考虑着该用什么样的姿势，是从背后抱着他，还是两个人面对面地抱着？她又想起曾祖奶奶曾经说过，人体的重要脏器都在前方，温度要保持在前方，于是她便以侧躺的姿势，和雷葛新全身赤裸地面对面拥抱在一起。雷兰将两个人的衣物尽量摊开，和毯子一起全部盖在两个人的身上，把身体完全盖住，保温的效果也比之前好上许多。

此刻两个人以一种绝对暧昧的方式紧抱在一起，耳朵旁是彼此灼热的呼吸。虽然是在救人，但是雷兰的心脏却莫名地加速跳动，仿佛有什么热热的、水雾般的东西从腰椎深处涌了上来。这是救人，这是救人……雷兰一遍遍地提醒自己，但是她的整个身体却开始发热起来……

雷葛新的身体因为失温，所以皮肤表面相当冰凉，雷兰热热的身体和他肌肤接触时，有一种很奇妙的凉感，有点像是夏天时，钻进空调房里的被窝那一瞬间的舒适感觉。当雷葛新的胸前大片肌肤和雷兰紧紧贴在一起后，原本冰凉的皮肤开始被温暖。

此时雷兰的鼻梁轻碰着他的耳朵后方，头发的位置。就在没几天前，当雷兰不得不跟这个克南上床的时候，克南也曾经猴急地把她的头紧紧地按在这个部位。而现在的感觉完全不同，同样的躯体，同样的姿势，却让雷兰觉得很安心，她很想和这个男人永远紧紧地抱在一起。

雷葛新的发际有一种属于男人的味道，雷兰把鼻子深深埋入他的头发里，轻轻地吻着他的后颈，享受着那种气息，双臂将雷葛新抱得更紧，仿佛觉得松开手来，这个美好的男人就会消失。

雷葛新的体温在与雷兰紧紧相拥后，发烧的温度开始逐渐降低，原来一直昏迷的他，这时似乎微微恢复了一点儿神智。雷兰听见他轻轻地“嗯”了一声，微微一转头，但是因为身体仍然虚弱，还是没能完全恢复神智。

“嘘……不要说话……”雷兰在他的耳际轻声说道，“你生病了，我来照顾你，不要乱动。”

雷葛新想说些什么，又微微动了一下头，有点干燥的唇却以一个巧妙的角度与雷兰的嘴唇贴在一起。雷兰轻轻一笑，并没有闪避，反而将她的唇迎了上去，紧紧地贴住雷葛新的唇，两个人的舌头轻轻一伸，便像激情的蛇一般交缠在一起，灵动地品尝对方的滋味。

雷兰并不是一个未经世事的少女，此刻她只觉得脸上燥热，脸颊想来已经是红晕满面，而且和雷葛新这样长时间肌肤相亲，在嗅觉、触觉、味觉的引动下，身体的情欲已经被撩起。于是她轻轻喘息着，用手在雷葛新的身体上游移……

但是现在雷葛新的身体还是太过虚弱，如果这时还做什么行动，是会有生命危险的。刚刚恢复知觉的雷葛新身体突然一阵痉挛，意识又开始模糊起来。

雷兰察觉到了雷葛新身体的痉挛，但不知道发生了什么事。两个人的舌头依然交缠着，她直觉不对劲，想要撤开紧贴的嘴唇，却发现雷葛新的身上开始散射出淡淡的黄光，而她的嘴唇居然和他的紧紧黏在一起，无法分开！

雷兰吃惊地睁大眼睛，却发现雷葛新的身体痉挛越来越剧烈，眼前的黄光也越来越强，后来整个空间都充满了黄光，连周遭的夜色也完全消失了。

然后，雷兰觉得自己陷入了一个极深的洞里，整个世界静寂下来，虽然原先本来就很安静，但是现在这种寂静，是一种完全没有任何声息的诡异寂静。

其实，雷葛新此时是因为身体虚弱，又接受了雷兰的温暖，一时之间，脑海中和身体中的能量产生了剧变。他的能量在短时间内迅速膨胀，而后又收缩，因而影响到了与他极为贴近的雷兰，让她暂时地被自己的能量包围着，进入了他的思维世界之中。

这是一种类似清明梦的现象，是一种不在睡眠状态中的做梦状态。当然，雷兰对这种现象一无所知，而雷葛新更是几乎失去知觉了。

静，黑暗。

刚开始雷兰觉得自己仿佛陷入了一个极大、极深、极黑暗的洞里，但是那种陷身下坠的感觉很快就消失了，紧接而来的是一种仿佛身体失去重量的轻盈飘浮之感。

然后，就像所有的东西都被什么强大力量吸走一般，她仿佛置身在一个奇大无比的旋涡之中，整个空间开始转换色彩。

而且，这些色彩就像有形之物一般，在她身体周围一点一滴地堆砌起来。等到周围所有环境全部转换完成时，雷兰突然从迷迷蒙蒙中回过神来，发现自己置身在一片广大无垠的星空之下。

放眼望去，原野上完全看不到任何建筑物和光源。

这是一种很奇妙的感觉，雷兰觉得自己似乎身处一个清醒的梦境中，又有点像是在观赏一部身临其境的虚拟电影。在“大鹏王朝”战争时期之前，她曾经和父母亲到城市时去，在那里的游乐场玩过类似的虚拟游戏，置身其中，脑海里有着影片中的信息，而自己又很清楚地知道不是做梦，只是身处在一个很像梦境的地方。

在清朗的星空下，雷兰发现自己在一个泛起淡淡水汽的温泉旁边，从水面倒影中，她看见自己的形体是一个身材高挑、体态健壮美丽的少女，一头秀发挽了两个髻，在温泉旁的木架上坐着，双脚探入水中，温暖的泉水让她觉得浑身舒适又慵懒。

而这个少女形象的真正身份，此刻像流淌的河水一般流过雷兰的脑海之中，仿佛有人很清晰地念出来，却又是没有声音的，只是有信息在脑子里流过。

“她叫公冶南，神族后裔，体内容纳万千宇宙……”随着这些信息流过，雷兰忽然觉得自己的小腹部位微妙地有了一种很奇异的感觉。她低头一看，神奇地拥有了一种奇特的视觉，先是看见了少女公冶南光滑平坦的小腹，然后穿透过去，看到了万千星云在里面缓缓旋转、移动……

黑暗中，一名年轻男子静静地走过来，他的面容在不甚明亮的星空下看不清楚。但是，不知道为什么，雷兰却很清楚地知道，这个男人，就是公冶南一直在等待着的人，也是自己片刻前紧紧拥抱、亲吻着的那个男人。

此刻，雷兰可以很清晰地感受到那名壮健美少女公冶南的情绪波动，她对眼前出现的这个男人升起了非常强烈的欲望。因为，这个男人身上，掌握着能让神族延续昌盛的关键。她小腹内的那片广大宇宙，只有这个男人可以将其填满，也只有和这个男人相爱相合，才有让神族永远存在下去的机会……

在这种奇异的体验中，雷兰甚至可以感受到这个男人进入自己体内的美好感觉。在星空之下，这个跟她的感知融合在一起的少女公冶南，忘情地在温泉旁和这个神奇的男人相爱，那种狂烈的热情和满足，让雷兰的脸颊也不禁燥红许久。

一种强烈的感觉在雷兰的小腹中高涨，达到顶点时，退散。但是她很清楚地感觉到，有一个生命种子已经进入她的体内了，不，应该说是那个美少女公冶南的体内。这个生命的种子是一个孩子，一个拥有神族基因和神奇男子能量的孩子，日后将会发生许多传奇的故事。

星空下的情欲，这时逐渐褪去。

整个空间这时变得更暗了，然后又再次变化。这一次，雷兰发现自己身处在一个很有古代中国风格的大房子里，阴暗而幽静。在这个充满神秘气息的房间里，摆放着许多精致的器具。

从一面古镜中，雷兰看见自己是一个清秀的女孩，穿着轻盈如云的白纱，而她很清晰地知道，这个女孩的名字叫肃玄青。肃玄青名义上是肃千钺的孙女，但实际上，她也是神族后裔。她小时候，在一场惊心动魄的战争后被肃千钺收养，但是在她长大之后，肃千钺却对她产生了强烈的占有欲。

肃千钺没有对肃玄青做出任何侵犯的行为，却将她的自由完全束缚。肃千钺只允许她在这栋深处地下数层的巨宅里活动，几乎不让她接触任何外来的人，只是提供她各种书籍和讯息。肃玄青对于外面的世界相当了解，是因为肃千钺提供了所有能让她理解外界的信息，而且因为有着神族奇特的基因，肃玄青并没有发展成那种长年不见天日的畸形人格，而是成长得像一个从书卷中走出来的仙女一般。

肃千钺多年来收集了许多藏品，把这栋巨宅经营成一座宝库。这里有千年前的古董，有来自古代数算家的武学装置，有古代奇异文明的超时代器械，也有汗牛充栋的典籍数据，因此肃玄青在里面从没有觉得无聊。虽然她有时也想去外面看看走走，但是在肃千钺的劝说欺蒙之下，一次次打消了想要出去的念头。

但是，在一个寻常的午后，肃千钺反常地打开巨宅的大门冲了出去。在他冲出门后，从门缝里，肃玄青看到了外面的天空，也看到了肃千钺急切地跑到一个老流浪汉的面前，因此遭到了一群古怪黑衣人的攻击。

奇怪的是，这些黑衣人对肃玄青惧怕恭敬，当肃玄青跑出门外要帮手的时候，黑衣人看到她就闪躲避开。

但是，最奇怪的就是那个老流浪汉了……肃玄青从来没有见过他，却第一眼见到他就没有办法把眼光移开，那个老流浪汉的身上散发着流动的奇特光芒，在他的身上，肃玄青看到了好多个不同的形体和长相。

此刻雷兰在体会着肃玄青的复杂新奇的心情，在她的思绪中，完全能够感知到肃玄青的感觉，而且那种小腹中有个宇宙的辽阔之感又开始出现。仿佛只要有“他”的出现，就会出现这种整个宇宙在体内存在的感觉。

雷兰很奇妙地感觉到，这个老流浪汉也是“他”，是那个藏身在克南身体里的“他”，也是在星空下与公冶南亲密相爱的“他”……

“他”到底是什么人呢？为什么会让自己和这些神族女孩都对他有着无法用语言描述的眷恋之情？

然后，一阵很深很浓的睡意袭来，让雷兰毫无招架之力，她很快就进入了睡乡。

雷兰再次醒来的时候，天已经亮了，她刚睁开眼睛，却看见雷葛新已经坐起来了，身上已经穿好了衣服，他看起来依然很虚弱，但也恢复了一些体力，比昨晚的情况好多了。

想起昨天晚上诸多诡异、奇妙、有趣的经历，雷兰有些发怔。看见她已经醒了，雷葛新脸上露出了欣慰的微笑。

“你醒了？”他淡淡地笑着说，“昨晚是你救了我的命，谢谢你。”

雷兰有些慵懒地坐起身，于是身上披着的衣服、毯子滑落了下来。原来雷葛新醒了之后，只是拿了自己的衣服穿上，并没有帮她穿衣服。想起昨晚和他紧紧相拥的情形，雷兰的脸上不禁飞起红晕。

“喂喂喂！”她鼓起脸颊，装出生气的样子，但是又忍不住笑了出来，“女孩子没有穿衣服的时候，你还好意思盯着人家看？”

雷葛新一怔，爽朗地哈哈笑起来，便转过身去。

雷兰匆匆把衣服穿上，过去探了探雷葛新的额头，已经不再感觉触手滚烫，显然高烧已经退了。

雷葛新静静地看她，什么话也没有说。雷兰看见他盯着自己，心中突然有种甜蜜的感觉，心想如果以后都能这样，每天早晨醒过来的时候看见的都是他，不知道该是多么美好的感觉。

就在这时，远方的天空突然响起一声炸雷。

那声“轰隆”巨响响起，雷葛新心头陡地一震，他勉力振作虚弱的身体，下意识地挡在雷兰面前。

风、雷、水、火，核酸警队的四态生化人。根据以往的经验，听到雷声，应该就是“雷”态核酸警察即将出现了。

雷兰轻轻地把他推开，脸上露出欣喜的笑容。“救命的来了。”

原来，那阵雷声并不是核酸警察“雷”桑德伯宁，伴随雷声而来的是一场骤雨，雨势很大，水量极多。雷葛新和雷兰将圆锥空间的出水孔塞住了。两个人在大雨中又叫又笑，像小孩子一样泼水嬉戏。

雨水在圆锥空间中越积越多，不到中午，两个人就已经浮上出口，就此脱困。站在金属的巨大建筑物顶端，废墟城市被雨水一冲，看起来顺眼多了。两个人在天空下淋着雨，开怀大笑。然而，雷兰突然愣住了，欢喜的笑容凝结在脸上。雷葛新顺着她的眼光望过去，知道了雷兰神情陡然变化的原因。

四周静静地集结了一支数百人的黑衣军队，把两个人团团围住了。

“这就是恶名昭彰的走狗大鹏军。”雷兰冷然说道，“只可惜我们最后还是落到了他们手里。”

她对雷葛新凄然地笑了笑，径自往建筑物尽头跨过一大步，从数十米高的顶层向地面跌落。

“别！”雷葛新一惊，立刻冲过去打算拉住雷兰，一探手却抓了个空，自己也一个收势不住，跌下顶层。

“噗”的一声巨响，集结在顶层的大鹏军仿佛对这个变故视若无睹。一架飞行器缓缓地在众人的视野中升起，飞越顶层，飞行器底下有一张长长的钢索巨网，像粽子般把雷葛新和雷兰包得紧紧的。飞行器迅速飞离大鹏军的视野，消失在空中。

飞行器抵达的地点，就是“大鹏王朝”的总部海东青宫。

海东青宫的原址是一座机场的巨无霸客机机棚。“大鹏王朝”掌管整座城市之后，因为连年战火，没有足够人力、物力重新搭建一座巨大的皇宫，便依着机棚的结构建出占地极广、屋顶高达四十三米的巨大宫殿。雷葛新和雷兰到达的时候，现任大鹏王已经得知了消息，通令全体王朝成员集结在海东青宫内，准备在众人面前，将雷葛新附体的叛徒克南处死。

雷葛新在许多押解人的簇拥下走进海东青宫。偌大的海东青宫内还残留旧机棚的铁架，地面上站满了服饰千奇百怪、面目美丑不一的人，有些人还爬到了铁架上。见到雷葛新和雷兰进来，全体帮众怪声大叫，呼声震天，传入耳膜时，还让人有晕眩之感。

狂呼大叫的人潮在宫殿的正中留下一个通道，直通一个金碧辉煌、却是拼凑成型的高台，隐约可以看见高台中央有一张玉雕巨椅，上面坐着现任的大鹏王。

嘈杂人声中，鼓乐队长声吹起响亮的号角声，传来一阵雄壮的乐声。

突然，一阵震耳欲聋的枪声响起，洪亮的号角声陡地被打断，发出刺耳的破碎声响。

号角手们全部愣在当场，手上的号角已经被高爆枪打得从中间断成两截，出手的是高高坐在台上的大鹏王。众人的声浪也因为这个突发状况一下沉寂下来，继而是一阵低低的交头接耳说话的声音。

“搞什么鬼!”大鹏王的声音非常刺耳，他的声量并不高，却清晰地传入每个人的耳中，“又不是牺牲了的英雄，还给他吹什么号角?”

雷葛新被身后的大鹏军押到了大鹏王跟前。雷兰还是直挺挺地倔强站直，大鹏军也不来为难她，却一脚踢在雷葛新的后膝，让他一下子跪倒在地。从地面的角度侧头看去，只见大鹏王穿着长筒皮靴的巨足从阶梯上大步走下，走到雷葛新的跟前，站定了。

雷葛新挣扎着抬起头，看到了大鹏王壮硕的身躯。只见大鹏王是一个身高比常人高上两个头的大汉，身体很壮，穿着一身鲜红的古俄罗斯贵族猎装，然而那张脸却异常瘦削清秀，脸色是很不自然的灰暗苍白色泽，他的眼神凌厉，留着一头长发，看起来桀骜不驯。这张脸，这种气势，好像在什么地方见过……

突然，雷葛新在脑海中闪过一个影像，忍不住脱口大叫道："是你！你就是泰大鹏！"

在这个战火绵延的奇特时空中，雷葛新失去了牛顿，也再不能回到二十五世纪的锡洛央市，成了一个孤独的时空浪人。然而，此刻他却在这样一个荒谬的场合遇见了这个改变了他的命运的前核酸犯"脱逃者"泰大鹏。

大鹏王闻言身躯一震，眼中透出慑人的精光。

"你知道泰大鹏？"他在众人目瞪口呆的注视下，沉声一字一字地说道，"你不是克南，我知道你是谁……"

于是，大鹏王便在这个陌生奇特的时空世界中，说出了那句让二十五世纪千百人豪情万丈、至死不悔的话语。

"穿梭时空三千年！"大鹏王双眼血红，长声大吼道，"你是雷葛新！"

整个海东青宫的帮众被大鹏王的神情吓得目瞪口呆，连雷兰也愣愣地看着雷葛新，张大嘴巴合不拢。虽然她已经和他相处了几日，却是以这种方式第一次听到他真正的名字。

大鹏王环顾四周，高举双手，十只手指在空中有力地张开。

"全部给我滚蛋！"他在海东青宫内高声大吼，声势震天，"只留下克南和雷兰！"

"大鹏王朝"的子民全都了解，大鹏王每次下达这样的命令时，就是表示，在他数完十根手指之前必须完成交代的任务，否则纵使是身居高位的宠臣，甚至是大鹏王的亲信心腹，一概杀无赦。

数千名帮众在大鹏王数到第六根手指时便走得干干净净，一句废话都没有说。片刻之前人声嘈杂的巨大空间里，此刻只剩下了大鹏王、雷葛新和雷兰三个人。

大鹏王叉着腰站在雷葛新面前，不发一言地打量着他。

"克南，真的不是你？"他粗豪地问出了这个不合逻辑的问题。

"你真的是泰大鹏？"雷葛新反问道。

大鹏王纵声长笑。

“我是泰大鹏，但是，我也不是泰大鹏！”他傲然说道，“就好比你是克南，然而，你却是雷葛新！”

显而易见，眼前这个大鹏王说话喜欢玩哲理思辨。雷葛新索性闭上嘴，只是细细地端详着大鹏王那张和身体完全不搭调的脸。

“传说中，‘大鹏王朝’的创始人是一个来自天神之地的神人。”大鹏王的眼睛神光湛然，目不转睛地盯住雷葛新，“当第一代大鹏王在废街上遇见他的时候，他形貌似鬼，浑身受了极重的伤。据说，他当时曾在高烧的呓语中提及他的重伤来自一场神人间的惨烈争战，最后，称之为‘风’的恶鬼终于伏法，但是神人也因此受了重伤。”

“神人虽然终生没有痊愈，只能靠颜面表情传递讯息，然而，这样便已足够。在他的指点之下，第一代大鹏王终于击败当世所有强敌，建立了这个千秋万载的‘大鹏王朝’。而神人临终之前，才透露出关于一位名叫‘雷葛新’的圣者即将到来的预言讯息。”

“祖训规定，历代大鹏王必须将脸部修整为神人的容貌，以神人的形象统治王朝。而神人的本名‘泰大鹏’更是只有历代大鹏王才会知悉的重大秘密，还有圣者‘雷葛新’降临时与他相认的歌诀。”

大鹏王微微一扬手，海东青宫的巨大顶层灯光浮现，清晰地映照出巨幅大字写出的《雷葛新之歌》。

时光英雄雷葛新，为了所爱，穿梭三千年的时空

他逃离了凶残的追捕，只为了见到她浅浅一笑……

他踏入桃花源的无涯守候，踩过豪门的血海起落

他拾取重创的神明盔甲，俯瞰绿与火的恶战倾轧

巫术的壮美留不住他，菩提、计算机、少林，慧可的断臂鲜红飘雪

神界的永生留不住他，悟空、龙马、八戒，三藏的女身轻萝飞扬

星尘的泪水难使他回头，神界之谜因他崩坏显露

时光英雄雷葛新，为了一份失落的回忆，穿梭三千年的时空

只为了见到她的浅浅一笑……

当日泰大鹏和冷血队长交手后，的确逃离了质子风暴，逃至“大鹏王朝”所在的这个时空。与雷葛新不同的是，泰大鹏穿梭时空的方式是以传统的人身穿越方式，所以当时他启动“音波共振术”时身体受的损害并没有复原。创立“大鹏王朝”后，这位核酸怪杰也老死在这个的战火绵延的时空。

雷兰极为专注地聆听两个人交谈，脸上不时露出迷惘的神情，她仰头看着那首《雷葛新之歌》，再看看雷葛新，嘴里不由自主地念出声来。

时光英雄雷葛新，为了所爱，穿梭三千年的时空

只为了见到她浅浅一笑……

为了一份失落的回忆，穿梭三千年的时空

只为了见到她的浅浅一笑……

她逐字念着这首时光英雄之歌，和昨夜那场奇异的心灵之旅印证下来，不禁整个人痴了。

大鹏王痴痴地望着雷兰的身影，长叹了一口气。

“我对她一片真心，到头来，还是一场镜花水月。只为了不和我在一起，她连最低贱的男人都可以献身，就为了不和我在一起……”一言及此，他的表情又变得凶狠起来，“但是，我不管你是谁，总之，你现在顶着的，就是克南的躯壳。虽然当年神人泰大鹏的确一手创立‘大鹏王朝’，但那也是很久以前的往事了，把我的脸改成这般模样，本就是我最为遗憾的一件事，祖先的训诫固然重要，但是死守陈规更是不可原谅。”

大鹏王越说越激昂，他转身步上高台顶端，俯视着雷葛新和雷兰，戟指厉声大叫。

“雷葛新！我不信你是圣者，也不信你来到我们这个世界会有任何意义，但是，祖先训诫不可废。现在我决定，让你带这女人走！一小时后我会发动大军追捕，如果你逃得出这个城市，我就不再为难你！如果你

真的是时光英雄，就一定能办到。如果不行，我不止要杀你，也要拿这个女人活祭历代大鹏王！”

雷葛新和雷兰并肩走出海东青宫时，还依稀听得到大鹏王充满自信的大笑声。

一小时后，大鹏军果然倾巢而出，在城内大举搜捕两个人的下落。大鹏王亲自坐镇海东青宫，打算一举将“大鹏王朝”的“雷葛新传说”歼除，改变祖宗训诫。斥候小组将情报一个一个传来，大鹏王的脸色益发难看。

因为，雷葛新和雷兰居然在这个城市里失去了踪影。数以万计的大鹏军在城内搜遍了每一寸土地，两个人却依然无影无踪。

雷葛新和雷兰并没有在城市中凭空消失，相反的，他们藏身在一个距离大鹏王极近的地方，连大鹏王咆哮的声音也隐约可以听见。

他们此刻就藏在海东青宫东侧的一个器材室里。雷兰深知，大鹏王暴躁却又思维缜密的个性已经使海东青宫成为一个手下人不敢接近的险地。正因为如此，大鹏军搜遍了全城，却没敢搜到海东青宫里来。最重要的是，大鹏王绝没有料到，雷兰会故伎重施，把以前和克南逃离海东青宫的过程再来一次。

雷兰知道，大鹏军的守备在正午时分有一个盲点，所以她便盘算着和雷葛新在海东青宫蛰伏至次日中午，再一举逃出城去。两个人发现这个器材室是一个藏躲的好地方，不仅隐秘，还有一些干粮和饮用水，饿了几天的他们，终于可以补充一些食物和水了。

在两个人吃喝的间隙中，雷兰仔细地打量着雷葛新。良久，她才问出一个问题。

“所以，”她把脸靠近雷葛新，紧盯着他，“你到底是谁？你真的是大鹏王口中所说的‘时光英雄雷葛新’？”

雷葛新深深吸了一口气，决定把所有事情都告诉雷兰。

月光在两个人脸上投下淡淡的光影。雷兰很仔细地听着雷葛新的叙述，一句话也没打断。雷葛新巨细靡遗，从核酸局前那场大战说起，他如何亲见阳风逮捕那两名男女，那个女人在核酸局前如何高唱《雷葛新之歌》，他如何到“鲁肉”信息超级商场买了牛顿，如何依照泰大鹏提供的方法盗取核酸，如何在“头儿”的办公室脱逃，如何在姚德山顶中伏，终于逃入平行时空。逃入平行时空后，牛顿与他破解了时光之谜。然后他们在避秦村郊外与冷血队长交手，进入“豪门”世界，在“绿火”世界中遇见铁火族，在1974年的波士顿遇见少林的后代，在妖魔世界遇见三藏和悟空，进入“巫术世界”后，又在转移时空时和牛顿失去了联络，在朵酒湾遇见“纱琪”横滨五月。最后，雷葛新还细细地描述了那个常常出现在他脑海中的女子背影。

这些经历中的某些情景，雷兰已经在昨夜的心灵梦境中经历过，但是有些细节却没有见过，像巫术世界、横滨五月、三藏和悟空，还有在雷葛新脑海中出现的女子背影，就是她完全不知道的事。

“所以，你看不见她的脸吗?”雷兰很认真地抚着自己的长发问道，“夕阳，长堤，短发女子的背影，是吗?”

“是的。”雷葛新说道，“而且，她仿佛有一种说不出的魔力，只要我的眼光一看向她，就再也移不开。”

“那首《雷葛新之歌》是不是说，”雷兰问道，“时光英雄为了所爱，穿梭三千年的时空，只为了见到她的浅浅一笑?”

“对。”

“那个‘浅浅一笑’，一定就是那位美丽的横滨五月小姐了，是不是?”

雷葛新觉得有点窘，巧妙地转移了话题。“其实，歌词里面还说，他俯拾桃源里的甘甜流水，坐看豪门的沧桑，惊诧于巫术天地之壮美，经历星尘的坠落……”

说到此处，他把自己的经历和歌词中的内容一一对照，避秦村就是桃源，豪门、巫术世界都已应验，而纱琪的确是个巨星，一念及此，他不禁目瞪口呆。他喃喃地说道：“只为了见到她的浅浅一笑……”雷葛新苦笑着摇摇头，“这么荒谬的情节，如果不是我的亲身经历，打死我也不会相信。”

雷葛新又问道：“为什么你会相信呢?”

雷兰笑了，脸上洋溢着令人着迷的光彩，她笑着说：“因为，是你说的，所以我就信了。如果你是我，就会知道，这种不用说话也能真切感受到的感觉。”

天亮之后，大鹏军前来回报的次数变少了。雷兰在一张纸上计算着各个巡逻部队巡逻的时间差。临近正午的时候，她拢起长长的秀发，拉住雷葛新的手。

“走了。”

雷兰带着雷葛新在市区中穿梭，打算经过层层巡逻警备，横穿整个城市，去到市郊山上的地下革命基地。可是，他们没走出多远，就被大鹏军的一个斥候小组发现，虽然最后他们把小组的两名成员歼灭了，可是，讯息还是传了出去。

午后不久，大鹏军集结得越来越多。雷葛新和雷兰且战且退，虽然雷葛新运用核酸知识中的游击战法成功地渡过好几次危机，可是敌我双方的数量实在太过悬殊。近黄昏时，两个人终于被大军团团包围，大约上千人的部队从四面八方逐渐围拢，将两个人困在城市里一个已成废墟的大游乐园中。

倾垮的摩天轮的残骸倒在地上，两个人跨过锈痕斑斑的情人旋转咖啡杯，在荒凉的园内小径上，原本充满欢乐的游戏摊位七零八落，有些地方已经有动物筑了巢。走过一个玩具娃娃的游戏摊，摊位上有一只玩具小熊，小熊的左眼上插着一支羽箭。追兵此时在游乐园门外暂时按兵不动，因为他们也忌惮雷葛新和雷兰的破坏性游击战法，而且，雷葛新推测他们打算活捉，否则一颗高爆弹就可以结束这场追逃游戏。

雷兰在棉花糖摊位前驻足停下。红色的摊位上画着褪色的欢乐小丑，棉花糖机已经积满灰尘，几包空空的塑料袋在摊位上随风飘摇。

“我小时候，”雷兰平静地说，“爸妈常常带我到这儿来玩，而且每次来，一定要吃粉红色棉花糖。”

绕过干涸的喷水池，雷葛新和雷兰步上一条斜坡，走到一半才发现，这条斜坡本是游乐园内高耸的瞭望塔，而这座高塔已然倒塌，架在围墙上。围墙是仿照古代中国长城的样子，游客可以在上面漫步，也可以用上面的望远镜瞭望，或用付费式拍立得拍照留念。

雷葛新和雷兰在围墙上眺望着四周的状况。围墙旁的河川已经干涸，成为一道极深的深谷，大鹏军在游乐园的大门口集结，将两个人像口袋里的猎物般紧紧困住。

雷兰的脸因为急速爬上斜坡微微变红，光洁的额头上有汗珠。雷葛新伸手帮她把汗珠抹去，自己也停下来歇口气。

方才在巷战的时候，雷兰的长发被一发激光射中而起火燃烧，此刻她一头黑亮长发的末端已经烧焦，她取出一把小刀，一甩头，把烧焦的头发自耳旁划落，一阵轻风吹起，把发丝都吹入了深谷。

“你走吧！”雷兰沉静地说道，转头远眺着那一大片大鹏军，“我会照顾好自己的。”她的短发虽然参差不齐，却将整个脸型衬托出来，在这荒凉的背景下更有凄美悲壮之感。此时已是傍晚，红艳艳的落日已经快要下山了。

远方的天空这时响起了阵阵雷声，空气中充满电离子碰撞的“吱吱”声响。静电在空中无止息地游离，两个人身旁的好几架付费式照相机被静电干扰得发出低低的声响。“克叽”一声，雷兰身后的一部照相机不停颤抖，良久，从取相口缓缓送出一张拍立得相片。

雷葛新和雷兰手牵着手，走过去拿起照片。

拍立得相片刚开始还是一片模糊，在夕阳余晖的照耀中，影像逐渐清晰。这时，空气中开始吹起微风，风中带着芳香的水汽，雷声“轰隆轰隆”地不住炸响，闪电亮起之际，也像是燃起了熊熊烈火。可是，两个人恍若未觉，都只盯着那张相片看。

那是一张雷兰的背影照片，短发，夕阳下，在围墙的边缘向着天边眺望。原来，雷葛新脑海中看到的那个女子伫立的地点并不是在河堤，而是废弃游乐园的围墙。这幅神秘的影像，让雷葛新沉迷了那么久。

“牛顿说过，”雷葛新像梦呓般深深注视着雷兰美丽的容颜，她的脸在霞光下仿佛发出柔和的微光，“这个影像也许是一个宿命。但是，他也说过，转移时空的人，一旦离开了一个世界，就不可能再回来了。”

雷兰展颜微笑。“我早就知道，时光英雄穿梭了三千年的时空，就是为我而来的。”

核酸警队的四名队长如临大敌地在两个人的四周布下了重重力场，冷血、阳风、桑德伯宁和丹波朱红在天空、地底、水面将所有退路都封死了。

而雷葛新和雷兰却像在九月秋阳下携手度假的情侣一般，悠闲地欣赏着微风、水幕、雷电和熊熊烈火在空中盘桓。

此刻距离核酸警队将他逮捕还有几分钟时间，然而，雷葛新就为了多和雷兰相处这短短几分钟，甘愿束手就擒。

其实，只要他在这一刹那离开克南的身体，还是能够脱离到下一个时空的。但是，他真的不愿意离开她，只希望能永恒停留在这最后一刻。

雷兰怔怔地望着雷葛新，默默地流下了眼泪，将他的手握得更紧。雷葛新心里泛起一阵阵酸楚，一把将她紧紧搂在怀中。

时间仿佛在这一刻停止了流动。连阳风队长走近的脚步也显得特别缓慢。

然而，雷葛新终究还是落入了核酸警队的手中。

“我一定会再回来的。”这是雷葛新临走之前，留给雷兰的最后一句话。

时空之风的猎猎声响中，雷葛新在四名核酸特警的押解下不发一言。虽然相见之日已经遥遥无期，但是他下定决心，终其一生，也要再去见雷兰一面。

未知之光在时空的通道上闪烁白亮的光芒。虽然核酸警队在这一役中，成功地逮捕了传说中的时光英雄雷葛新，可是，除了在围捕泰大鹏一役中受伤、从此恨透了时光旅行者的冷血队长之外，其他三个人都觉得心头沉重，丝毫没有欣喜的感觉。

逮捕了毫不抵抗的传奇英雄，说老实话并没有什么光彩。尤其是临走前，那个美丽女子沉静却非常哀伤的表情，更是在大家的脑海中挥之不去。他们都曾经逮捕过许多核酸犯，但就在刚才那一刻，他们开始对自己的任务怀疑起来。

许许多多的人事光影在时空之流里迅速流过。一行人“唰唰唰”地，一言不发地冲向那道未知的光芒。

[第20章]

时空大审

核酸警队终于成功地将核酸犯人“时光英雄雷葛新”带回二十五世纪受审。本来时空转移是无法在各个世界之间自由进行的，可是因为转态式生化人的力场比人类的灵魂频率强上许多，能力高强的队长们可以循着不同世界的能量轨迹找到转移的参考点，回到二十五世纪。而带着雷葛新的灵魂组回来，则需要四个队长合力才能做到。

回到二十五世纪后，联邦当局通知核酸局高层，因为时光发展局提出不寻常的申请，本案不得由队长们自行判决，联邦已经准备好流程，要执行一场时空大审。

这场空前的时空大审在联邦最高法庭的战鹰大厅秘密举行。偌大的战鹰大厅里，除了相关人员外，旁听席上都是星际政府首脑级的人物。大厅里只坐了不到一百个人，显得格外空旷。

大审的第一道程序，是由控方代表——核酸局的总司法长成贞铭宣读控词。审理的三名法官都是隐退已久的联邦终身大法官。而被告雷葛新则已经回到了他在二十五世纪的肉体，孤零零地站在巨大的战鹰大厅正中央。

控方代表宣读了被告雷葛新私盗核酸的罪状，并且合并控告雷葛新在受到核酸警队逮捕时的拒捕行为。

“盗取核酸，万劫不复！”神情阴森的总司法长成贞铭最后朗声说道，“本席请求庭上依法量刑！法律面前，人人平等。”

旁观的各级首脑们纷纷交头接耳。熟知联邦所有条例的人都觉得，这场大审基本上是多余的。在二十五世纪人人皆知的核酸禁令之下，在场没有人想得出来，这个案子有什么翻案的可能性。

接下来宣读的是辩方的答辩词。首席法官古德说道：“请辩方辩护官宣读答辩词！”

从答辩区出现的是一个个头很高的中年人，他的身后还跟着一个老人。在座许多首脑都“哦”地低呼一声。因为，这两个人是本不应该出现在法庭的答辩席上的。旁听席上的人基本都认识他们，带头的那人是星际时光发展局局长艾杰克，而他身后的老人就是雷葛新见过面的副局长鲁敬德。

艾杰克环顾四周，旁听席上很快安静下来。每个人都屏息凝神，想知道他为什么会出头为这个不属于他管辖的小小雇员辩护，也想知道他如何辩赢这场不可能赢的案件。艾杰克微微一笑，径自走向被告雷葛新，在众目睽睽之下，与同样惊讶的雷葛新拥抱。

在众人的惊呼声中，古德法官重敲木槌的声音响遍整个大厅。雷葛新正在惊疑之际，却听见艾杰克说出令他更加张口结舌的话来。

“小子，我来帮你了。”艾杰克笑笑，旋即低声说道，“我是牛顿。”

在穿梭时空的旅程中，与雷葛新亲如兄弟的生物型植入式百科全书“牛顿”，居然是时光发展局局长艾杰克！

在全场一片错愕中，艾杰克侃侃而谈。

“这个所谓‘雷葛新盗用核酸’的案件，其实是时光发展局的一项实验，实验代号叫作‘穿梭三千年’。众所周知，时光研究领域是千百年来人类文明最大的谜题。长久以来，许多有才之士投身于这门科技，可是，有史以来的时光旅行却从未成功过一次。经过多年研究，我们仍有完全无法解释的部分。核酸局曾经有过一位名叫泰大鹏的天才侵入过数据库，并且从中找到了穿梭时空的秘诀，但是他最后被生化特警处决。我们得知核酸局已有生化特警完成过时空之旅，所以我们多次向核酸局请求释出相关信息。不幸的是，核酸局只对处决核酸犯有兴趣，却对解开人类文明之谜兴味索然，我们的请求一直没有得到回复。后来，我们研究了以灵魂组穿越时空的方式，发现破解时光理论之谜的关键可能就在于此。我们也从时光学前辈鲁一朴的时光倒错理论中得到灵感，决定找这一位和歌谣中“时光英雄雷葛新”同名的雷葛新先生，暗中助力，引导他走入时光之旅。

“经过精心的安排，由我本人扮演雷葛新先生在信息超级商场购买的生物型百科全书‘牛顿’，助他侵入核酸局，成功进入时空之旅。事实证明，我们的假设完全得到了证实，时光之谜也因此解开，我们因而推演出“网状时间理论”。在这一趟时空之旅中，我曾经跟随雷葛新许久，收集到的数据极为珍贵。现在，我们几乎可以断言，时光之旅不再是‘不可能的任务’。这个实验已经得到了联邦的许可，因此，雷葛新先生不仅无过，反而有大功。我恳请庭上将其当庭释放。”

旁听席上顿时议论纷纷。大法官接过艾杰克提交的文件，文件上有十三名联邦主席的签名，表示这个命名为“穿梭三千年”的计划事先已经得到过他们的批准同意。

现在局势急转直下，如果大法官认可文件合法，也就等于认定雷葛新的行为是被刻意的安排主导的，那么雷葛新就很有可能自由地走出战鹰大厅。

艾杰克充满信心地拍拍雷葛新的肩头，感慨地说道：“我会带你安全走出这里的。我从哪里带你出来，就会把你带回哪里去。”

艾杰克很有自信地走回答辩席。雷葛新面无表情，此刻他的心早已不在这场时空大审上了。纵然牛顿的身份揭晓令他如此惊讶，时光英雄之旅原来只是自己当白老鼠的实验，所有这一切都不再重要了，即使是当庭宣判无罪，对他来说都没有什么特别的欣喜。他的心，早已留在那个战火绵延的时空，只被一个人的倩影占满。

和雷葛新的态度同样漠然的是总司法长成贞铭，他正在凝神细思，而身边发生的事情都引不起他的关注。

大法官们确认文件无误，低声讨论了一会儿，另一位大法官颂紫钢敲了敲木槌。

“交叉结辩。”他高声宣布道，“控方出席。”

核酸局总司法长成贞铭冷着脸站起身来。“庭上，请传第一证人到场协助结辩。”大法官古德颔首认可。法庭上的机械法警叫出第一位证人。

这一位证人到场的时候，虽然全场的旁听者都位高权重、见多识广，还是有许多人忍不住惊呼出声。

因为来人的形貌实在太过诡异了，不，与其说是诡异，倒不如说是可怖。他半边脸的五官完全变形，眼珠吊在眼眶外头，头盖骨上有几处塌陷，两只手臂已经换成机械的，一只腿装着木制义腿，“哚哚哚”地敲击在地面上，声音回荡在整个大厅里。

核酸警队“风”支队冷血队长没有像往常一样随微风出现。他径直走到证人席上，挺胸收腹地向成贞铭行了一个漂亮的军礼。

“庭上，这位是核酸警队的首席，冷血队长。”成贞铭介绍道，“冷血队长是核酸警队最优秀的战士。庭上一定注意到冷血队长身上的重伤吧？冷血队长的伤，全是拜艾杰克局长提到的那位核酸局天才泰大鹏先生所赐。将泰大鹏绳之以法的，就是这位冷血队长。但是，冷血队长并没有像艾局长所说的全身而退，在那一役中，我们失去了三名优秀的核酸警察，而冷血队长也身受大家亲眼所见的重伤。”

艾杰克这时隐隐猜到了成贞铭的用意，却万万料想不到核酸局居然如此赶尽杀绝。

“反对！”艾杰克高喊道，“反对控方提及不相干的情节！”

“反对无效。”古德冷冷说道，“控方可以继续结辩。”

“各位，”成贞铭说道，“冷血队长是当今转换态生化人中能力最强的族类。我想请问冷血队长，以你的能力，作战指数可以达到多少?”

冷血傲然回答道：“我一人可以抵挡三千名传统部队的战士。如有必要，这三千名敌人我可以全部将其歼灭。”

“根据2374年的《战斗百科》指出，”成贞铭将一份资料投影在大厅的壁上，“转换态生化特警的能力当世无人可以匹敌。而以这样强大的战斗能力，遇到吸收过核酸试剂的泰大鹏仍然铩羽而归。我们统计过，泰大鹏盗取的核酸试剂有546种，而这位雷葛新先生，却盗取了836剂核酸知识……”

“反对！”艾杰克怒道，“控方在用两个毫不相干的案件来误导重点！”

在大法官“砰砰砰”的木槌声中，成贞铭仍然自顾自地说下去。

“庭上，三十年超人战争的前车之鉴不远，我们现在的平和世界中，又多了这样一个能力超强的祸根……”

“反对！”艾杰克简直已经在怒吼了，“反……”

“砰”的一声，大法官古德的木槌重重敲下。“控方，请停止发表预设立场的结辩。”

成贞铭轻松地一耸肩，满不在乎地说道：“抱歉，我刚才的发言的确有失公允，在此道歉。”顿了顿，他环视四周后说道，“我对第一证人的问话已经结束。”

可是，成贞铭很清楚地知道，方才的话，已经像毒藤一样深深地植入在场所有人的心里，当然也包括三位大法官在内。

艾杰克在答辩席上气得满脸通红。他本以为有联邦主席的联署，这个案子就不会有问题了，现在看来，他的确低估了核酸局坚守核酸禁用条例的决心。现在成贞铭已经把整个案子的重点转向浩劫可能重现的公共议题，说不定连十三名主席的联署也保不了雷葛新了。

“庭上，我请求传我的第一证人，鲁敬德博士。”艾杰克向大法官要求道。身材高大的老者鲁敬德博士走上证人席。

“鲁博士，请向庭上简述那一日你拜访核酸局的详细经过。”艾杰克说道。

鲁敬德博士的脑海中，这时又回忆起当时的情景：三名核酸特警队长无声无息地在人事组长办公室出现，肆虐一番后又突然消失。他不禁皱起眉头。

震耳欲聋的闪电、熊熊的凶猛烈火、冰冷的水花，人事组长以他为饵，让雷葛新毫无防备，却在最后一刻只顾自己出门躲避，只留下鲁敬德一个人在狼藉的办公室中湿淋淋地发抖。鲁敬德将这件事的经过详细地向大法官们叙述了一遍。

成贞铭的脸越来越阴沉，他低声向身旁的一名助手交代了几句，那名助手点点头，走了出去。

“核酸局副局长是星际联邦政府的四级主管。”艾杰克高声说道，“但是核酸局的特警为了达成逮捕的行动目的，对鲁博士隐瞒行动。我手边还有核酸警队搜捕被告雷葛新的报告。”他手一扬，大厅的幕墙上投映出一个巨大的钢球球场，场面混乱，球场地面一片狼藉。

“这里是云梦市的钢球季后决赛场地。”艾杰克指出画面下栏的说明，“核酸警队为了追捕被告，在爆满的决赛场面制造可能失控的局面，置市民的生死安危于不顾。因此，请本席考虑控告核酸警队的逮捕程序严重失当，后续逮捕动作应视为无效。时光发展局并保留追诉核酸警队权力过于扩张之权利！”

艾杰克说完，向雷葛新点头致意，昂然走回答辩席。他也同样将议题导向公众安全方面，但是，更重要的是给了核酸局一个讯息：如果成贞铭继续赶尽杀绝，日后时光发展局也不会善罢甘休。

艾杰克走过成贞铭的席位时，成贞铭冷冷地说了几句话。艾杰克没有回头。

“艾杰克。”成贞铭说道，“以天神之名为证，不管你玩什么把戏，我绝对不会让被告再看到外面的阳光！”

接下来，控方传讯的是在逮捕过程中居功至伟的核酸警队“水”阳风队长。

“阳风队长。”成贞铭说道，“请简述你几次逮捕雷葛新失败的过程。”

身材魁梧的阳风以一贯的洪亮嗓音讲述了雷葛新如何在核酸局人事办公室中脱逃，如何在云梦市钢球场借下水道脱困，还有“巫术世界”一役中鸡蛋分子世界里的追捕，最后，雷葛新才在游乐园围墙上束手就缚。

“在你的看法中，”成贞铭问道，“雷葛新先生是不是一个能力极强的对手？”

阳风点头道：“是。”

“在你的看法中，他的能力与超人战争中的超人族类比起来如何？”

“反对！”艾杰克大声叫道。

“反对无效。”大法官古德说道，“我也想知道这个答案。”

阳风思索片刻，摇摇头。

“我对超人族类的能力没有任何概念，只能说，以他目前发挥出的能力来看，我绝不愿与这样的对手为敌。”

“那么……”成贞铭斜眼看了看艾杰克，“假设雷葛新先生在这个世界有任何不法意图，会不会是一个极难应付的敌手?”

艾杰克几乎是从椅子上跳了起来。

“反对!”他涨红了脸大声说道，“控方是在预设未发生状况，控……”

“砰”的一声巨响，古德法官敲下法槌说道，“证人有权不回答这个问题。”

阳风沉吟良久，才低声道:“我无法想象出这个状况，无法回答。”

成贞铭的辩词至此结束。阳风队长也向他行了一个漂亮的军礼，正要离去的时候，突然被辩方的艾杰克叫住。

“庭上，本席也请求让阳风队长作证。”

大法官古德点点头。阳风一脸诧异，连成贞铭也搞不懂艾杰克的用意。

阳风望向成贞铭，脸色阴森的核酸局总司法长点了点头。

“阳风队长，”艾杰克问道，“请问，在你的看法中，雷葛新有罪吗?”

“有罪。”阳风毫不迟疑地答道。

“盗取核酸，万劫不复?”

“是的。”阳风肃然道，“以星战英雄英名为证，盗取核酸，从重量刑!”

“那么……”艾杰克的眼神突然变得凌厉，“雷葛新是一个穷凶极恶的犯罪分子吗?”

阳风愣了一下。

“他是一个核酸犯，有罪是毋庸置疑的。”

“除了盗取核酸之外，他有没有做过任何伤害人的事?”

阳风沉吟良久，才低声回答:“没有。”

“也就是说，除了盗取核酸的行为之外，雷葛新是一个好人，对不对？”

“反对！”成贞铭叫道。

“反对有效。”古德说道，“证人不用回答这个问题。”

艾杰克重重一拍桌沿，大声说道：“其实，你不只觉得他是一个好人，而且还是一个心地极其善良的人，对不对？”不待阳风回答，他又接着说道，“你心里很清楚，他在脱逃的时候，没有和你们对抗过。在‘桃源’的时候，冷血不惜牺牲小孩的性命要逮捕雷葛新，而他却拼着被你们逮捕的危险救了那个孩子。在‘巫术世界’里你遇到了意外，他本可以扬长而去，却还是折返回来救了你一命。你说，这样的人会是罪该万死的犯人吗？”

“不是。”阳风大声答道，“他是一个非常善良的人。”

这时，成贞铭一声暴喝：“阳风！你在胡说什么？”

阳风对他的呼喝置若罔闻。“我在追捕他的过程中，也有很大的疑惑。而最后终于抓到他，也不是我们的功劳，他是自愿就缚的。”阳风顿了顿，又昂首大声道，“可是，法令就是法令。在私德上，我敬佩他，但在法令规章上，他的确犯了法，必须受到制裁。”

成贞铭愤怒地一捶桌子。艾杰克面露微笑，因为这一着险棋的目的已经达到。

“庭上，”艾杰克高声道，“在盗取核酸这件事上，雷葛新有罪，但是请别忘了我们有联邦主席的背书。而关于雷葛新的人品问题，刚才阳风队长已经做了证明。”

到了这时，大家才知道艾杰克找阳风队长作证的用意。

三名大法官简单地讨论了一下后，古德大法官反手戴上了红色的司法之鹰帽。看到那顶红帽，艾杰克的心情放松了，因为，那就是无罪判决的暗示。

“联邦最高法庭宣判……”

就在这一刹那，战鹰大厅的大门“哐”一声打开，走进来了一队昂首阔步的红衣军人，带头的是最高法院的军方总指挥官，他和一众部下步履整齐地走进大厅，把一份文件交给古德大法官，然后即刻带队离开了。

古德大法官打开文件，满是皱纹的脸微微变色；另外两名法官也凑过来看文件，三人开始低声讨论。

偌大的战鹰大厅此时一片静寂，只有法官们喃喃的语声。

古德法官接下来的动作，让艾杰克的心一下沉到了谷底，因为他把红色司法之鹰帽又摘了下来。

“被起诉人雷葛新，盗取核酸行为属机密行动安排，无罪。然而雷葛新身上存留的核酸知识却可能危害世界。”他将木槌重重敲下，继续说道：“鉴于核酸已经与其记忆结合，本席判定，被告雷葛新有两个选择：一，洗去在核酸局工作期间及穿梭时空过程的全部记忆，回到市档案局工作；二，放逐到其他时空世界，永远不得回到这个世界。”

判决一出，全场哗然。

“本席请求司法仲裁。”艾杰克在喧闹声中大声高喊，“判决不公！被告行为事先经过许可，完全合法！”

古德大法官冷眼看着纷乱的法庭，不发一言；另外一名大法官颂紫钢向艾杰克一招手，示意他到法官席来。艾杰克走过去，颂紫钢把方才红衣军人送来的文件递给他。

那是一份机密文件，上面同样有十三名联邦主席的签名。文件上说，基于整体安全考虑，雷葛新的核酸知识的确是世界的潜在威胁，所以，联邦提出两个折中办法：洗脑或放逐。

艾杰克愣了一会儿，忽然哈哈大笑起来。他猛地把这份文件当场撕得粉碎。混乱的法庭因他的失控行为反而安静下来，每个人都愣愣地看着他把文件碎片扬手抛到空中，散落满地。

“实验计划是我提出的，我就要保证雷葛新没事。”艾杰克沉声说道，“要罚，就来把我的命拿了再罚他！”

在场的星际政府首脑们面面相觑。法警也不知该如何是好。

这时，空气中突然开始出现了一种奇妙的异样之感，仿佛有什么东西把整个空间紧缩了一下。

这种情况，在“巫术世界”时空里也出现过一次，那是几个年轻人引发大爆炸之时发生的状况，是一种重大变故发生前的奇异现象。在场的时光战警当时都在现场，所以，现在出现这种状况，大家都戒备起来。

接下来发生的状况，是有史以来绝对没有发生过的事。因为这件事太过诡异，被称为“时空大审撞鬼事件”。

这时，古德大法官也察觉到有异，他用锐利的眼神看向时光战警们所在的位置，那是一个比旁听席高上半层的包厢，包厢前方有一道长长的阶梯。

古德大法官和在场的大部分将军、官员都不是生化人，因此并没有感受到空间的力场变化，但是时光战警们开始躁动不安、四下察看的动作立刻吸引了他的注意。

“奇怪……”古德大法官碰了碰旁边副审判官派洛的手肘，“你看他们怎么……”

说时迟那时快，只听“乓”一声轻响，像是有什么东西炸开了一般，十几位时光战警居然像米袋一样，直挺挺地从半层楼高的地方纷纷掉了下来。而且，他们的姿势不是直直地掉下去，却像是同时被谁丢出来一样：有的时光战警直接从包厢里弹出来，摔在地上，有的则是从楼梯上声势极大地“哐啷哐啷”地滚下来。

最奇怪的是，他们都没有失去知觉，而是意识清醒的，像一个个米袋被堆在了地上，也不知道是什么样的力量让他们跌得如此狼狈。

这些时光战警们都是有很强的力量、在各个时空来去自如的大能力者，但是此时却像是无助的大玩偶一般，哼哼唧唧地跌成一团，久久爬不起身来。

在这场时空大审中，雷葛新始终保持沉默，他完全没把审判放在心上。此刻他的眼界和思维，早已和进行时空冒险前大不相同，去过了这么多平行世界，面对眼前这场看似声势浩大、影响深远的时空大审，他心中毫无波澜，只是静静地聆听，也完全不在意审判的结果。

在空间紧缩现象发生的时候，他当然也察觉了，而且立刻想起了“巫术世界”发生的那场大爆炸。他心中一动，但也只是轻轻地“哼”了一下，并没有什么反应和动作。

当时光战警们交头接耳的时候，雷葛新也敏锐地发现，空气中的力场频率有点不太对劲了。整个战鹰大厅里忽然开始凭空发出亮光，那是一种蒙蒙的柔和亮光，而在大厅的正中央，半空中慢慢地显现出三个身影。

这时，时光战警中有人也看到了这三个身影，但是他们没有来得及做出任何反应。因为，就在这一瞬间，整个战鹰大厅里的所有人、事、物和声音，一下全都凝固了。

雷葛新有点惊讶地看着这个奇妙场景，这件事总算把他的注意力从独自的沉思中拉了回来。他四下看看，发现除了他自己之外，所有人、所有这个空间里的事物都定格了。古德大法官张着嘴，手臂挥在半空中，仿佛刚想要发言；时光战警中发生了骚动，有的人已经飞出包厢、掉到了地上，有的人却凝固在半空中；辩护席上的艾杰克这时怒气勃发，他手里扬起的文件碎片有的还散布在空中，像未落下的雪花。在场的人就像电影放映中的暂停的影像画面，那么具有动感，气氛又如此诡异。

这时，出现在大厅半空中的三个身影越来越清晰了。雷葛新愣愣地看着他们。他去过那么多个时空，也没有见过像这三个“人”这样的奇异打扮。但是，不知道为什么，他心里一点儿也不害怕，而且完全没有突兀的感觉，明明没看过他们，却觉得很熟悉。

如果雷葛新没有猜错的话，这是一种将时光停止的能力，这种能力在二十五世纪不仅没有实现，连假想理论也还没有人想得出来。

那停留在半空中的三个“人”，身上的服饰非常难以描述，很难确定这些衣服饰品的材质，因为它们流现着温润的光华，而且根本看不出来和那三个人身上的肌肤有什么明显的分隔。那应该是他们身上的衣物，但更像是他们身体的一部分。只见他们的身上泛出各种不同层次的光芒，这些光芒毫不刺眼，而且要细看之下才能察觉这些似乎是从他们内在散发出的光；而这些光的层次又非常繁复，颜色也很丰富，是以前没有见过、更无法形容的，仿佛那里面能映照出一个极为深邃的世界。

一刹那间，雷葛新脑海中闪过许多信息，这些信息应该都和眼前这三个“人”有一定的联系。

这些信息，大多来自佛教经典中的描述。那三个人之中，居中的看来是一个女性，有着长长的黑发和光洁的肌肤。但“她”的气质，在明艳柔美中也透着男性的潇洒，一时之间其实也不太能确定性别。

在“她”后面的两个人，其中一个长相颇为丑怪，巨大而方形的头颅光溜溜的，一根毛发都没有。他的长相虽然丑怪，但是不知道为什么，竟然有着英伟高洁的气质，他的皮肤是深蓝色的，但是那种蓝色之上，同样也有着层次繁复的宝光。

另一位的长相，就和一般人没什么差别了，他看起来是一个中年男子，眼睛细长，嘴唇极红。他戴着一顶极尖极高的帽子，他的服饰较为简单，是很纯净的灰白色长袍。

居中那个长得较像女性的人，这时笑着开口了，他说道：“你是雷葛新，我知道你。我们从三十三重天外而来，就是为了找你而来的。”

他的声音很特别，似男又似女，他发出的声波和普通人类说话的声波完全不同，仿佛是溶在空气中一样，似乎不需要听觉也能听见，而且听得非常入心。雷葛新很好奇地看着他，又看了看他身后的另外两个怪人。结合他们的外貌、声音的特殊状态，再加上时空旅行中听闻的传说，雷葛新的脑海中出现了一个答案；而那位对他说话的奇人，这时果然就说出了他脑海中的那个答案。

“我是阿婆卢吉低舍婆罗。”那个人说出了一个字音很奇怪的长串字，“但是你们地球人不太能念得出来，所以大部分时候，我都被你们叫作‘观音’，我旁边的这两位，只要叫他们‘罗汉’和‘无常’就可以了。我们是来自天界的天众，但是你们通常都叫我们‘神明’。”

眼前这三个奇人，居然真的就是雷葛新在这场时空冒险中，不时听人提起、有许多传奇故事的“神族”！

之前雷葛新听过的神族传说，都是口耳相传的故事，却没有人真正亲眼见过神族，而如今，却一下有三个神族人出现在雷葛新面前。

此时雷葛新和三位神族身处战鹰大厅之中，整个空间的时间停止了，还被一层柔和的神光笼罩着。这种停止时间的超凡能力，显然是只有神族才能做得到的。

只听见那位“观音”继续发出声纹极为特殊的音色，朗声说道：“我等此番到了这里，为的便是要见见你，因为你非常特别。”

雷葛新奇道：“我有什么特别的?”

“我等皆是神族，纵横宇宙，掌控万物，自如来去过去与未来，这本是我等神族天生大能。而你本是凡人，却因机缘巧合，得到无数奇异大能，是以我等族内众生，都有意与你一叙。我等此次前来，便是带你前去天界，与我等族人一叙。”

这“观音”说的话听起来并不容易理解，他使用的是一种近似古文的表达方式，说起话来像是在演古装剧。好在雷葛新这阵子以来遇过许多奇人，见多识广，还算听得明白他的意思。

“你们……”雷葛新仔细地端详着那个“观音”“罗汉”和“无常”的形貌，皱了皱眉，“你们要带我去你们的世界?”

“那是自然。”观音笑道，“我等此次前来，便是要给你这等凡人难得之福分，让你得以去我天界，得以成我族类。”

“所以，如果我跟你们去了天界，我也会变成跟你们一样，成为神族?”雷葛新笑道，“也就是说，你们是在给我一个成为神仙的机会，是吗?”

“你可以与我等到达天界，以你的资质，料想成为我族不难，只消经历七七四十九日，或许可成。”观音说道，“只是到达天界后，需摒弃凡间种种，不可心有所绊。我天界一日，是凡间千年，四十九日后、凡间已近五十万年后，纵使你追忆凡间种种，也早已无可捉摸。”

“你明明说你们可以自如往来时空，去到过去与未来的。”雷葛新笑问道，“那么难道我成仙之后，就不能再回到五十万年前，去找我认识的人吗?”

观音脸上的笑容微微一敛，他那光彩夺目的脸上突然出现了淡淡的一片阴影，感觉似乎在一瞬间，他脸上的光华就有些黯淡下来，仿佛这轻飘飘的一句话，就打击得他都把光华都收敛了起来。

“我等神族，纵然可以来去千万宇宙，大千世界，也能去往过去与未来，却无法改变凡间的因缘。我等神族虽然法力通天，但是遇到因果与业报，却是无法可想、无力可及的。纵使你回到想去的那个时间点，那也已经不是以前的那个过去了。纵使你穿梭时光，但是你爱的那个人，已经不再是你爱的那个人了……”他说着说着，似乎有些失神。如果说本来他有着庄严的宝光法相，他现在的神情却是光华尽失，倒像是一个为情所困的平凡的年轻人。

“只要你错过了，就算借着法力神通再找到她，她也不再是原来那个人了……也许她的容颜完全没有改变，也许她一样会笑，一样用爱慕的眼神看着你，但那真的已经不是她了。人们不知道，她自己也不知道，但是我们神族的人却知道，那已经不是真正的她了……”

随着观音的喃喃自语，整个空间里开始转变颜色，除了雷葛新和三个神族的人之外，二十五世纪战鹰大厅和里面的人、事、物开始消失。雷葛新和三个神族的人一下子就进入了浩瀚的宇宙，星辰、银河在他们周围快速地倒退。

雷葛新有些着急地高声喊道：“喂！我可没有答应跟你们一起去天界啊！没有经过我的同意，你们不要擅自带我去天界啊！”

观音一怔，方才从回忆中醒过神来，他伸手一挥，他们推进的速度减缓下来，宇宙星辰逐渐落在后头，眼前出现的，是一个极其空旷、却又分布了许多神奇壮美的宫殿、建筑的所在。

“我还没带你去天界，这只是让你预先看看天界的样子。”这时候，观音又恢复了原来的光华宝相，神光流转，“如果你选择了跟我们去天界，这就是你会到达的地方。”

整个视野里是一个巨大无比的虚空间，雷葛新只觉得自己在那个布满华丽宫殿的虚空中开始下降；眼前的宫殿群逐渐减少，在空旷的金玉之地上，出现了一座比所有宫殿都要大的巨型建筑。

雷葛新缓缓下落，眼前掠过许多影像，一下掠进了那个巨大建筑之中，只见里面也是珠玉满布，是一个极大的耀眼空间，在其中一个像是寝室的房间里，雷葛新停了下来。

只见在这个巨大的寝室中，只有一张镶满了华美珠宝的大床，但是最吸引人的，却是那张床前面的一张巨大的网。

“此是我君王帝释天的至宝，名为‘因陀罗网’。”观音平静地解释道，“因陀罗网，帝释天至宝，其网之线，珠玉交络，以万物之交络涉入、泛入、深入无穷无尽者。忉利天王，帝释宫殿，张网覆上，悬网饰殿。彼网各部皆以宝珠作之，每个目眼悬珠，光明赫赫。照烛明朗，珠玉无量，出算数表；网珠玲玲，各现珠影；一珠之中，现诸珠影；珠珠皆尔，互相影现，无所隐覆；了了分明，相貌朗然。此是一重。各各影现珠中，所现一切珠影，亦现诸珠影像形体。此是二重。各各影现，二重所现珠影之中，亦现一切；所悬珠影，乃至如是。天帝所感，宫殿网珠，如是交映；重重影现，隐映互彰，重重无尽。”

雷葛新张大了嘴巴，痴痴地望着这张大网。在观音呈现的这个空间中，物体的大小比较似乎失去了意义，这张网悬在极大的空间中，但是细看之下，却发现它的大小远远超过了本来的想象。网上有无数条线，每条线里都有大量的珠玉，整体散放出来的，是一种无形中似乎要把人吸进去的神秘深邃之光。

在网上交错处悬挂的并不是普通的珠玉，雷葛新凑近去看，每颗珠玉里面都映着深邃的光影，而那些光影居然都是宇宙、银河的星辰影像。只要盯着其中任何一个点专注凝神，会发现光影不断聚焦，从宇宙、银河，到星球，星球上的生物、文明，生物身上的细微毛发、细胞；如此不断深入，从细胞再看进去，最后又会出现另一个宇宙和银河……而这只是其中一颗珠玉里蕴藏的影像，在整张“因陀罗网”上，有无数这样的珠玉。

在惊奇赞叹中，雷葛新听见观音继续清晰流畅地解说下去：

“因陀罗网，宝玉千万。你可以从其中一颗珠玉看到其他所有宝石，网上的所有宝石也都可以看到你这一颗宝石，它不仅仅是自身，也是千千万万个其它宝玉。一颗宝玉是千千万万颗宝玉，千千万万宝玉也是一颗宝玉，它们是彼此，也是自己。在每一粒灰尘中，就含有无数的佛。每一颗珠玉都可以得知人界、天界所有万物之事。”

雷葛新愣愣地看着那张巨大的“因陀罗网”，觉得自己的声音都有些陌生了。“这……就是天界的东西，在天界有这么奇妙的东西？”

观音叹道：“不是只有这件东西，在天界，这只是千千万万奇境之一。你若是去了，会见到更多奇妙的人、事、物。”

雷葛新愣愣地站在这个帝释天的豪华空间里，仰望着那张“因陀罗网”，脑中的思绪跑得飞快，涌上无数的想法和事物。

“雷葛新，二十五世纪时光英雄。”观音悠悠地说道，“你来天界，是早已命定之事，你此番若是决定不去，他日你仍要再去一次，这是业力牵引，不管是你、是我、是诸神，甚至天界最高的帝王，都没有办法改变。因此，奉我天界诸神之命，我要在这里问你，你，愿不愿意跟我去天界?”

雷葛新静静地凝望着观音，眼神中闪出奇异的光彩，答道:“你们之所以要我去，是因为我有特殊的作用吧? 神族的世界，一定不像世间人想象的那么平安无事吧? 如果我不去，告诉我，会有什么事发生?”

观音淡淡地笑了，神情却有些苦涩，他说道:“我等既是神族，自然不会跟你打诳语。天界的确出事了，也的确需要你的助力，但此事需得你自己情愿，任天地诸神也不能违背你的心念。”

“当然。”雷葛新哈哈一笑道，“神通不过业力，业力不及念力，是不是?”

“业力决定之事，任谁都无法改变，”观音正色道，“就算是神通最广大的神明，也无法改变。而比业力更大的，唯有一念。但要将这个念改变，却是比面对业力还要难上千万倍之事。”

“所以，这是你的经验之谈，是不是?”雷葛新问道，“你愿不愿意告诉我，为了神界的永恒和无比强大，值不值得牺牲你最心爱的人、最心爱的事?”

观音一怔，没料到雷葛新会问这样的问题，他身上的光华再次黯淡下来，有很长一段时间沉默不语。

寂静的空间中，雷葛新没有说话，观音也没有说话。观音身旁的罗汉、无常也没有说话。

巨大的“因陀罗网”随着天界的微风轻轻摆动，发出晶莹悦耳的碰撞声响。

三个人都在等待着雷葛新的回答。

在联邦法庭的战鹰大厅中，这时候像是突然苏醒一般，一下充满了纷乱的声音。同时间发生了许多混乱，大厅里的人就像热锅上的蚂蚁，来回奔忙，高声吵嚷。

十几名时光战警“砰”的一声从包厢里跌出去，有的人直接跌进了旁听席里，把坐在下面的人压得四下奔逃，大声惨叫。有的人则是从阶梯处跌下来，狼狈地滚下去，与下面的人跌成一团。

古德大法官一开始是被时光战警们跌出来的意外状况吓了一跳，现在看见全场一片混乱，愤怒地举起木槌“邦邦邦”地敲个不停。

“肃静！肃静！”

而代表时光英雄陈词的时光局局长艾杰克气得大叫大嚷，除了把手上的文件撕个粉碎，更跳上桌子指着古德大法官叫骂。几个法警连忙冲过来想把他制压住，却和艾杰克滚成一团。

突然，极度混乱之中，一个沉静的声音在大厅的中央响起。

“不要这样，牛顿。”一直沉默着的雷葛新这时露出开朗的笑容，“庭上，我自愿选择放逐。”

按照二十五世纪的联邦法令，如果被告自愿接受判决，所有司法程序便告终结，连辩方也无权要求再审。

于是，雷葛新在庭上选择放逐，并且自愿被放逐至公元1998年的战火空间。

时光局局长艾杰克有太多的疑问想问雷葛新，只可惜他自己已经被法警先行带走了。临走前，雷葛新向他点点头，露出欣慰释怀的微笑。

此后的岁月中，艾杰克始终不能理解，为什么雷葛新会选择被放逐。他没有跟雷葛新去过“星尘组曲”和“大鹏王朝”两个时空，不知道雷葛新和两个女子发生了什么样的故事；在神族三人前来的时候，他置身在时间停止的凝结中，当然更不知道雷葛新曾经和神族有过对话。

最高法院判决终了后，艾杰克因为藐视法庭被判了一年的心理辅导。等他做完心理辅导后，雷葛新已然在核酸警队的力场催动之下，被放逐至另一个空间。终其一生，两个人再也没见过面。

在永远离开二十五世纪之前，雷葛新曾经说过一句话，是一句泰大鹏也说过的话。

“知识无罪，有罪的是人心。”

多年后，有位当时也在场旁听的年轻法官欧阳建康因这两句话得到启发，毕生致力于拯救因核酸被处刑的人们，成了另一个传奇。

但是，雷葛新最后离开时，他还说了另一句话。

“我也跟你一样，选择的不是永恒。”

艾杰克永远不会知道，雷葛新说的这句话是什么意思。当时在场的媒体记者也听到了，把这句话原封不动地搬上新闻头条。后世几百年中，时光史学研究家怎么也参不透雷葛新这句话是什么意思。

这句话，从此便和“雷葛新选择放逐之谜”“时光战警跌倒之谜”并称为“时光英雄三大谜团”。

而公元二十五世纪的时光英雄雷葛新穿梭三千年的传奇，就在人间永远地流传了下去。

风，吹过饱经战火摧残的城市，吹过干涸的河床，也吹过等待的女人的脸庞。

在那一个黄昏，夕阳下，雷兰抚着心爱的人冰冷的身躯。她的眼泪还没被风吹干，这个她心爱的男人就再次睁开了眼睛，仿佛只是睡了一场午觉。

雷葛新在核酸警队的力场驱送之下，再次跨越时空，他一睁开眼睛，就看见了雷兰满脸的泪痕。

“你为什么哭呢?”他伸手温柔地擦去她的眼泪，“我不是答应过，我一定会再回来吗?”

“轰”的一声巨响，“大鹏王朝”的军队用重武器将游乐园的大门炸得粉碎，黑衣军士们开始向两个人所在之处挺进。

夕阳太美了。雷葛新已经找到了所爱的人，此刻她就在自己的怀里。

大鹏军踏着落日的余晖，一步步地逼近雷葛新和雷兰……

只是，这一切都不重要了。